WORLD OF WARCRAFT

TIDES OF DARKNESS

에런 로젠버그 지음 / 김수아 옮김

제우미디어

어둠의 물결

초판 1쇄 | 2018년 1월 30일

지은이 | 에런 로젠버그
옮긴이 | 김수아

펴낸이 | 서인석
펴낸곳 | 제우미디어
출판등록 | 제 3-429호
등록일자 | 1992년 8월 17일
주소 | 서울시 마포구 독막로 76-1 한주빌딩 5층
전화 | 02-3142-6845
팩스 | 02-3142-0075
홈페이지 | www.jeumedia.com

ISBN | 978-89-5952-575-1
• 파본은 구입하신 서점에서 교환해드립니다.

제우미디어 소설 공식 카페 | cafe.naver.com/jeunovels
제우미디어 페이스북 | www.facebook.com/jeumedia

만든 사람들
출판사업부 총괄 손대현 | **편집장** 전태준 | **책임 편집** 안재욱 | **기획** 홍지영, 이경인, 장윤선, 박건우, 조병준
디자인 총괄 디자인 수 | **제작** 김금남 | **영업** 김영욱, 박임혜

가족과 친구들,
그중에서도 내가 세상의 물결에 맞설 수 있도록 도와주는
나의 사랑스러운 아내에게 바칩니다.

음악가, 작가, 게이머, 랍비이자
비범한 친구였던 데이비드 호닉스버그(1958 - 2007)를 위하여.
친구여, 한바탕 흔드는 법을 천국에도 전수하시길.

TIDES OF DARKNESS

———

안두인 로서

새벽이었다. 안개가 여전히 온 땅에 드리워져 있었다. 아직 새벽빛을 볼 수 없었지만, 잠이 덜 깬 남녘해안 마을의 사람들은 어쨌든 밤이 끝났다는 걸 깨달은 채 뒤척였다. 세상을 뒤덮은 안개는 단출한 나무집 위로 내려앉아 마을에 맞닿아 있는 바다를 감추고 있었다. 바다가 보이지는 않았지만, 파도가 해안을 훑으며 단 하나 있는 부두 주위에 물보라를 일으키는 소리가 들려 왔다.

그런데 무언가 다른 소리가 들리기 시작했다.

천천히 끊임없이 안개 사이로 떠다니며 울리는 그 소리가 어디서 나는지, 어느 방향으로 향하는지 사람들은 알 수 없었다. 마을을 등진 육지에서 나는 소리일까, 아니면 바다에서 나는 소리일까? 그저 평소보다 더 세게 부딪치는 파도 소리일까, 안개 위로 떨어지는 빗소리일까, 어쩌면 단단한 흙길 위를 굴러가는 상인의 마차 소리일수도. 주의 깊게 귀 기울이던 마을 사람들은 마침내 그 낯설고 기묘한 소리가 바닷가에서 난다는 사실을 깨달았다. 사람들은 바닷가로 달려가 안개 속을 응시하며 그 음울한 어둠 사이에서 무언가 찾아내려고 애를 썼다. 이 소리는 무엇일까? 그리고 뒤따를 것은 무엇일까?

안개가 서서히 움직이기 시작했다. 마치 소음 자체가 안개를 밀어내는 듯했다. 어느 순간, 안개가 천천히 불어나며 짙어졌다. 그것들은 어두운 형상을 이루어, 마치 파도처럼 마을로 접근하기 시작했다. 사람들은 뒤로 물러났고, 몇몇은 놀라 소리치기도 했다. 물을 다루는 데는 선수인 마을 사람들이었다. 바닷사람으로 나고 자랐지만, 저 파도는 물이라고 생각할 수 없었다. 물의 움직임과는 달랐다. 무언가 다른 것이었다.

어두운 형체는 안개와 함께 계속 다가왔고, 소음도 점점 커졌다. 그러다 마침내 여럿으로 갈라지며 다수의 형태를 이루기 시작했다. 결국, 안개를 뚫고 그 실체를 드러냈다. 배였다. 아주, 아주 많은 배였다. 주민들은 배에 정통한 사람들이었기에 살짝 마음을 놓았지만, 경계심은 풀지 않았다. 남녘해안은 실제로 고기를 잡는 어촌이었다. 마을에는 작은 배가 열두어 척 정도 있었고, 몇 년 동안 보았던 다른 배도 그 정도 수밖에 안되었다. 갑자기 수백 척이 전부 한꺼번에 다가오고 있었다. 무슨 영문일까? 남자들은 짧은 몽둥이, 칼, 갈고리가 달린 장대에 심지어 추가 달린 그물까지 잡히는 대로 집어 들었다. 그리고 긴장한 채로 가까워지는 배들을 지켜보며 기다렸다. 엷은 안개 속에서 더 많은 배가 계속 나타나 해안가로 밀려들어 오고 있었다. 새로운 배의 대열이 보일 때마다 마을 사람들의 충격은 커졌다. 수백 척이 넘었다. 이렇게 많은 배가 어디에서 왔을까? 무엇 때문에 이 많은 배가 동시에 항해에 나섰을까? 그리고 무엇이 이 배를 로데론으로 보냈을까? 무기를 잡은 주민들의 손에는 힘이 더 들어갔다. 아이들과 여자들은 집 안에 숨었고 배는 여전히 수를 더해 갔다. 마침내 그 소리의 정체가 밝혀졌다. 수많은 노가 일정하지 않게 물을 내리치는 소리였다.

첫 번째 배가 뭍으로 올라오자 그 안에 탄 자들의 형체가 보였다. 그 모습을 보자 조금 마음이 놓이는 듯했다. 하지만 안도는 이내 혼란과 걱정으로 변모했다. 배 안에서 남자와 여자, 늙은이에서 어린아이로 이루어진 사람들이 쏟아져 나왔다. 그냥 겁에 질린 보통사람들이었다. 그리고 싸울 태세로 무장하지도 않은 모습을 보아, 대부분은 전사가 아닌 듯했다. 적어도 침략자는 아니었다. 그보다는 어떤 끔찍한 재난으로부터 도망친 듯했기에 마을 사람들의 공포는 동정으로 바뀌었다. 무엇 때문에 한 나라 사람 전체로 보이는 무리가 바다로 내몰렸을까?

해안에 닿는 배가 점점 더 늘었고, 사람들이 비틀거리며 내리기 시작했다. 울면서 바위투성이 해안에 풀썩 주저앉는 이들도 있었다. 마치 물에서 벗어나서 기쁘다는 듯이 똑바로 선 채 깊이 숨을 들이마시는 이들도 있었다. 마침 안개가 걷히며 아침 해가 스러지는 안개 띠를 물리치고는 강한 빛줄기를 내뿜자, 상황이 더 분명하게 보였다. 이 사람들은 군대가 아니었다. 대부분 여자와 아이였고, 그 행색은 초라했다. 그들은 야위고 허약해 보였다. 이들은 그냥 사람일 뿐이었다. 분명 어떤 재앙을 겪은 모양이었다. 많은 이들이 잔뜩 긴장한 나머지 제대로 서 있지도 못하거나 휘청거리며 해변에 오르고 있었다. 그들 중 몇몇은 갑옷을 입고 있었다. 선두 배에 있던 한 명이 마을 사람들이 모여 있는 쪽으로 걸어왔다. 그는 크고 건장했으며, 머리는 거의 벗어졌고 콧수염과 턱수염을 무성하게 기르고 있었다. 강인하고 고집 세 보이는 얼굴의 남자였다. 갑옷은 분명히 많은 전투를 겪은 듯이 보였고, 한쪽 어깨 위로 거대한 검의 자루가 올라와 있었다. 그러나 손에 든 것은 무기가 아니라 어린아이 둘이었다. 몇 명이 더 전사의 갑옷, 허리띠, 칼집에 매달린 채 옆에서 종종걸음으로 따라왔다. 그 옆에는 키가 크고 어깨는 떡 벌어졌지만, 몸매는 날씬한 백발의 남자가 씩씩한 발걸음으로 걸어오고 있었다. 이 남자는 낡은 보랏빛 로브로 온몸을 감싸고 낡은 배낭을 메고 있었다. 한쪽 어깨에 어린아이를 둘러메고 손으로는 다른 아이를 이끌었다. 또 다른 한 명은 갈색 머리와 갈색 눈을 하고 있었다. 이곳이 어디인지 전혀 모르는 것 같은 소년이 마치 어린아이가 부모님의 손에 필사적으로 매달리듯이 한 손으로 키 큰 남자의 망토 자락을 쥐고 있었다. 입은 옷은 호화로웠지만, 바닷물의 소금기 때문에 뻣뻣해졌고 마구잡이로 입었던 탓에 낡아 있었다.

"안녕하십니까. 반갑습니다!"

마을 사람들에게 다가오며 이렇게 외치는 전사의 얼굴에는 그림자가 드리워져 있었다.

"저희는 피난민입니다. 끔찍하고도 끔찍한 전투에서 도망쳐 왔습니다. 간청하건대, 아이들을 위해 마실 거리와 음식, 그리고 쉴 곳을 나눠 주셨으면 합니다."

마을 사람들은 서로 얼굴을 쳐다보더니 고개를 끄덕이고는 무기를 아래로 내렸다. 부촌은 아니었지만, 가난하지도 않았고 아이들을 도와주지 못할 정도로 궁색한 형편은 더더욱 아니었다. 남자들이 다가가 그 전사와 보랏빛 로브를 입은 남자에게서 아이들을 받아 들었다. 그리고 모두를 마을에서 가장 튼튼하고 큰 건물인 교회로 이끌었다. 벌써 마을의 여자들은 죽과 스튜를 끓이기 시작했다. 피난민들은 교회 안팎으로 자리를 잡고서 먹고 마시며 기부 받은 담요와 외투를 나누었다. 새로 나타난 사람들의 얼굴마다 슬픔이 어려 있지만 않았다면, 축제나 다름없는 분위기라고 할 법했다.

"고맙습니다."

전사가 자신을 마커스 레드패스라고 소개한 촌장에게 말했다.

"형편이 넉넉지 않다는 것을 모르는 바는 아닙니다만, 어쨌든 베풀어 주신 은혜에 감사드립니다."

"여자와 아이들이 힘든 상황을 겪게 해서는 안 되지요."

마커스가 이렇게 대답하고는 다른 남자의 갑옷과 검을 살피더니 눈살을 찌푸렸다.

"자, 이제 말씀 좀 해 주십시오. 당신은 누구며 어떻게 여기로 오셨는지."

"저는 안두인 로서라고 합니다."

전사는 대답하며 한 손으로 이마를 문질렀다.

"저는 스톰윈드의 기사단장입니다. 지금은 아닙니다만."

"스톰윈드요?"

촌장도 들어본 적이 있는 나라였다.

"바다 건너에 있는 나라 아닙니까!"

"맞습니다."

로서가 슬픈 듯이 고개를 끄덕였다.

"며칠 동안 항해한 끝에 이 땅에 닿았습니다. 여기는 로데론인가요?"

"그렇습니다."

보라색 로브를 입은 자가 처음으로 한마디 거들었다.

"제가 이 땅을 알아봤죠. 이 마을은 몰랐지만."

늙은이치고는 놀라울 정도로 힘이 있는 목소리였다. 그러나 센 머리카락과 얼굴 위의 주름을 보면 나이가 들어 보였다. 그러나 그 두 가지만 없었더라면 그는 사실상 젊은이나 다름없어 보였다.

"여기는 남녘해안입니다."

마커스가 조심스럽게 흰 수염의 젊은이에게 눈길을 주며 말했다.

"달라란에서 오셨습니까?"

그의 목소리에 별다른 감정을 실지 않으려 노력하며 질문을 던졌다. 그러자 그 낯선 이는 바로 그렇다고 대답했다.

"그렇습니다. 두려워하실 건 없습니다. 동료들이 다시 여행할 만한 상태가 되는 대로 돌아갈 겁니다."

촌장은 안심하는 티를 내지 않으려고 했다. 달라란의 마법사는 강력한 존재로서 왕이 협력자이자 조언자로 대우한다는 이야기를 듣기는 했었다. 그래도 직접 마법을 쓰는 자들을 상대하고 싶지 않았다.

"한시가 시급한 상황입니다."

로서가 동의하며 말을 이었다.

"즉시 왕을 만나 뵈어야 합니다. 호드가 다시 움직일 시간을 주어서는 안 됩니다."

그 말이 무슨 뜻인지 이해하지는 못했지만, 촌장은 다부진 체구를 지닌 전사의 목소리에서 다급함이 느껴져 약속을 해주었다.

"여자들과 아이들은 여기에 한동안 머물러 지내도 좋습니다. 저희가 돌봐 드리겠습니다."

"감사합니다."

로서는 진심을 담아 인사했다.

"왕께 가는 대로 음식과 다른 보급품을 보내겠습니다."

"수도까지 가시는 데는 시간이 좀 걸릴 텐데요. 제가 빨리 달리는 말로 사람을 보내 여러분께서 가신다는 소식을 먼저 알리겠습니다. 전하실 말씀이라도 있으십니까?"

로서가 미간을 찌푸리고는 잠시 멈췄다가 조용히 대답했다.

"왕께 스톰윈드가 무너졌다고 전해 주십시오. 왕자께서도 여기에 계시고, 제가 구할 수 있는 만큼 최대한 백성들을 구해 데리고 왔다고 말씀해 주십시오. 보급품이 시급합니다. 그리고 심각하고 긴급한 소식을 전하러 간다고도 전해 주십시오."

줄줄이 쏟아지는 내용에 촌장의 눈이 휘둥그레졌다. 그리고 빠르게 덩치 큰 전사 옆에 서 있는 젊은이에게로 시선을 옮겼다가 무례하게 생각될까 싶어 얼른 다른 곳을 보았다.

"그렇게 하지요."

이렇게 두 사람에게 확언하고는 몸을 돌려 마을 사람 하나에게 무어라 말했다. 그 사람은 고개를 끄덕이고는 가까이에 있던 말 위에 뛰어올라 전속력으로 달려 나갔다. 촌장은 다시 두어 걸음 걸어 교회 쪽으로 돌아왔다.

"윌렘은 가장 우수한 기수입니다. 윌렘의 말은 마을에서 제일 빠르지요. 여러분보다 훨씬 먼저 수도에 도착해서 말씀하신 바를 전달할 겁니다. 로서 님과 동료분들이 길을 나설 때 가져가실 수 있도록 말과 음식을 준비하겠습니다."

"고맙습니다."

로서가 고개를 끄덕이고는 보라색 로브를 입은 남자에게 몸을 돌렸다.

"카드가, 함께 갈 수 있는 자들을 모아 준비시켜라. 가능한 한 빨리 떠나고자 하니까."

마법사는 고개를 끄덕이고는 몸을 돌려 가장 가까이에 있는 피난민 무리를 향해 갔다.

몇 시간 지나지 않아 로서와 카드가는 남녘해안을 떠났다. 두 사람 옆에서 바리안 린 왕자는 예순 명 정도의 사람들을 이끌고 있었다. 대부분은 아프거나 지쳐서, 아니면 단순히 두렵고 놀라 몇 안 되는 고향 사람들과 함께 있고 싶어서 뒤에 남아 있기로 했다. 로서는 그런 사람들을 못마땅하게 여기지 않았다. 자신도 약간은 이 작은 어촌에 남고 싶은 마음이 들었기 때문이다. 그러나 로서에게는 왕자와 동료들을 수행해야 할 임무가 있었다. 언제나 그렇듯이.

"수도까지는 얼마나 걸리지?"

로서가 옆에서 말을 달리는 카드가에게 물었다. 마을 사람들은 자신들에게 말 몇 마리와 수레를 쓰게 해 주었는데, 감당하기에 부담없는 정도였다. 로서는 너그러운 마을 사람들로부터 무언가 더 받기를 꺼렸지만, 말과 수레가 있으면 가는 속도가 빨라질 것을 알기에 결국 호의를 받아들였다. 지금은 무엇보다 시간이 중요한 상황이었다.

"며칠 걸릴 겁니다. 어쩌면 일주일 정도 걸릴 수도 있지요."

마법사가 대답하고는 말을 이었다.

"이쪽 지방은 잘 모르지만, 지도에서 본 기억이 납니다. 최대 5일이면 도시의 첨탑이 보일 겁니다. 그리고 로데론에서 가장 경이로운 곳인 로다미어 호수 주위를 두른 은빛소나무 숲을 지나가야 합니다. 수도는 그 북쪽 해안을 따라 있습니다."

카드가가 다시 말이 없어지자 로서는 그의 표정을 살폈다. 이 젊은이가 걱정스러웠다. 처음 만났을 때는 이 마법사의 평정심과 자신감에 깊은 인상을 받았다. 그리고 생각보다 어린 나이에 놀랐다. 고작 열일곱밖에 되지 않았으니 겨우 소년티를 벗은 나이였다. 그런데도 이미 혼자 힘으로 마법사가 된 데다가 무려 메디브가 처음으로 받은 수습생이기까지 했다! 그리고 계속 만나다보니 로서는 카드가가 밝고 고집이 센 성격에, 명확한 목적의식과 친절한 성품을 가졌다는 것을 알 수 있었다. 로서는 그가 맘에 들었다. 마법사에게 우정을 느낀 것도 처음이었다. 이것은 메디브 이후로 처음 있는 일이었다. 그러나 카라잔에서 그 사건이 있고 난 뒤에는….

로서는 추악하고 악몽과 같던 그 일을 떠올리며 몸서리를 쳤다. 카드가와 반오크인 가로나, 인간 몇 명만으로 메디브를 상대했다. 절체절명의 상황에서 카드가가 스승에게 치명적인 타격을 날렸지만 정작 그 목숨을 앗은 것은 옛 친구였던 로서였다. 젊었을 때 몇 번씩이나 자신이 구해 주었던 그 목숨이었다. 로서, 메디브, 그리고 레인이 친구이자 동료였던 그 시절엔 그랬었다.

로서는 눈물을 떨치려 고개를 저었다. 오랫동안 항해하면서 여러 번 비통함을 느꼈지만, 그래도 여전히 그때의 고통과 분노, 슬픔에 압도당하는 기분이었다. 레인! 단짝이자 동료이자 왕이었던 사람이었다. 레인은 환한 미소와 웃을 때 매력적인 눈매의 재기 넘치는 인물이었다. 레인은 스톰윈드에 황금기를 가져왔다. 그러나 스톰윈드가 오크에 의해 갈가리 찢겨지는 것과 오크들의 호드가 그 땅을 휩쓸며 모든 것을 파괴하는 것을 본 왕이기도 했다. 알고 보니 그 모든 일의 뒤에는 메디브가 있었다. 메디브는 마법으로 오크가 이 세계에 오도록 돕고, 스톰윈드로 들어가게 해 주었던 것이다! 그 일로 왕국은 파괴되었을 뿐만 아니라 레인 왕도 죽음을 맞이하고 말았다! 로서는 잃어버린 그 모든 것과 그 사람들 생각에 차오르는 눈물을 꾹 참았다. 로데론까지 오면서 몇 번이나 그랬듯이 이번에도 마음을 다잡았다. 로서는 그런 감정에 휩쓸리고 있을 여유가 없었다. 사람들에게는 로서가 필요했다. 그리고 아직 스톰윈드가 파괴되었다는 사실을 모르고 있는 이 땅의 사람들에게도 로서가 필요했다.

마찬가지로 카드가에게도 로서가 필요했다. 아직도 로서는 그날 밤 카라잔에서 있었던 일을 이해할 수 없었다. 어쩌면 영원히 그럴지도 모른다. 왜인지 몰라도 카드가는 메디브와 싸우는 동안 변해버렸다. 젊음이 사라지고 신체는 이상하게 노화했다. 이제 카드가는 다른 이들보다 거의 마흔 살은 어린 데도 겉으로는 노인, 그것도 로서보다 훨씬 더 나이 든 노인처럼 보였다. 로서는 이런 변화가 그에게 또 어떤 영향을 주었을지 걱정되었다.

카드가는 자기 생각에 너무 골똘히 몰두하고 있었던 탓에 로서의 이런 걱정 어린 시선을 눈치 채지 못했다. 마법의 여파로 늙어버린 이 젊은 마법사의 생각은 내면을 향해 있었지만, 로서가 한 생각과 별반 차이가 없었다. 카드가는 카라잔에서의 싸움을 되새기며 메디브가 자신에게서 마법과 젊음을 뽑아낼 때의 그 끔찍한 고통을 다시 느껴 보고 있었다. 마법은 돌아왔다. 그것도 확실히 이전보다는 여러 면에서 훨씬 더 강력해졌다. 그러나 젊음은 돌아오지 않았다. 제대로 피어보지도 못하고 카드가에게서 사라져버렸다. 이제는 적어도 외모만큼은 노인이었다. 아직도 혈기가 왕성했고 그 어느 때보다도 지구력이 강해졌고 힘도 세고, 민첩했지만 얼굴은 주름이 지고 눈은 움푹 꺼졌으며 머리카락과 막 나기 시작한 수염은 새하얗게 세 버렸다. 겨우 열아홉이었지만, 카드가는 자신이 실제 나이보다 세 배는 더 들어 보인다는 사실을 알고 있었다. 카드가는 싸우는 도중 메디브의 탑에 있는 마법을 통해 나이든 자기 자신을 보았다. 이제 환상 속에서 보았던 그 모습이 되어 있었다. 그것은 고향에서 멀리 떨어져 기묘하고 붉게 빛나는 태양 아래에서 죽을 노인의 모습이었다.

카드가는 메디브의 죽음으로 마음속에 생겨난 감정도 탐구해 보았다. 악의 화신 호드를 세계에 풀어놓은 건 전적으로 메디브의 책임이었다. 그러나 메디브는 인간이 아니었다. 절대로 아니었다. 그는 수천 년 전에 자신의 어머니가 물리쳤던 티탄 살게라스에게 포섭된 존재였다. 살게라스는 죽지 않았다. 그 육체만 죽었을 뿐, 그의 어머니 에이그윈의 태내에 숨어 있다가 잉태된 그 아들에게 주입되었다. 메디브가 저지른 일은 그 자신의 잘못이 아니었다. 죽어가던 마법사는 카드가에게 유언으로, 몇 년 동안, 어쩌면 평생 자신 안에 있는 악과 싸워왔다는 사실을 밝혔다. 카드가는 심지어 죽은 스승을 땅에 묻은 후, 기묘한 환영을 통해 스승을 만나기도 했다. 메디브는 자신이 미래에서 왔으며 마침내 살게라스의 타락에서 자유로워졌다고 했다. 그리고 그 모든 것이 다 카드가 덕분이었다고 말했다.

카드가는 어떤 감정을 가져야 하는지 궁금해졌다. 스승이 죽었으니 슬퍼야 할까? 가끔은 메디브를 매우 좋아하기도 했다. 그리고 분명히 그 대마법사의 죽음은 세계의 큰 손실이기도 했다. 한편 자신이 스승을 자유롭게 하고, 살게라스를 다시 이 세상에서 몰아내는 데 큰 역할을 했다는 사실에 자랑스러워해야 할까? 스승이 자신과 다른 이들에게 한 짓에 격노해야 할까? 아니면 그토록 오랫동안 티탄의 영향력과 싸워 왔던 한 남자에게 경의를 표해야 할까?

꼬집어 말할 수 없는 일이었다. 카드가의 생각은 소용돌이치듯 빙빙 돌았고, 마음 또한 그러했다. 메디브에 대한 온갖 생각들이 꼬리를 물어 더해 갔다. 왜냐하면, 지금 카드가는 고향에 있기 때문이었다. 적어도 고향 땅, 로데론에는 돌아왔다. 그러나 예상했던 것과는 달랐다. 메디브의 수습생이 되려고 고향을 떠난 것은 달라란의 이전 스승의 명에 따라서였다. 카드가는 상급 마법사가 되기 전에는 돌아올 생각이 없었다. 그는 메디브가 가르쳐 준 대로 그리핀을 타고 돌아와 보랏빛 성채 위에 내려앉고는 이전의 스승과 동료들이 모두 자신의 기량에 경탄하는 모습을 머릿속에 그렸었다. 그러나 지금 그는 그 대신 밭을 가는 말 위에 올라 스톰윈드의 이전 기사단장 곁에서 오합지졸을 이끌고 이국의 왕에게 도움을 청하러 가는 신세가 되어 있었다. 카드가는 나오는 헛웃음을 삼켰다. 그래도, 최소한 들어갈 때 극적인 장관을 연출할 수는 있겠다고 생각했다. 그것만으로도 이전의 스승과 친구들은 높이 평가해 주겠지만.

"도시에 도착하면 뭘 해야 하죠?"

카드가가 갑자기 묻는 바람에 나이 든 전사는 화들짝 놀라 몽상에서 깨어났다. 로서는 재빨리 정신을 차리고는 카드가의 기색을 살폈다. 그 맑은 회청색의 눈에는 감정이 그대로 드러나 있지만, 그 안의 기민한 정신은 감춰져 있었다.

"폐하와 얘기를 해야지."

간단한 대답이었다. 로서는 무리 옆에서 조용히 말을 타는 젊은이를 힐끗 보고는 팔을 뒤로 뻗어 자신의 대검 손잡이를 만져 보았다. 오후의 햇살을 받아 손잡이에 박힌 보석과 금이 반짝이고 있었다.

"적의 손에 폐허가 되었다고는 하나, 바리안 폐하는 스톰윈드의 왕자고, 나는 아직 그 기사단장이다. 테레나스 폐하는 몇 년 전에 짧게 뵈었지만 그래도 날 알아보실지도 몰라. 바리안 왕자님이야 당연히 아실 테고, 전령에게 들었을 테니 우리가 간다는 사실도 알 거야. 접견할 기회를 주시겠지. 그러면 무슨 일이 있었는지 말씀드려야지. 그리고 뭘 해야 하는지도."

"뭘 해야 하는데요?"

카드가는 대답을 안다고 생각하면서도 물어보았다.

"이 땅의 통치자들을 모아야지."

예상했던 답변이었다.

"통치자들에게 위험한 상황임을 알려줘야 해. 어떤 나라도 호드를 상대로 혼자서 버틸 수 없으니까. 내 고향 땅이 그러했으니, 같은 일이 여기에서도 일어나게 내버려 둘 수는 없어. 모두 힘을 합쳐야 해. 그리고 *싸워야 해!*"

말의 고삐를 꽉 쥐는 로서를 보며 카드가는 다시금 스톰윈드 군대를 이끌고 오랜 세월 동안 그 국경을 안전하게 지켜온 전사의 강인한 모습을 확인할 수 있었다.

"그분들이 들어주셨으면 좋겠군요."

카드가가 차분하게 말을 덧붙였다.

"우리 모두를 위해서요."

"그럴 거야."

로서가 장담했다.

"그래야만 해!"

둘 다 생각하는 바를 입 밖으로 내지 않았다. 호드의 힘을 직접 눈으로 본 사람들이었다. 나라들이 서로 힘을 합치지 않거나, 통치자들이 위험을 알려 하지 않는다면 모두 죽을 터였다. 그리고 호드는 스톰윈드에서 그랬 듯이 이 땅을 쓸어버릴 것이다. 아무것도 남기지 않고.

서막

오그림 둠해머

    검은 형체가 높은 탑 꼭대기에 서서 아래 펼쳐진 세상을 둘러보고 있었다. 그 아래로 도시와 그 주변의 전원 지대가 한눈에 보였다. 두 곳 모두, 휘몰아치며 이리저리 움직이는 어둠에 잠겨 있었다. 땅을 휩쓸며 건물을 삼키고 폐허로 만들어 버리는 어둠의 물결이었다.

    그는 지켜보았다. 키가 크고 탄탄한 체격에 근육이 다부진 그 자는 바위 봉우리 위에 미동도 없이 서서 날카로운 눈으로 아래에 펼쳐지는 광경을 살펴보고 있었다. 땋아 내린 길고 검은 머리 타래가 선이 분명한 얼굴 부근에서 흔들렸다. 그 끝의 수술은 아랫입술 위로 길게 튀어나온 엄니를 가끔씩 툭툭 쳤다. 내리쬐는 태양 빛에 피부는 에메랄드빛으로 반짝였고 목과 가슴을 가로질러 걸린 전리품과 장신구가 번쩍번쩍 빛났다. 가슴, 어깨, 다리에는 두꺼운 흉갑을 입고 있었는데 잔뜩 긁힌 그 표면은 장식으로 달린 무거운 청동 돌기를 제외하고는 검게 번쩍이고 있었다. 번쩍이는 금테두리가, 그 옷의 주인이 얼마나 중요한 인물인지를 여실히 드러내 주었다.

그는 이윽고 볼 만큼 다 보았는지 기대어 섰던 검은색 거대 전투 망치를 들어 올렸다. 돌로 된 망치의 머리 부분은 햇빛을 반사하기보다 빨아들였다. 그자는 우렁차게 고함을 쳤다. 전쟁의 함성이었다. 호출이자 절규였던 그 소리는 앞으로 뻗어 나가며 주변의 건물과 언덕에 부딪치며 울려 퍼졌다.

아래쪽에서 검은 물결이 움직임을 멈췄다. 그러더니 파문이 일듯, 수많은 오크가 고개를 들어 위를 바라봤다. 호드의 오크 전원이 움직임을 멈추고 저 위 높은 곳에 우뚝 선 형체를 응시했다.

그가 다시 한 번 전쟁의 함성을 외치면서 망치를 높이 들어 올렸다. 이에 응답하듯 환호와 고함이 터져 나왔다. 호드가 지도자를 알아보고 경의를 표한 것이다.

만족한 오그림 둠해머가 자신의 상징인 무기를 옆에 내려놓자, 호드의 검은 물결이 다시 분주하게 움직이기 시작했다.

오그림 둠해머가 용맹한 호드를 지켜보던 그때, 저 아래 도시의 관문 너머에는 오크 하나가 간이침대 위에 누워 있었다. 작고 앙상한 몸이 고귀한 신분의 상징인 두꺼운 모피에 싸여 있었고 그 옆에는 비싼 옷가지가 놓여 있었다. 그러나 몇 주 동안 손댄 흔적이 없었다. 오크는 마치 죽은 듯이 꼼짝도 하지 않고 누워 있었다. 못난 얼굴은 고통스러워서인지 아니면 무언가에 집중해서인지 잔뜩 구겨졌고, 덥수룩한 수염이 으르렁거리는 입 주위에 곤두서 있었다.

그러다 갑자기, 그 오크가 헉하고 숨을 토해내며 일어나 앉았다. 땀에 절은 몸에서 모피가 떨어져 내렸다. 오크는 눈을 크게 떴다. 초점 없는 두 눈은 몇 번 깜박이며 긴 잠을 떨쳐 내고 주변을 둘러보았다.

"여기가 어디…?"

그 오크가 따지듯 물었다. 더 큰 형체가 벌써 그에게 다가서고 있었다. 한쪽 머리에는 놀라움이 다른 한쪽 머리에서는 기쁜 표정이 드러났다. 오크의 시선이 그자의 날카로운 눈매로 갔다가 그 몸뚱이로 옮겨갔다. 남아 있던 혼란스러움이 사라지자 분노가 그 자리를 메웠다.

"여긴 어디지? 무슨 일이 있었지?"

"굴단 님은 잠들어 계셨습니다."

머리 둘 달린 거한이 간이침대 옆에 무릎을 꿇고 잔을 내밀며 대답했다. 굴단이라 불리는 그 오크는 잔을 받아들고 냄새를 맡았다. 그리고는 못마땅해 하는 소리를 내며 안에 든 것을 꿀꺽 삼켜 버리고는 손으로 입을 훔쳤다.

"죽은 듯이 주무시더군요. 몇 주 동안 움직이지도 않고, 호흡도 거의 하지 않으셨습니다. 저희는 혼이 떠났다 생각했습니다."

굴단이 씩 웃었다.

"그랬느냐? 내가 초갈, 너를 두고 갈까 두려웠느냐? 블랙핸드의 자비로운 손길 아래 널 버려두고 갈까 봐?"

머리가 둘 달린 오우거 마법사 초갈이 굴단을 노려보았다.

"굴단 님, 블랙핸드는 죽었습니다!"

머리 하나가 쏘아붙였다. 다른 머리 하나는 미친 듯이 끄덕이며 동의한다는 뜻을 밝혔다.

"죽었다고?"

처음에는 잘못 들은 줄 알았지만, 머리 두 개가 끄덕이기도 전에 초갈의 암울한 두 표정을 보자 상황이 파악되었다.

"뭐라고? 어떻게?"

굴단은 식은땀을 흘리면서도 자리에 앉으려고 허우적거리며 몸을 일으켜 세웠다.

"내가 잠든 동안 무슨 일이 일어났느냐?"

초와 갈이 서로 대답하려고 입을 열었지만, 누군가 막사 덮개를 옆으로 밀치며 작고 어두운 공간으로 들어오는 바람에 말을 잊지 못했다. 건장한 오크 전사 둘이 초갈을 옆으로 밀치고 굴단의 팔을 거칠게 잡더니 일으켜 세웠다. 오우거는 두 얼굴이 모두 시커멓게 될 정도로 격노했지만, 또 다른 오크 둘이 좁은 공간으로 비집고 들어와 초갈의 앞을 막아섰다. 그들은 언제라도 휘두를 수 있는 무거운 전투도끼를 손에 들고 있었다. 그리고 먼저 들어온 두 명이 굴단을 막사 밖으로 끌고 나가는 동안 그 자리를 지켰다.

"날 어디로 데려가는 거냐?"

굴단이 팔을 빼내려 애쓰며 따져 물었지만, 소용없는 짓이었다. 체력이 전부 회복된 상태여도 오크 전사 하나를 상대하지 못할 판인데, 지금은 자기 몸 하나도 제대로 가누지 못하는 형편이었다. 두 오크에게 끌려가던 굴단은 그들이 자신을 크고 잘 만들어진 막사로 데려가고 있다는 사실을 알았다. 블랙핸드의 막사였다.

"그자가 다스립니다, 굴단."

곁에서 굴단과 보조를 맞추면서도 전사들의 손이 닿지 않을 거리를 유지하며 걷던 초갈이 조용하게 말했다.

"굴단 님이 의식이 없는 동안에 말입니다! 그자가 어둠의 의회를 공격하고 의회의 대부분을 죽였습니다! 굴단 님과 저, 그리고 하급 흑마법사 몇 명만 남았습니다!"

굴단은 정신을 가다듬으려 하면서 고개를 저었다. 아직도 모든 것이 모호하고, 멍한 상태였다. 그러나 초갈의 말을 들으니 정신을 바짝 차리지 않으면 안 될 때라는 생각이 들었다. 하지만 그 말 때문에 혼란이 가시기는커녕 오히려 가중되었다. 블랙핸드를 죽였다고? 어둠의 의회를 파괴했다고? 그건 미친 짓이야!

"그게 누구냐?"

굴단이 몸을 뒤틀어 전사들의 넓은 어깨너머로 초갈을 보며 따지듯 물었다.

"누가 이런 짓을 했느냐?"

걸음을 늦추며 뒤처져 가는 초갈의 두 얼굴 위로 놀라움과 공포가 스쳤다. 굴단이 다시 몸을 돌렸을 때 건장한 형체가 앞으로 성큼성큼 걸어왔다. 바로 그 순간, 굴단은 검은 흉갑을 입은 거대한 체구, 손에 엄청난 검은색 전투망치가 가볍게 들고 있는 모습을 보고 누군지 바로 알아보았다.

둠해머였다.

"이제 깨어났군."

전사들이 앞에 서자 둠해머는 이 말만을 내뱉을 뿐이었다. 굴단을 끌고 온 전사들이 갑자기 팔을 놓아버리는 바람에 그 오크 흑마법사는 땅에 허물어지듯 쓰러졌다. 굴단은 무릎을 꿇은 채로 위를 올려다보았다. 그는 자신을 억류해 둔 자의 얼굴에 생생하게 나타난 분노와 증오를 보고는 침을 꿀꺽 삼켰다.

"나는…."

굴단이 입을 떼자, 둠해머가 말을 자르고 그를 손등으로 세게 후려쳤다. 그 바람에 공중으로 붕 뜬 굴단의 몸은 주변 잡동사니에 처박혔다.

"입 다물라!"

새로운 호드의 지도자가 으르렁거렸다.

"네가 말해도 좋다고 하지 않았다!"

둠해머가 성큼성큼 다가오더니 무시무시한 무기의 머리 부분으로 굴단의 턱을 들어 올렸다.

"굴단, 네놈이 무슨 짓을 했는지 알고 있다. 어떻게 블랙핸드와 어둠의 의회를 조종했는지도 안다."

그러고는 쓴 웃음을 터뜨렸다. 그 거슬리는 웃음소리에는 씁쓸함과 혐오감이 서려 있었다.

"그래, 물론이지. 놈들에 관해서도 안다. 그러나 이제는 네 흑마법사들이 널 돕지 못할 거다. 그들은 이미 저세상에 갔으니까. 그것도 아주 많이. 남은 몇 명은 사슬에 묶인 채 감시를 받고 있고."

둠해머가 몸을 더 가까이 기울였다.

"굴단, 이제 내가 호드를 다스린다. 네놈도 아니고, 네 흑마법사 무리도 아니다. 나 혼자만이 다스린다. 이제 불명예는 용납하지 않는다! 배반도 용납하지 않는다! 기만과 거짓말도 용납하지 않는다!"

둠해머가 그 압도적인 몸을 완전히 일으키고는 굴단을 내려다봤다.

"네가 꾸민 음모로 듀로탄이 죽었지만, 이제 그런 일은 없을 것이다. 그리고 나는 듀로탄의 원수를 갚을 것이다! 다시는 네가 어둠 속에서 우리 동족을 다스리지 못할 것이다! 너의 추악한 목적을 위해 우리의 운명을 꼭두각시로 삼을 일은 없을 것이다! 우리 동족은 네 손아귀에서 완전히 벗어났다!"

웅크린 굴단이 머리를 굴려 보았다. 둠해머가 말썽이 될 줄 진작부터 알고 있었다. 이 강력한 오크 전사는 지나치게 똑똑했다. 그는 지조가 곧고 고결해서 쉽게 흔들리거나 휘둘리지 않았다.

블랙핸드는 검은바위 부족의 강력한 수장이었으나, 굴단에게 쉽게 조종당한 허울뿐인 호드의 지도자였다. 호드의 진짜 권력은 어둠의 의회가 독차지 했다. 그리고 굴단은 호드의 대족장을 다스리는 것만큼 쉽게 의회를 손에 넣었다.

그러나 둠해머는 다르다. 이자는 잠자코 따르기를 거부하며 오직 동족에 대한 충성심에 가득 차, 제 의지대로 행동하며 자신만의 길을 닦아 나갔다. 그는 분명 뒤에서 무슨 일이 일어나고 있는지 다 알고 있었을 것이다. 타락이라 여길만한 일들을 보았으리라. 그리고 알 만큼 알아낸 다음 인내심이 바닥났을 때, 비로소 행동으로 옮긴 것이다.

확실히 둠해머는 조심스럽게 자신의 때를 기다린 모양이었다. 굴단이 끝장나자, 블랙핸드는 약한 존재가 되었다. 어떻게 손을 썼는지 모르겠지만, 그는 의회 대부분을 처리해 버렸다. 굴단과 초갈, 그리고 별 볼일 없는 몇 놈만 남기고서. 그 둠해머가 전투망치를 들고 굴단을 내려다보며 다른 이들과 마찬가지로 굴단을 끝장내려 하고 있었다.

"잠깐!"

굴단이 본능적으로 두 손을 들어 얼굴과 머리를 막으면서 외쳤다.

"부탁합니다. 이렇게 빕니다!"

그 말에 둠해머가 잠시 멈췄다.

"그렇게 강대하던 네놈이 빈다고? 티끌만 한 명예조차 없구나. 이 추악한 놈, 빌거라! 목숨만 살려달라고 빌어 봐!"

전투망치를 내려놓은 것은 아니지만, 그래도 내려치지는 않았다. 아직은.

"저는….'"

그 순간, 굴단은 둠해머를 증오했다. 힘 그 자체를 갈망할 때만 느꼈던 열정으로 맹렬하게 증오했다. 그럼에도 불구하고, 목숨을 보전하려는 비겁함을 택할 만큼 굴단은 영리했다.

둠해머 역시 굴단을 증오하고 있었다. 굴단의 술책 때문에 오랜 친구인 듀로탄이 죽었고, 평화로운 사냥꾼이었던 동족도 미쳐 날뛰는 전쟁광이 되었기 때문이다. 조금만 변명하는 기색이 보여도 둠해머는 전투망치를 내리쳐 굴단의 머리통을 박살내 피와 머리카락, 그리고 뇌를 뒤범벅으로 만들 것이었다. 그런 일이 일어나게 할 수는 없었다.

"오그림 둠해머 님, 그 힘을 따르겠습니다."

마침내 굴단은 입을 열고 한 마디 한 마디를 또박또박, 크고 분명하게 말해 근처의 모든 이들이 자신의 말을 듣게끔 했다.

"호드의 대족장임을 인정합니다. 그리고 맹세합니다. 복종하겠습니다."

둠해머가 못마땅한 소리를 냈다.

"한 번도 머리를 숙인 적 없는 네가 이제 와서 그러리라고 믿어야 할 이유가 뭐지?"

날카로운 지적이었다.

"왜냐하면, 제가 필요하시기 때문입니다."

굴단이 고개를 들어 시선을 마주치면서 대답했다.

"오그림 님은 제 어둠의 의회를 끝장내셨습니다. 게다가 호드에 대한 지배력을 굳건히 다지셨습니다. 마땅히 그렇게 되어야 하는 일입니다. 블랙핸드는 자기 힘만으로 우리를 이끌 만큼 강하지 않았지요. 그랬습니다. 오그림 님께는 의회도 필요 없지요."

입술을 핥고는 굴단이 다시 말을 이었다.

"그러나 흑마법사는 필요합니다. 저희의 마법이 필요합니다. 마법을 사용하는 인간을 상대해야 하지 않습니까. 그리고 저희가 없으면 인간의 힘에 무릎 꿇고 마실 겁니다."

이렇게 말하고 굴단은 고개를 저었다.

"그런데 남은 흑마법사가 거의 없습니다. 저와 초갈 그리고 하찮은 흑마법사 몇 명뿐이지요. 복수를 이유로 죽여 버리기에는 저는 여러모로 쓸모가 많은 존재입니다."

둠해머의 입술이 으르렁거리듯 올라갔지만, 전투망치를 아래로 내렸다. 잠시 아무 말도 하지 않고 그저 굴단을 응시했다. 회색 눈에 증오가 가득했다. 그러나 결국 고개를 끄덕였다.

"네 말이 맞다."

인정하긴 했지만, 분명히 엄청나게 자제력을 발휘한 말투였다.

"어쨌든 내게는 사사로운 감정보다 호드의 이익이 먼저다."

엄니가 드러났다.

"굴단, 네 목숨을 살려주겠다. 너와 남은 흑마법사 모두. 단 네가 쓸모있다는 걸 증명해야 할 것이다."

"여러모로 쓸모 있을 겁니다."

굴단이 낮게 절하며 장담했다. 이미 그 머릿속은 복잡하게 돌아가기 시작했다.

"위대하신 둠해머시여, 여태껏 본 적 없는 생물을 몇 마리 만들어 드리겠습니다. 둠해머 님만 섬기는 전사들이지요. 그들의 힘과 우리 마법으로 이 세계의 마법사와 전사들을 가루로 만들어 버릴 것입니다."

둠해머가 고개를 끄덕였다. 으르렁거리던 소리는 점점 누그러졌다. 그는 생각에 잠긴 채 눈살을 찌푸리다 마침내 입을 열었다.

"좋다. 인간의 마법에 맞서 싸울 전사들을 주겠노라고 약속했으니 어디 두고 보지."

뒤돌아선 둠해머는 오크 전사들과 함께 자리를 떴다. 굴단은 여전히 무릎 꿇은 채였고 초갈은 멀지 않은 곳에 있었다. 떠나가는 오크들의 비웃음

소리가 귓전에 맴돌았다.

'빌어먹을 녀석 같으니!'

굴단은 대족장이 자기 막사로 들어가는 모습을 지켜보면서 속으로 생각했다.

'그 메디브 또한 빌어먹을 녀석이야!'

굴단은 고개를 저었다. 어쩌면 그보다는 자기 자신의 성급함을 저주해야 하는지도 몰랐다. 굴단은 메디브가 자신에게 알려주기로 약속했던 정보를 떠올려 보았다. 굴단은 메디브가 지금껏 숨겨온 그 정보가 너무 궁금했던 나머지 그의 정신속으로 침입했던 것이다. 마침 굴단이 메디브의 정신 안에 있을 때, 그 인간이 죽고 갑작스러운 충격으로 굴단 자신의 혼이 약해진 건 단순히 운이 나빠서였다. 굴단은 그 안에 갇힌 채 여태까지 자기 몸으로 돌아올 수도, 주위의 세상을 인식할 수도 없었다. 그리고 그 덕분에 둠해머에게 권력을 장악할 기회를 주고 만 것이었다.

하지만 지금, 그는 드디어 다시 깨어나 몸을 되찾았다. 그리고 다시 한 번, 원대했던 야망을 실현하기로 결심했다. 적어도 그 극단적이고도 위험한 행동이 헛되지는 않았기 때문이었다. 굴단은 메디브에게서 필요한 정보를 얻었다. 그리고 조만간 둠해머나 호드는 필요하지 않게 되리라. 그놈들 없이도 모든 힘을 손에 넣으리라.

"남은 자들을 모아라."

굴단이 힘겹게 몸을 일으키고는 초갈에게 말했다. 거동이 힘들었지만, 아무렴 상관없었다. 시간이 없었다.

"남은 자들을 모아 제대로 된 세력을 만들겠다. 나의 목표에 따라서만 움직이고, 분노한 둠해머로부터 나를 보좌할 부족이 될 것이다. 그들을 폭풍약탈자로 명하겠다. 호드 전체에 우리 흑마법사의 공포를 보여주리라.

심지어 둠해머조차 인정하지 않을 수 없게 만들겠다. 초갈, 너희 부족도 불러 모아라."

초갈은 황혼의 망치 부족을 이끌었다. 세상의 종말에 집착하는 그들은 무시무시한 전사들이었다.

"할 일이 많다."

1장

　자신도 모르게, 로서는 감탄을 금치 못했다. 그가 떠나온 스톰윈드는 풍상을 막아내도록 튼튼한 돌을 깎아 만든 첨탑과 테라스가 거울처럼 윤이 나는 곳이었다. 이렇듯 스톰윈드가 장엄하게 우뚝 속은 도시라면, 이곳 로데론의 수도는 다른 매력이 있었다.

　우선, 건축물은 스톰윈드에 견줄 만큼 높지 않았다. 하지만 높이가 부족한 대신 우아함이 넘쳐났다. 로다미어 호수의 북쪽 가장자리 위 오르막에 자리 잡은 이 백색의 도시는 스톰윈드처럼 웅장하지 않지만, 은빛으로 환하게 빛나는 곳이었다. 볼수록 묘한 빛을 발했다.

　"아름다운 곳이네요. 전 약간 더 따뜻한 분위기가 더 좋긴 하지만."

　카드가도 옆에서 그와 같은 뜻을 보였다. 그리고 뒤쪽으로 두 번째 도시가 있는 남쪽 호숫가 방향을 흘낏 보았다. 그 모습은 수도와 비슷했다. 수도와 똑 닮은 모습으로 대칭을 이루고 있는 그 도시는 더 이국적인 풍취를 뿜어내고 있었다. 벽과 첨탑은 보라색, 그리고 그 외 따스한 색채가 어우러져 있었다.

"저기가 달라란입니다. 키린 토와 그 마법사들의 고향이지요. 제가 메디브 님께 보내지기 전까지 살았던 제 고향이기도 했고요."

"어쩌면 네가 돌아갈 시간이 날지도 모르겠다. 잠깐 들르는 정도라도."

이런 제안을 던진 로서가 말을 이었다.

"그러나 지금은 수도에 가는데 전념해야 해."

그리고 다시 한 번 그 빛나는 도시를 살펴보았다.

"사는 곳만큼 그들의 생각도 고귀하기만을 빌어보자."

자신의 솔직한 기대를 내비친 로서가 그가 탄 말을 재촉하며 장엄한 은빛소나무 숲을 벗어나 달려갔다. 어린 바리안과 카드가가 바로 그 뒤를 따랐고, 수레에 탄 나머지 이들이 함께했다.

얼마 후 일행은 주 관문에 다다랐다. 입구 옆에는 경비병이 서 있었다. 이중 관문은 활짝 열려 있었는데 마차 둘, 아니 셋까지도 나란히 지나갈 정도로 넓었다. 경비병들은 일행이 관문에 도착하기 훨씬 전부터 그들을 똑똑히 지켜보고 있었다. 그중 앞으로 걸어 나온 한 명은 매끈한 흉갑 위로 선홍색 망토를 걸쳤다. 갑옷과 투구는 금으로 장식이 되어 있었다. 정중하다 못해 공손하기까지 한 태도였지만, 로서는 그자가 검이 닿을 거리, 즉 낯선 이에게 공격을 당할 수도 있는 실수를 범한 것이 못마땅했다. 그러나 그런 부주의한 행동은 무시해 버렸다. 여기는 스톰윈드가 아니었다. 이 사람들은 끊임없는 전투로 단련되어 노련해진 전사가 아니었다. 평생 싸워야 할 일이 없었던 사람들이었다. 물론 아직은.

"편하게 들어가십시오. 그리고 환영합니다."

경비대 대장이 허리 굽혀 인사하며 말했다.

"마커스 레드패스가 여러분께서 오신다는 것과 어떤 곤경을 겪었는지에 대해 알려 주었습니다. 폐하께서는 공식 알현실에 계십니다."

"감사합니다."

카드가가 고개를 끄덕이며 대답하고는 발꿈치로 말의 옆구리를 쳤다.

"로서 님, 가시지요. 길은 제가 아니까요."

일행은 별 어려움 없이 말을 타고 널찍한 거리를 누비며 도시를 가로질러 갔다. 카드가는 정말로 길을 아는 것처럼 보였다. 방향을 묻느라 지체하는 일 없이 궁에 도달했다. 거기에서 타고 왔던 말을 같이 온 일행들에게 넘겨주고 보살피게 했다. 로서와 바리안 왕자는 벌써 궁의 넓은 계단을 오르기 시작했기에 카드가는 그들을 따라잡으려 발걸음을 서둘렀다.

셋은 궁의 덧문을 여럿 지나 야외 전당이라고 해도 될 만큼 넓은 안뜰에 이르렀다. 옆쪽에는 줄지어 놓인 상자가 보였다. 그것은 지금은 비어 있지만 축하할 일이 있을 때 사람들이 채워 놓으리라고 로서는 확신했다. 그 끝에 있는 몇 안 되는 계단을 올라가자 다시 문들이 여럿 나왔다. 그 문을 열자 알현실이 나타났다.

상당히 인상적인 방이었다. 둥근 천장은 머리 위로 높이 솟아 그림자에 가려 보이지 않았다. 방은 둥글고 사방에 아치형 구조물과 기둥이 있었다. 황금색 태양 빛이 천장의 중앙 부분에 있는 스테인드글라스로 쏟아져 내리며 바닥의 복잡한 문양을 비추었다. 원이 겹쳐진 것 같은 모양이 여러 개 있었는데 각각이 다 다른 형태였다. 중앙을 덮는 가장 안쪽의 고리에는 삼각형이 그려져 있었고, 그 안에 로데론의 황금 문양이 있었다. 알현실에는 높다란 발코니가 몇 군데 있었는데 로서는 귀족들을 위한 곳이리라 추측하면서도 그 전략적 가치를 인정했다. 위치가 워낙 탁월하여 경비대 궁수 몇 명만으로도 방 안에 어디에 사람이 있든 쉽게 쏘아 맞힐 수 있을 것처럼 보였다.

문양 바로 너머에는 커다란 원형 연단이 있었다. 동심원으로 된 계단은 그 위에는 놓인 거대한 왕좌로 이어져 있었다. 왕좌는, 날카로운 가장자리나 평면, 모서리로 보아 반짝이는 돌을 깎아 만든 듯했다. 거기에 한 남자가 앉아 있었다. 키가 크고 우람한 체구에 금빛 머리칼은 아주 살짝 세어 있었다. 갑옷은 반짝였으며, 머리 위에 놓인 왕관은 보관이라기보다는 뾰족뾰족한 투구 같았다. 이 사람이야말로 제대로 된 왕이었다. 로서는 즉시 알아봤다. 레인처럼 자기 백성을 위해 주저 없이 싸우는 왕이었다. 그런 생각에 로서의 희망이 커졌다.

방 안에는 사람들이 있었다. 도시의 주민, 노동자, 심지어 소작농까지 약간 떨어진 곳에서 연단을 향해 경의를 표하고 있었다. 그 중에는 물건을 가지고 온 사람도 여럿 있었다. 그 종류는 양피지 조각부터 음식까지 다양했다. 사람들은 로서와 카드가 앞에서 갈라지며 길을 내더니, 이내 둘만 남겨놓고 소리도 없이 사라졌다.

"그래."

두 사람이 다가가자 왕좌 위의 남자가 큰 소리로 말했다.

"그대들은 누구이며 내게 무엇을 바라는가?"

로서는 이렇게 떨어져 있어도 왕의 눈이 묘한 색을 띠고 있다는 것을 볼 수 있었다. 그의 눈동자는 푸른색과 녹색이 함께 소용돌이치고 있었다. 맑고 날카로운 두 눈을 보며 로서의 희망은 한층 더 커졌다. 그는 눈이 밝고 사리 분별이 명확한 사람이었다.

"폐하."

낮은 목소리가 커다란 방에 곧바로 울려 퍼졌다. 로서는 연단에서 몇 걸음 떨어져 발걸음을 멈추고는 절했다.

"저는 스톰윈드의 기사, 안두인 로서입니다. 이쪽은 제 동료, 달라란의 카드가입니다."

뒤쪽에 있던 군중 속에서 몇 마디 웅성거림이 들려왔다.

"그리고 이쪽은…."

로서는 군중이나 이상한 장식에 동요하지 않고 뒤에 서 있던 어린 바리안을 왕이 볼 수 있도록 몸을 돌렸다.

"스톰윈드의 왕위 계승자인 바리안 린 왕자님이십니다."

수근거리고 있던 사람들은 왕을 방문한 젊은이가 왕족임을 알게 되자, 놀라움의 탄성을 내뱉기 시작했다. 로서는 그것을 무시하고 왕에게만 온 신경을 쏟았다.

"폐하께 드릴 말씀이 있습니다. 아주 긴급하고도 심각한 일입니다."

"해 보아라."

테레나스 국왕은 이미 왕좌에서 일어나 일행에게로 다가오고 있었다.

"자리 좀 비켜주게."

왕은 나머지 군중들에게 정중하게 말했다. 사람들이 즉시 그 말에 따랐고, 귀족과 소수의 경비병만이 남았다. 로서와 함께 있던 사람들마저 옆으로 물러났다. 로서, 카드가, 바리안만 남은 자리에 테레나스 왕이 거리를 좁히며 다가왔다.

"바리안 폐하."

테레나스가 신분이 비슷한 사람에게 하듯이 허리를 숙여 인사하며 어린 바리안을 맞이했다.

"국왕님."

바리안도 응했다. 그동안의 일로 놀란 마음을 조금 억누를 수 있었다.

"그대의 아버님께서 돌아가셨다는 소식을 듣고 우리 모두 애통해했소. 레인 왕은 좋은 분이셨소. 우리는 그분을 친구이자 동맹 관계로 생각했소. 그대를 위해 우리의 모든 노력을 아끼지 않겠소."

"감사를 표합니다."

이렇게 말하는 바리안의 아랫입술이 살짝 떨렸다.

"자, 이제 좀 앉아서 무슨 일이 있었는지 얘기해 보시오."

테레나스가 바리안에게 자기 옆에 앉으라고 손짓하며 말했다.

"스톰윈드는 이 두 눈으로 직접 보았소. 그 힘과 아름다움에 감탄했었지. 그런 도시가 무엇에 파괴되었소?"

"호드였습니다."

알현실에 들어온 이후 처음으로 카드가 입을 열었다. 테레나스가 몸을 카드가에게 돌렸을 때, 가까이에 있던 로서는 왕이 눈을 살짝 찌푸리는 모습을 보았다.

"호드가 그랬습니다."

"그 호드란 게 무엇인가?"

테레나스가 바리안을 보았다가 다시 로서를 보며 물었다.

"군대, 아니 군대 그 이상입니다. 엄청나게 많습니다. 셀 수 없을 정도지요. 이쪽 바닷가에서 저쪽 바닷가까지 온 땅을 뒤덮을 정도입니다."

로서가 대답하자 테레나스가 다시 물었다.

"그러면 누가 그렇게 많은 병력을 이끄는가?"

"인간이 아닙니다. 오크입니다."

자신의 말에 의아해 하는 왕을 보고, 로서가 설명했다.

"새로운 종족입니다. 이 세계 태생은 아닙니다. 키는 저희만 하지만 체구는 더 우람합니다. 피부는 녹색이고 눈은 붉은색으로 번쩍이지요. 거기다 아랫입술에서 큰 엄니가 나 있습니다."

어딘가에 있던 귀족 하나가 코웃음을 치자, 로서는 그쪽을 쏘아보았다.

"내 말을 믿지 않는 거요?"

이렇게 소리치고는 비웃은 자를 찾으며 발코니를 하나씩 둘러보았다.

"내 말이 거짓말 같소?"

로서가 주먹으로 갑옷에서 눈에 띄게 우그러진 부분 근처를 쳤다.

"이건 오크의 전투망치로 생긴 자국이오."

그리고 다른 부위를 쳤다.

"이건 오크의 전투도끼로 생긴 자국이오!"

그다음에는 팔뚝에 길게 난 흉터를 가리켰다.

"그리고 이건 엄니 때문에 생겼소. 한 놈이 뛰어들었는데 너무 가까워서 둘 다 칼을 휘두를 수 없었소! 이 더러운 놈들은 내 조국과 고향과 동족들을 모두 파괴했소! 날 의심한다면 이리 내려와 내 얼굴에 대고 얘기하시오! 내가 어떤 사람인지, 그리고 내가 거짓을 말한다고 비난하는 자가 어떻게 되는지 보여주겠소!"

"그만!"

미처 무슨 대답이 나오기도 전에 테레나스 왕의 외침이 먼저 터져 나왔다. 목소리에는 확연하게 노여움이 묻어 나왔지만, 그 분노가 자신을 향한 것이 아님을 로서는 알 수 있었다.

"그만하라."

왕이 좀 더 부드럽게 말했다.

"기사단장이여, 여기에 있는 그 누구도 그대의 말을 의심하지 않노라."

그는 로서에게 장담하며, 단호한 표정으로 귀족 중 자신의 말에 동의하지 않는 자가 있는지 둘러보았다.

"그대의 명예와 충성심을 잘 아노라. 오크라는 생명체가 낯설게 들리기는 해도 그대의 말을 그대로 믿겠다."

왕은 다시 카드가에게 몸을 돌리고 고개를 끄덕였다.

"게다가 달라란 마법사가 목격자로서 그대와 함께 있으니, 그대의 말이 여기에서 한 번도 본 적 없는 종족에 대한 이야기라고 해도 무시해 버릴 수 없노라."

"테레나스 폐하, 감사드립니다."

로서는 분을 삭이며 정중하게 대답하기는 했지만, 이제 어떻게 해야 할지 몰랐다. 그러나 다행히도 테레나스 왕은 알고 있었다.

"이웃 왕들을 부르겠노라. 이 사건은 우리 모두에게 영향을 주는 일이니."

이렇게 선언한 왕은 다시 바리안에게 몸을 돌렸다.

"왕자여, 필요한 만큼 거처와 보호를 제공할 테니 걱정하지 마시오. 준비되었을 때, 로데론은 그대가 왕국을 찾도록 모든 지원을 아끼지 않겠소."

로서가 고개를 끄덕이며 바리안을 대신해서 인사의 말을 했다.

"폐하, 크신 아량에 감사드립니다. 저희 왕자님에게 여기 수도보다 더 안전하고 좋은 곳은 없다고 생각합니다. 그러나 피신할 목적으로만 여기에 온 것은 아니라는 점을 알아주시기 바랍니다. 저희는 경고하기 위해 왔습니다."

당당하게 몸을 펴고 로데론의 왕에게 시선을 고정한 채 말을 이어가는 로서의 목소리가 알현실 전체에 쩌렁쩌렁 울렸다.

"이것을 알아주십시오. 호드는 스톰윈드에서 멈추지 않을 것입니다. 온 세상을 집어삼키려 하는 놈들에게는 그 꿈을 실제로 옮길 힘과 많은 병사가 있습니다. 마법 능력도 부족하지 않습니다. 제 조국 땅을 끝장내고 나면…."

목소리가 더 굵고 거칠어졌지만, 애써 말을 이어갔다.

"바다를 건널 방법을 찾아낼 겁니다. 그리고 여기로 올 겁니다."

"전쟁 준비를 하라는 말이로군."

테레나스가 조용히 말을 했다. 질문이 아니었지만, 로서는 대답했다.
"그렇습니다."
모여 있던 자들을 둘러보며 말을 이었다.
"우리 인간의 생존 자체가 달린 전쟁입니다."

2장

검은바위 부족의 족장이자 호드의 대족장인 오그림 둠해머는 상황을 지켜보았다. 스톰윈드 중심부 근처에 서 있는 둠해머의 주위에서 휘하의 부하들이 한때 위대한 도시였던 곳을 한창 파괴하고 있었다. 돌아보는 곳 어디나 파괴와 파멸이 가득했다. 돌로 만들어졌는데도 건물들은 불탔다. 시체와 건물의 잔해가 거리에 나뒹굴었다. 도로에 깔린 포석 사이로 피가 흐르며 이곳저곳에 웅덩이가 생겨났다. 사방에서 비명이 들리는 걸 보니 발각된 생존자들이 고문을 받고 있다는 사실을 알 수 있었다.

둠해머는 고개를 끄덕였다. 일이 잘 진행되고 있었다.

스톰윈드는 강력한 장애물이었다. 잠깐은 그 굉장한 벽을 무너뜨리거나 굳건한 수비병들을 압도할 수 있을지 확신이 없기도 했었다. 호드는 수적으로 우세했지만, 인간들은 기술과 투지로 맞서 싸웠다. 그 점만큼은 높이 사는 바였다. 상대할 가치가 있는 적이었다.

그러나 인간은 모두 둠해머의 동족이 지닌 힘 앞에 쓰러지고 말았다. 도시의 벽은 뚫렸고 수비병들은 죽거나 도망쳤다. 이제 이 땅은 호드의 차지가 되었다. 이 풍요롭고 비옥한 땅은 이전의 고향 세계와 아주 흡사했다. 굴단에 저지른 짓으로 인해 모두 파괴되기 이전의 그 고향 드레노어와.

둠해머는 암울한 기분이 들었다. 망치를 잡은 손에 힘이 들어갔다. 굴단! 주술사에서 흑마법사로 변한 그 배반자는 자신의 힘만으로는 감당할 수 없는 문제를 일으켰다. 그나마 이 새로운 세계로 오는 길을 열었기에 격노한 부족원들에게 갈가리 찢기는 신세는 면할 수 있었다. 그러나 어찌 된 일인지 그 책략가는 그 일조차 자신에게 유리하게 이용했다. 굴단은 검은바위 부족을 장악했었다. 아니, 계속 소유했었는지도 모른다. 둠해머는 수년 동안 이전의 족장인 블랙핸드를 지켜봤는데 그 거대한 오크 전사는 보기보다 더 똑똑했지만 충분할 정도는 아니었다. 굴단은 블랙핸드를 좌지우지하며 호드를 지배했다. 그동안은 부족들을 통합한다는 명목 뒤에 숨어 있었는데, 굴단이 거느린 어둠의 의회는 블랙핸드에게 조언을 가장한 명령을 내리고 있었다.

둠해머가 씩 웃었다. 그러나 이제 끝이 났다. 블랙핸드를 처치해야 했던 경험은 유쾌한 일이 아니었다. 둠해머는 대족장의 부지휘관이었고 그 옆에서 싸우겠다고 맹세했지, 등지겠다고 하지는 않았다. 그러나 전통에 따라 전사는 자신의 족장에게 패권을 놓고 도전할 수 있었고 둠해머도 어쩔 수 없이 그 길을 따라야 했다. 그리고 이겼다. 자신도 이기리라는 사실을 알고 있었다. 그는 마지막 일격으로 블랙핸드의 머리통을 박살내면서 부족의 통제권을 차지했다. 호드의 통제권도 함께.

그 결과로 어둠의 의회도 처리해야 했다. 그건 유쾌한 일이었다.

기억을 떠올리자 웃음이 나왔다. 의회의 구성원과 성소는 물론이고 그 존재 자체를 아는 오크가 거의 없었다. 그러나 둠해머는 얼마 지나지 않아 누구에게 물어야 할지 알아낼 수 있었다. 그는 반오크인 가로나를 고문해서 의회의 위치를 알아냈다. 완전한 오크가 아닌 절반의 혈통에서 오는 나약함 때문에 오래 버티지 못한 게 분명했다. 둠해머가 모임 시간에 갑자기 들이닥쳤을 때 흑마법사들의 얼굴에 떠오른 표정은 가히 압권이었다. 게다가 방을 이리저리 가로지르며 놈들을 도륙할 때 그들의 얼굴에 나타난 표정은 훨씬 더 볼만했다. 둠해머는 그날 어둠의 의회가 지녔던 권세를 모조리 박살 냈다. 그는 블랙핸드처럼 의회의 조종을 받을 인물이 아니었다. 둠해머는 자신이 싸울 전투를 직접 선택하고 스스로 계획을 세우지, 다른 자의 힘을 키워 동족의 생존을 도모하는 자가 아니었다.

마치 생각하는 것만으로 불러내기라도 한 듯이, 피로 물든 대로를 따라 내려오는 두 존재가 보였다. 하나는 보통 오크보다 키가 작았고, 다른 하나는 이상한 형체에 키도 훨씬 컸다. 곧바로 둘을 알아본 둠해머의 입술이 엄니 위로 말려 올라가며 조롱하는 웃음을 띠었다.

"맡은 일은 다했나?"

다가오는 굴단과 그 몸종인 초갈을 보며 둠해머가 외쳤다. 그는 흑마법사에게 시선을 고정했다. 덩치 큰 부하에는 눈길조차 주지 않았다. 둠해머는 오크 대부분이 그랬듯이 평생 오우거와 싸웠다. 블랙핸드가 이 흉물스러운 놈들과 동맹을 맺은 일에 구역질이 났지만 전투에 필요하다는 점은 인정했다. 그러나 그는 여전히 오우거를 좋아하지도, 믿지도 않았다. 초갈은 오우거 중에서도 최악의 존재였다. 그는 희귀한 두 머리 오우거로서 우둔한 동족에 비해 훨씬 지능이 높았다. 그는 자기 능력으로 마법사가 되었다. 초갈이 그 정도의 힘을 지닌 오우거라고 생각하니 둠해머는 등골이 오싹해졌다. 게다가 초갈은 황혼의 망치 부족을 이끌면서 점차 자신을 따르는 오크들과 마찬가지로 광적인 면모를 보였다. 그 때문에 이 머리 둘 달린 오우거는 아주 위험한 존재가 되었다. 그런 걱정을 드러내 보일 리는 없었지만, 그 오우거 마법사가 가까이 올 때마다 망치를 잡은 둠해머의 손에는 저절로 힘이 들어갔다.

"고귀하신 둠해머시여, 아직은 아닙니다."

굴단이 그 옆에 서면서 대답했다. 좀 말라보이기는 했지만, 그 외에는 몇 달 동안 잠들어 있던 것 치고 그리 나빠 보이지 않았다.

"그러나 적어도 오랫동안 잠들어서 생긴 후유증은 완전히 떨쳐냈습니다. 게다가 오래 잠들어 있던 중에 굉장한 일을 알아냈습니다!"

"그래? 잠들어 있었던 덕분에 지혜를 되찾았다는 얘기인가?"

"자는 동안 엄청난 힘에 이르는 길을 봤습니다."

이렇게 털어놓는 굴단의 눈에 욕망이 뚜렷하게 드러나 있었다. 그러나 둠해머는 그 욕망이 일반적인 욕망이 아니라는 사실을 깨달았다. 여자나 좋은 음식, 부를 원하는 게 아니었다. 굴단은 오로지 힘만을 생각했고 그걸 손에 넣을 수 있다면 무슨 짓이든 할 법한 자였다. 이전 세상에서 그자가 한 짓이 바로 그 증거였다.

"네놈을 위한 힘인가? 아니면 호드를 위한 힘인가?"

둠해머가 따지듯 묻자 흑마법사는 대답했다.

"둘 다를 위한 일입니다."

그 목소리는 음흉한 속삭임으로 바뀌었다.

"어떤 곳을 보았습니다. 상상할 수 없이 오래된 곳입니다. 우리 고향 세계의 신성한 산보다도 훨씬 오래되었습니다. 깊은 바다 속에 있는 그곳에는 이 세상을 다시 형성할 만한 힘이 잠들어 있습니다. 우리가 그 힘을 손에 넣으면 아무도 우리에게 대적하지 못할 것입니다!"

"지금 그 누구도 우리를 대적하지 못한다. 그리고 네놈이 발견한 그 사악한 마법이 무엇이든 간에 그보다는 망치와 도끼의 정직한 힘을 선호하는 바다. 네가 꾸민 책략 때문에 결국 우리 세상이, 우리 동족이 어떻게 되었는지 봐라. 우리가 처음 정복할 때처럼 네놈이 이 새로운 세계를 파괴하거나 망가뜨리게 내버려 두지는 않겠다!"

"이건 둠해머 님이 바라는 것보다 훨씬 더 큰일입니다."

성질머리 때문에 굽실거리던 것도 잊고 흑마법사가 흥분하여 말을 이었다.

"제 운명은 물 아래에 있습니다. 그걸 오그림 님이 막을 방법은 없습니다! 이 호드는 우리 동족이 가야 할 길의 첫 번째 단계에 불과합니다. 그리고 호드를 이끌어 다음 단계로 나아갈 자는 접니다! 당신이 아닙니다!"

"언행을 삼가라, 흑마법사."

둠해머가 대답하며 망치를 들어 굴단의 뺨을 가볍게 툭툭 치며 말했다.

"소중한 어둠의 의회가 어떻게 되었는지 잊지 마라. 네놈의 머리통 따위는 순식간에 박살 낼 수 있다. 그러면 과연 그 운명은 어디에 놓일까?"

그러고는 우뚝하니 서 있는 초갈을 쏘아보았다.

"이 혐오스러운 놈이 네놈을 구해줄 수 있다는 생각은 마라."

이렇게 으르렁거리듯 말한 다음 망치를 더 높이 들자 초갈이 두 얼굴 모두 두려움이 가득한 채 뒤로 물러섰다. 둠해머는 웃음을 터뜨렸다.

"오우거는 많이 쓰러뜨려 봤다. 심지어 그론까지도. 언제든 다시 할 수 있고 필요하다면 할 거다."

그러고는 몸을 기울이며 말을 더했다.

"네 목표 따위는 중요하지 않다. 오직 호드만 중요하다."

순간 굴단의 눈에서 스치는 분노를 보고 이 흑마법사가 물러서지 않을지도 모른다고 생각했다. 마음속 한구석에서는 오히려 기뻤다. 다른 오크들이 다 그랬듯이 둠해머도 항상 동족의 주술사를 존경하고 흠모했지만,

흑마법사들은 완전히 다른 존재였다. 그들의 힘은 정령이나 조상의 혼령이 아니라 무언가 끔찍한 근원에서 오는 것이었다. 오크 종족을 건강해 보이는 갈색에서 섬뜩한 초록색으로 바꾼 것도, 고향 세계를 파괴한 것도, 오크가 그저 살아남겠다는 일념으로 여기에 와야 했던 것도 다 그들의 마법 때문이었다. 그리고 굴단이 놈들의 지도자이자 선동자였으며 단연코 가장 강력하고 교활하며 이기적인 존재였다. 둠해머는 이 흑마법사가 호드에 어떤 이득을 주는지 알았지만, 차라리 없었다면 모든 상황이 더 좋았으리라는 생각을 떨칠 수가 없었다.

굴단은 자기 눈에서 그런 게 보였다는 사실을 깨달은 듯했다. 분노가 사라지고 걱정과 원한 어린 존경심으로 바뀌면서 흑마법사는 고개를 숙이고 대답했다.

"위대하신 둠해머 님, 물론입니다. 하신 말씀이 옳습니다. 호드가 최우선입니다."

그러고는 두려움을 완전히 극복한 상태가 되어 씩 웃었다. 보아하니 분노는 사라졌거나 적어도 마음속 깊은 곳에 다시 한 번 감춰놓은 듯했다.

"앞으로 우리가 이 세상을 정복해 나갈 때 도움이 될 만한 생각이 새롭게 많이 떠올랐습니다. 그러나 먼저 약속드린 전사를 마련해 드리겠습니다. 아무도 막을 수 없고, 당신의 말에 전적으로 복종하는 전사들입니다."

둠해머가 천천히 고개를 끄덕이며 허락했다.

"아주 좋다. 우리의 성공을 더 확실하게 해 줄 수 있는 것이라면 그 무엇도 허투루 여기지 않겠다."

그러고는 고개를 돌려 흑마법사와 그 부관에게 물러가라는 눈짓을 했다. 굴단은 그런 뜻을 눈치 채고 절하며 자리를 떴고 초갈이 쿵쿵거리며 함께 걸어 나갔다. 둠해머는 둘 다 항상 주의 깊게 지켜봐야 한다는 사실을 알았다. 굴단은 모욕을 가볍게 받아들일 자도 아니고 다른 이의 지배하에 오랫동안 놓일 자도 아니었다. 그러나 선을 넘지 않는 한, 이 흑마법사의 마법은 쓸모가 있기에 둠해머는 최대로 활용하고자 했다. 대립 상황을 더 빨리 해결할수록 동족들이 무기를 내려놓고 다시 한 번 살 땅을 일구는 일에 주력할 수 있을 터였다.

그런 생각을 하며 둠해머는 다른 부관 하나를 찾아다녔다. 때마침 한때 대회당이었던 곳에서 부관이 음식과 음료를 풍족하게 먹고 있는 것을 발견했다.

"줄루헤드!"

그 오크 주술사는 둠해머가 자신을 소리쳐 부르자 위를 올려다보았다. 그리고는 앞에 있던 잔과 접시를 밀어 놓으며 벌떡 일어섰다. 비쩍 마른 데다 쪼글쪼글하고 늙은 몸이었지만 낡은 회색 장식술 아래의 적갈색 눈만큼은 여전히 쌩쌩했다.

"둠해머 님."

굴단과는 달리 줄루헤드는 징징거리거나 절하지 않는데 오히려 둠해머는 그 점이 존경스러웠다. 줄루헤드는 정당한 자격으로 족장, 용아귀 부족의 우두머리가 된 자였다. 게다가 주술사이기도 했는데, 유일하게 호드에 가담한 주술사였다. 그리고 둠해머는 바로 그런 그의 능력과 주술로 자신에게 해줄 수 있는 일에 관심이 있었다.

"작업은 어떻게 되어가오?"

굳이 인사말을 하지는 않지만, 줄루헤드가 내민 잔은 받아 들었다. 안에 담긴 포도주는 참으로 훌륭했다. 게다가 그 안에 살짝 넣은 인간의 피덕분에 풍미가 한층 더했다.

"똑같습니다."

이렇게 대답하는 용아귀 부족 지도자의 얼굴에는 혐오감이 그대로 드러났다.

몇 달 전 줄루헤드가 둠해머에게 다가와서 이상한 환상 때문에 정신이 좀먹고 있다는 이야기를 했다. 그것은 어떤 보물에 대한 환상이었다. 어느 산맥 아래 깊숙한 곳에 대단한 보물이 묻혀 있는데 그것은 부가 아닌 힘을 준다고 했다. 둠해머는 늙은 족장을 존경했고 원래 살던 세계에서 주술사의 환상이 지닌 힘이 어떤지 기억하고 있었다. 자신의 부족을 이끌고 그 산과 거기 감춰진 힘을 찾겠다는 줄루헤드의 요청을 둠해머는 수락해 주었다. 몇 주가 걸렸지만, 마침내 용아귀 부족은 땅속 깊숙이 있던 동굴과 그 안의 이상한 물체, '악마의 영혼'이라 이름 붙인 황금 원반을 찾아냈다. 아직 둠해머가 직접 보지는 않았지만, 줄루헤드는 그 유물에서 오랫동안 잠들어있던 엄청난 기운과 어마어마한 힘이 뿜어져 나온다고 장담했다. 안타깝게도, 현재까지 파악한 바로는 그 힘을 손에 넣기는 어려웠다.

"그 힘을 끌어낼 수 있다고 장담하지 않았소?"

빈 잔을 옆으로 던지며 둠해머가 기억을 상기시켰다. 잔은 멀리 있는 벽에 맞고 둔탁한 소리를 냈다.

"그럴 겁니다. 악마의 영혼에는 엄청난 힘이 들어 있습니다. 그것은 산을 무너뜨리고 하늘을 가를 수 있을 정도의 힘입니다!"

장담하던 줄루헤드의 눈살이 찌푸려졌다.

"하지만 아직은 제 마법에 저항합니다."

고개를 저으며 말을 이었다.

"그래도 방법을 알아낼 겁니다! 전 압니다! 꿈에서 봤으니까요! 일단 이용할 수만 있다면, 그 힘을 사용하여 선택한 종복들을 노예로 삼을 것입니다! 우리 휘하에 있는 그 노예들로 하늘을 다스리고 우리에게 맞서는 자들에게 불의 비를 내릴 것입니다!"

"훌륭하오."

그러면서 둠해머는 줄루헤드의 어깨를 탁 쳤다. 가끔 이 늙은 주술사의 광기가 염려스럽기는 했다. 무엇보다도 줄루헤드가 이 세계에 사는 것 같지 않았다. 그래도 줄루헤드의 충성심을 의심하지는 않았다. 비슷한 환상을 보았다며 힘을 찾으러 가게 해달라는 굴단의 요청은 일축해 버렸다. 그러나 이 늙은 오크의 탐구 여행을 지원한 것은 그러한 이유였다. 둠해머는 무슨 일이 있더라도 줄루헤드가 자기나 동족에 등을 돌리지 않으리라는 걸 알았다. 그리고 이 악마의 영혼으로 줄루헤드가 장담하는 일의 절반만 일어날 수 있다면, 주술사의 환상이 현실이 되게 해 줄 수 있다면, 호드는 항상 전투에서 우위를 보장받을 수 있었다.

"다 준비되면 알려 주시오."

"물론입니다."

줄루헤드가 피로 얼룩진 황금 병의 내용물로 다시 채운 잔을 들어 건배했다. 둠해머는 주술사가 자축하도록 두고 다시 무너진 도시를 돌아다니기 시작했다. 전사들이 어떻게 하고 있는지 직접 보는 게 좋았다. 그리고 지도자가 전사들 사이를 걸어 다니면, 전사들은 자기들과 지도자가 하나라고 생각하기 때문에 유대감이 탄탄해진다는 사실을 둠해머는 알고 있었다. 블랙핸드도 그 사실을 알고 휘하의 오크들이 자신을 대족장이자 동료 전사로 여기도록 했다. 둠해머가 블랙핸드로부터 배운 것이었다. 줄루헤드와 만나고 나니 굴단을 만나고 입안에 감돌던 씁쓸함이 사라졌다. 거리를 활보하니 기분도 한껏 좋아졌다. 동족들은 여기에서 엄청난 승리를 거두었고 축하할 자격이 있었다. 며칠간은 그렇게 즐기도록 둘 생각이었다. 그 후에 다음 목표를 향해 나아가리라.

굴단이 건너편에서 둠해머를 멀찍이 지켜보았다.

"저자와 줄루헤드가 뭘 꾸미고 있지?"

멀어져가는 대족장의 등에서 눈을 떼지 않은 채 굴단이 따지듯 묻자 초갈이 대답했다.

"모르겠습니다. 놈들은 비밀스럽게 움직여 왔습니다. 용아귀 부족이 산에서 발견한 무언가와 관련이 있다는 건 압니다. 놈들 부족 절반이 지금 거기에 있는데 뭘 하는지 모르겠습니다."

"음, 상관없다."

굴단이 눈살을 찌푸리고 엄니 하나를 무심코 문지르며 생각에 잠겼다.

"뭐든 간에 둠해머가 그것에 정신을 팔고 있으니 우리에게 도움이 되는 일이지. 덕분에 우리 계획을 실행에 옮기기 전에 들통 날 일은 없겠어."

씩 웃으며 말을 이었다.

"그리고 놈이 깨달았을 때는 너무 늦었을 테지."

"놈 대신 대족장이 되실 겁니까?"

마련해 둔 막사 쪽으로 고개를 돌리며 초갈의 머리 중 하나가 물었다.

"내가? 그럴 리가."

굴단이 웃었다.

"나는 도끼나 망치를 들고 거리를 누비며 적의 몸뚱이를 직접 상대하는 데는 아무런 관심이 없다. 내 길은 그보다 훨씬 위대하지. 수백, 수천이 되는 적들이라 해도, 혼령의 모습으로 나타나 멀리서 박살 낸 후 삼켜버리려 한다."

그런 생각을 하자 미소가 절로 지어졌다.

"곧 약속된 것이 전부 내 차지가 되면 둠해머는 아무런 상대도 되지 않을 것이다. 호드의 힘조차도 내 앞에서는 무너질 테지. 나는 손을 뻗어 이 세상을 깨끗하게 쓸어버리고 내 생각대로 다시 세우리라!"

굴단은 다시 웃음을 터뜨렸고, 그 소리가 무너진 벽과 부서진 건물 사이로 메아리 쳤다. 마치 죽어가는 도시 전체가 함께 웃는 것 같았다.

3장

    카드가는 알현실 한쪽에서 조용히 상황을 지켜보았다. 말로는 카드가가 침공의 목격자로 참석했으면 한다지만, 실상 로서의 속마음은 낯선 땅에서 아는 얼굴이 하나라도 있기를 바라는 것이리라. 물론, 호기심이 들어 초대에 응하긴 했다. 하지만 자신에게 엄청난 힘이 있더라도 동등한 신분으로 참석하는 자리가 아니라는 것 정도는 알았다. 모인 이들 전부 하나같이 어딘가를 다스리는 통치자인 만큼 카드가에게 어려운 자리였다. 게다가 카드가는 최근 너무 많은 일에 휘말렸다는 생각이 들었다. 어렸을 적엔 행동하기 전에 지켜보고, 기다리고, 분석하는 데 익숙했었다. 지금은 그때의 방식이 절실한 상황이었다. 오래는 안 되겠지만.

    알현실에 있는 사람 중 아는 얼굴이 꽤 있었다. 적어도 소문은 들어본 적이 있는 사람들이었다. 크고 건장한 체구에 이목구비가 뚜렷하고 검은 턱수염을 무성하게 길렀으며, 검은색과 회색의 갑옷을 입은 자는 겐 그레이메인이었다. 그자는 길니아스라는 남쪽 나라를 다스렸는데, 카드가가 들은 바로는 보기보다 아주 영리하다고 했다. 키가 크고 몸매는 호리호리하며 파도와 바람에 거칠어진 피부에, 초록색 해군 제복을 입은 남자는 모두 알다시피 댈린 프라우드무어 제독이었다. 제독은 쿨 티라스를 다스렸다. 그리고 테레나스 왕이 동등하게 대우할 정도로 세계에서 가장 규모가 크고 무시무시한 해군의 지휘관 자리도 맡고 있었다. 회갈색 머리칼과 녹갈색 눈을 하고 세련된 모습으로 과묵하게 있는 사람은 알터랙의 지도자인 에이든 페레놀드 경이었다. 페레놀드 경은 이웃인 스트롬가드의 토라스 트롤베인 왕을 노려보고 있었지만, 키가 크고 우락부락한 트롤베인은 그런 시선을 무시하고 있었다. 고향 산의 혹독한 날씨를 막아주는 가죽과 모피가 페레놀드 경의 분노도 막아주는 게 분명했다. 반면 트롤베인의 험상궂은 얼굴은, 키가 작고 통통하며 흰 눈처럼 새하얀 수염에 상냥한 표정을 지은 남자에게로 향해 있었다. 의식용 로브와 지팡이가 없더라도 대륙 어디에서든 별다른 소개를 할 필요 없는 알론서스 파올은 빛의 교단을 섬기는 대주교로 전 아제로스의 사람들에게 추앙받았다. 그도 그럴만했다. 직접 보는 것은 이번이 처음이었는데, 파올 대주교는 그저 지켜보는 것만으로도 평화로움과 지혜가 느껴지는 사람이었다.

파올의 보라빛 눈이 슬쩍 곁눈질하기에 카드가는 그리로 시선을 돌렸다. 입을 다물 수 없었다. 알현실로 걸어 들어들어 오는 자는 전설과도 같은 사람이었다. 키가 크고 죽은 사람처럼 비쩍 마른 체구에, 듬성듬성 세어버린 갈색 턱수염과 콧수염이 덥수룩한 눈썹과 쌍을 이루고 있는 사람. 대마법사 안토니다스였다. 그는 벗어진 머리에 금으로 테를 두른 모자를 쓰고 있었다. 달라란에서 머무는 동안, 카드가가 키린 토의 지도자들을 본 적이 딱 두 번 있었다. 한 번은 지나가면서였고, 다른 한 번은 메디브에게 보내겠다는 말을 들을 때였다. 이렇게 드러내놓고 다른 통치자들 옆에서 한 자리 차지하고 있는, 머리부터 발끝까지 어느 군주 못지않게 위엄 있는 상급 마법사를 보니 카드가의 마음에 경외심이 들었다. 또한 놀랍게도 한편으로 고향에 대한 향수병이 밀려들었다. 카드가는 달라란이 그리웠다. 언제 그 마법사들의 도시로 돌아갈 수 있을지 의심스러웠다. 전쟁이 끝난 후라면 혹시 모를 일이었다. 그것도 살아남아야 가능한 일이겠지만.

안토니다스가 제일 나중에 들어왔는데 연단 바로 앞에 도달했을 무렵 테레나스 왕이 일어나 손뼉을 쳤다. 그 소리가 알현실 안에 떠나갈 듯 울리자 대화가 서서히 잦아들면서 모두 주최자인 왕에게로 관심을 돌렸다.

"모두 와 줘서 고맙소."

테레나스 왕이 입을 열었다. 자연스럽게 방 전체에 울리는 목소리였다.

"이런 요청이 갑작스럽다는 건 압니다. 그렇지만 논의 해야 할 매우 중요한 문제가 있습니다."

왕은 잠시 말을 멈춘 뒤 자기 옆 연단 위에 서 있는 남자에게 몸을 돌렸다.

"스톰윈드의 기사단장, 안두인 로서를 소개하겠소. 그는 여기에 전령으로 왔을 수도 있지만, 어쩌면 구원자가 될지도 모르겠소. 그간 무엇을 보았고, 또 우리에게 어떤 일이 닥칠지 직접 소상히 말해보시오."

로서가 앞으로 나섰다. 당연히 테레나스 왕이 새 의복을 주었지만, 로서는 말끔한 로데론 복장으로 갈아입는 대신 자기 방어구를 그대로 입겠다고 했다. 카드가 생각에는 대다수 군주가 로서의 한쪽 어깨 위로 불쑥 튀어나온 대검을 눈치 못 챌 리 없다고 확신했지만, 그들의 관심은 처음부터 이 스톰윈드 기사단장의 얼굴과 말에 집중되어 있었다. 이번만은 감정을 숨기지 못하는 점이 오히려 유리하게 작용했다. 왜냐하면, 그 덕에 모인 왕들이 로서의 말에 담긴 진심을 읽을 수 있었기 때문이다.

"여러 폐하 여러분. 이 자리에 모여 주셔서 감사합니다. 또, 이제부터 제가 드리려는 말씀에 귀 기울여 주시는 점에 대해서도 미리 감사드립니다. 저는 시인이나 사절이 아니라 전사이므로 간결하게 직설적으로 말씀드리 겠습니다."

그러고는 깊게 심호흡했다.

"우선, 제 고향 스톰윈드가 사라졌다는 말씀을 드려야겠습니다."

군주들 몇몇이 깜짝 놀랐다. 다른 몇몇은 안색이 창백해졌다.

"스톰윈드는 오크라고 알려진 생물체들의 무리인 호드에 무너졌습니 다. 놈들은 끔찍한 적입니다. 인간만큼 크면서도 힘은 훨씬 세고 초록색 피부에 붉은 눈을 한 짐승의 외모를 가졌습니다."

이번엔 아무도 웃지 않았다.

"이 호드는 최근 나타났습니다. 처음에는 우리 순찰대를 괴롭히는 정도 였습니다. 그러나 그건 단지 습격자 무리에 불과했습니다. 놈들의 전 병력 이 진군해 왔을 때 저희는 경악을 금치 못했습니다. 말 그대로 수천, 수만 의 전사였습니다. 부정한 그림자처럼 온 땅을 뒤덮을 정도였습니다. 놈들 에게는 자비가 없습니다. 그들은 강하고 잔인한 적이었습니다."

로서의 입에서 한숨이 흘러나왔다.

"저희는 전력을 다해 싸웠습니다. 하지만 그것만으로는 충분하지 않았 습니다. 놈들은 온 땅에 엄청난 피해를 준 뒤에 저희 도시를 포위했습니 다. 저희도 한동안 저항하기는 했지만, 결국 방어선이 뚫리고 말았습니 다. 그리고 레인 국왕께서 놈들의 손에 서거하셨습니다."

카드가는 로서가 레인 왕이 죽은 경위는 설명하지 않았다는 점을 깨달 았다. 어쩌면 자신들이 신뢰했던 반오크 암살자를 언급하면 이야기가 힘 을 잃는다고 생각했는지도 모른다. 아니면 로서가 그저 그 생각을 하고 싶 지 않았을지도. 이해는 갔다. 카드가도 그 문제에 매달려 있고 싶지 않았다. 비록 메디브의 탑에서 같이 그런 환상을 보긴 했지만, 친구라고 생각했던 가로나가 배반했다는 사실에 마음이 늘 아팠다.

"귀족들도 대부분 죽었습니다. 저는 왕자님을 지키고 가능한 한 많은 사람을 안전한 곳으로 데려가는 동시에 여러분에게 어떤 일이 있었는지 경고하는 책임을 맡았습니다. 이 호드는 우리 땅, 아니 우리 세계에 본래 있었던 존재가 아닙니다. 그리고 대륙 하나만으로 만족할 놈들이 아닙니다. 놈들은 진군을 계속할 것이 분명합니다."

"그러니까 놈들이 여기로 온다는 말이군."

로서가 말을 멈추었을 때 프라우드무어 제독이 말했다. 질문이라기보다는 선언에 가까웠다.

"그렇습니다."

대답이 간단해서 알현실 전체에 놀라움, 아니 어쩌면 공포의 전율이 일었다. 프라우드무어 제독은 고개를 끄덕였다.

"놈들에게 배가 있소?"

"모르겠습니다. 지금까지는 본 적 없지만, 따지고 보면 이 일이 있기 전까지는 호드 자체를 본 적이 없었던 게 사실이니까요."

로서의 눈살이 찌푸려졌다.

"그리고 이전에 놈들에게 배가 없었다면, 지금은 분명히 있을 겁니다. 놈들이 저희 해안을 쭉 따라오며 습격을 하는 와중에 많은 배를 침몰시켰는데, 그냥 사라진 배도 있었습니다."

"그렇다면 놈들에게 바다를 건널 방도가 있다고 생각해야겠군."

제독이 그리 놀라지 않은 것을 보며 카드가는 그가 이미 최악의 경우를 가정하고 있다고 생각했다.

"지금 이 순간에도 바다를 건너 우리에게 오고 있을지도 모르겠는데."

"육로도 있다는 사실을 잊지 마시오."

트롤베인이 으르렁거리듯 말을 더하자 로서가 동의했다.

"예, 맞습니다. 처음에는 동쪽 슬픔의 늪 근처에서 나타나더니 온 아제로스를 휘저으며 스톰윈드까지 왔습니다. 놈들이 북쪽을 향한다면 불타는 평원과 산을 넘어 로데론 남쪽으로 올라올 겁니다."

"남쪽이라고?"

겐 그레이메인이 외쳤다.

"우릴 지나갈 수는 없을걸! 내 남부 해안에 상륙하려는 놈은 누구든 뭉개버릴 테니!"

"이해를 못 하셨나 봅니다."

지친 듯한 표정과 목소리였다.

"아직 직접 보지 않아서 그러시나 봅니다. 게다가 놈들의 수와 힘은 헤아리기 어려울 정도입니다. 지금 분명히 말씀드리겠습니다. 놈들에게 대항하지는 못하실 겁니다."

모여 있는 군주들을 쳐다보는 로서의 얼굴에 묘한 자부심과 슬픔이 분명하게 드러났다. 그는 조용하면서도 단호하게 말했다.

"스톰윈드 군대는 대단히 강했습니다. 제 부하들은 잘 훈련되고 노련한 전사들이었습니다. 오크들과 맞붙어 이기기도 했습니다. 그런데 알고 보니 저희가 쓰러뜨린 병력은 선봉대일 뿐이었습니다. 호드와 직접 마주한 저희는 혼란스러운 아이와 노쇠한 늙은이가 된 것처럼 속수무책으로 쓰러지고 말았습니다."

목소리는 평범했지만, 그 말에는 분명히 엄숙함이 서려 있었다.

"놈들은 모든 것을 휩쓸어 버릴 겁니다."

"그렇다면 우리가 어찌했으면 좋겠나?"

파올 대주교였다. 카드가 보기에 곧 모두가 격렬한 감정을 표출하기 일보 직전이었지만, 그 잔잔한 목소리에 다 누그러졌다. 아무도 바보가 되고 싶지는 않았다. 왕이라면 당연히 그래야 했고, 특히 귀족들 앞에서라면 더더욱 그랬다.

"우리는 힘을 합쳐야 합니다. 여러분 중 그 누구도 단독으로 놈들에게 맞설 수 없습니다. 하지만 우리 모두 함께라면…, 희망이 있습니다."

"그러니까 이런 위험이 닥쳐오고 있다는 말인데…. 그 말에는 이의가 없네."

페레놀드 경의 부드러운 목소리가 다른 왕들에게 영향을 주었다.

"게다가 우리 모두가 힘을 합쳐야만 다가오는 위험을 물리칠 수 있다는 거지. 궁금한 점이 있는데, 다른 방법으로 이 문제를 해결해보려 한 적이 있나? 분명히 이…, 오크들은… 이성적인 존재겠지? 분명히 마음속에 어떤 목표가 있을 테고. 어쩌면 그들과 협상할 수도 있지 않겠나?"

고개를 흔드는 로서의 얼굴에 나타난 고통스런 표정에서 이 토론을 얼마나 어리석다고 생각하는지가 여실히 드러났다.

"놈들은 이 세계, 우리 세계를 원합니다."

로서는 아이에게 말하듯 천천히 대답했다.

"그게 아니면 만족하지 않을 겁니다. 저희도 전령, 사절, 대사를 보내 봤습니다."

그리고는 미소를 지었다. 암울하고도 딱딱하게 굳은 미소였다.

"대부분 몸이 조각이 난 채로 돌아왔습니다. 그걸 돌아왔다고 할 수 있는지는 모르겠지만."

카드가는 왕 몇 명이 서로 속삭이는 모습을 보았다. 그 어조를 듣자 하니 아직도 모두에게 어떤 위험이 닥친 것인지 이해하지 못한 듯했다. 카드가는 로서의 말도 듣지 않는데 과연 자기 말을 들어 줄지 의문스러웠지만 어쨌든 한숨을 쉬며 앞으로 나섰다. 시도는 해봐야 했다.

다행히도, 다른 이도 앞으로 걸어 나왔다. 마찬가지로 갑옷이 아니라 로브를 입고 있었지만, 이 새로운 인물은 훨씬 더 권위 있어 보였다.

"들어 보시오."

안토니다스가 외쳤다. 가늘었지만, 여전히 짱짱한 목소리였다. 깎아 만든 지팡이를 높이 들자 그 끝에서 눈부신 빛이 뿜어져 나왔다.

"내 말 들어 보시오!"

그가 다시 한 번 외치자 이번에는 모두 고개를 돌리더니 입을 다물고 귀를 기울였다.

"이전에도 이 새로운 위협에 관한 보고서를 받은 적이 있소. 아제로스의 마법사들은 처음엔 오크의 외모를 흥미롭게 여겼다가 그다음에는 겁을 먹었소. 그리고 그런 정보를 담고 도움을 요청하는 내용의 편지를 여러 통 받기도 했소."

대마법사는 로서의 말에 동의하며 눈살을 찌푸렸다.

"주의 깊게 들었어야 했던 사실을 우리가 그냥 넘겨 버린 건 아닌지 두렵소. 오크가 위험한 줄은 알았지만, 놈들을 그저 조금 더 심각한 골칫거리 정도로만 치부했지. 아제로스 밖의 일이라고 여겼소. 우리가 잘못 생각한 듯싶소. 어쨌거나 여러분에게 놈들이 위험하다는 얘기는 해야겠소. 내가 존경하는 분들 여럿이 확인해 주었소. 저 기사단장의 말을 무시하면 목숨을 내놓아야 할 것이오."

"놈들이 그렇게 위험하다면, 왜 마법사들이 손을 놓고 있었습니까?"

그레이메인이 따져 물었다.

"왜 마법으로 위험을 끝내버리지 않았습니까?"

"왜냐하면 오크에게도 자기들만의 마법이 있었기 때문이오."

안토니다스가 맞받아쳤다.

"강력한 마법이오. 마법사들이 보고한 바에 따르면 적어도 놈들의 흑마법사 대부분은 우리 마법사보다는 약하지만, 수가 엄청나게 많은 데다 다 함께 힘을 쓸 수 있소. 상대하기가 절대 쉽지 않았소."

카드가는 늙은 대마법사의 목소리에서 씁쓸함이 묻어나왔다고 확신하면서, 그러는 것도 당연하다고 생각했다. 키린 토의 모든 구성원이 가치 있게 여기는 것이 하나 있다면, 그건 독립성이었다. 마법사 두 명끼리도 협력은 어려웠다. 해내고 말고의 문제가 아니라 상상조차 할 수 없는 일이었다.

"우리 마법사들도 맞서 싸웠습니다. 몇 번의 전투에서는 전세를 바꾸는 데 도움이 되기도 했습니다. 그러나 대마법사님의 말씀이 맞습니다. 물리적으로든 마법으로든 놈들을 상대하기에는 저희의 수가 모자랐습니다. 주문을 시전하는 오크를 하나 죽일 때마다 다른 놈이 나타나 그 자리를 대신하는데 심지어 옆에 둘을 더 거느리기까지 했습니다. 놈들은 위험에서 자신들을 지켜줄 부대를 거느리고 다니며 마법으로 주위 전사들에게 힘을 더해줍니다."

설명하던 로서는 눈살을 찌푸렸다.

"가장 위대하신 마법사 메디브 님께서도 호드의 악에 굴복하셨습니다. 다른 마법사도 대부분 잃었습니다. 마법만으로 놈들을 쓰러뜨릴 수 있다고 생각지 않습니다."

카드가는 메디브가 어떻게, 또는 왜 죽었는지를 눈치 빠르게 언급하지 않는 로서가 고마웠다. 지금 여기에서 그런 일을 털어놓기에는 적절하지 않았다. 그러나 안토니다스가 자신이 있는 방향으로 날카로운 시선을 던지는 것을 간파하고는 나오려던 한숨을 억눌렀다. 조만간 어느 시점에, 키린 토의 지도부인 의회에서 카드가에게 전부 설명해 달라는 요구를 해올 것이다. 카드가는 의회가 사실을 그대로 말하지 않으면 만족하지 않으리라는 점을 알고 있었다. 그리고 호드의 존재나 초기 활동과 아주 밀접하게 결부된 일이기 때문에 무엇이든 감춘다면 모두가 위험해질지도 모르는 일이었다.

"좀 이상한 점이 있소."

페레놀드 경의 부드러운 목소리가 다시 대화 사이를 파고들었다.

"우리 해안에 갑자기 나타난 이방인이 우리 생존 문제를 그렇게까지 염려하다니."

경은 이죽거리는 듯한 웃음을 지으며 로서를 힐끗 보았다. 카드가는 그 비아냥대는 왕의 턱수염에 불을 붙여 버리고 싶은 충동을 억지로 참았다.

"상처를 건드려서 미안하오만, 그대의 왕국은 사라졌고, 왕은 죽었으며 왕자는 이제 소년티를 겨우 벗은 정도인 데다 국토는 황폐해졌지 않소?"

로서는 고개를 끄덕이며 이를 갈았다. 짐작컨대 그 무례한 왕의 목을 꺾어버리지 않으려고 참느라 그러는 듯했다.

"그대는 이러한 위험이 있다는 소식을 우리에게 전했소. 물론 그 점은 감사하오. 그대는 우리가 무얼 해야 하고 어떻게 단결해야 하는지를 반복해서 말하고 있소."

페레놀드 경은 방을 크게 둘러보았다. 바리안은 그 자리에 없었다. 테레나스 왕은 아직도 충격에서 벗어나지 못한 왕자를 가족처럼 대하며 안으로 데리고 들어갔고 카드가나 로서 둘 다 지금 당장 그 소년 왕자가 이렇게 따지고 드는 분위기까지 감당할 필요는 없다는 데 동의했다.

"여기에 그대 왕국에서 온 이는 경 말고는 보이지 않소. 게다가 경 입으로 왕자는 아직 어리고 땅은 정복당했다 했소. 우리가 경의 제안을 받아들여 단결한다 치면, 경은 우리 연합에 무얼 보탤 수 있소? 경의 출중한 무예 실력은 빼고 말이오."

로서는 얼굴 곳곳에 분노가 확연히 드러난 상태로 입을 열고 대답하려고 했지만, 다시 한 번 가로막혔다. 놀랍게도 이번엔 테레나스 왕이었다.

"내 손님이 그런 식으로 모욕당하는 일은 허용하지 않겠소."

로데론의 통치자는 강철 같이 단호한 목소리로 선언했다.

"로서 경은 목숨을 걸고 우리에게 이 소식을 전하러 왔소. 큰 슬픔을 겪었는데도 명예롭게 행동하며 다른 이들을 안타깝게 여겼을 뿐이오!"

페레놀드 경은 고개를 끄덕이고는 사과하는 척 입을 벙긋거리며 반 정도만 허리를 숙였다.

"게다가 로서 경이 혼자에다 별 가치가 없다는 생각은 아주 잘못됐소. 바리안 린 왕자는 짐이 귀하게 여기는 손님이며 왕자가 떠나겠다고 할 때까지는 계속 그럴 것이오. 짐은 왕자가 왕국을 되찾도록 돕기로 맹세했소."

이 말을 듣고 군주 몇몇이 수군거리는 소리가 났다. 그들이 무슨 생각을 하는지는 뻔했다. 테레나스 왕은 방금 스톰윈드에 대해 그 어떤 요구도 하지 않을 것이며 자신이 바리안 왕을 지원한다는 사실을 다른 왕들에게 한 번에 주지시켰다. 현명한 방법이었다. 로데론 왕에 대한 존경심이 더 커졌다.

"로서 경은 왕국에서 왕자와 다른 이들을 함께 데려왔소. 그중에는 병사도 있소. 그 수는 많지 않아도 우리가 처한 위험을 생각한다면 오크를 직접 상대해 봤다는 경험은 그 가치를 따질 수 없을 정도로 귀하오. 스톰윈드 영토에서 어찌할 바를 모르고 방황하는 사람들도 더 있을 것이오. 로서 경이 부르면 달려와 힘이 되어 줄 거요. 게다가 로서 경 본인부터 노련한 지휘관이자 전략가요. 그리고 경의 무예 실력이야 두말할 따위 없이 최고의 존경심을 표할 수밖에 없는 수준이오."

왕은 잠시 말을 멈추고는 로서에게 무언가를 묻는 듯한 눈길을 던졌다. 로서가 고개를 끄덕이는 걸 보자 카드가의 호기심이 일었다. 다른 군주들이 이곳에 당도할 때까지 기사단장과 왕은 몇 차례 만남을 가졌고, 카드가는 그때마다 전부 참석하지는 않았기에 자기가 모르는 내용이 뭐가 있는지 궁금했다.

"마지막으로 로서 경이 우리와 관계없는 이방인이라는 의문이 제기되었소."

테레나스 왕이 미소를 지었다.

"로서 경이 직접 이 대륙에 영예로운 흔적을 남긴 적은 없었으나 이 땅과 우리 왕국과 깊은 인연이 있기에 이방인과는 거리가 머오. 로서 경은 아라시 가문의 마지막 혈통이니 우리 중 그 누구 못지않게 이 의회에서 말할 자격이 있소!"

새롭게 밝혀진 사실에 다른 왕들이 술렁였고 카드가 역시 로서가 달리 보이기 시작했다. 아라시라니! 당연히 카드가도 아라소르라는 이름을 들어본 적이 있었다. 로데론에 있는 누구나 그랬다. 아라소르는 오래전 이 대륙에 세워진 첫 번째 국가였고 그 국민은 엘프와 강력한 연대를 형성했었다. 두 종족은 알터랙 산맥 기슭에서 대규모 트롤 군대에 맞서 함께 싸웠고, 함께 트롤의 위협을 물리치고 그 제국을 영원히 분열시켰다. 아라소르 제국은 번영하며 점점 세를 넓혀가다가 결국 세월이 흐른 뒤 작은 나라로 나뉘어 그 이후로 오늘날까지 대륙 곳곳에 흩어진 상태가 되었다. 많은 이들이 북부의 비옥한 땅으로 떠나면서 아라소르의 수도인 스트롬은 버려진 곳이 되었고 아라시의 마지막 후손은 사라져 버렸다. 소문에는 남쪽으로 카즈 모단을 지나 아제로스의 황야로 갔다고 했다. 스트롬은 트롤베인의 영토인 스트롬가드의 중심부가 되었다.

"사실입니다."

로서가 호소력 있는 목소리로 선포하며 자신이 거짓말을 한다고 여겼던 이들을 쳐다봤다.

"저는 아라소르를 세운 소라딘 왕의 후손입니다. 저희 가문은 제국이 무너진 후 아제로스에 정착하고 거기서 새 나라를 세웠습니다. 그 나라가 스톰윈드입니다."

"그렇다면 우리를 다스리러 온 것이오?"

그레이메인이 캐묻기는 했어도, 표정은 그렇게 생각하지 않는 눈치였다.

"아닙니다. 저희 조상들께서는 로데론에 대한 모든 권리를 포기하셨습니다. 그것도 오래전, 로데론을 떠나기로 하셨을 때 일입니다. 그렇더라도 저희 가문이 이 땅을 정복하고 문명을 일으키도록 도왔으니 아직 저와 연관이 있는 셈입니다."

"그리고 아직 옛 협정에 따라 도움을 요청할 수 있지."

테레나스 왕이 거들었다.

"엘프는 소라딘과 그 혈통이 필요할 때 돕기로 맹세했소. 지금도 그 약속을 지킬 것이오."

그 말에 몇몇 군주들은 온화한 눈빛으로 소곤거렸고, 카드가는 고개를 끄덕였다. 더이상 로서는 그들에게 단순한 전사나 지휘관으로 여겨지지 않았다. 엘프와의 외교에서 핵심이 될 존재였다. 그 마법을 휘두르는 고대 종족이 자신들과 손을 잡을지도 모른다고 생각하니 갑자기 호드가 막을 수 없는 존재로만 보이지는 않았다.

"이건 곧바로 받아들이기는 쉽지 않은 사안이오."

페레놀드 경이 건조한 말투로 말했다.

"들었던 얘기를 바탕으로 어떤 사태인지, 또 이 새로운 위협으로부터 우리 땅을 지키려면 어떻게 해야 할지 시간을 들여 생각해 봐야 하오."

"맞는 말이오."

다른 이들의 생각은 물어볼 생각도 하지 않고 테레나스 왕이 바로 대답했다.

"연회장에 음식을 마련했으니 일국의 왕이 아니라 이웃이자 친구로서 모두 함께 가서 들었으면 좋겠소. 음식을 앞에 놓고 이 문제를 논의하지는 말았으면 하오. 속으로 심사숙고했다가 음식도, 우리 앞에 놓인 위험도 다 소화시키고 난 후에 좀 더 제대로 논의합시다."

군주들이 고개를 주억거리며 문 쪽으로 걸어가기 시작했을 때 카드가는 고개를 저었다. 페레놀드 경은 교활한 자임이 확실했다. 다른 군주들의 생각이 로서 쪽으로 기우는 것을 보고는 분위기를 추스를 방법을 생각해낸 것이다. 카드가는 이 알터랙 왕이 오찬 후에 자신이 다시 생각해 보니 로서의 주장에도 분명히 취할 만한 부분이 있노라고 말하리라 예상했다. 그래야 체면도 구기지 않고 조만간 군주들이 맺을 동맹에서도 나쁘지 않은 위치를 차지할 수 있을 터였다.

군주들을 따라 알현실에서 나서면서 카드가는 위쪽 구석에서 무언가 움직이는 것을 느꼈다. 고개를 돌리자 위쪽 발코니 하나에서 훔쳐보고 있던 얼굴 두 개가 언뜻 보였다. 하나는 짙은색 머리에 엄숙한 표정이었는데 곧장 바리안 왕자라는 것을 알아차렸다. 당연히 스톰윈드의 계승자는 모임에서 무슨 얘기가 오가는지 알고 싶었으리라. 두 번째 머리는 금발의 더 어린 소년이었는데 뒤쪽으로 멀리 떨어져 있는 바람에 바리안은 자기에게 누가 붙었다는 사실은 짐작조차 못 했을 터였다. 그 소년은 카드가를 보더니 씩 웃고는 발코니 뒤쪽 커튼 뒤로 사라져 버렸다. 카드가는 속으로 생각했다. 그래, 어린 아서스 왕자도 아버지와 다른 군주들이 뭘 하는지 궁금했겠지. 왜 아니겠나? 언젠가 모든 로데론이 자기 것이 될 텐데. 밀려오는 호드로부터 지켜냈을 때의 일이지만.

4장

둠해머가 부관인 검은니 웃음 부족의 렌드 블랙핸드와 이야기를 나누고 있을 때 정찰병 하나가 뛰어 들어왔다. 그 오크 전사는 분명히 전할 소식이 있을 텐데도 몇 발자국 떨어진 곳에서 숨을 고르며 기다렸다. 이윽고 둠해머가 그쪽을 보고 승낙의 표시로 고개를 끄덕였다.

"트롤입니다!"

아직 헐떡거리는 정찰병의 말이었다.

"숲트롤입니다. 보기에는 전투 부대 하나 정도 되는 것 같습니다!"

"트롤?"

렌드가 웃음을 터뜨렸다.

"뭐야, 트롤이 우리를 공격한다고? 놈들이 오우거보다는 똑똑한 줄 알았는데. 더 멍청했다니!"

둠해머도 동의할 수밖에 없는 말이었다. 딱 한 번 숲트롤과 마주쳤을 때 놈들의 교활함에 놀랐기 때문이다. 트롤은 오크보다 키가 크면서도 더 늘씬하고 더 날렵했는데, 숲에서는 더욱 행동이 빨라지기에 이러한 환경에서는 확실히 위협적인 존재임이 틀림없었다. 그래도 바다를 건너 이 섬까지 온다니 어딘가 둠해머가 봤던 트롤의 행동 방식과는 맞지 않았다.

그런데 정찰병이 고개를 저었다.

"공격이 아닙니다. 지금 본토에 있는데 붙잡힌 상태입니다."

그러고는 씩 웃으며 말을 보탰다.

"인간에게 붙잡혀 있습니다."

그 말에 둠해머의 관심이 확 쏠렸다.

"어디라고?"

"해안에서 멀지 않은 곳입니다. 숲 바로 안쪽 언덕을 따라가는 길 부근입니다."

정찰병이 바로 대답했다.

"서쪽으로 진군하는 중인데, 놈들치고는 움직임이 더딥니다."

"수는?"

"인간은 마흔쯤 됩니다. 트롤은 열 명입니다."

둠해머가 고개를 끄덕이고 렌드를 돌아봤다.

"제일 강한 전사들을 소집해라. 서두르도록. 즉시 출발할 수 있게."

검은니 웃음 부족을 이끄는 렌드를 노려보며 경고했다.

"하지만 명심해라. 이번엔 습격만 한다. 트롤을 구해서 이리로 데려와라. 가능한 한 노출을 피하고 네 정체를 알아낸 자는 모조리 처치해라. 네가 부주의하게 굴다가 우리 전투 계획을 망쳐 버리는 일은 용납하지 않겠다."

렌드는 고개를 끄덕이고 대답없이 자리를 떠났다. 그는 근처에서 한가롭게 쉬던 전사 하나에게 빠르게 다가가며 명령을 외쳐대기 시작했고, 그 전사는 벌떡 일어나 고개를 끄덕이고는 동료들을 찾으러 달려 나갔다. 둠해머는 정찰병에게 기다리라고 신호하면서 초조한 마음으로 기다렸다. 기대감으로 저절로 두 손이 불끈 쥐어졌지만, 사실 마음은 몇 달 전 트롤과 처음 만났을 때로 돌아가 있었다.

*　　*　　*

과거, 고향에서 블랙핸드가 오우거와 동맹을 맺겠다고 선포하는 바람에 다른 오크 부족이 경악을 금치 못했던 적이 있었다. 결과적으로는 괜찮은 동맹이었다. 그 무시무시한 존재들이 엄청난 힘을 호드에 보탠 건 사실이지만, 여전히 심기는 편치 않았다. 그래서 이 새로운 신록의 세상에도 비슷한 생명체가 있다는 보고를 접했을 때 많은 이들이 떨떠름해 했다. 게다가 블랙핸드는 이 새로운 생명체들을 설득하여 같은 깃발 아래 뭉치게 하겠다고 선언했다.

블랙핸드는 둠해머와 다른 검은바위 전사 몇 명을 보내 협정을 체결하게 했는데, 그건 자신의 젊은 부관을 얼마나 신뢰하는지를 보여주는 증거나 마찬가지였다. 둠해머는 자기 대족장의 신뢰를 저버리고 배반한 데다 목숨을 빼앗고는 지도자의 자리를 차지했다는 사실에 아직도 죄책감을 느꼈다. 그러나 그게 오크 부족의 방식이었고 블랙핸드는 동족을 죽음과 파멸로 이끌어 간 장본인이었다. 둠해머는 동족을 구하고자 행동에 나서야만 했다. 둠해머는 손을 뒤로 돌려 등에 멘 망치의 그 매끄러운 머릿돌을 어루만졌다. 오래전 주술사들이 예언하기를 이 위대한 무기가 언젠가 동족을 구원한다고 했다. 또한, 망치를 휘두르는 자는 동족을 구원하기는 하지만, 동시에 파멸도 가져다준다고 했다. 그리고 그자가 둠해머 혈통의 마지막이 된다고 했다. 둠해머는 몇 번씩 이 예언을 되새겨 보았고, 대족장이자 호드의 지도자가 된 뒤로는 더 자주 생각했다. 자신이 지도자가 된 것이 동족을 구원한 일일까? 확실히 그건 맞는 이야기라는 생각이 들었다. 그렇다면 앞으로 자신은 동족에게 파멸을 안길 운명인가? 그리고 둠해머 혈통이 자신에게서 끝나는 것일까? 그렇지 않기를 바랐다.

그러나 숲트롤을 처음 만난 그 당시에는 그러한 일을 신경 쓰지 않았다. 둠해머는 블랙핸드를 신뢰했다. 적어도 오크 지도자로서 동족을 아끼며 이 세상의 주인들로 만들어 주려고 하는 의도만큼은 믿으며 대족장의 명령을 따랐다. 그래도 블랙핸드가 이유 없이 폭력을 행사할 때면 최선을 다해 만류하기는 했다. 여느 오크 전사들처럼 격렬한 육체 활동과 전투의 긴장감을 즐기는 둠해머가 전투에 겁을 먹어서 그런 것은 아니었고, 그보다는 지나친 폭력이 승리의 의미를 퇴색시킨다고 생각했기 때문이다. 그러나 이번은 싸움보다 대화가 주가 되는 임무였기에 둠해머는 흥미롭게 여기면서도 뿌듯하게 느꼈다. 그리고 어쩌면 마음속 깊은 곳에서는 약간은 두려워하는지도 몰랐다. 지금까지 이 새로운 세상에서 마주친 건 인간과, 체구는 작지만 아주 강인한 드워프라 불리는 한두 종족이 다였다. 만약 이 세계에도 오우거같은 강한 종족이 있다면 호드는 지금까지보다 더 강력한 적을 상대해야 하는 셈이었다.

두 주가 지나자 드디어 둠해머는 트롤 하나와 마주칠 수 있었다. 둠해머는 동료 전사들과 함께 모습을 숨기려는 시도도 하지 않고, 정찰병이 트롤 하나를 보았다던 숲을 돌아다녔다. 시간이 지나면서 일행은 정찰병이 거짓말을 했거나 단순히 착각해 놓고는, 펄쩍 뛰면서 자신이 비겁하게 보이지 않을만한 이야기를 꾸며냈으리라는 확신이 점점 더 강하게 들었다. 그러다 어느 날 밤, 땅거미가 온 땅에 내리면서 나무 아래로 긴 그림자가 드리워질 무렵, 위쪽 가지에서 형체 하나가 나타나더니 오크들이 피워놓은 모닥불 바로 옆으로 소리 없이 풀쩍 뛰어내렸다. 곧바로 다른 하나가, 그

다음에 다른 하나가 나타나더니 아무런 말도 없이 어스름한 형체 여섯이 오크를 에워싸고 섰다.

처음에 둠해머는 정찰병이 말한 대로 오우거라고 생각했다. 그러나 이들은 그보다는 체구가 약간 작고 아무런 소리도 내지 않은 채, 이전에 둠해머가 오우거에게서 보지 못했던 방식으로 우아하게 움직였다. 희미한 햇빛 한 줄기가 그중 앞으로 나서는 한 명에게 비치자 둠해머는 그들의 피부가 자기처럼 나뭇잎 같은 초록색임을 알아차렸다. 그제야 왜 이전에 이 생명체의 존재를 눈치 채지 못했는지 이해가 갔다. 타고난 보호색 덕분에 이렇게 가지 사이로 움직일 때 수풀 속에 자연스럽게 감춰진 것이다. 또한 이 생명체는 오크보다 크고 오우거보다 호리호리하며 놈들처럼 지나치게 팔이 길거나 손이 크거나 머리가 거대하지 않고 몸매의 균형이 잘 잡혀 있었다. 다가오던 형체가 창을 뻗어 둠해머를 쿡쿡 찌를 때 보니 짙은 눈동자는 불꽃처럼 이글거리고 있었다. 어느 정도 지능도 있는 듯했다.

"우리는 적이 아니오!"

둠해머가 외치는 소리가 고요한 밤공기를 갈랐다. 한 손으로 창을 쳐내면서 보니 돌을 깎아 만든 머리 부분이 아주 날카로웠다.

"지도자를 만나고 싶소!"

웅성거리는 소리가 들려왔고, 둠해머는 곧바로 그게 웃음임을 알아차렸다.

"한입 거리가 우리 지도자를 만나서 뭐 하려고?"

무리를 이끄는 트롤이 무시무시하게 웃음을 지으며 대답했다. 둠해머가 보니 트롤에게도 엄니가 있는데 오크보다는 더 길고 두꺼웠으며 더 뭉툭했다. 또한 볏처럼 정수리 위로 솟아오른 짙은 색의 머리카락도 보였다. 자연스러운 모양새가 아닌 것으로 보아 이들은 스스로 머리단장을 하는 것이 분명했다. 그렇다면 확실히 단순한 짐승은 아닐 터였다.

"우리 지도자를 대신하여 얘기를 나누고 싶소."

둠해머가 대답했다. 손은 펼쳐서 옆에 두고 아무런 무기가 없다는 것을 보이긴 했지만, 경계는 늦추지 않았다. 그들은 그럴 정도로 어리석지는 않았다.

다행히도 그 트롤이 다시 웃음을 터뜨렸다.

"우리는 한입 거리와 얘기 안 한다. 그냥 먹어 버리지!"

그러고는 이제 확인차 찔러보는 정도가 아니라, 빠른 동작으로 강하게 둠해머를 공격했다. 만약 그 자리에 그대로 서 있었다면 물고기처럼 배가 꿰뚫릴 판이었다. 그러나 둠해머는 몸을 비틀어 창을 피하고는 등에서 망치를 꺼낸 다음 위협의 함성을 내질렀다. 그 소리에 트롤이 당황한 듯 공격을 잠시 멈추었다. 다시 공격해 올 여지를 줄 둠해머가 아니었다. 앞으로 뛰어올라 망치를 세게 휘둘러 그중 한 놈의 무릎을 박살 냈다. 공격을 당한 트롤은 고통스러워 울부짖으며 부서진 다리를 움켜잡고 쓰러졌다. 둠해머는 다시 한 번 망치를 어깨 위로 크게 휘둘러 놈의 머리를 박살 냈다.

"다시 말하겠다. 나를 너희의 지도자에게 안내해라!"

이렇게 외치면서 다른 트롤을 쳐다봤다. 다들 순식간에 벌어진 싸움에 미동조차 하지 않고 있었다.

"그렇지 않으면 나머지를 모두 죽인 다음 안내해 줄 다른 자들을 찾겠다!"

둠해머는 망치를 들어 올리며 말을 대신했다. 그는 오랜 경험으로, 피가 뚝뚝 떨어지고 머리카락과 뼈가 엉겨 붙은 검은색 망치머리를 보면 어느 적이나 용기가 꺾이기 마련이라는 것을 알았다.

확실히 효과가 있었다. 다른 트롤은 한 발짝 뒤로 물러나 무기를 위로 들어 올려 공격하지 않겠다는 뜻을 표시했다. 그리고 그중 한 명이 무리의 주위를 빙 돌아 둠해머에게 다가왔다. 이 자는 빳빳하게 세운 벼슬 모양이 아니라 땋아 내린 머리를 하고 뼈 목걸이를 걸고 있었다.

"줄진 님과 이야기를 하고 싶다고?"

둠해머는 그게 이름이거나 지도자를 가리키는 칭호라 생각하며 고개를 끄덕였다.

"여기로 모셔 오겠다."

그렇게 말한 뒤 그자는 일행 네 명을 남겨둔 채 소리 없이 어둠 속으로 사라졌다. 남은 자들이 서로를 쳐다보다가 다시 오크를 보았다. 그 모습을 보니, 어찌할 바를 모르는 듯했다.

"그럼 기다리겠소."

둠해머가 트롤과 자기 전사 모두에게 조용히 말했다. 경계는 풀지 않으면서도 태평하게 망치머리를 땅으로 향하게 하고 긴 손잡이에 기대어 섰다. 둠해머가 자기들을 공격하지 않는 것을 보고 트롤들도 약간 마음을 놓고 겨눴던 무기를 내렸다. 트롤 하나가 땅바닥에 퍼질러 앉았는데, 그러면서도 눈으로 오크들의 움직임을 하나도 놓치지 않으려는 듯 응시했다.

몇 분 후에 둠해머가 그자에게 물었다.

"이름이 무엇이오?"

"나는 크룰탄이다."

"오그림 둠해머요."

엄지손가락으로 자신을 가리키며 둠해머가 말했다.

"그리고 우리는 오크, 그중에서도 검은바위 부족이오. 당신들은 무슨 종족이오?"

"우리는 숲트롤이다."

자신들을 모른다는 것이 믿기지 않는 듯, 크룰탄이 놀라워하며 대답했다.

"아마니 부족이지."

둠해머가 고개를 끄덕였다. 숲트롤이라. 부족도 있었군. 그 말은 문명의 영향을 받았다는 뜻이었다. 오우거보다는 훨씬, 훨씬 나았다. 처음으로 블랙핸드의 계획이 현명한 판단이었을 지도 모른다는 생각이 들었다. 이 생명체는 크기나 힘은 달랐지만, 오우거보다는 오크와 더 비슷했다. 두 종족이 손을 잡는다면 얼마나 괜찮은 동맹이 될까! 그리고 원래부터 이 세계에서 살던 종족이니 이곳의 지리와 이곳의 위험한 존재에 관해서도 잘 알 터였다.

한 시간이 지났을 무렵, 아무런 기척도 없이 나무에서 그림자가 떨어져 나와 소리 없이 성큼성큼 앞쪽으로 움직이더니 아까 떠났던 트롤과 다른 트롤 셋의 모습이 나타났다.

"네가 줄진을 만나고 싶다 했나?"

무리 중 한 명이 따져 물으며 둠해머에게 바짝 다가왔는데 얼마나 가까웠는지 길게 땋은 머리에서 달랑거리는 구슬과 금속 조각들이 코앞에서 보일 정도였다.

"나다!"

줄진은 다른 트롤보다 키가 훨씬 더 크고 더 호리호리했다. 두꺼운 천으로 허리와 허벅지를 둘렀고, 앞을 터놓은 채로 두꺼운 가죽조끼를 걸쳤다. 두꺼운 천으로 목부터 감아 올라 코까지 가렸기에 어딘가 음흉해 보이는 모습이었다. 아주 가까이 다가왔기에 피부 위를 덮은 털까지 보일 정도였는데, 곧바로 그게 이끼 같다고 생각했다. 그랬다. 트롤이 초록색인 이유는 이끼로 덮여 있었기 때문이다! 이 얼마나 기묘한 생명체인지!

"나는 둠해머요. 그렇소. 내가 당신과 얘기하고 싶다 했소."

둠해머는 두렵지 않다는 듯이 숲트롤 지도자를 올려다봤다.

"우리 지도자이신 블랙핸드께서 오크의 호드를 다스리시오. 당신도 우리 동족이 숲을 지날 때 봤으리라 확신하오만."

줄진이 고개를 끄덕였다.

"우리는 너희들이 나무를 쓰러뜨리며 가는 모습을 보았다. 너희들은 인간보다 더 조심성이 없었지. 그래도 힘은 더 세지만. 게다가 싸우려고 무장도 했고. 우리에게 뭘 바라나?"

복면 뒤에 가려졌지만 그 트롤은 씩 웃고 있었는데, 둠해머는 그게 기분 좋은 웃음이 아니라는 걸 알 수 있었다.

"우리 숲을 원하나? 그렇다면 우리와 싸워야 할 거야."

줄진이 쌍도끼가 있는 허리춤으로 손을 가져갔다.

"그리고 너희는 질 거고."

둠해머도 트롤 지도자의 말이 옳다고 생각했다. 물론 호드의 수가 훨씬 더 많았지만, 모든 숲트롤이 이들처럼 소리 없이 움직이며 강력하다면 느닷없이 나타났다 사라지면서 공격할 수 있을 터였다. 이곳에 들어오는 오크는 모조리 베어 버릴 테니 호드가 그런 공격에 대항하고자 대규모 병력을 숲으로 보낼 수도 없는 노릇이었다.

다행히 오크는 그럴 생각이 없었다.

"우리는 당신네 숲을 원하지 않소."

둠해머가 확실히 말해 주었다

"당신들의 힘이 필요하오. 우리는 이 세계를 정복하려 하는데, 당신네와 동맹을 맺고 싶소."

줄진이 눈살을 찌푸렸다.

"동맹이라고? 이유는? 우리가 얻는 건 뭐지?"

트롤 하나가 기묘하게 식식거리는 언어로 무언가 소곤거렸고 줄진은 한 마디로 거절의 뜻을 표했다.

"우린 아무것도 필요하지 않아."

단호한 답변이었다.

"우리에겐 우리 숲이 있어. 아무도 여기에 들어오지 못해. 빌어먹을 엘프를 빼면 말이지. 그리고 그놈들도 우리 손으로 처리할 수 있고."

"정말 그렇게 확신하시오?"

파고들 여지를 포착한 둠해머가 질문을 던졌다.

"그 엘프라는 것은 독자적인 종족이오? 강하오?"

"그렇다."

내키지 않아 하며 줄진이 대답했다.

"하지만 우린 먼 옛날부터 놈들을 죽여 왔다. 이 땅에 첫발을 내디뎠을 때부터지. 놈들을 처리하는 데 도움은 필요 없다."

"그렇다면 왜 하나씩 하나씩 따로 처리하시오? 왜 본거지로 쳐들어가 완전히 궤멸해 버리지 않소? 우리가 도울 수 있소! 호드의 힘을 빌려 엘프를 영원히 박살 내버리고 이 숲을 아무런 경쟁 없이 진정으로 차지하는 것이오!"

줄진이 그 제안을 고민하는 듯했기에 둠해머는 그 호리호리한 숲트롤이 동의하리라고 기대했다. 그렇지만 줄진은 고개를 저었다.

"우린 우리 힘으로 엘프와 싸우겠다. 도움은 필요 없어. 나머지 세상도 원하지 않고. 더는 필요 없지. 그러니 다른 종족과 싸우는 일은 아무런 이득이 없어."

둠해머가 한숨을 쉬었다. 숲트롤 지도자는 마음을 정한 모양이었다. 계속 밀어붙였다가는 적개심만 불러일으킬 터였다.

"알겠소. 우리 족장께서 실망하실 거요. 물론 나도 그렇소. 그렇지만 당신의 결정을 존중하겠소."

마침내 둠해머가 포기의 뜻을 밝히자 줄진이 고개를 끄덕였다.

"오크여, 평안히 가도록."

속삭임이 끝나기도 전에 줄진은 이미 어둠 속으로 발길을 옮겼다.

"트롤은 너희들을 방해하지 않겠다."

그리고 줄진은 사라졌고, 다른 숲트롤도 그 뒤를 따랐다.

블랙핸드는 정말 실망했다. 대족장은 둠해머와 다른 오크들이 임무에 실패했다며 고함을 질렀다. 그러나 곧 진정하고는, 트롤을 더 밀어붙였다가는 중립적인 입장이 아니라 적이 될 수 있다는 둠해머의 생각에 동의했다. 그런 일은 피해야 했다.

그래도 둠해머는 트롤 지도자의 결정이 못내 아쉬웠기에 정찰병들에게 트롤들이 숲에 들어오든 아니면 근처에 지나가기만 하든 항상 동태를 살피라고 지시해 두었다. 그리고 이제 그 결실이 나타났다.

둠해머는 배 두 척이 섬의 북쪽 해안에 닿는 것을 보았다. 렌드가 훌쩍 해안으로 뛰어내렸고, 그 뒤를 땋은 머리의 트롤이 아주 천천히 따라 내렸다. 트롤의 목과 얼굴 아랫부분이 긴 복면으로 덮여 있는 걸 보고 둠해머는 기뻐서 웃었다. 줄진이었다!

"사슬에 묶여 우리에 갇혀 있었습니다."

둠해머가 선 곳에서 불과 1~2미터 떨어진 곳에 멈춰선 렌드는 이렇게 보고했다.

"인간들은 전혀 경계하지 않고 있었습니다. 숲의 위험 요소가 단 하나인

데 이미 붙잡아 놓았으니 괜찮다고 생각했나 봅니다."

검은니 웃음 부족의 족장이 껄껄 웃어댔다.

"저희를 본 자는 아무도 살려두지 않았습니다."

"잘했다."

그러고는 줄진이 다가오는 것을 지켜보았다. 지난번 만났을 때와 같은 모습이었는데 표정을 보니 그도 마찬가지로 예전에 만났을 때를 기억하는 모양이었다.

"너희 전사들이 우리를 구했다."

숲트롤 지도자가 인정하며 둠해머의 옆으로 다가서서 동등한 사이에서 하듯이 고개를 까딱하며 인사했다.

"인간들이 아주 많았다. 횃불로 우리를 궁지에 몰아넣었지."

둠해머도 고개를 까딱했다.

"동지를 도울 수 있어 기쁘오. 당신이 잡혔다는 소리를 듣고 바로 전사들을 보냈소."

줄진이 씩 웃었다.

"네 족장이 너를 보냈나?"

"이제는 내가 지도자요."

둠해머가 활짝 웃으며 대답했다.

그 말을 듣고 곰곰이 생각하던 줄진이 입을 열었다.

"너희 호드는 아직도 세상을 정복하고 싶은가?"

차마 말로 그렇다는 대답을 하기 어려운 나머지 둠해머는 고개만 끄덕였다.

"그렇다면 우리가 돕겠다."

그리고 잠시 후 말을 더하며 손을 내밀었다.

"그대들이 우리를 도왔으니, 이제 동맹이다."

"동맹이오."

둠해머가 그 손을 꽉 잡았다. 머릿속엔 벌써 여러 가지 가능성이 마구 떠올랐다. 트롤뿐만 아니라 줄루헤드가 굴복시킬 새로운 세력까지 더하면, 무엇도 호드의 앞길을 막을 수 없을 것이다.

5장

    첫 회동 이후 이틀이 지났을 무렵, 로서와 대륙의 통치자들은 다시 로데론의 알현실에 모였다. 테레나스 왕은 친절한 주최자이자 좋은 사람이었다. 카드가도 참석했기에 로서는 기뻤다. 이곳에서 로서가 이전부터 아제로스에서 알았던 존재는 이 젊은 마법사가 유일했다. 비록 이 젊은 이가 스톰윈드 출신이 아니긴 했어도, 그와 함께 있으면 고향을 떠올릴 수 있었다.

    고향. 더는 존재하지 않는 곳. 언젠가 그 사실을 받아들여야 한다는 걸 모르는 바는 아니었다. 아직은 현실로 느껴지지 않을 뿐이었다. 지금도 고개를 돌리면 레인 왕의 웃는 모습이 보일 것만 같고, 하늘을 올려다보면 미끄러지듯 나는 그리핀 한 쌍이 보이거나 궁정에서 부하들이 무술 훈련을 하는 소리가 들릴 것만 같았다. 그러나 지금은 모두 사라졌다. 친구들은 죽었다. 고향은 파괴되었다. 로서는 목숨을 바쳐서라도 이 땅이 암흑 속으로 떨어지지 않게 하겠다고 맹세했다.

    그러나 지금 당장은 목숨이 아니라 이성을 잃을 것 같았다. 로서는 정치와는 영 맞지 않았다. 그는 수년 동안 레인이 이 귀족 저 귀족을 달래거나 논쟁을 가라앉히고, 갈등과 분쟁을 조정하는 모습을 감탄스럽게 지켜보았다. 그러나 시종일관 어느 하나가 다른 것보다 더 낫다고 생각하거나, 개인적으로 국정에 끼어들고 싶다는 생각을 한 적이 단 한 번도 없었다. 전부 다 일종의 시합일 뿐이라고 레인은 입버릇처럼 말하곤 했었다. 배치하고 영향을 주고 미묘하게 조작하는 게임. 그 게임에서는 아무도 진정한 승리자가 될 수 없었다. 그 승리도 오래 가지 않으며, 그저 차지할 수 있는 것 중에 가장 강력한 자리를 가능한 한 오래 유지하는 일이 목표일뿐이었다.

로서의 눈에 이 대륙의 군주들은 '시합'의 달인으로 보였다. 그리고 그런 자들을 상대해야 하는 상황에 놓이니 정신을 놓아버릴 지경이었다.

첫날 오찬 후에 모두는 알현실로 돌아와 토론을 이어갔다. 느물거리는 페레놀드 경까지 포함하여 전부 호드가 쳐들어온다는 데에는 동의하는 듯했다. 이제 문제는 어떻게 하느냐였다.

하루가 다 저물어서야 로서는 연합군을 구성하는 것만이 유일한 해답이라고 모두를 설득할 수 있었다. 테레나스 왕은 즉시 동의했다. 다행히 트롤베인 왕도 그래 주었다. 프라우드무어 경도 조금 더 설득해야 하긴 했지만, 결국 뜻을 같이하기로 했다. 그러나 페레놀드 경과 그레이메인은 내내 아주 까다롭게 굴었다. 페레놀드 경이 그렇게까지 몸을 사리는 건 그리 놀랄 일이 아니었다. 스톰윈드에서도 비슷한 부류가 있었다. 느물거리고 유들대며 역겹고 무슨 일이 있어도 항상 자기 자신만을 챙기는 자들이었다. 그런 자들은 대개 겁쟁이로 판명 나기 마련이었다. 페레놀드 경은 십중팔구 전투가 두려운 나머지 자기보다 용감할 게 뻔한 대다수의 백성들에게 전투를 떠넘긴 모양이었다. 그러나 그레이메인은 의외였다. 건장한 체격이나 중무장한 갑옷은 누가 봐도 전사의 풍모였다. 딱히 싸우지 않겠다는 선언을 하지는 않았다. 그러나 화제가 다시 전쟁으로 돌아갈 때마다 서둘러 다른 제안을 내놓았고, 당연히 페레놀드 경이 모든 제안 사항을 아주 세심하게 점검해봐야 한다고 고집했다. 결국, 프라우드무어 경과 트롤베인 왕이 그레이메인더러 비겁하다고 힐난한 후에야 그 풍채 좋은 왕은 그들이 의지해야 할 건 연합군뿐이라는 데에 동의했다.

둘째 날도 별반 다를 바가 없었다. 최소한 전쟁은 하기로 했으나 어떤 식으로 연합을 실행할지 논의해야 했다. 어느 나라 군대에서 어떤 부대를 어디에 배치할지, 보급품은 어떻게 충당할지 등 문제가 많았다. 로서가 고향에서 몇 년 동안 혼자 처리했던 문제긴 했지만, 그땐 한 나라의 군대만 운용하면 되었기 때문에 지금과는 상황이 달랐다. 이제는 다섯 나라의 군대를 다뤄야 하는 것이다. 거기다 스톰윈드 생존자 중에서 소집할 수 있는 인원은 아직 그 수를 파악하지도 못했다. 게다가 왕마다 저마다의 생각과 통솔 방법이 있었다.

물론 가장 큰 문제는 총지휘권이었다.

너도나도 자신이 연합군을 통솔해야 한다고 생각하는 듯했다. 테레나스 왕은 자신이 로데론이 가장 큰 왕국이며 군대의 규모도 가장 크고, 결정적으로 다른 군주들을 불러 규합했음을 강조했다. 트롤베인은 실제 전투 경험은 자신이 제일 많다고 주장했는데, 산악지대를 다스리는 우락부락한 왕의 모습을 보니 저절로 믿음이 갔다. 프라우드무어 경은 자신이 거느리는 해군력을 언급하며 부대 이동과 보급품 공급에 배가 얼마나 중요한 역할을 하는지 역설했다. 그레이메인은 자신의 왕국이 가장 남쪽에 있으며 생각하기로는 호드가 육로로 온다면 가장 먼저 자신의 영토에 닿을 테니 지휘권을 가져야 한다고 생각하는 듯했다. 그러나 이는 사실이 아니었다. 호드가 카즈 모단에서 던 모드르를 지나 진격할 때 가장 먼저 맞닥뜨리는 곳은 스트롬가드였다. 페레놀드 경은 힘만 쓰는 군대만으로는 충분하지 않으므로 지휘관이 지성과 지혜와 앞을 내다보는 안목이 있어야 하는데 자신에게는 그 세 가지 자질이 충분히 있다고 했다.

그 외에도 왕은 아니지만 나름 지도자 역할을 하는 둘이 있었다. 파올 대주교는 모든 왕국에서 따르는 자들이 있었고, 대마법사 안토니다스는 도시 하나만을 다스렸지만, 그의 시민들은 다른 왕들이 소집할 수 있는 어느 군대 못지않게 강력했다. 작은 체구에 선한 성품의 파올. 큰 키에 근엄한 외모의 안토니다스. 다행스럽게도 둘 다 군대의 지휘권에는 관심이 없었다. 두 사람은 중재하는 역할을 했다. 군대가 맞설 준비가 되어 있든 아니든 호드가 온다는 사실에서 왕들의 논점이 벗어나지 않게 했다. 그들은 지휘권자가 한 명이 아니라면 규모가 어떻든지 간에 그 군대는 무용지물이라는 사실을 여러 번 주지시켰다.

로서는 흥미롭지만, 동시에 두렵기 그지없는 토론을 지켜봤다. 점점 몰입할수록 두려운 마음은 더 커졌다. 로서는 때때로 현지 오크 전문가로 불려 나가거나 외부자로서 의견을 내달라는 요청을 받기도 했다. 몇 번인가는 로서의 가문이 원래 이 땅을 다스렸으니, 그런 면에서는 어느 정도 물려받은 권한이 있는 것 아니냐며 야비하게 로서에게 결정을 떠넘기는 경우도 있었다. 놀리는 건지 존중하는 건지 모를 때가 대부분이었다. 로서도 몇몇 왕이 자신에게서 무언가 기대하는 눈치라는 걸 알았다. 그런데 그 무엇조차 시시각각 변했다. 로서는 토론이 다 끝나고 다른 스톰윈드 피난민들이 있는 곳으로 돌아가 군사력에 보탤 소규모 부대나마 소집할 수 있다면 훨씬 기쁠 터였다.

그러나 테레나스 왕이 아침 의회를 소집하기를 기다리는 동안 로서는 다른 군주들이 자신을 면밀히 살피고 있다는 사실을 알아차렸다. 트롤베인 같은 몇몇은 대놓고 그랬고, 페레놀드 경이나 그레이메인 같은 군주들은 좀 더 의뭉스러운 태도로 간혹 힐끔거리고 있었다. 무슨 상황인지는 모르겠지만, 기분은 좋지 않았다.

"자, 다 모이셨소?"

다 모인 게 훤히 보이는 데도 굳이 테레나스 왕은 이렇게 물었다. 로데론의 왕은 작은 부분도 확실히 하는 인물이었다.

"좋소. 자, 연합군을 출범시키고 호드가 왔을 때 상대할 수 있으려면 시간이 가장 중요하다는 점은 모두 동의하신 바요. 그리고 어떻게 행동할지도 다들 동의하신 것 맞소?"

놀랍게도 군주들이 하나같이 고개를 끄덕이는 모습을 보니 로서의 불안감이 더 커졌다. 지난 밤 늦게 로서가 결국 포기하고 늦게 자기 방으로 돌아갈 때까지도 군주들은 계속 논쟁하고 있었다. 합의에 이르렀다면 과연 어떻게 결론이 났을까? 테레나스 왕이 입을 여는 순간 모든 게 확실히 밝혀졌다. 그 발표 내용을 듣는 순간 피가 싸늘하게 식는 느낌이 들었다.

"그렇다면 이로써 로데론의 얼라이언스가 결성되었음을 선포하겠소! 우리는 먼 옛날 아라시 제국의 조상들이 그랬듯이 하나로서 단결할 것이오."

다른 이들이 고개를 끄덕이는 가운데 테레나스 왕이 말을 이어갔다.

"그러므로 우리 지휘관은 고대 통치 가문의 혈통에서 나오는 것이 마땅하오. 그러므로 우리 얼라이언스의 왕들은 스톰윈드 기사단장인 안두인 로서 경을 최고 사령관으로 임명하는 바요!"

로서가 쳐다보자 테레나스 왕은 한쪽 눈을 찡긋해 보였다.

"사실 유일한 방법이었네."

로데론의 통치자는 조용히 설명을 이어갔다. 로서에게만 들릴 정도의 나지막한 소리였다.

"다들 지휘권을 차지하고 싶어 했네. 게다가 다른 왕이 그 자리를 차지하는 꼴은 절대로 못 보겠다는 태세였지. 경은 왕이 아니니 누군가 특별대우를 받았다고 여기지 않고, 고귀한 혈통이니 밀려났다고 해서 모욕당한 기분을 느끼지 않는다네."

왕이 앞으로 몸을 숙이며 말을 계속했다.

"다소 무리한 부탁이라는 것 아네. 그 점은 내 사과하지. 경이 경고한 대로 우리 생존이 달린 문제가 아니었다면 청하지 않았을 걸세. 이 사명을 받아들이겠나?"

마지막 부분에서 공적인 말투로 바뀌면서 목소리가 커졌다. 방 전체에 침묵이 감돌고 모두가 로서의 대답만을 기다렸다.

결정하기까지는 오래 걸리지 않았다. 사실 로서에게 선택의 여지는 없었고 테레나스 왕도 그걸 모르지 않았다. 로서는 이 일을 외면할 처지가 아니었다. 적어도 지금, 그 모든 일이 일어난 상황에서는 아니었다.

"사명을 받아들이겠습니다."

로서의 대답이 알현실 전체에 울려 퍼졌다.

"제가 얼라이언스 군대를 이끌고 호드에 맞서겠습니다."

"아주 잘 됐군!"

테레나스 왕이 손뼉을 쳤다.

"이제 돌아가서 각자 군사 및 장비와 보급품을 모았으면 하오. 일주일 후에 다시 모였을 때 병부와 물자 목록을 내주면 로서 경이 운용할 병력을 파악하고 계획을 짤 것이오."

다른 왕들은 중얼거리거나 고갯짓으로 동의한다는 뜻을 밝혔다. 모두 차례로 로서에게 다가와 축하를 건네고 전폭적인 지원을 약조했는데, 페레놀드 경과 그레이메인의 말에는 어딘가 진심이 없어 보였다. 왕들이 가 버리고 난 뒤 알현실에는 네 명만 남았다. 로서가 카드가를 쳐다보니 그가 씩 웃었다.

"갈수록 태산이네요. 그렇죠?"

카드가가 고개를 저으며 물었다.

"경이 자초하신 겁니다. 약삭빠르기도 하지! 자기 영토를 1평이라도 늘 릴 수 있다면 자식도 팔아 버릴 자들이지요! 경이 지휘권을 끝내 받아들이 리라고 생각했다는 점이 특히 마음에 드는군요. 권력이 있으면 그런 식으 로 생각하나 봅니다. 다른 사람도 중요하다는 사실을 까맣게 잊는 거지요. 뭐 발언 기회를 주어야 한다는 생각은 둘째 치고요."

"으흠!"

헛기침 소리에 카드가가 하려던 말이 쏙 들어갔다. 위쪽을 올려다보고 서 거기 있는 존재가 누군지 확인한 카드가의 얼굴에 당황한 기색이 피어 올랐다.

"젊은이, 권력자라고 다 타락하고 자기 잇속만 차리는 건 아니라네."

이렇게 지적하는 파올 대주교의 얼굴에는 평소의 쾌활함 대신 근엄함이 서려 있었다.

"우리 중에는 남을 이끎으로 섬기는 이들이 있네. 여기 자네 친구처럼."

"물론입니다, 주교님. 용서하십시오. 그런 뜻은 아니었습니다. 속세의 권력자들 얘기였습니다. 물론 주교님은…."

평상시 언변이 뛰어난 카드가가 그렇게나 버벅거리는 것은 처음 보는 일이었기에 로서는 웃음을 참을 수 없었다. 파올 대주교도 마찬가지로 웃 었고 카드가 본인도 자연스럽게 웃음을 터뜨렸다.

"됐네, 젊은 친구."

대주교가 한 손바닥을 들어 보이며 말했다.

"분통을 터뜨렸다고 자네를 나무랄 생각은 없네. 로서 경이 보기 좋게 걸려든 것도 맞네. 그러나 나 역시 그 결정을 지지한다는 사실을 고백해야 겠네. 경은 좋은 사람일세. 그리고 얼라이언스 지휘관으로 최고의 선택이라고 믿네. 나 개인으로서는 경이 우리를 위해 전략을 짜고 병력을 이끌어서 참 좋다네."

"감사합니다, 주교님."

로서는 신앙심이 깊은 사람은 아니었지만, 성스러운 빛의 교단만큼은 상당히 존경했다. 지금까지 파올 대주교가 보여준 면모는 모두 인상적이었다. 그런 대주교가 그토록 따스한 말로 칭찬하자 로서는 거북하면서도 뿌듯했다.

"그대 둘 다 이 싸움을 하는 동안 시험을 받을 걸세."

대주교가 경고의 말을 던졌다. 목소리는 어딘가 이전보다 더 깊고 풍부하게 들려서 어디선가 아주 높은 곳에서 선포하는 것처럼 들렸다.

"능력뿐만 아니라 용기와 의지 모두 극한까지 몰릴 걸세. 그대 둘 다 그러한 도전을 이겨내고 승리를 거둘 능력이 있다고 믿네. 성스러운 빛께서 빛과 순수함으로 채워주시기를, 그리고 그 안에서 그대들이 기뻐하고 단결하여 살아남으며 승리하기를 기도하겠네."

대주교가 한 손을 들고 축복해 주었다. 로서는 그 손 주위에서 희미하게 빛나던 빛이 자기와 카드가에게로 뻗어져 나오는 모습을 본 것 같았다. 마음속이 평화롭고 고요해지면서 이루 말할 수 없는 행복감이 솟구쳤다.

"자, 이제 다른 이야기를 해 보세."

갑자기 대주교가 평범한 사람으로 돌아왔다. 그래도 나이 들고 지혜로운 사람인 건 변함이 없었다.

"먼저 북녘골 이야기를 듣고 싶네. 특히 거기 수도원은 어떤가? 무사한가?"

"주교님, 안타깝지만 그러지 못했습니다. 수도원은 사라졌습니다. 잿더미가 되었지요. 성직자 몇 명만 살아남았는데 지금 나머지 사람들과 함께 남녘해안에 있습니다. 다른 이들은…."

로서는 차마 말문을 잇지 못하고 고개만 저었다.

"그렇군."

대주교는 낯빛이 창백해졌지만, 평정심을 유지했다.

"그들을 위해 기도해야겠네."

그러고는 말이 없었다. 분명히 생각에 깊이 잠긴 모양이었다. 로서와 카드가는 정중하게 기다렸다. 잠시 후 대주교가 고개를 들고 둘을 쳐다보았다. 그 눈빛에는 새로운 결의가 떠올라 있었다.

"군대에 부관을 두어야 할 걸세. 왕국 출신이 아니라 교단의 사람이 있으면 좋을 듯싶네. 떠오르는 이가 몇 있네. 새로운 체제가 얼라이언스에 도움이 될 걸세. 며칠 말미를 주면 자세한 내용을 정해 적당한 후보자를 선발하겠네. 나흘 뒤는 어떤가? 오찬을 들고 난 뒤 큰 안뜰에서 보세. 실망하지는 않을 걸세."

대주교는 가볍게 고개를 끄덕이고는 서두르지 않고 차분하게 걸어 나갔다.

이제 마지막 한 사람이 있었다. 아무 말 없이 지켜보던 대마법사 안토니다스가 다가왔다.

"키린 토의 힘과 지혜도 함께 하겠네. 스톰윈드에서 우리 동료 마법사들과 알고 지냈으니 실력이 어느 정도인지는 감이 올 테지. 우리 쪽에서 마법사 한 명을 부관으로 임명해 두겠네."

대마법사는 잠시 멈추고 로서의 옆쪽을 향해 눈을 깜빡였는데 얼마나 빨랐던지 하마터면 놓칠 뻔했던 그 눈짓을 보고 로서는 웃음을 참았다.

"카드가에게 그 역할을 맡겨 주셨으면 합니다."

이렇게 말하며 로서는 대마법사의 입가에 잠깐 미소가 스치는 것을 포착했다.

"이미 신뢰를 쌓은 동료인 데다 저와 함께 여러 번 오크를 상대해 봤으니 말입니다."

"물론이네."

안토니다스는 젊은 마법사에게 고개를 돌렸다. 그러더니 갑자기 놀랍게도 한 손을 뻗어 카드가의 턱을 올리더니 얼굴을 유심히 살폈다.

"자네는 많은 고초를 겪었군. 그런 일들을 겪으면서 자네에겐 흔적이 남은 모양이야. 외모뿐만이 아니라 그 이상으로."

부드러운 목소리였지만 목소리는 나이든 대마법사의 눈에서 슬픔과 연민을 읽을 수 있었다.

"해야 할 일을 했을 뿐입니다."

카드가가 부드럽게 머리를 빼내고는 아무 생각 없이 턱을 쓰다듬었다. 대마법사가 하얀 수염이 이제 막 올라오는 자리를 만져서 거슬리는 느낌이 들었다.

"우리 모두 다 그랬지."

안토니다스가 눈살을 찌푸렸다가 한숨을 쉬고는 어떤 무거운 생각을 떨쳐 버리려는 듯 고개를 저었다. 그러고는 다시 현재 당면한 문제로 돌아왔다.

"카드가 자네는 전장의 상황을 우리에게 계속 알려줘야 하네. 그리고 로서 경에게 필요한 것과 요구 사항을 바로바로 전달해 주게. 그리고 현장에서 노력하는 마법사들과도 잘 협력하고. 그 정도 능력은 있다고 믿어도 되겠지?"

카드가가 고개를 끄덕였다.

"좋네. 그럼 빠른 시일 안에 달라란에서 보세. 여러 가지 중요한 문제를 논의하고 어떤 식으로 얼라이언스를 도와야 좋을지 생각해 보세나."

대마법사의 지팡이 끝에 달려있던 보석이 반짝하고 빛났다. 두 눈 사이 바로 위로 투구 꼭대기 부분에 있던 보석에서 화답하는 빛이 춤추듯 일렁이며 흘러나왔다. 그런 다음 대마법사는 점점 희미해지다가 갑자기 사라져 버렸다.

"대마법사께서 메디브 일을 알고 싶어 하시는군요."

안토니다스가 사라지고 나서 몇 초가 지났을 때 카드가가 말했다.

"그러시겠지."

로서는 카드가를 데리고 알현실을 나와 궁전의 다른 쪽으로 걸어갔다. 그러다 다시 방향을 바꾸어 연회장 쪽으로 발걸음을 옮겼다.

"뭐라 말씀드려야 할까요?"

뒤에서 걸음을 맞추며 걷던 카드가가 물었다.

로서는 어깨를 으쓱하고는 아무렇지 않은 듯이 보이기를 바라며 대답했다. 사실 속내는 그와는 정반대였다.

"사실대로 얘기해야지. 무슨 일이 있었는지 그쪽에서도 알아야 하니까."

카드가가 고개를 끄덕였지만 그다지 내키지 않는 눈치였다.

"그렇게 하겠습니다. 하지만 일단 점심부터 먹고요."

카드가가 씩 웃었다. 머리는 하얗게 세고 주름이 자글자글한 얼굴이었지만 웃음만은 그 나이다웠다.

"당장 호드가 쳐들어온대도 밥부터 먹어야겠습니다."

로서가 껄껄 웃음을 터뜨렸다.

"그런 일은 일어나지 않기를 빌자고."

며칠 뒤 로서와 카드가는 큰 안뜰로 다시 왔다. 그동안은 실컷 먹고 마시며 지내다 이제 대주교 파올을 기다리는 중이었다. 몇 분 후 도착한 대주교는 조용히 밖으로 나와 두 사람과 조우했다.

"기다려 줘서 고맙네. 둘의 시간을 뺏을 생각은 없네만 자네나 얼라이언스에 큰 도움이 되리라 믿네. 하지만 그 전에 한 가지 말해두고 싶네."

둘에게 다가오면서 입을 뗀 대주교는 말을 이어갔다.

"로서 경, 교단은 스톰윈드를 돕기로 했네. 이 급박한 위기 상황을 넘기고 나면 자금을 모아 그대 왕국을 재건하는데 보태겠네."

로서가 미소를 지었다. 카드가가 보기에 이렇게 진정 어린 미소를 짓는 모습은 스톰윈드가 무너진 이후로 처음이었다.

"고맙습니다, 주교님. 저에겐 정말 큰 힘이 되는 말씀입니다. 바리안 왕자님도 같은 생각이실 겁니다."

파올이 고개를 끄덕이며 부드럽게 약속해 주었다.

"성스러운 빛께서 다시 한 번 그대의 조국을 환히 비추어 줄 걸세."

그런 다음 잠시 말을 멈추고 두 사람을 차례로 살피다 앞서 걸어가며 다시 입을 뗐다.

"지난번에 북녘골의 수도원이 무너졌다는 얘기를 해 주었지. 나는 크게 낙담하고 다른 성직자들이 이렇게 빠르게 다가오는 전쟁에서 어떻게 살아남을지 염려스러웠네. 분명히 이 오크란 생명체는 그대같이 강인한 전사에게도 위험이 되는 모양일세. 그렇다면, 그저 평범한 사제가 신도들은 고사하고 자기 목숨이라도 지켜낼 수 있겠나?"

대주교는 진정으로 기쁨이 넘치는 표정을 지으며 말을 이었다.

"이런 염려를 하던 중에 생각이 떠올랐네. 마치 성스러운 빛께서 직접 알려주시기라도 하는 듯했네. 전사들은 빛의 축복과 자신들의 무예를 이용하여 빛을 위해, 빛과 함께 싸우면서도 교단의 가르침에 알맞게 행동하도록 해줄 방법이 있어야 하네."

"그래서 방법을 찾으셨습니까?"

"찾았지. 교단에 새로운 하부 단체를 만들려고 하네. 성기사단이지. 이미 첫 번째로 참여할 후보자도 골라 놓았네. 기사 출신도 몇 명 있지만, 나머지는 사제들일세. 독실함과 무예 실력 둘 다를 보고 뽑았네. 전쟁을 겪는 것만이 아니라 기도와 치유를 하면서 더욱 단련될 걸세. 그리고 이 용맹한 투사 하나마다 무예와 영적 능력이 출중하다네. 특히 성스러운 빛의 힘으로 자신과 다른 이들을 축복해 주는 일에 뛰어나지."

대주교가 몸을 돌려 손짓하자 근처 통로에서 네 명이 씩씩하게 걸어왔다. 하나같이 반짝이는 판금 갑옷을 입었고, 가슴과 방패와 투구의 장식에 교단의 상징이 선명하게 새겨져 있었다. 모두 검을 하나씩 소지했는데 걷는 모습으로도 검을 제대로 다룰 줄 안다는 사실을 알 수 있었다. 그러나 갑옷과 무기는 새것 그대로 완벽하게 깨끗하고 흠 하나 없었다. 지식이 있고 훈련을 받은 자들이었지만, 그중 한 명이라도 진짜 전투를 치러봤을지 의심이 갔다. 이전에 전사였던 자들이라면 그런 경험이 분명히 있겠지만, 그조차 인간이 상대였을 터였다. 이전에 사제였던 자들은 동료들과 연습해 본 게 전부일 테고. 그리고 그 상태에서 곧바로 오크를 상대할 예정이었다.

"우서, 사이단 다스로한, 티리온 폴드링, 그리고 투랄리온을 소개하겠네. 이들은 은빛 성기사단이 될 걸세."

대주교 파올의 모습은 흡사 자랑스럽게 아들을 소개하는 아버지와 같았다. 그다음 로서와 카드가를 소개했다.

"이쪽은 스톰윈드 기사단장이자 얼라이언스의 총사령관인 안두인 로서 경일세. 그리고 그 동료 마법사인 달라란의 카드가일세. 이제 자리를 비켜줄 테니 자네들 여섯이 얘기하게."

대주교가 떠나자 로서와 카드가 주위에는 성기사 후보자들만 남았다. 투랄리온과 사이단은 감정이 격해진 듯했다. 우서와 티리온 같은 이들은 좀 더 여유로웠다.

로서가 무슨 이야기를 해야 할지 고민하는 사이, 우서가 말문을 열었다.

"사령관님, 대주교께서 다가올 전투와 호드에 대해 이야기해 주셨습니다. 무엇이든 사령관님의 뜻을 받들겠습니다. 백성들의 뜻도 마찬가지고요. 저희를 적절한 곳에 써 주십시오. 저희는 적들을 벌하고 몰아내며 이 땅을 성스러운 빛으로 보호하고자 합니다."

키가 크고 체격이 아주 탄탄한 남자였다. 강인하면서도 어딘가 낯익은 데가 있는 얼굴에 엄중한 눈빛은 바다의 색깔과 같았다. 로서는 이 자의 독실함이 실제로 눈에 보일 정도였다. 파올 대주교와 아주 흡사했다.

"이전에 기사였나?"

"그렇습니다, 사령관님. 하지만 교단을 따르며 어렸을 때부터 신성한 힘을 독실하게 믿어왔습니다. 제가 처음 대주교님을 만나 뵈었을 때는 주교의 신분이셨지요. 친절하게도 제 조언자이자 스승이 되어주셨습니다. 대주교께서 성기사단을 창설하신다며, 제게 함께하자고 하셨지요. 얼마나 큰 영광이었는지!"

우서의 턱에 힘이 들어갔다.

"이 사악한 존재들이 다가오는 지금, 빛의 축복이 있어야 놈들을 물리치고 우리 땅, 우리 백성을 보호할 수 있습니다."

로서가 고개를 끄덕였다. 왜 우서가 해답으로서, 적어도 해답의 실마리로서 신앙에 의지하는지 이해할 수 있었다. 우서가 전장에서 큰 능력을 발휘하리라는 점은 의심이 가지 않았다. 그러나 열정 어딘가에 불안한 구석이 있었다. 로서가 생각하기에는 우서가 명예와 신앙에 지나치게 집중한 나머지, 임무의 성공을 위해 고귀하지 않은 방법은 쓰지 못할 것 같았다. 그래서는 잘 버티기 어려울 터였다. 로서 자신도 오크를 상대할 때는 명예만으로는 안 된다는 것을 씁쓸한 경험으로 배운 바 있었다. 호드에 맞서 살아남으려면 필요한 방법은 뭐든 동원해야 할 형편이었다.

로서와 카드가는 한 시간 정도 더 성기사 후보자 4명과 이야기를 나누었다. 로서는 카드가가 4명을 은근하게 떠보는 모습이 좋았다. 거룩한 전사들이 오후 기도에 참석하려고 자리를 뜨자, 로서가 늙은이처럼 보이는 마법사 친구에게 말을 걸었다.

"음, 저 사람들 어떻게 생각하나?"

카드가가 눈살을 찌푸리더니 잠시 뜸을 들였다가 말했다.

"그다지 도움이 될 것 같진 않습니다."

"그런가? 어째서?"

"저들이 준비를 마칠 시간이 없습니다. 몇 주 안에 호드가 로데론에 도달하리라 예상합니다. 여기의 그 누구도 전투를 직접 경험한 적이 없습니다. 적어도 성기사로서는요. 분명히 싸울 수 있기야 하겠지만, 그냥 전사들은 이미 많이 있습니다. 대주교님께서 저들이 기적을 일으키리라 기대한다면 분명히 실망하실 겁니다."

로서가 고개를 끄덕이며 인정했다.

"같은 생각이야. 그러나 대주교께서는 저들을 믿고 계시니 우리도 그래야겠지."

씩 웃으며 로서는 다음 말을 이었다.

"저들이 준비되었다고 한다면 어떨 것 같나?"

"우서는 호드에 위협적인 존재가 될 것입니다. 그건 확실합니다. 하지만 동료 성기사 말고 다른 이들을 통솔할 능력은 없어 보입니다. 신앙심이 지나치게 깊고 독단적이기에 병사 대부분은 감당하기 어렵습니다."

로서가 고개를 끄덕이자 카드가는 계속 말을 이었다.

"사이단과 티리온도 마찬가지입니다. 사이단은 원래 기사였고 티리온은 전사였지만 어느 순간부터 독실해졌죠. 그 때문에 일반 전사였다면 좋다고 했을 전술도 쓰지 않으려 할 겁니다."

로서가 미소를 지었다.

"투랄리온은?"

"그중에서 제일 믿음이 약합니다. 그래서 제 눈에는 제일 괜찮아 보입니다. 사제 훈련을 받고 교단에도 충성스럽지만 다른 이들처럼 맹목적으로 광신하지 않습니다. 그리고 안목도 더 넓고 머리도 좋지요."

"나도 그렇게 생각한다."

그 청년은 로서에게도 깊은 인상을 남겼다. 처음에는 입을 열기 주저했는데, 몇 분이 지나자 그 이유가 밝혀졌다. 투랄리온은 스톰윈드에서 로서의 활약상을 듣고는 경외심을 품은 모양이었다. 그런 반응을 보는 게 처음은 아니었다. 고향에서도 로서를 흠모하며 훈련을 시켜 달라거나 휘하의 부대로 들여보내 달라고 간청하는 젊은이들이 많았다. 그러나 처음 어색한 순간이 지나자 투랄리온은 명석하고 생각이 빠르며, 동료보다 까다롭고 미묘한 문제를 더 올바르게 인식하는 젊은이라는 사실을 알아낼 수 있었다. 로서는 곧바로 그 청년이 마음에 들었고 카드가도 같은 생각이라고 하니 확신이 들었다.

"대주교님께 얘기하지."

마침내 로서가 입을 열었다.

"성기사는 분명히 귀한 자산이며, 교단이 지원하는 부대와 연락하는 담당으로 우서를 지명하겠다고."

그런데 로서에게 갑자기 어떤 생각이 떠올랐다.

"성기사단에 다른 후보자도 추천해야겠어. 가빈라드. 아제로스에서 내 휘하에 있던 기사였지. 충직한 데다 좋은 사람이거든. 가빈라드도 훌륭한 성기사가 되리라고 생각해. 하지만 내 부관으로는 투랄리온을 뽑겠어."

카드가가 고개를 끄덕였다.

"잘 생각하셨습니다. 이제 호드가 우리에게 성기사와 나머지 병력을 준비시킬 시간을 주기만을 빌어야죠."

"할 수 있는 만큼 해야지."

로서가 현실적으로 대답하면서 왕들이 모아올 병력을 어떻게 배치할지 생각하기 시작했다.

"그리고 싸워야 할 때 싸워야겠지. 우리가 할 수 있는 전부야."

6장

굴단은 격분했다.

"왜 아직도 성공하지 못했느냐?"

이렇게 따져 묻자 다른 오크들이 설설 기며 피했다. 이전에도 최고 흑마법사가 화내는 것을 본 적이 있기에 비위를 맞춰 주지 않으면 그 무시무시한 힘을 자신들에게 쓸 수 있다는 사실을 잘 알았다.

"노력하는 중입니다, 굴단 님."

라크마르가 대답했다. 살아남은 오크 강령술사 중에 굴단 다음으로 나이가 많은 자였다. 라크마르 샤프팽은 비공식적으로 강령술사를 이끌었으며 종종 자신들의 성과나 실패를 전달하는 역할을 떠맡곤 했다.

"시체를 움직이게 하는 것까지는 성공했습니다. 그런데 의식을 불어넣지는 못했습니다. 그저 빈껍데기와 같은 존재입니다. 꼭두각시처럼 부릴 수는 있지만 움직임이 느리고 어설프기 짝이 없습니다. 누구에게 위협이 될 만한 상태는 못 됩니다."

굴단은 라크마르 너머의 시체들을 힐끗 쳐다보았다. 예전에 여기 스톰윈드 전장에서 죽은 인간 전사들이었는데 둠해머에게 약속했던 대로 호드에 강력한 군사가 되어줄 터였다. 도움이 안 되는 부하들이 여기 눈앞의 어기적거리는 무용지물을 좀 더 괜찮게 바꿀 수만 있다면!

"방법을 찾아!"

굴단이 소리치자 사방으로 침이 튀었다. 강령술사들을 선 자리에 그대로 때려눕히고 싶어서 주먹을 불끈 쥐었지만, 그래 봤자 무슨 소용이 있겠는가? 이들이 죽으면 그나마도 도움이 안 될 텐데.

갑자기 한 가지 생각이 떠올랐고 굴단은 자신의 명석함에 감탄하며 자리를 박차고 일어났다. 그래! 그런 방법이 있었지!

"라크마르, 네 말이 옳다."

목소리가 한결 부드러워진 굴단이 주먹을 펴고 로브 앞자락을 쓸어내리며 말했다.

"그래, 넌 노력하는 중이지. 이해한다. 우리가 하는 일은 생소하며 어렵지. 그리고 누구라도 많이 힘들게야. 아직 성공하지 못했다고 내가 화내면 안 되겠지. 가서 다시 일하거라. 다시 한 번 실험할 기회를 주마."

"가, 감사합니다."

눈이 휘둥그레지면서 놀란 라크마르가 말을 더듬었다. 굴단은 자신의 갑작스러운 심경의 변화에 부하 오크뿐만 아니라 그 뒤의 다른 흑마법사들까지 깜짝 놀랐다는 것을 알았다. 웃음이 나오는 것을 참으며 가볍게 고개만 끄덕이고는 뒤돌아섰다. 화를 참기로 했다고 생각하든, 다른 일에 정신이 팔려 왜 그리 화가 났는지 잊어버렸다고 생각하든 상관없었다. 좋을 대로 생각하라지.

조만간 그런 건 아무런 상관도 없을 테니.

걸어가면서 굴단은 주위를 둘러봤다. 늘 그렇듯이 초갈이 곁에 있었다.

이 오우거 마법사는 멀지 않은 곳의 폐허에 쭈그리고 앉아 있었다. 굴단이 필요할 때면 곧바로 달려갈 만큼 가까우면서도 다른 강령사들이 그 모습을 보고 불안해하지 않도록 적당히 떨어진 거리였다. 굴단이 손짓하자 초갈이 일어나 큰 걸음으로 성큼성큼 순식간에 다가왔다.

"강령사들이 임무를 제대로 해냈다. 이제 새로운 임무, 훨씬 더 중대한 임무를 주겠다."

굴단이 기대감으로 수염을 만지며 빙그레 웃었다.

"도구를 가져와라. 제물을 바쳐야겠다."

"쓰러진 우리 형제들을 소환하시는 겁니까?"

명령받은 대로 다른 강령사들과 함께 굴단과 초갈이 세운 제단 주위에 서 있던 라크마르가 조심스럽게 물었지만, 굴단은 그들이 진짜 목적을 알고 싶어 한다는 사실을 눈치 채고 있었다. 알아내 보라지. 알아냈을 때는 이미 늦었을 테니까.

"그렇다."

굴단이 외려고 하는 주문에 집중하며 대답했다.

"둠해머가 다른 흑마법사들을 죽였지만, 그 영혼은 남아 있다. 우리는 그 영혼을 불러내어 인간 육체에 불어넣을 작정이다."

빙그레 웃으며 굴단이 말을 더했다.

"다들 이 세계로 돌아와서 다시 한 번 호드를 섬기고 싶은 마음이 간절할 게다."

라크마르가 고개를 끄덕였다.

"그러면 그 육체들이 움직이긴 할 텐데, 혹시 무슨 능력이라도 생길까요? 아니면 그저 걸어 다니는 시체 정도밖에 못 될까요?"

굴단이 눈살을 찌푸렸다. 그 문제를 그렇게 빨리 파악해냈다는 사실이 놀랍기도 하면서 불쾌했다.

"시끄럽다!"

다른 질문이 더 나오지 않도록 굴단이 입을 막았다.

"시작한다!"

이렇게 의식을 시작한 굴단은 마력을 불러왔고, 그 힘이 온몸에 가득 차오르는 것을 느꼈다. 힘이 충분하지는 않았지만, 곧 상황이 달라질 터였다. 그동안 의식에 정신을 집중하면서 기운을 모아 앞에 놓인 제단에 불어넣으며 곧 일어날 변화에 대비했다.

라크마르와 다른 강령사들도 합세하여 자신들의 힘을 더했다. 그러느라 정신이 팔린 나머지 굴단이 자리를 슬그머니 벗어났다는 사실을 제때 눈치 채지 못했다.

"크아아!"

굴단의 입에서 기합 소리가 새어 나왔지만 상관없었다. 이미 라크마르의 바로 뒤쪽에 서서 날이 굽은 단검을 겨눈 상태였다. 굴단보다 키가 큰 라크마르가 돌아보자 굴단의 검이 그 목을 완전히 갈랐다. 피가 뿜어져 나와 둘 다 흠뻑 적셨다. 라크마르는 목을 부여잡고 헉헉거리며 뒤로 쓰러졌다. 제단 위에 쓰러져서 공포로 숨을 헐떡이면서도 그 상황에서 벗어나려고 애썼다. 그러나 굴단은 정신을 잃어가는 라크마르 위에 올라타고는 그 손을 뿌리쳤다. 그런 다음 단검을 가슴 깊이 꽂아 넣고 비틀어 크게 벌리고는 안으로 손을 넣어 아직도 뛰고 있는 심장을 확 잡아챘다. 자신의 조수였던 라크마르의 눈앞에서 준비한 주문을 외자, 마법이 그 피투성이 심장을 감싸며 라크마르의 영혼을 그 안에 가두었다. 그때 제단의 마력이 솟구치더니 심장의 모양이 바뀌면서 단단하게 쪼그라든 채로 기이한 광채를 띠었다. 무너져 내린 라크마르의 육체는 이제 빈껍데기에 불과했다. 굴단은 그 모습을 보며 음흉하게 웃고는 빛나는 보석을 들어 올렸다.

"라크마르, 두려워할 것 없다. 이게 끝은 아니다. 오히려 그 반대지. 너는 소임을 완수했다. 내가 돕긴 했지만. 이제 다시 호드를 위해 싸우는 몸이 되었다. 그리고 둠해머는 언데드 병사들을 거느릴 수 있을 테지."

굴단이 껄껄 웃고는 다시 말을 이었다.

"강령술사의 좋은 점이 바로 그거지. 버릴 게 아무것도 없거든."

고개를 들어보니 초갈이 이미 몇 명을 이미 처리하고는 같은 방식으로 심장과 영혼을 보석으로 만들어 놓았다. 나머지는 제단에 마법으로 묶인 채 도망치지도 못했다. 너무 겁에 질린 나머지 싸울 생각도 하지 못하고 그저 벌벌 떨고만 있었다. 비웃음이 저절로 나왔다. 쓸모없는 놈들 같으니! 굴단이라면 싸워보기라도 했으리라. 어쨌거나 덕분에 일이 더 수월해지기는 했다. 굴단은 웃으며 일어나 엄니에 묻은 피를 핥으며 남은 흑마법사들에게 다가갔다. 곧 저들도 피에 굶주린 지휘관조차 흡족해할 만큼 호전적인 존재가 될 터였다.

"그래서, 성공했나?"

둠해머가 전장으로 나서며 물었다. 굴단은 대족장의 말이 며칠 전 자기가 부하들에게 했던 말과 별반 다르지 않다는 사실을 놓치지 않았다. 하지만 이번에는 전혀 다른 대답이 준비되어 있었다.

"고귀하신 둠해머시여, 그렇소이다."

굴단이 뒤쪽의 시체들을 가리키며 대답했다. 둠해머가 어깨로 밀치며 지나가서 보니 시체들이 땅에 가지런히 놓여 있었다.

"죽은 스톰윈드 병사들이군. 이게 뭐 어떻다는 거지? 시체를 깔끔하게 정리해 놓을 수 있다고 알려주려 날 불렀나? 고작 이 정도가 네 능력이었느냐, 굴단? 시체를 묻기 좋게 해 놓는 정도의 능력?"

굴단은 자기 진짜 힘을 보여주고 이 오만한 전사의 얼굴에서 비웃음을 지우고 싶었다. 그러나 지금은 때가 아니었다.

"물론 아닙니다."

쏘아붙이는 말투에 둠해머가 실눈을 뜨고 쳐다보았다.

"자, 보십시오!"

굴단이 고갯짓으로 신호하자 첫 번째 시체 옆에 무릎을 꿇고 있던 초갈이 보석 박힌 곤봉을 차갑고 뻣뻣하게 굳은 손에 쥐여 주었다. 마력 깃든 무기를 만드는 데 가장 시간이 오래 걸리긴 했지만, 그게 없으면 라크마르가 예상했던 대로 새로운 병력은 제 힘을 발휘하지 못할 터였다. 다행히 굴단과 초갈은 그런 용도로 쓸 물건을 이전부터 연구하고 있었기에 그저 만들어두었던 주문을 다듬고 새로운 역할에 맞게 무기를 조정하기만 하면 되었다.

함께 지켜보는 가운데 시체가 꿈틀거렸다. 꼭 쥔 곤봉에서 빛이 나기 시작했다. 그 빛이 점점 퍼지며 손으로, 그다음 팔로 퍼져가더니 서서히 몸 전체가 초록색 기운으로 뒤덮였다. 그러더니 시체가 눈을 번쩍 떴다.

둠해머는 소리를 내지는 않았지만, 살짝 흠칫했다. 이번엔 굴단이 입가에 조소를 머금었다. 대족장이 움찔했다. 소름 끼치는 상황, 이런 존재를 만들어낸 장본인이 자신이었기 때문이었다.

시체가 천천히 일어섰다. 처음에는 뻣뻣하게 움직였지만, 차츰 유연하게 바뀌었다. 붉게 빛나는 두 눈이 굴단 쪽으로 향하더니 누구인지 알아보고는 휘둥그레졌다.

"성공하셨군, 굴단."

그 생명체가 말했다. 익숙하지 않은 턱과 기묘하게 생긴 아주 작은 이빨 탓에 정확하지 않은 발음이 흘러나왔다. 그 생명체는 자기 자신을 내려다 보았다. 팔다리와 몸통을 확인하더니 손을 들어 얼굴을 만져 보았다.

"내 혼을 이승으로 돌려놓다니!"

걸걸하게 웃는 소리는 인간보다는 오크에 가까웠다.

"훌륭해!"

"반갑구나, 테론 고어핀드."

굴단이 즐거운 티를 내지 않으려 애쓰며 대답했다.

"그래, 내가 너를 다시 살려냈다. 호드를 위해 좀 더 일해야 하지 않겠 느냐."

둠해머가 한 걸음 나서며 그 기묘한 생명체를 살펴보았다.

"고어핀드라고? 어둠의 의회에 있던 흑마법사라고? 내가 직접 처리했 었는데."

"우리는 죽었다 깨어나도 호드만 섬깁니다."

굴단이 비꼬듯이 대답하며 둠해머에게 표정을 들키지 않도록 허리를 깊 숙이 숙였다.

"고어핀드의 영혼은 이 세계에 머물러 있었습니다. 그저 그 영혼을 다시 불러 새 집을 찾아 주었을 뿐입니다. 이제 그 몸에는 마법이 깃들었습니 다. 그 어느 때보다도 강력한 존재가 되었습니다. 그리고 다른 흑마법사들 도 그렇습니다."

초갈이 계속 맡은 역할을 해냈고 그에 따라 고어핀드 뒤로 다른 시체들 이 계속 일어났다.

"그러니까 이게 내게 주겠다는 건가? 죽은 네 조수가 들어간 시체를 전 사로 쓰라고?"

둠해머는 호통을 치고는 역겨워진 나머지 얼굴을 찌푸렸다.

"전사를 원하셨잖습니까? 그래서 전사를 드렸습니다. 인간들이 어떻게 나오든 그 이상으로 상대할 수 있습니다. 비록 육체는 썩은 인간의 몸뚱이지만, 오크의 정신과 충성심을 그대로 지녔습니다. 게다가 마법도 쓸 수 있습니다! 전투에서 어떤 활약을 할지 한 번 생각해 보십시오!"

날카롭게 정곡을 찌르는 굴단의 말을 듣고 둠해머가 심사숙고하며 천천히 고개를 끄덕였다.

"나를 섬길 텐가?"

둠해머가 고어핀드에게 이렇게 묻는 모습에서, 굴단은 긴장하지 않을 수 없었다. 대족장이라면 질문이 아니라 명령을 해야 하는 법이었다. 이런 괴물이 대족장의 명령에 불복한다면? 도박이나 다름없었다.

고어핀드는 잠시 고민하면서 빛나는 눈으로 대족장을 살피다 고개를 끄덕이고는 쉰 목소리로 말문을 열었다.

"굴단의 말이 맞소. 껍데기는 이래도 나는 여전히 오크요. 호드를 위해 살며 대족장님과 우리 종족을 섬기겠소."

그러고는 일그러진 미소를 지었다.

"대족장님께서 나를 죽였지만, 원망은 하지 않소. 덕분에 이렇게 강한 모습으로 새롭게 태어났으니, 아주 만족스러운 거래요."

다른 시체들도 그 뒤에서 고개를 끄덕였다.

"좋다!"

둠해머가 한 발 앞으로 나서며 놀란 고어핀드의 어깨를 탁 쳤다. 부하라기보다는 동등한 입장으로 존중하는 몸짓이었다.

"너희를 죽음의 기사라 하겠다. 위대한 호드의 선봉대이다. 우리는 함께 인간을 무찌르고 그 땅을 빼앗아 이 세계를 우리 동족이 마음 편히 살

수 있는 곳으로 만들겠다!"

되살아난 생명체들에게 이렇게 선언하고 나서 둠해머는 고개를 돌려 굴단에게 고개를 끄덕였다. 내키지 않아 하는 기색은 감추지 못한 듯했다.

"굴단, 넌 약속을 지켰다. 적을 상대할 강력한 군대를 내게 주었다. 고맙다."

"고귀하신 둠해머시여, 천만의 말씀이외다. 우리 종족을 위해서라면 무엇이든 하겠습니다."

진심처럼 들리기를 바라며, 굴단은 새로 깨어난 죽음의 기사들을 옆에 거느리고 성큼성큼 걸어가는 둠해머의 모습을 바라보며 속으로 다른 생각을 했다.

'멍청하기는. 그놈들을 데리고 가라. 그래, 네놈이 원하는 전쟁이나 실컷 하러 가라. 나는 신경 쓸 일이 따로 있으니. 이제 만족했을 테니 나는 내일에만 온전히 집중할 수 있겠지. 한동안은 충성스러운 흑마법사 노릇을 해주겠지만, 영원히는 아니다. 곧 내가 원하던 것을 손에 넣고 나면 너나 호드나 어떻게 되든 내 알 바가 아니다. 나는 너희를 대신할 새로운 종족을 일으킬 것이다. 오직 나에게만 충성하는 종족을. 그리고 이 세상을 내마음대로 새롭게 만들 것이다!'

한 주가 지나고 둠해머는 호드를 모아놓고 연설을 했다. 집결한 곳은 줄진이 검은바위 첨탑이라고 일러준 요새 앞이었다. 근방에는 검은색의 매끈매끈한 돌이 지천으로 널렸는데, 그 돌로 거대하게 지은 건물이 첨탑이었다. 첨탑은 대륙을 동서로 가르는 불타는 평원의 산맥 중에서도 가장 높은 검은바위 산의 꼭대기에 우뚝 솟아 있었다.

줄루헤드가 산맥 안의 힘을 느끼고 모두를 이곳으로 인도했다. 둠해머는 여기에 살던 드워프들을 처리한 후 땅을 점령했다. 호드의 기지로 선택한 이곳이 자신의 부족과 같은 이름이라니 좋은 조짐이라고 생각했다.

아래에는 모든 부족의 오크들이 모여서 둠해머의 입에서 나와야 할 말이 나오기를 간절히 기다리고 있었다. 이 땅을 완전히 차지함으로써 오크는 두고 온 고향과는 비교도 안 될 만큼 풍부한 사냥감과 비옥한 땅을 얻었지만, 종족 전체가 마음 편하게 살기에는 아직 모자랐다. 게다가 보복을 당할 여지도 있었다. 이 대륙에서 인간을 몰아냈지만, 지원군과 어쩌면 동맹군까지 합세하여 돌아오지 말라는 보장은 없었다. 하지만 둠해머는 두려울 것이 없다고 생각했다. 지금은 호드도 동맹군이 있었다.

"동족들이여! 모두 잘 들으라!"

둠해머가 망치를 높이 들어 올리며 외치자 모두 조용해지며 일제히 그쪽으로 고개를 돌렸다.

"우리는 이 땅을 차지했다. 잘된 일이다!"

박수가 터져 나오자 둠해머는 잠시 가라앉기를 기다렸다가 말을 이었다.

"이 땅은 생명이 풍부하니 여기에서 튼튼한 기반을 마련할 수 있다!"

다시 환호가 터져 나왔다.

"그러나 아직 땅을 지키는 자들이 있다! 인간은 강하고 노련하다. 그들은 있는 힘껏 싸우며 그들이 소유한 것을 지켜낸다."

호드 사이에서 그 말에 동의한다는 웅성거림이 일었다. 적이 강력하다는 사실을 인정한다고 그것이 약점이 되지는 않는다. 그리고 인간은 확실히 강했다. 이미 많은 오크가 직접 싸워봤기에 그 사실에는 동의하지 않을 수 없었다.

"우리는 계속 정복해 나가야 한다!"

둠해머가 망치로 북쪽을 가리키며 동족들에게 말했다.

"또 다른 땅, 로데론이 저 너머에 있다. 우리가 그 땅을 다스리면 우리 부족은 다시 영토를 확보하고 정착하여 집을 짓고 다시 가정을 꾸릴 수 있다. 그러나 먼저 그 땅을 인간에게서 빼앗아야 한다! 놈들이 그 땅을 쉽게 내주지는 않을 것이다."

오크들이 한목소리로 열광하며 계속 싸우겠다는 뜻을 표했다. 둠해머가 한 손을 들어 진정시키고 난 뒤 말을 이었다.

"제군들이 강하다는 건 안다. 제군들이 전사이고 전투에서 아무런 주저함이 없다는 것도 안다. 그러나 인간은 수가 많고 이번에는 우리를 상대할 대비가 되었을 것이다."

둠해머가 망치를 아래로 내리고 몸을 기댔다.

"그러나 우리 동맹군에는 대비하지 못했을 것이다."

뒤를 가리키자 줄진이 앞으로 나섰다. 숲트롤의 수장이 이번 모임에 데리고 온 동족 백여 명이 둠해머와 줄진 뒤에 열 지어 선 채로 도끼와 굽은 단검, 날이 넓은 창을 손 위에 툭툭 치고 있었다.

"이들은 숲트롤이다. 이제 호드의 일원으로 우리와 함께 싸울 것이다! 오우거처럼 강인하면서도 오크처럼 능수능란할뿐더러 숲에서는 그 무엇보다 뛰어난 존재다! 숲트롤이 우리의 길잡이가 되고 정찰병이 되고 숲의 전사가 되어줄 것이다!"

줄진이 긴 복면을 나부끼며 앞으로 나섰다.

"우리는 호드의 일원이 되기로 맹세했다. 우리는 너희들과 싸울 거다. 힘을 합쳐 인간과 엘프, 우리에게 맞서는 누구든 박살내고 말겠다!"

복면으로 입을 가렸음에도 또렷하게 울려 퍼지는 줄진의 선언에 오크와 숲트롤이 크게 환호했다. 줄진은 고개를 끄덕이고는 뒤로 물러났다.

"동맹군은 이게 끝이 아니다."

둠해머가 이렇게 선언하며 뒤를 돌아보자 고어핀드가 죽음의 기사들을 대동하고 앞으로 나왔다. 모두 흉물스러운 외모를 감추려고 머리와 얼굴을 두꺼운 천으로 칭칭 동여매 번쩍이는 두 눈만 보였다. 그러나 호드는 그들의 어깨너비나 가슴의 폭이 자신들과는 다르다는 것을 알아차릴 수 있었다. 고어핀드가 곤봉을 높이 들자 박혀 있는 보석이 머리 위 태양에 견줄 만큼 눈부신 빛을 발했다.

"우리는 죽음의 기사다."

고어핀드가 입을 열자 기묘한 목소리가 한 줄기 싸늘한 기운처럼 군중 사이에 감돌았다.

"우리는 호드에 충성을 맹세했다. 우리도 모두와 마찬가지로 싸우며 오크의 적을 이 세상에서 몰아낼 것이다!"

고어핀드는 자신들의 정체를 다른 오크에게 밝히지 말아 달라고 요청했고 둠해머도 이에 동의했다. 이 새로운 전사들이 오크이며 둠해머가 죽였던 흑마법사들이 굴단의 손으로 썩어가는 인간 육체에 들어간 것이라는 사실을 반기지 않을 이들이 많을 터였다.

"죽음의 기사는 우리의 기병대이자 선봉대가 된다. 이들은 강하고 날쌔며 어둠의 마법으로 적의 방어를 뚫을 수 있다."

둠해머가 잠시 말을 멈췄다.

"곧 다른 동맹군도 합류할 것이다."

새 동맹도 함께 공개할 수 있었다면 좋았겠지만, 줄루헤드는 준비하는 데 시간이 더 필요하다고 했다. 지금은 이 정도로도 충분했다.

"북쪽으로 진격한다. 이 땅을 지나 드워프의 고향인 카즈 모단으로 간다. 그 땅은 철과 연료가 풍부하다. 우리는 그 자원을 손에 넣어 튼튼한 선박을 건조한다. 병력들은 그 선박으로 북쪽의 로데론까지 항해한다. 인간은 우리가 해상으로 올 줄은 꿈에도 모를 것이다. 서쪽으로 상륙해서 거꾸로 행진하며 놈들을 뒤에서 친다. 우리는 놈들을 무찌르고 그 땅과 이 세계 전부를 차지할 것이다!"

호드가 다시 환호했다. 환호성은 점점 커져 주위의 바위에서 메아리로 울려 퍼졌다. 둠해머는 발밑에서부터 꼭대기 봉우리까지 흔드는 메아리를 느끼며 뒤에 서 있던 줄루헤드를 힐끗 돌아보았다. 오크의 외침과 전쟁 함성 때문에 산까지 흔들려서는 안 될 일이건만! 그러나 늙은 주술사는 고개를 끄덕일 뿐이었다.

"화산이 말합니다. 산의 정령들이 기뻐합니다."

줄루헤드가 둠해머에게만 들리도록 가까이 다가와 부드러운 소리로 말하고는 엄니를 드러내며 빙그레 웃었다.

"우리에게 축복을 내리십니다!"

둠해머가 고개를 끄덕였다. 다시 망치를 높이 들고 머리 위에서 휘젓는 동안에도 산의 바위는 떨림을 멈추지 않았다. 모인 오크들이 둠해머의 이름을 연호하기 시작했다.

"둠해머!"

모두가 외치고 그 뒤를 이어 쿵하는 소리가 크게 났다. 하늘이 새카맣게 변했다.

"둠해머!"

다시 소리치자 대기가 어둑어둑해졌다.

"둠해머!"

세 번째로 고함쳤을 때 뒤에 있는 산이 큰 소리로 우지끈 소리와 함께 폭발하며 용암과 바위가 뿜어져 나왔다. 호드의 외침은 더욱 커졌지만 두려움 때문은 아니었다. 줄루헤드처럼 모두 이것이 축복이라고, 온 땅도 호드의 전쟁을 허락한다는 뜻으로 여겼다.

둠해머는 한동안 소란스러운 분위기 그대로 놔두었다. 그는 오크들이 표현하는 존경과 충성심을 받아들이면서 열기를 한층 더 끌어올렸다. 그런 다음 자기 망치로 북쪽을 가리키며 우렁차게 외쳤다.

"진격한다! 인간들은 우리를 보고 벌벌 떨 것이다!"

7장

"전부 말해 보아라."

카드가가 고개를 끄덕였다. 굳이 주위를 둘러볼 생각도 없었다. 그래 봤
자 아무런 의미도 없을 터였다. 카드가는 키린 토의 지도자 역할을 하는
의회에 불려 나왔지만, 이 지도자들은 자신들이 원할 때만 모습을 드러내
기 때문이었다.

이전에도 이 의회의 회의실에 와 본 적이 있었는데 그때는 메디브의 제
자로 들어가라는 명령을 받았었다. 그때는 경외감이 들 정도로 이곳에 압
도되었다. 이곳은 어떤 방법인지는 몰라도 공중에 매달려 있는 듯했는데,
그 바닥만이 희미하게 보일 뿐 주위는 바깥세상의 자연보다 훨씬 더 빠른
속도로 어두워졌다가 밝아졌다가 폭풍이 치기를 반복했다. 의회 지도자
들에게도 압도되었다. 그가 볼 수 있는 것은 지도자들이 망토를 두르고 두
건을 쓰고 있다는 것이었다. 그 형체와 얼굴은 물론 성별조차도 마법과 옷
에 가리어 알아볼 수 없었다. 굉장히 인상적이면서도 실용적인 방법이었
다. 마법사 사회의 지도자들은 뇌물, 협박, 그 외 다른 압박에 시달리는 일

이 없도록 비밀리에 선택되기 때문이었다. 의회 구성원끼리는 서로 누군지 알았지만, 그 외에는 아무에게도 신원을 드러내지 않았다. 위장 덕에 그런 비밀은 더욱 확실하게 지켜졌다. 하지만 그렇기에 의회는 더욱 불가사의해 보였다. 구성원의 대다수도 누가 회의실에 들어오거나 나가는지 몰랐다. 심지어 자신이 어디에서 누구를 보았으며 심지어 무슨 말을 하고 들었는지조차 헷갈려 했다. 지도자들은 그런 사람들을 보면서 재미있어 했다. 예전에 카드가도 마찬가지였다. 회의실에서 일을 마치고 나오면 머리가 빙빙 도는 것 같았다. 우월한 그들이 휘두르는 힘에 놀라 알현하는 동안에 정확히 무슨 일이 일어났는지도 기억하지 못했다.

그러나 그 이후로 많은 것이 변했다. 비록 몇 년의 짧은 세월이었지만, 카드가의 마법 지식과 능력은 엄청나게 성장했다. 외모 역시 달라졌다. 이번에는 거꾸로 의회 구성원 몇몇이 방문객을 보고 당황하지 않을까 하는 생각에 즐거워졌다. 따지고 보면, 카드가는 젊은이로 떠났다가 늙은이로 돌아온 셈이었다. 실제로는 훨씬 어리지만, 그들 다수보다 더 나이든 모습이었다.

그럼에도 카드가는 놀이를 할 기분이 아니었다. 지쳐 있었다. 달라란으로 순간 이동하는 일은 자신의 마력으로 가능한 일이었지만, 그래도 부담스러운 거리이긴 했다. 게다가 계속 늦게까지 로서와 여러 문제를 논의하며 다음 주에 있을 첫 번째 공식 작전 회의를 위한 계획을 짜는 날들을 보냈다. 카드가는 예전에 모셨던 스승님들이 최근에 일어난 여러 사건에 관심을 보여주어서 고마웠다. 그들이 아제로스에 무슨 일이 일어났는지 알아야 한다고 생각했다. 그래도 가식을 떨며 꾸며대거나 모르는 척 연기하지 않아도 되겠다는 생각이 들었다. 그는 고개를 들고서 왼쪽의 망토로 가려진 형체를 똑바로 바라보며 공손하게 말했다.

"캘타스 왕자님, 무슨 일이 있었는지 기꺼이 말씀드리겠습니다. 하지만, 들으시는 분들을 똑똑하게 볼 수 있다면 이야기하기가 훨씬 수월할 듯싶습니다."

옆쪽에서 놀라는 숨소리가 났지만, 카드가가 언급한 망토 속 대상은 오히려 재미있다는 듯 웃었다.

"젊은 카드가여, 네 말이 맞노라. 나라도 이렇게 뭔지 모를 형체를 대상으로 이야기하라면 쉽지 않겠지."

순식간에 엘프 왕자 캘타스는 위장을 풀었다. 그는 보라색과 금색의 화려한 로브를 입고 있었다. 긴 금발은 어깨 아래로 늘어뜨렸다. 그의 날카로운 이목구비에는 기대감이 가득 차 있었다.

"이제 좀 나은가?"

"훨씬 좋습니다. 감사합니다."

카드가가 말하고는 다른 의회 회원들을 둘러보며 말했다.

"다른 분들은 어떻습니까? 크라서스 님, 켈투자드 님, 얼굴을 뵙고 말씀드려도 되겠습니까? 안토니다스 님은 수고스럽게 위장하지 않으셨고 캘타스 왕자님께서는 사려 깊게도 위장을 벗어주셨군요. 다른 분들도 그래 주시겠습니까?"

카드가 앞의 보이지 않는 의자에 앉아 있던 안토니다스가 껄껄 웃었다.

"맞네, 젊은이. 참으로 맞는 말이야. 눈속임이나 쓰면서 논의하기엔 너무 심각한 문제지. 그리고 자네도 그런 재주에 놀라거나 속을 만한 하룻강아지도 아니고 말이야. 친구들이여, 모습을 드러내게. 밤이 깊어지기 전에 이 문제를 논의하세."

다른 마법사들도 그 말에 따랐지만, 그중 몇몇은 툴툴거렸다. 잠시 후 카드가는 분명하게 모습을 드러낸 여섯 명과 마주하고 있었다. 호리호리한 체구에 섬세한 이목구비, 아직 이곳저곳에 붉은 기가 남은 은발을 보고 크라서스임을 곧바로 알아차렸다. 켈투자드 역시 잘 알려진 대로 짙은 머리칼에 수염을 무성하게 기르고 있었다. 그는 마치 주위의 세상이 아닌 다른 것을 보는 듯이 기묘하게 생기 없는 눈을 지녔으며, 강한 인상으로 위압적인 분위기를 풍기는 사람이었다. 다른 둘은 땅딸막한 남자 하나와 키가 크고 조각 같은 여자였다. 어딘가 낯이 익어 보이는 얼굴이었다. 아마 카드가가 마법을 배우는 학생이던 시절에 보랏빛 성채 전당에서 스쳐 지나가며 보았을 것이다. 그러나 당시에는 보잘것없었던 카드가에게 이들이 직접 말을 걸었을 리가 없다.

그러나 지금은 모두가 카드가를 주목하고 있었다.

"네가 청한 대로 했다. 이제 무슨 일이 있었는지 얘기해 보아라!"

켈투자드가 불만스럽게 말했다.

"무엇을 말씀드리면 좋겠습니까?"

카드가가 물었다.

"전부 다!"

켈투자드의 눈빛에서도 진심이 묻어났다. 항상 몽상가이자 연구가로 명성이 높은 켈투자드는 끊임없이 지식을 추구했는데 마법과 그 근원에 관해서라면 특히나 더 그랬다. 그래서 키린 토에 있는 그 누구보다도 메디브의 비전 서고에 들어가고 싶어 했다. 카드가가 보기에는 그 서고가 파괴되어 가장 화가 많이 난 인물이었다. 메디브의 젊은 제자가 그 탑에서 빠져나오기 전에 가장 귀한 책들을 챙겼다는 사실을 영영 모르는 편이 좋을 것이다.

"좋습니다."

그렇게 이야기를 시작했다. 고맙게도 땅딸막한 남자가 의자를 건네주었기에 카드가는 거기에 앉아 2년도 더 전에 달라란을 떠났을 때부터 일어났던 일을 전부 자세하게 설명했다. 메디브 아래에서 수행할 때의 기묘한 경험과 대마도사의 변덕, 그리고 메디브가 이상하게 사라지던 일을 이야기했다. 오크와 처음 만났던 일, 마법사들이 살해당한 일, 메디브의 배반, 그리고 자신과 로서가 어떻게 메디브의 목숨을 끊었는지를 빠짐없이 다 말했다. 그리고 나서 호드와 그간의 전투, 스톰윈드 공성전, 레인 왕의 죽음, 점령당한 스톰윈드, 그 이후의 탈출까지 이야기를 이어갔다.

고위 마법사들은 카드가의 이야기가 이어지는 동안 내내 말이 없었다. 가끔 하나씩 질문을 던지기도 했지만, 까마득한 아랫사람인데도 놀라울 정도로 정중하게 대해 주었고 단순하지만 정곡을 찌르는 질문을 몇 개 던졌다. 얼라이언스와 성기사 이야기로 끝맺음을 하면서 카드가는 한숨 돌리며 의자에 기대고는 다음 질문을 기다렸다.

"티리스팔 의회 얘기가 빠졌다."

켈투자드가 지적하자 안토니다스가 새된 소리의 헛기침을 했다.

"네?"

마법사이자 연구가인 켈투자드가 따져 물었다.

"메디브 이야기에 의회 얘기가 빠져서야 쓰나!"

"그렇죠. 빠트려서 죄송합니다. 하지만…."

카드가가 주위를 둘러보며 마법사들의 표정에서 얼마만큼 아는지 살펴본 다음 신중하게 접근하기로 했다.

"의회가 진짜로 어떻게 운영되는지는 아는 바가 거의 없습니다. 메디브님께서 그 일원이셨고 한두 번 정도 의회라는 게 있다는 얘기는 하셨지만, 다른 일원의 이름을 언급하거나 그 활동과 관련해서 얘기하신 적은 없었습니다."

"당연히 그랬겠지."

여자 마법사가 동의하면서 켈투자드와 시선을 교환하는데 그 눈빛에서 좌절과 실망감이 보였다. 생각했던 대로였다. 이들은 티리스팔 의회에 관해서는 아무것도 모르는 채로 그저 카드가가 걸려들어 비밀을 털어놓기만을 바랐을 뿐이었다. 하지만 실패했으니 그 문제를 더 밀어붙이지는 않을 터였다.

"그보다는 메디브 본인이나 그에게 일어났던 일이 더 걱정스럽다. 그 안에서 본 것이 정말 살게라스라고 확신하느냐?"

"확실합니다. 환상 속에서 보았기에 곧바로 알아챘습니다."

카드가가 앞으로 몸을 기울이며 대답했다.

"그러니까 메디브, 어쩌면 그 안에 있는 살게라스가 오크를 위해 균열을 일으켰단 말이지."

땅딸막한 남자가 골똘히 무언가를 생각하며 혼잣말을 했다.

"오크의 세계를 뭐라 한다고 했지?"

"드레노어입니다."

카드가가 살짝 몸서리치며 대답했다. 마음속으로는 예전에 메디브의 탑에서 보았던 환상을 더듬고 있었다. 늙은이, 적어도 외모는 지금처럼 늙은이의 모습을 한 자신이 직접 몇 안 되는 전사들로 병력을 꾸려 수많은 오크를 상대하는 상황이었다. 피처럼 붉은 하늘이 드리운 세상에서였다. 가로나는 그곳이 드레노어 같다고 했다. 그 말은 카드가가 그곳에 가야 할 운명이라는 뜻이었다. 그리고 그는 필시 살아남지 못할 터였다. 억지로 마음을 추슬러 눈앞에서 진행되는 대화로 돌아왔다.

"그 외에 아는 게 뭐가 있지? 그 세계에 관해서? 하늘 얘기는 들었다만, 다른 건 없나?"

"그곳엔 저도 가보지 않았습니다."

이렇게 대답하면서 속으로는 다른 생각을 했다.

'적어도 아직은 아니지.'

"하지만 동료였던 반오크에게서 그 세계와 오크에 관해 아주 많은 이야기를 들었습니다."

마음으로 가로나를 떠올렸다가 그 고통스러운 기억을 곧바로 떨쳐냈다.

"오크는 고향 땅에서 상당히 평화로운 종족이었습니다. 사소한 다툼이야 있었지만, 서로 진짜 싸움을 하지는 않았습니다. 유일한 적은 오우거였는데 오크 쪽이 훨씬 더 똑똑하고 그 수도 훨씬 더 많았지요."

"그런데 어떻게 된 거지?"

켈투자드의 물음에 카드가가 설명했다.

"타락했습니다. 얘기를 해 준 반오크도 왜 그랬는지, 어떻게 그랬는지 그런 사정을 전부 세세하게 알지는 못했습니다. 하지만 오크의 피부는 점차 갈색에서 초록색으로 변했고 이전에 알던 것과 다른 마법을 익히기 시작했습니다. 좀 더 잔인하고 폭력적으로 변했습니다. 굉장한 의식을 거행했는데 거기에 일종의 성배 같은 것이 있었다고 합니다. 족장이 그 성배에 든 것을 들이켰고 전사들도 마셨습니다. 전부 다는 아니었지만요. 그러자 피부가 선명한 초록색으로 변했고 눈도 붉게 변했습니다. 그들의 힘은 더욱 강력해지고 몸은 강인해졌습니다. 성격도 사나워진 데다가 전부 피에 굶주린 것처럼 변모했습니다. 만나는 적은 모두 죽여 버리더니 그다음에는 서로 공격하기 시작했습니다. 게다가 새로 익힌 마법이 땅에서 생명력을 빨아들인 탓에 작물이 자라지 못했습니다. 오크들은 그대로 자멸하거나 굶어 죽기 일보 직전이었습니다. 그러나 메디브 님이 호드의 대흑마법사인 굴단에게 접근하여 이쪽 세계로 올 수 있게 해주겠다는 제안을 했습니다. 저희 세계로 말입니다. 굴단이 그 제안을 받아들였고 함께 차원문을 만들었습니다. 처음에는 한 번에 몇몇 부족씩 보내다가 점차 숫자를 늘려 갔습니다. 그다음에는 그저 기다리면서 힘을 키웠겠지요. 그리고 기회가 생기자 공격한 것이지요."

"그리고 지금 전력으로 오는 중이란 거군."

캘타스가 눈살을 찌푸렸다.

"그렇습니다."

그다음 말을 기다렸지만 아무도 입을 열지 않았기에 결국 카드가는 보이지 않는 의자에서 몸을 일으키려 했다.

"고귀하신 분들께서 궁금하신 점이 더 없다면 이만 물러가겠습니다. 하루를 바삐 보냈더니 아주 피곤해서요."

"이제 그대는 어쩔 작정이지?"

여자 마법사가 묻자 카드가가 의자에서 일어서다 눈살을 찌푸렸다. 사실 로데론에 도착한 이후로 스스로 그 질문을 곱씹던 참이었다. 마음 한편에서는 키린 토에 애걸하고 싶었다. 어쩌면 예전에 하던 대로 보조 사서로서 다시 일할 수 있지 않을까? 앞으로 아무런 걱정 없이 세상에서 가장 강력한 마법의 보호 아래 안전하게 지낼 수 있을 터였다.

그러나 다른 한 편에서는 곧 닥칠 위험으로부터 피한다는 생각 자체가 수치스러웠다. 어쨌든 악마도 상대해 보지 않았던가! 게다가 살아남기까지 했다. 악마를 처리할 수 있다면, 당연히 오크 부대쯤은 처리할 수 있을 터였다.

우정과 의리도 중요했다. 적어도 카드가에게는.

"저는 로서 경과 함께하겠습니다."

마침내 카드가가 일부러 목소리를 자연스럽게 내려고 애쓰면서 입을 열었다.

"저는 그분을 도와드리겠다고 약속했습니다. 도와드려야 마땅한 분입니다. 전쟁이 끝나고 만약 우리가 살아남는다면 혹시…."

그러더니 어깨를 으쓱했다.

"그래도 그대는 달라란 소속이다. 우리가 그대를 다시 여기로 불러 필요한 일을 맡긴다면 부름에 응할 텐가?"

카드가가 잠시 생각하더니 천천히 대답했다.

"응하지 않겠습니다. 이제 예전으로 돌아갈 수 없습니다. 이 전쟁이 끝나고 만약 우리가 살아남는다면, 하던 연구를 다시 하려 합니다. 여기에서일지 메디브 님의 탑에서일지, 아니면 어딘가 전혀 모르는 곳에서요."

의회의 지도자들은 카드가를, 카드가는 그 지도자들을 살폈다. 마침내 침묵을 깬 것은 크라서스였다.

"여기를 떠날 땐 그저 신출내기 소년 수습생에 불과하더니 어른이, 그리고 거물이 되어 돌아왔군."

그 목소리에서 진정으로 인정해 준다는 사실을 읽을 수 있었다. 카드가는 깊이 고개를 숙여 칭찬에 답례하면서 말은 한마디도 하지 않았다.

"그대에게는 그 어떤 명령도 없을 게다. 우리는 그대의 소망과 독자적인 행보를 존중하겠노라. 하지만 소식은 계속 들었으면 한다. 특히 메디브, 강령술사, 티리스팔 의회, 차원문과 관련된 일이라면 무엇이든지 전해 주어라."

카드가가 고개를 끄덕이며 물었다.

"이제 가도 되겠습니까?"

그 말에 안토니다스가 딱딱한 미소를 지었다.

"그래, 이만 가도 좋다. 빛이 그대를 보호하고 힘을 주시기를."

"계속 소식을 전해 주었으면 한다. 오크의 계획을 빨리 알수록 그곳에 병력을 보낼 수 있다. 마법 지원은 물론이고."

"물론입니다."

땅딸막한 남자의 말에 카드가가 고개를 끄덕이고는 서둘러 회의실을 나섰다. 그러나 문이 닫히자마자, 바로 점술용 수정구를 소환했다. 키린 토가 모인 밀실은 외부의 공격뿐만 아니라 훔쳐보는 시선을 막아내고자 마법으로 보호해 놨을 터였다. 그러나 카드가는 짧게나마 메디브 밑에서 수행하는 동안 많은 것을 배웠고 스승이 죽은 이후에는 책에서 더 많은 것을 배웠다. 게다가 목표 대상도 아주 가까이 있었다. 정신을 집중하자 수정구 안의 색들이 소용돌이치며 초록색에서 검은색으로 다시 초록색으로 변했다. 여러 얼굴이 떠오르기 시작하며 희미하게 중얼거리는 소리가 나더니 보라색 로브를 입은 키린 토 의회 회원들의 모습이 보였다. 움직이던 벽화도 천천히 내려오더니 멈추었고 이제는 그저 평범한 방에 여섯 명이 서성이는 광경이 되었다.

"… 어디까지 믿어도 좋을지 모르겠군요. 우리 바람대로 협조해 줄 것 같지는 않아요."

땅딸막한 남자의 말에 캘타스가 짧게 답하며 말문을 열었다.

"당연히 안 그러겠지요. 누구든 카드가의 일을 겪었다면 마음을 터놓거나 남을 믿지는 못할 겁니다. 여하튼 카드가를 온전히 믿을 필요는 없습니다. 로서를 소개해 주고 다른 이들과 우리 사이에서 중재 역할을 해 주기만 하면 됩니다. 그가 우리를 신뢰한다면, 우리 노력이 무산되지도 않을 것입니다. 그리고 우리를 배반하지도 않으며 우리가 필요한 증거나 정보를 주지 않는 일도 없으리라 장담합니다. 그 정도면 더 바랄 게 없다고 생각합니다만."

크라서스가 중얼거리면서 말을 꺼냈다.

"이 드레노어라는 다른 세상이 전 마음에 걸립니다. 만약 오크가 그 차원문을 지나다닐 수 있다면, 다른 존재도 마찬가지일 겁니다. 이쪽과 저쪽이나 마찬가지지요. 저쪽에 오우거가 있다는 건 알지만, 또 뭐가 있을지는 아무도 모릅니다. 그러니까 더 끔찍한 존재가 이 세계를 침략할 기회를 간절히 바라고 있을지도 모른다는 뜻입니다. 게다가, 오크는 후퇴해야겠다 싶으면 언제든 고향으로 가버리면 그만입니다. 공격할 수 없는 본거지를 둔 적과 싸우는 일은 생각해 보십시오. 그저 갑자기 뛰어나와 공격한 다음에 다시 사라져 버리니까요. 그 차원문을 찾아내어 파괴하는 게 가장 먼저 해야 할 일입니다."

"맞습니다. 차원문을 파괴해야 합니다."

캘타스가 동의했다. 다른 이들은 고개를 끄덕였다.

"좋습니다. 이건 결정됐군요. 다른 사안이 있습니까?"

의회 회원들이 보랏빛 성채의 좀 더 일상적인 문제들을 논의하기 시작하자 카드가는 수정구와 영상을 모두 다 사라지게 했다. 기대 이상의 성과였다. 캘타스 말 대로 카드가는 지난 3년간 엄청난 일들을 겪었고 반쯤은 키린 토가 자신의 불손함에 분노하지 않을까 예상하기도 했다. 그러나 의회에서는 아무런 언급도 하지 않고 재촉하는 일도 없이 카드가가 하는 얘기를 믿어 주었는데, 확실히 기분 좋은 변화이긴 했다.

이제 수도로 다시 순간 이동한 다음 내일을 대비해 잠을 자두기만 하면 되었다.

일주일 후, 로서가 있는 곳은 카드가와 함께 도착했던 남녘해안에서 그리 멀지 않은 남부 로데론의 지휘 막사 안이었다. 이곳을 선택한 이유는 대륙의 어느 곳이든 빠르게 도달할 수 있는 중앙 지역이었기 때문이었다. 특히 배로 이동할 때는 더욱 그랬다. 병사들은 야외에서 훈련하며 잠을 잤다. 막사 안에서 로서와 로데론의 왕들, 부관으로 뽑은 네 명이 탁자 주위에 모여 그 위에 펼쳐 놓은 지도를 들여다봤다. 로서는 우서를 은빛 성기사단과 교단의 연락책으로 삼았다. 성기사들의 전투 실력과 빛을 다루는 능력은 놀라울 정도로 성장했다. 카드가는 달라란의 연락 담당이자 가장 객관적인 조언자의 역할을 담당했다. 프라우드무어 제독이 해군을 통솔한다는 것이야 두말할 나위도 없이 당연한 사실이었다. 하지만 로서는 젊은 투랄리온을 부사령관으로 임명했다. 아직 로서를 전설 속 인물처럼 대하기는 하지만, 똑똑하고 목적의식이 분명하며 충직하고 열심히 노력하는 모습을 보이는 이 젊은이에게 카드가나 로서 둘 다 깊은 인상을 받았다. 로서는 이 젊은 친구가 자기의 오른손 역할을 해 줄 사람으로 이상적이라 생각했다. 보다 더 적합한 후보자를 떠올릴 수 없었다. 하지만 막중한 책임감에 아직도 긴장을 늦추지 못하는 투랄리온이었기에, 로서는 아무 생각 없이 지도를 찌르지 말라고 두 번이나 주의를 주어야 했다. 적어도 검으로는 그러지 말라고.

막사에 모인 이들은 일주일 동안 논의했던 문제들을 또 다시 논의했다. 호드의 예상 경로와 공격에 취약한 지역, 그리고 그곳으로 얼라이언스 병력을 가능한 한 빠르게 기동시키면서도 합의한 대로 작물이나 들판을 짓밟지 않는 방법 등이었다. 그레이메인이 오크가 가장 먼저 나타날지 모르는 길니아스 국경 전체에 얼라이언스 병력을 배치해야 한다고 열 번째로 주장할 때 정찰병 하나가 헐레벌떡 뛰어 들어왔다.

"사령관님, 와 보셔야 할 것 같습니다!"

정찰병은 앞으로 달려오던 멈추면서 동시에 묵례와 경례를 했다.

"그들이 나타났습니다!"

"누가 나타났다는 말인가?"

로서가 눈살을 찌푸렸다. 정찰병의 표정에서 알아내려고 했지만, 경황 없이 허둥거리는 상태라 쉽지 않았다. 그러나 겁에 질려 보이지는 않았기에 로서는 심호흡을 하고 덩달아 두근대는 마음을 진정시켰다. 공포에 사로잡히지 않았다는 건 호드가 아니라는 뜻이었다. 정찰병의 표정에 공포심은 있었지만, 존경심과 심지어 경외심이 함께 보이는 상태였다. 그런 희한한 표정은 한 번도 본 적이 없었다.

"엘프입니다! 엘프가 여기에 나타났습니다!"

정찰병은 계속 소리를 질러댔다.

"엘프라고?"

로서가 사실인지 확인하려고 정찰병을 뚫어지게 바라보다 모여 있던 왕들에게 고개를 돌렸다. 역시나, 그중 한 명이 헛기침을 하면서 어딘가 찔리는 듯한 표정을 지었다.

"우리에겐 동맹이 필요하네. 엘프는 강인한 종족이야. 곧바로 연락하는 게 좋겠다고 생각했지."

테레나스 왕의 설명을 듣고 로서는 격분했다.

"저하고 논의도 안 하셨잖습니까? 그랬다가 엘프가 전군을 보내고서 느닷없이 지휘라도 하겠다고 고집을 부리면 어쩌시려고 그러셨습니까? 엘프를 파악해서 우리 병력으로 완전히 편입하기도 전에 호드가 나타나면 어쩌려고 그러셨습니까? 이런 일을 사령관이 몰라서야 되겠습니까! 우리 목숨이, 아니면 많은 백성의 목숨이 위태로워질 수도 있는 일입니다!"

테레나스가 진지하게 고개를 끄덕였다.

"경의 말이 맞네."

이 대답을 듣고 로서는 테레나스 왕이 마음에 들었던 이유를 되새겨보았다. 보통의 사람은 잘못을 쉽게 시인하지 않고, 권력이 있는 사람은 특히나 더하기 마련이었다. 그러나 테레나스 왕은 좋든 나쁘든 자신의 행동에 대해 온전히 책임을 졌다.

"경, 아니 총사령관과 먼저 논의해야 했네. 그저 시간이 촉박하다 생각했을 뿐이었네만 변명의 여지가 없는 것도 사실이네. 다시는 이런 일이 없을 걸세."

"좋습니다. 그러면 가서 엘프가 어떻게 생겼는지 한번 봅시다."

로서가 무뚝뚝하게 고개를 끄덕이고는 막사 밖으로 나갔고, 나머지도 그 뒤를 바싹 따랐다.

텐트 입구를 걷어 올리고 밖으로 나선 로서의 눈에 가장 먼저 보인 것은 휘하의 병사들이었다. 온 병력이 계곡 그 너머까지 빼곡하게 늘어서 온 사방에 가득했다. 찰나였지만, 로서의 마음에 자부심과 자신감이 밀려들었다. 그 누가, 그 무엇이 이토록 강력한 군대에 맞설 수 있겠는가? 그러나 마음속에 스톰윈드에 물밀 듯 밀려들어오는 호드의 공포스러운 모습이 떠오르면서 다시 침울해졌다. 다행스럽게도 얼라이언스 군대는 스톰윈드의 군대보다 몇 배나 더 많았다. 적어도 호드를 상당히 오랫동안 저지할 수는 있을 터였다.

로서의 시선은 군대를 지나 해안과 그 너머 바다로 향했다. 프라우드무어 제독의 함대, 빠른 소형 정찰선부터 거대한 구축함까지 해안에 정박하여 파도 위로 돛대와 돛의 숲을 이루었다. 그중 여러 척이 부두에서 뒤로 빠져 공간을 만들었다. 그리고 그곳으로 로서가 한 번도 본 적 없는 배가 잔뜩 밀려 들어왔다.

"엘프 구축함이오. 우리 구축함보다 빠르고 가볍지. 무기는 덜 싣지만,

속도가 빠르니 그만큼의 역할을 해낼 수 있소. 우리 전력에 큰, 매우 큰 보 탬이 될 거요."

프라우드무어 제독이 바짝 붙어서 귀띔해 주다가 눈살을 찌푸렸다.

"그런데 고작 몇 척이라고? 고작 구축함 네 척과 소형 함선 여덟 척이라 니. 전투단 하나밖에 안 되겠는걸."

"뒤이어 더 올지도 모르지요."

로서를 사이에 두고 반대쪽에 있던 투랄리온이 의견을 말했지만 프라우 드무어 제독은 고개를 저었다.

"엘프는 그런 식으로 움직이지 않소. 전부 함께 도착했어야 하오."

"그래도 열두 척이 늘지 않았습니까. 게다가 그 안에 타고 온 병력도 있 을 테고요."

카드가가 현실적으로 맥을 짚었다.

"가서 맞이하기나 합시다."

로서가 고개를 끄덕이고 이렇게 제안하자 모두 동의하고는 함께 계곡을 가로질러 갔다. 페레놀드 경과 그레이메인은 그런 험한 길에 익숙하지 않 아 몇 분도 지나지 않아 헉헉거렸지만, 나머지는 가뿐하게 빠른 걸음으로 움직였다. 부두에 닿았을 무렵, 첫 번째 배가 미끄러지듯 들어와 부두 옆 에 정박했다.

키가 크고 유연한 이가 거칠거칠한 나무 잔교 위로 훌쩍 뛰어내렸다. 긴 금빛 머리칼이 햇빛을 받아 빛났는데 로서의 귀에 누군가 뒤에서 헉하고 놀란 숨을 들이켜는 소리가 들렸다. 가까이 다가왔을 때 보니 여자였다. 그것도 아주 아름다운 여자였다. 갸름한 얼굴은 우아하면서도 강인했고 호리호리하고 날렵한 몸매도 마찬가지였다. 짙은 황록색과 떡갈나무 갈 색의 기묘하고 가벼운 흉갑을 셔츠와 반바지 위에 입고 긴 망토는 두건을 뒤로 넘긴 채로 걸쳤다. 팔은 팔꿈치까지 올라오는 가죽 장갑으로, 다리는 무릎까지 올라오는 장화로 보호했다. 가느다란 검을 한쪽 허리춤에 차고, 주머니와 뿔피리를 다른 쪽에 찼으며 등에는 장궁과 화살통을 메었다. 로서는 수년 동안 많은 여자를 봤고 그중에는 지금 다가오는 이 엘프처럼 아름다운 여자도 있었다. 그러나 이토록 절묘하게 힘과 우아함이 어우러진 사람은 단 한 번도 본 적이 없었다. 일행 중에 벌써 넋이 나간 이가 있는 것도 당연한 일이었다.

"어서 오십시오. 저는 로데론의 얼라이언스 사령관, 안두인 로서입니다."

로서는 아직 몇 걸음 떨어진 상태에서 큰 소리로 인사했다. 다가오던 여자는 고개를 끄덕이고 남은 거리를 마저 걸어와 한 뼘 앞에서 섰다. 이렇게 가까운 거리에 있으니 머리카락 사이로 뾰족한 귀가 삐져나온 모양이나 커다란 에메랄드빛 눈이 끝에서 살짝 올라간 모양이 하나하나 자세히 보였다.

"저는 알레리아 윈드러너입니다. 아나스테리안 선스트라이더 폐하와 실버문 의회를 대신해 인사를 전합니다."

감미로운 목소리가 마치 노랫가락처럼 그으윽하게 울려 퍼졌다. 화내는 목소리조차 듣기 좋을 것 같다는 생각을 하며 로서는 몸을 돌려 주위에 있던 일행을 가리켰다.

"감사합니다. 얼라이언스의 주군 여러분과 제 부관들을 소개해 드리겠습니다."

소개가 끝난 뒤, 로서는 좀 더 심각한 문제로 화제를 돌렸다.

"알레리아 님, 이런 질문 드려서 죄송합니다."

로서의 공손한 존칭에 알레리아의 입가에 미소가 어렸다.

"그래도 여쭤보긴 해야겠습니다. 지금 온 병력이 지원해 주실 수 있는 전부입니까?"

"로서 경, 솔직하게 말하겠습니다."

로서의 질문을 듣고 눈살을 찌푸리던 알레리아는 이렇게 말문을 열고는 듣는 사람이 없는지 확인하려 주위를 살폈다. 다른 엘프들은 남자든 여자든 배에서 내려 저 멀리 부두 끝에 모여서 알레리아가 가까이 다가와도 좋다는 허락을 내리기를 기다리는 모양이었다.

"아나스테리안 폐하와 다른 분들은 경이 보낸 보고서에 그다지 괘념치 않으셨습니다. 이 호드는 우리와는 멀리 떨어져 있고 저희 숲이 아니라 인간의 땅을 정복하는 게 목적인 듯합니다. 의원들은 이 갈등을 신생 종족끼리 해결하도록 두고 갑작스러운 습격이 있을 상황을 대비해 우리 국경 수비만 강화하기로 하셨습니다."

눈을 가늘게 뜨는 걸 보니 그 결정을 못마땅하게 생각하는 모양이었다.

"하지만 알레리아 님은 여기 오셨지 않습니까. 그건 무슨 뜻이 있어서가 아닙니까?"

알레리아가 고개를 끄덕였다.

"테레나스 왕께서 보내주신 서한에 따르면…."

이 말을 하며 테레나스 왕 쪽으로 가볍게 묵례를 한 후 다시 말을 이었다.

"로서 경이 아라시 혈통의 마지막 후예라고 하셨습니다. 저희 조상은 소라딘 왕과 그 혈족을 영원히 돕기로 맹세했습니다. 아나스테리안 폐하께서도 그 의무를 외면할 수는 없으셨습니다. 그래서 이 전투 함대를 보내 조금이라도 신세를 갚으려 하신 겁니다."

"그럼 알레리아 님은요?"

알레리아가 함대만 언급했다는 사실을 깨닫고 로서가 질문했다.

"저는 스스로 이곳에 왔습니다."

기백이 넘치는 명마가 도전을 받았을 때 그렇듯, 알레리아가 머리를 뒤로 젖히며 자랑스럽게 말했다.

"저는 순찰자입니다. 그리고 제가 갈 곳은 스스로 정하고 지원도 자유롭게 하기로 했습니다."

알레리아가 로서 너머를 바라보며 무언가를 찾는 듯한 모습을 보니 뒤에 정렬한 군대를 파악해 보려는 모양이었다.

"이 상황은 저희 통치자들 생각보다 훨씬 더 심각하군요. 그 정도의 전쟁이라면 저희 쪽까지 쉽게 퍼지겠지요. 만약 호드가 소문대로 포악하다면 저희 숲도 오래 버티지 못할 겁니다."

말을 마치고 돌아서면서 로서와 눈을 맞췄다. 로서는 알레리아가 이렇게나 아름다운 여인이지만, 강인하며 전투에 익숙하다는 점을 알 수 있었다.

"호드를 막아야 합니다."

로서가 고개를 끄덕이고는 허리 굽혀 인사했다.

"맞는 말씀입니다. 알레리아 님이 와 주셔서 감사합니다. 형식적으로나마 지원해 주신 아나스테리안 폐하께도 감사를 드립니다. 무엇보다도 알레리아 님께서 와 주셔서 얼마나 기쁜지 모릅니다. 휘하의 순찰자들도요. 저희는 다음에 어떤 조치를 취할지 논의하던 참입니다. 알레리아 님의 생각을 들려주신다면 감사하겠습니다. 일단 일행분들이 자리를 잡고 나면 정찰병을 보내 주셨으면 합니다. 적의 동태를 확실히 알아봤으면 합니다."

"쉬지 않아도 됩니다. 곧바로 보내겠습니다."

알레리아가 손짓하자 다른 엘프들이 가까이 왔다. 알레리아와 같은 옷을 입고 조용히 움직였지만 로서의 눈에는 그들에게서 알레리아의 기묘한 우아함이 보이지 않았다. 알레리아가 다가온 엘프들에게 무언가 말을 했는데 로서에게는 물이 흘러가는 듯하고 노랫가락 같으면서도 전혀 알아들을 수 없는 언어였다. 그다음 다른 엘프들이 살짝 고개만 까딱하더니 일행을 휙 스쳐 지나 날랜 걸음으로 부두를 넘어 계곡 사이로 빠져나갔다. 몇 분 안 되어 시야에서 모습이 완전히 사라졌다.

"정찰을 한 다음 돌아와 보고할 겁니다. 호드가 이틀거리 안으로 들어왔다면, 바로 알 수 있습니다."

"훌륭합니다."

로서가 무심코 한 손으로 드러난 앞이마를 문질렀다.

"저희와 함께 지휘 막사로 가신다면, 지금까지 파악한 내용을 말씀드리겠습니다. 알레리아 님의 생각을 들려주셨으면 합니다."

알레리아가 가볍게 웃고는 대답했다.

"물론이죠. 하지만 제가 제대로 안건에 집중하려면 호칭에서 '님'자를 빼주셔야 할 거예요. 더도 덜도 말고 그냥 알레리아라고 해 주세요."

로서가 고개를 끄덕이고는 방향을 틀어 알레리아를 부두 바깥쪽으로 안내했다. 그때 투랄리온의 얼굴을 얼핏 보고는 웃음을 참았다. 헉 소리의 주인공이 누군지 알 만했기 때문이었다.

이틀 후, 로서의 얼굴에서는 웃음기가 사라졌다. 알레리아가 보낸 정찰병과 프라우드무어 제독이 보낸 정찰병이 돌아와 같은 소식을 전했다. 호드가 카즈 모단을 점령하고 드워프의 광산을 이용해 배를 만든다고 했다. 철과 나무로 볼품없이 거대하게 만든 배는 어설프게 움직이긴 했지만, 오크 수천 명을 나를 수 있었다. 그 배로 호드는 빠르게 바다를 건너 로데론의 남쪽 해안을 노릴 것이다. 그레이메인의 영토가 아니었다. 호드는 이곳과 길니아스의 중간인 언덕마루 지역에 상륙하려는 듯했다. 얼라이언스가 서둘러 움직인다면 호드가 상륙할 때 모든 채비를 마치고 그곳에서 대기할 수 있었다.

"전군 집합! 꼭 필요한 물품만 챙긴다. 나머지는 우리가 살아남았을 때 따로 인원을 보내 수거하겠다! 지금은 무엇보다도 시간이 생명이다. 자! 서둘러라!"

큰소리로 명령을 외치고 난 뒤, 로서는 부관들이 지휘 막사에서 병력을 소집하려고 달려 나가고 왕들도 마찬가지로 그 뒤를 따라 나가는 모습을 보면서 카드가에게 말했다.

"드디어 시작이군."

젊지만 늙어버린 마법사, 카드가가 고개를 끄덕였다.

"시간이 더 있을 줄 알았습니다."

"나도 그렇게 생각했지. 그런데 이 오크란 놈들은 정복하고 싶어서 안달이 난 모양이야. 그게 화를 자초할지도 모르는데."

로서가 한숨을 쉬었다.

"적어도 내 바람은 그래."

그러고는 잠시 언덕마루 지도를 들여다보며 앞으로 닥칠 전투를 머리에 그려보다가 고개를 지었다. 할 일이 많았다. 그것도 아주 많았다. 게다가 전투가 코앞까지 닥쳐 있었다.

8장

"준비됐나?"

투랄리온이 흠칫 놀라며 고개를 끄덕였다.

"준비됐습니다, 사령관님."

로서가 고개를 끄덕이고는 눈살을 찌푸린 채로 돌아섰다. 한순간 투랄리온은 그 표정이 자기 때문이 아닌가 싶어 걱정스러웠다. 대답을 잘못했나? 더 자세한 설명을 듣고 싶으셨나? 달리 하실 말씀이나 하실 일이 있었나?

투랄리온은 자신을 타일렀다.

'그만해. 또 갈팡질팡하고 있잖아! 진정해. 잘하고 있어. 사령관님은 곧 치를 전투 생각에 그러신 거야. 네가 뭘 잘못해서가 아니라고.'

그 생각은 그만하자고 스스로 마음을 추슬렀다. 투랄리온은 자기 장비를 한 번 더 점검했다. 갑옷의 끈은 모두 제자리에 단단히 조였고 방패는 팔에 흔들림 없이 고정했으며 전투망치는 안장에 잘 매달아 놓았다. 더할 나위 없이 완벽하게 준비가 되었다.

주위를 둘러보면서 근처에 있는 이들을 살펴보았다. 로서는 우서와 얘기하고 있었는데 투랄리온은 두 사람의 평정심이 부러웠다. 둘 다 살짝 초조해하는 듯했지만, 그 것 빼고는 완벽하게 침착한 상태였다. 경험을 더 많이 쌓으면 저렇게 되려나? 카드가는 평원을 바라보고 있다가 투랄리온의 시선을 느꼈는지 돌아보며 피곤해 보이는 미소를 지었다.

"긴장돼?"

마법사의 물음에 투랄리온은 자신도 모르게 싱긋 웃었다.

"엄청."

그는 자랄 때 일반적으로 마법사들은 존중해야 할 대상이면서도 조심해야 한다는 얘기를 들었다. 그러나 카드가는 달랐다. 어쩌면 둘이 비슷한 연배라서 그런지도 몰랐다. 물론 외관상으로는 카드가가 몇 십 년은 더 늙어 보이긴 했지만. 아니면 단순하게 카드가가 마법사가 아닌 사람들을 대할 때, 투랄리온이 그간 봐 왔던 마법사들처럼 상대를 깔보지 않아서인지도 몰랐다. 파올 대주교가 모두를 소개한 첫날부터 둘은 편하게 이야기를 시작했고, 투랄리온은 곧 카드가가 좋아졌다. 로서도 좋아하지만, 그 마음은 기사단장의 경험과 무예를 경외하는 쪽에 가까웠다. 개인으로서는 카드가가 더 강할지도 모르지만, 왜인지 다가가기는 더 편했기에 둘은 곧바로 친구가 되었다. 투랄리온이 두려운 마음을 부담 없이 털어놓을 수 있는 상대는 카드가가 유일했다.

"걱정하지 마. 누구나 그래. 그런 생각을 딛고 그저 할 일을 하면 돼."

"너도 긴장돼?"

카드가가 씩 웃었다.

"무서워서 입이 바짝바짝 마르는 정도랄까. 싸울 때마다 항상 그랬어. 처음으로 전투를 치르고 나서 로서 경이 그러셨어. 무서워해야 한다고. 왜냐하면 두려워하지 않는 사람은 부주의하기 마련이고 그러다가 다치는 법이니까."

투랄리온이 고개를 끄덕였다.

"우리 교관들도 거의 같은 말을 했어. 그래도 말과 행동은 별개의 일이지."

친구 카드가가 어깨를 토닥여주며 말했다.

"괜찮을 거야. 막상 전투가 시작되면 너무 바빠서 그런 생각할 겨를도 없을걸."

둘은 몸을 돌려 다시 경계 태세로 사방을 살폈다. 언덕마루 구릉지는 완만한 언덕 때문에 그런 이름이 붙었는데, 얼라이언스 군대는 그 언덕의 끝자락에 넓게 진을 치고 남녘해안과 그 너머 대해를 마주하고 있었다. 호드 함대는 눈앞에서 시시각각 다가오고 있었다. 거대하고 움직임이 둔한 배들은 거무스름한 금속과 검은 나무로 만들어졌으며 돛 대신 노가 몇 겹으로 달려 있었다. 로서는 호드가 물에서 올라와 발을 딛기도 전에 처리할 심산이었다. 프라우드무어 제독의 해군은 이미 오는 길에 만난 배를 습격해 몇 척 파괴하고 오크 수천 명을 수장시켰다. 그러나 호드의 수가 워낙 많은 탓에 그저 가장 바깥쪽을 항해하던 배만 제거됐을 뿐이었다. 나머지는 그냥 지나쳐 계속 항해했다. 호드가 상륙하면 더 많은 더 많은 싸움을 치르게 해 주리라.

"놈들이 해안에 거의 다 왔습니다."

알레리아는 이렇게 보고하며 예리한 눈으로 인간보다 더 먼 곳을 보다가 투랄리온에게 몸을 돌렸다.

"부하들을 공격에 대비시키는 게 좋겠네요."

투랄리온은 뭐라 답할 자신이 없어 그저 고개만 끄덕였다. 물론 이전에도 여자를 본 적은 있었고 교단에서 교제나 결혼을 금하는 것도 아니었다.

그러나 이 엘프 순찰자를 만난 뒤로 그간 보았던 다른 여자들이 전부 나약하면서도 억세게 생각했다. 알레리아는 정말이지 자신감에 넘치며 아주 우아하고 사랑스러워서 볼 때마다 투랄리온의 입이 바짝바짝 타들어 갔다. 그녀를 볼 때마다 그는 방금 힘들게 경주를 마치고 온 말처럼 몸을 떨면서 땀을 흘렸다. 말을 건넬 때 눈빛이 반짝이며 엷은 미소를 짓는 모습을 보면 투랄리온이 어떤 마음 상태인지 알레리아도 알고 즐기는 듯했다.

지금은 그래도 정신을 따로 돌릴 곳이 생겼다. 투랄리온은 휘하의 부대장들에게 진격 신호를 내렸다. 부대장들이 차례로 명령을 전달했고, 그에 따라 전령들은 전투 뿔피리로 진군을 알렸다. 몇 분 안에 얼라이언스 전 병력이 행동에 나서 느리지만 꾸준하게 도보 또는 말을 타고 언덕 아래로 내려가 해안으로 향했다.

거리가 좁혀질수록 더 자세한 상황이 투랄리온의 눈에 들어왔다. 호드의 함대 중 첫 배가 해안에 닿았고 그 옆으로 검은 형체가 무리 지어 나타나더니 바위투성이 해변을 쿵쿵 울리며 언덕 쪽으로 이동했다. 이 정도 거리에서도 우람한 체구에 널찍한 가슴과 길고 튼튼한 팔, 그리고 굽은 다리가 똑똑히 보였다. 그들은 성큼성큼 걸으며 빠르게 거리를 좁혀 오고 있었다. 다들 온갖 무기를 휘두르고 있었다. 수가 아주 많았다.

"놈들이 상륙했다!"

로서가 외치면서 커다란 대검을 한 번에 뽑아 높이 치켜들었다. 칼날을 따라 새겨진 황금 룬문자가 빛을 받아 반짝였다.

"돌격! 로데론을 위하여!"

로서는 말에 박차를 가하고 얼라이언스 병사들을 지나 앞으로 도약했다. 방패에 새겨진 황금 사자 문양에 햇빛을 받아 빛났다.

"빌어먹을!"

투랄리온도 자신의 말에 올라타 옆구리를 걷어차고는 사령관인 로서 뒤를 따라 빠른 속도로 달려 나가면서 망치를 꺼내들고 투구를 똑바로 썼다. 빠르게 길을 비켜주는 병사들, 따라잡으려 서두르는 병사들을 지나쳐 양쪽 군대 사이의 좁은 구간에 진입했다. 그러나 그 간격도 금세 사라졌고 투랄리온은 전력으로 오크에 달려들었다. 그때는 로서가 처음으로 휘두른 칼 아래 오크 몇 명이 쓰러지고, 다른 오크들이 로서를 끌어내려서 갈기갈기 찢어버리려고 그의 말에게로 달려들고 있었다.

"안 돼!"

공격 거리 안에 오크가 들어오자 투랄리온은 곧바로 망치를 휘둘러 한 놈의 머리를 제대로 박살 냈다. 그 오크는 끽소리도 하지 못한 채 쓰러졌고, 투랄리온은 다른 놈을 옆으로 쳐낸 뒤 마구 때려 시간을 벌고는 다시 망치를 들어 올려 끝장을 내 버렸다.

빛의 이름에 맹세하건대, 놈들은 정말이지 추악했다! 로서와 카드가에게 얘기를 듣긴 했지만, 선명한 초록색 피부와 붉게 번쩍이는 눈을 직접 보는 건 전혀 다른 경험이었다. 게다가 그 엄니라니! 멧돼지에게서 본 적이 있긴 하지만 두 다리로 걸으면서 무기를 들고 다니는 존재에게 엄니가 달린 건 처음 보는 일이었다! 게다가 얼마나 힘이 센지 한 놈과 전투망치를 부딪쳤을 때 투랄리온의 무기가 뒤로 밀리면서 그대로 투구에 박힐 뻔했다. 오크가 내리찍는 힘은 그 정도로 강했다. 다행히도 기술보다는 힘과 공격성에 더 의존하여 싸우는 듯했다. 투랄리온은 무기를 비틀어 뺀 다음 빙 휘둘러 앞으로 가져오면서 자루로 오크의 뺨을 비스듬히 올려 쳤다. 그리고 그 오크가 정신을 못 차리는 사이 다시 한 번 제대로 일격을 가했다.

로서는 검을 맹렬히 휘두르며 옆에 달라붙는 오크를 처리했고 투랄리온은 말을 그 옆에 바짝 붙여 나란히 선 채로 망치와 대검을 끝없이 휘둘렀다. 우서는 바로 뒤에 있었는데 거대한 망치로 좌우를 가리지 않고 오크를 박살내고 있었다. 우서와 그 망치 주위로 뿜어져 나오는 빛에 오크들은 고개를 돌리고 눈을 가려야 했다. 성기사의 용감한 기량을 본 얼라이언스 병력 사이에서 환호성이 터져 나왔다. 투랄리온은 놀라지 않았다. 옆에서 훈련하며 봐왔던, 이 성기사의 믿음이 이루 말할 수 없을 정도로 독실하다는 것을 일찌감치 알았기 때문이다. 투랄리온은 자신의 믿음도 우서만큼 굳건했으면 좋겠다고 생각했다.

하지만, 지금은 그런 걸 생각할 때가 아니었다. 해안에 더 많은 오크 전함이 도달하고 있었고 거기에서 수천의 오크가 쏟아져 나오고 있었다. 보는 순간 그대로 있다가는 궤멸당할 게 뻔했다.

"사령관님! 본대로 돌아가야 합니다!"

처음에는 말이 제대로 전달되지 않았다고 생각했는데, 로서는 오크를 하나 더 찌르고 고개를 끄덕였다.

"우서!"

사령관의 부름에 우서가 고개를 돌렸다.

"본대로 귀환한다!"

우서가 망치를 들어 화답하고는 곧바로 기수를 돌려 몰려드는 호드 사이로 길을 내었다. 로서는 바로 그 뒤에 붙었고 투랄리온이 후방을 맡아 망치와 방패로 사방에서 공격해 오는 오크들의 손과 무기를 막아내었다. 오크 하나가 투랄리온을 잡고 다른 손에 쥔 거대한 도끼로 내려찍으려는 찰나, 화살 하나가 날아와 목을 꿰뚫었다. 위험을 무릅쓰고 주위를 빠르게 둘러보니 언덕 뒤에서 날씬한 형체가 장궁을 치켜들어 인사했다. 멀리 떨어져 있기에 그저 반짝이는 머리카락만 알아볼 수 있었다.

몇 번이나 이제는 끝이라고 생각할만한 위험한 순간이 이어졌지만, 투랄리온, 우서, 로서는 안전하게 최전방으로 돌아왔다. 호드가 바로 뒤에 바짝 붙어 쫓아왔다.

"정렬! 창을 들어라. 방패를 바짝 붙여라! 적이 다가오지 못하게 막아라!"

로서의 외침에 병사들이 분주히 따랐다. 준비 상태로 대기하고 있었지만 통합된 군대로서가 아니라 개개인이 따로따로 움직였기에 그대로라면 호드의 어마어마한 수적 우세를 감당하기는 어려울 터였다. 그러나 지금은 함께 움직이며 방패로 견고하게 벽을 만들고 그 사이사이로 창을 내밀었다. 호드는 곧장 그리로 몰아쳐 들어왔다. 방패의 벽 여기저기가 무너지기도 했고 오크 하나가 돌진해 오면서 방어하던 병사 하나가 쓰러지기도 했지만, 대부분은 잘 버틴 까닭에 오크는 새로 난 상처를 움켜쥐고 후퇴했다. 몇몇은 그대로 쓰러져서 다시 일어나지 못했는데 곧 밀려오는 다른 오크들이 그대로 밟고 지나갔다.

호드가 방패의 벽으로 두 번째 공세를 감행했고 벽이 무너지는 곳이 더 생겼다. 그러나 다시 한 번 오크는 상당한 피해를 입었다. 투랄리온이 신호하자 가장 가까이 있는 부대장들이 만족스러울 정도로 신속하게 움직였고, 첫 번째 방패의 벽 뒤로 두 번째 방패의 벽을 세웠다. 방패의 벽을 계속해서 세우고 벽이 한 번 무너질 때마다 할 수 있는 한 최대로 오크의 수를 줄여간다면 나중에는 직접 맞붙어 싸워볼 만한 규모가 될 터였다.

그러나 오크는 그 정도로 어리석지 않았다. 세 번째 공세 후에 물러날 때는 마치 무언가를 기다리는 듯한 분위기였다. 그게 뭔지는 바로 알 수 있었다. 망토로 온몸을 완전히 감춘 형체 몇이 나아왔다. 모두 두건을 푹 눌러써서 얼굴을 가렸는데 그 안쪽 깊숙하게 두 눈만 겨우 보였다. 또한, 이상하게 빛나는 곤봉을 하나씩 들고 있었다. 이들은 기묘했다. 그들은 중무장을 한 채 두 눈이 빛나는 말을 타고 방패의 벽을 향해 곧장 돌격하면서 곤봉을 들어 올렸다. 투랄리온이 이상하게 윙윙거리는 소리와 진동을 동시에 느꼈는데, 이 기묘한 생명체의 정면에 있던 병사들이 머리를 붙잡고 입과 코와 귀에서 피를 쏟으며 쓰러졌다.

"빛이시여!"

투랄리온 근처에 서 있던 우서가 그 광경을 보고 진저리를 쳤다.

"악마 같은 놈들! 놈들이 우리에게 흑마법을 쓴다!"

우서가 망치를 높이 들자 그 머리 부분이 달처럼 은빛으로 빛났다.

"버텨라, 제군들! 성스러운 빛께서 지켜주신다!"

망치에서 빛이 뿜어져 나와 전사들을 비추며 에워쌌다. 망토를 두른 형체들이 다시 손을 들자 병사들이 움찔했지만, 쓰러지지는 않았다. 우서가 놈들을 향해 뛰어내리자 다른 성기사들과 함께 지나가도록 방패의 벽에 길게 길이 났다. 그들 중에는 파올 대주교가 기꺼이 교단에 받아들인 가빈라드도 있었다. 얼라이언스 병사들은 다시금 환호했고 성기사들의 놀라운 무예와 능력에 감동했다. 투랄리온은 마음이 찢어졌다. 성기사로서 저들과 함께해야 했지만, 로서의 부관이기에 다른 병사를 감독하며 이 자리를 지켜야 했다.

이제 성기사들과 망토를 두른 형체가 전투를 시작했다. 어느 쪽이 우위랄 것도 없이 막상막하로 진행되었다. 투랄리온은 그 기괴한 침입자들 중 하나가 가빈라드의 팔을 한 손으로 쥐자 그 손아귀에서 어둠이 뿜어져 나오는 것을 보았다. 그러나 가빈라드의 거룩한 오라가 더 밝게 비치면서 어둠을 밀어냈다. 공격하던 자가 주춤주춤 뒤로 물러나며 날아드는 성기사의 망치를 웅크려 피했다. 그동안 오크들은 방패의 벽을 계속 공략해 방어선에 구멍을 내었지만, 곧 다른 병사가 앞으로 나와 다시 그 자리를 메워 원상 복귀할 뿐이었다.

그때 투랄리온의 눈에 어떤 움직임이 포착되었다. 새로운 형체 몇이 다가오는데 오크보다도 덩치가 훨씬 컸다. 오우거였다! 거대한 오우거가 뿌리째 뽑은 나무와 다를 바 없는 몽둥이를 휘두르며 앞으로 나아갔다. 방패의 벽 한쪽 진형 전부가 무너져 내렸고 엄청난 타격에 병사들이 줄줄이 쓰러졌다. 그 틈으로 호드가 밀려 들어와 얼라이언스 병사들 사이를 휩쓸고 다녔다.

"전술 변경!"

투랄리온이 가장 가까이 있던 전령에게 외치자 다시 그 명령이 뿔피리로 전달되었다.

"방패 부대! 언덕으로 퇴각해 다시 집결하라!"

병사가 고개를 끄덕이고 뿔피리를 들어 짧게 한 번 불고 다시 한 번 더 불었다. 그 소리를 듣고 부대장들이 자기 부대에 명령을 내려 전사들을 모아 오크들을 저지하면서 후퇴했다. 호드는 수로 눌러 버리려고 했으나 얼라이언스 병사들은 바싹 붙어 뭉쳐 있는 상태로 무기를 들고 가까이 다가오는 오크를 모조리 베어버렸다. 모든 부대가 방패를 바싹 붙여 들고는 사방에 벽을 형성했다. 오크들은 순전히 머릿수로 몇몇 부대를 제압했다. 그러나 전사들과 계속 맞붙어 싸우다보니 점차 기세가 약해졌다. 얼라이언스 병사 대부분은 성공적으로 후퇴했다.

투랄리온은 언덕 아래에서 병사들과 함께 달리며 전열을 가다듬었다. 그곳에 다른 방패의 벽을 세웠고, 모든 부대가 그곳까지 후퇴하자 벽을 열고 안으로 들어오게 한 다음 단단히 봉쇄했다. 안으로 들어온 병사들은 다른 부대가 안전하게 들어오도록 도왔다. 투랄리온은 궁수들에게 최대한 오크가 가까이 오지 못하게 하라는 지시를 내리며 방어선을 무너뜨릴 정도로 가까이 다가오는 존재를 계속 처리했다. 얼라이언스가 오크에 큰 손해를 입히는 상황이긴 했지만, 호드의 함선이 계속 해안으로 밀려오면서 시시각각으로 더 많은 수가 충원되었다.

"오래는 못 버티겠어!"

투랄리온이 외치면서 보니 카드가가 방금 배 옆에서 기묘한 오크를 쓰러트린 참이었다. 갑옷이 아니라 로브를 입고, 검 대신 지팡이를 들은 모양새를 보고 아군의 마법사와 동격인 흑마법사이리라 추측했다.

"뭐든 해서 놈들이 언덕까지 오지 못하게 해야 해! 놈들이 여기를 돌파하면 곧장 북쪽으로 수도를 향해 갈 거야!"

"해볼게."

카드가가 고개를 끄덕이며 답했다. 카드가가 정신을 집중하자 머리 위의 하늘이 어두워졌다. 몇 분 안 되어 맑던 하늘에 불길한 먹구름이 끼었다. 갑자기 폭풍이 카드가를 중심으로 모였고 백발이 사방으로 흩날렸다. 하늘에 번개가 번쩍이고 그에 응답하듯 내민 손가락에서 불꽃이 일었다. 그런 다음 엄청난 굉음과 함께 번갯불이 카드가의 손에서 나오면서 그 빛으로 어둠을 갈랐다. 그 번갯불은 방패의 벽을 피해 오크 무리 가운데에 내리 꽂혔고, 오크들은 강력한 번개에 바싹 구워진 채로 튕겨 나갔다. 두 번째 번갯불이 날아갔다. 세 번째가 이어지는 동안 투랄리온은 마법으로 공격하는 시간을 활용했다. 부하들을 재정비하고 진형을 강화하면서 병사들에게 나뭇가지나 불쏘시개를 들려 앞쪽으로 보냈다. 오크의 이동 경로에 불을 질러 강한 불길로 호드가 서쪽으로 진군하지 못하게 막으려는 심산이었다. 그렇게 하면 얼라이언스 병력이 포위될 위험도 줄고 호드를 저지하기도 더 쉬울 터였다.

오크는 이런 상황을 눈치 채지 못할 정도로 아둔하지 않았다. 몇 명이 앞으로 나가 불을 끄려고 했지만, 불길에 다가가기도 전에 엘프 궁수의 화살을 맞고 쓰러졌다. 그중 불에 쓰러진 한 놈은 타 죽어가며 비명을 질렀다. 그걸 보며 다른 오크들이 다시 주춤주춤 물러났다.

그러나 오우거가 문제였다. 한 놈은 불길 사이로 성큼성큼 걸어 들어오면서 다리가 데는 것도 상관하지 않고 그대로 다가왔다. 투랄리온은 한 부대 전체를 놈과 맞서게 하고 노포도 동원했다. 그러나 오우거는 전사 몇 명을 처치한 후에야 겨우 쓰러졌고 그 뒤에서는 다른 오우거가 다가오고 있었다.

"저놈들을 잡아야 해! 오우거를 잡아!"

카드가가 그쪽으로 고개를 돌리자 진정으로 지친 기색이 역력했다.

"해 볼게. 하지만 번개를 쏘는 일은… 아주 힘이 들거든."

잠시 후 카드가의 손가락 끝에서 번갯불이 뿜어져 나와 선두에 있던 오우거를 한 방에 처치했다. 그렇지만 시커멓게 탄 거구의 시체가 쓰러지자 카드가가 고개를 저으면서 말했다.

"이젠 한계야."

투랄리온은 그만하면 충분하기를 바랐다. 다른 오우거들이 멈칫거렸다. 놈들의 안 좋은 머리로도 위험한 상황임을 이해한 것이다. 그러는 사이 얼라이언스 병사들은 화살과 노포를 놈들에게 더 퍼부어 댔다. 방패들이 아직 버티고 있기는 했지만, 다시 호드의 수가 늘어나고 있었다. 머지않아 놈들은 머릿수를 앞세워 그야말로 수비병들을 뭉개며 지나가 버릴 것이다. 그리고 싸우면서 병력을 잃었다는 사실이 믿기지 않을 만큼 금세 원래 규모를 회복할 것이었다. 우서와 다른 성기사들은 아직 돌아오지 않았는데 투랄리온은 그저 망토를 두른 형체들을 계속 저지하고 있으리라는 짐작만 할 뿐이었다.

무얼 할지 몰라 갈팡질팡하던 차에 로서가 옆으로 다가오더니 외쳤다.

"기병대 대기! 돌격 신호를 보내라!"

투랄리온이 순간 사령관 로서를 슬쩍 보고는 어깨를 으쓱했다. 투랄리온이 신호하자 전령이 크게 뿔피리를 불었다. 그러자 말을 탄 전사들이 대열을 갖추었고 투랄리온도 함께 말에 뛰어올라 로서 바로 뒤를 따르며 선두로 나섰다. 방패들이 갈라지고 길이 생기며 얼라이언스가 호드의 전방으로 뛰어들어 오크 사이를 이리저리 헤집고 다녔다. 잠시 후 로서가 신호하자 기병대가 방향을 틀었다. 방향을 바꿀 때는 궁수들이 엄호했다. 같은 전술로 계속 호드를 공격했다.

세 번째로 돌격할 차비를 할 때 호드 어딘가에서 북소리가 들려왔다. 그리고 오크들이 물러났다!

"됐습니다! 놈들이 후퇴합니다!"

투랄리온이 소리쳤고 로서는 고개를 돌리지 않고 끄덕이며 오크들이 방향을 틀어 짧은 거리를 달려가 다시 전열을 가다듬는 모습을 지켜보았다. 그것들은 방향을 돌려 다시 빠른 속도로 움직이기 시작했다. 얼라이언스 부대의 오른쪽을 향해 가고 있었다.

"동쪽으로 가는군. 동부 내륙지야."

담담하게 말하는 로서에게서는 추격하려는 움직임이 전혀 보이지 않았다.

"추격하실 겁니까?"

투랄리온이 물었다. 돌격의 여파로 아직 심장이 빠르게 뛰는 가운데 오크를 뒤쫓아 가서 모조리 박살을 내버리고 싶었다.

"놈들이 도망가고 있으니 지금 해치워 버리죠!"

로서는 고개를 저었다.

"안 돼. 우리가 놈들을 막고 버티는 데에는 성공했다. 그러나 지금 놈들은 도망치는 게 아니야. 주위에서 맴돌 뿐이지."

이제야 투랄리온 쪽으로 고개를 돌린 로서가 미소를 지었다. 우울하고 피곤해 보이는 미소였다.

"어쨌든, 그것도 성과라면 성과지."

"버틸 곳을 또 찾기 전에 쫓아가야 합니다. 안 그렇습니까?"

이런 재촉에 로서도 동의했다.

"그래야지. 하지만 한 번 뒤를 돌아봐라."

고개를 돌리자마자 곧바로 노련한 전사의 말이 무슨 뜻인지 알 수 있었다. 전투를 끝낸 병사들이 축 늘어져 있었다. 부상과 피로로 선 자리에서 그대로 무너지듯 주저앉는 사람들도 보였다. 전투할 때는 몰랐지만 사실 몇 시간이나 계속 싸운 상태였다. 투랄리온도 이제야 여기저기가 쑤셨다. 게다가 부서진 무기가 많았고 노포도 거의 다 떨어졌다. 부대의 장작이나 불쏘시개 역시 거의 다 소진한 상태였다.

"물품을 보충해야겠습니다. 지금은 추격할 형편이 아니군요."

"그렇지."

로서는 말을 돌려 전선으로 향했다.

"그래도 놈들의 병력을 시험해 보았고 우리 병사들도 호드에 맞설 수 있다는 걸 확인했지. 잘된 일이야. 그리고 놈들이 수도에 가지 못하게 막았다. 그 또한, 잘된 일이지."

로서가 투랄리온을 힐끗 보더니 고개를 끄덕이고는 말했다.

"참 잘해 줬다."

조용히 이 말을 하고는 저 너머 부대와 지휘 막사가 있는 곳으로 말을 달려갔다.

투랄리온은 한동안 로서가 가는 모습을 지켜보았다. 간단한 칭찬이었지만 마음속은 자긍심으로 벅차올랐다. 사령관 로서의 뒤를 따라가려고 말을 돌리는데 문득 카드가의 말이 맞았다는 생각이 떠올랐다. 정말로 두려워할 시간조차 없었다.

9장

"네크로스!"

용아귀 부족의 족장이자 주술사인 줄루헤드가 긴 복도를 따라 성큼성큼 걸어가며 버르장머리 없이 걸리적거리는 오크를 전부 노려보았다.

"네크로스!"

줄루헤드가 다시 큰 소리로 불렀다.

"여기요. 여기 있습니다!"

네크로스 스컬크러셔가 근처의 동굴에서 낮은 문에 머리를 부딪지 않으려고 몸을 굽히고 절뚝거리며 나왔다. 나무다리가 거친 돌바닥 위에서 달각거렸다.

"무슨 일입니까?"

줄루헤드가 부관 옆에 멈춰 서서 네크로스를 노려보다가 앞으로 몸을 기울이며 따지듯 물었다.

"무기는 어떻게 되어가나? 다 되었나?"

네크로스가 씩 웃으며 누런 엄니를 드러냈다.

"와서 직접 보시지요."

그러고는 몸을 돌려 절뚝거리며 왔던 길로 되돌아가자 줄루헤드가 혼잣말로 투덜거리며 그 뒤를 따랐다. 줄루헤드는 이 장소가 싫었다. 드워프가 성채로 쓸 때 그림 바톨이라는 이름을 붙인 곳이었다. 지금은 용아귀 부족이 차지하고 있는데 각 공간은 널찍했지만, 줄루헤드는 천장이 낮은 복도와 그보다 더 낮은 문간이 끔찍이도 싫었다. 드워프야 충분히 다닐 수 있는 높이였지만, 보통의 오크에게는 턱도 없이 낮았다. 입구를 더 넓힐 수도 있었겠지만, 돌을 처리하는 일이 쉽지 않은데다가 그런 하찮은 일에 신경 쓸 시간도 없었다. 산을 직접 깎아 만든 성채는 견고했고 방어가 용이했다. 그 점이 가장 중요할 따름이었다.

네크로스는 줄루헤드를 성채 안쪽 깊은 곳으로 안내했다. 그들은 마침내 엄청나게 큰 지하 석실에 도착했다. 거기에는 육중한 검은 무쇠 사슬로 벽에 묶인 존재를 보자 줄루헤드도 숨이 턱 막혔다. 끝에서 끝까지 거대한 형체가 석실을 가득 채우고 있었는데 좌절감 때문인지 몸을 웅크리고 있었다. 퍼덕이는 날개는 천장을 스쳤고 꼬리는 멀리 떨어진 벽을 탁탁 치고 있었다. 벽을 따라 매달린 횃불이 타닥거렸고 그 빛이 비늘 하나하나마다 반사되어 피처럼, 불꽃처럼 붉게 번쩍였다.

용이었다.

평범한 용이 아니었다. 알렉스트라자였다. 가장 위대한 붉은용이자 붉은용군단의 어머니이며 그 종족의 수장이었다. 어쩌면 이 세계에서 가장 강력한 존재일지도 몰랐다. 그 장엄한 발톱을 단 한 번만 휘둘러도 부족 전체가 몰살할 정도고 그 엄청난 턱은 모든 오우거를 한입에 집어 삼킬 정도였다.

그런 알렉스트라자를 잡았다.

정확히 말하면, 네크로스가 잡았다. 부족 전체가 몇 주 동안 용을 찾아 다녔다. 어떤 용이든 발견하길 바라면서 다니다가, 마침내 날개를 다친 채 숲 위를 낮게 나는 붉은용 수컷 하나를 보았다. 줄루헤드는 그토록 어마어 마한 존재를 다치게 할 만한 게 무엇인지는 생각하고 싶지 않았지만, 어쨌 거나 덕분에 일이 수월하게 진행되었다. 둥지로 가는 그 용을 따라 가보니 높은 산꼭대기 주위에 용들이 새떼처럼 춤추듯 이리저리 날아다니고 있었 다. 무얼 해야 할지 몰라 며칠 동안 그 봉우리를 지켜보는 와중에 네크로 스는 자신이 '악마의 영혼'을 길들였다고 했다. 자신감이 생긴 네크로스는 조심스럽게 꼭대기까지 기어 올라갔다. 그 위에는 알렉스트라자와 세 배 우자가 있었다. 알렉스트라자는 곧바로 침입자를 알아차리고 입을 벌려 불길을 뿜었고 오크 넷을 순식간에 처리해 버렸다. 그러나 그때 네크로스 가 앞으로 나서 알렉스트라자를 제압해 버렸다. 그것도 혼자서. 네크로스 는 알렉스트라자와 그 일족에게 따라오라는 명령을 내렸고 용들은 그대로 여기까지 따라왔다. 그 날 용아귀 부족은 단독으로 한 용군단 전체를 굴복 시킨 네크로스를 찬양했다.

그러나 줄루헤드나 그가 발견한 유물이 없었다면, 전사 겸 흑마법사인 절뚝발이 네크로스가 그것을 해내지 못했을 터였다. 줄루헤드는 그 물건 을 직접 사용하고 싶어 했지만, 악마의 영혼이 줄루헤드나 그가 지닌 주술 마법에 반응하지 않아서 어쩔 수 없었다. 그 유물은 네크로스에게만 반응 했다. 현재 나무 의족을 단 오크만이 유일하게 그 유물을 다룰 수 있는 상 황이었다.

그래도 줄루헤드는 그 사실을 받아들일 수 있었다. 왜냐하면, 그 일로 이 동굴 안에 갇히는 신세가 된 쪽은 네크로스였고 다른 호드와 함께 전투 에 나서는 쪽은 줄루헤드가 되었기 때문이었다. 의족을 단 오크가 그 외에 달리 할 만한 일도 없었다. 그는 어떤 인간에게 왼쪽 다리를 무릎 아래로 잘린 그 순간부터 전투에서는 쓸모없는 존재가 되었다. 보통 오크라면 그런 상황에서 자살하거나, 적어도 다른 적에게 뛰어들어 전사하기 마련이었다. 그러나 네크로스는 살아남았는데, 비겁해서였는지 운이 나빠서였는지는 아무도 알 수 없었다.

줄루헤드는 네크로스가 살아남았다는 사실이 기뻤다. 왜냐하면, 직접 악마의 영혼을 발견하긴 했어도 쓸 수가 없었기 때문이었다. 그 원반 안에 가둬진 힘은 산 아래 작은 동굴 깊은 곳에서 발견하기 전부터 느끼고 있었다. 그러나 그 힘은 빛나는 황금 유물 안에 봉인되어 있었다. 확실히 주술사의 지식만으로는 그것을 풀기에 부족한 모양이었다. 줄루헤드는 그 물건의 내부에서 악마에게 오염된 기운과, 정체를 알 수 없는 힘을 느꼈기에 악마의 영혼이라 이름을 붙였다. 그것을 둠해머에게 가져다주면 어떨지 생각해 보다가 그러지 않기로 했다. 대족장은 강력한 전사이자 고귀한 오크지만, 마법 쪽으로는 경험이나 지식이 없었다. 굴단은 가능성이 있었지만, 교활한 대흑마법사는 믿음이 가지 않았다. 젊은 굴단이 넬쥴 밑에서 수련하던 때가 생각났다. 그때는 주술사가 아니었던가! 현명하고 고귀하며 모두의 추앙을 받던 넬쥴은 자기 부족뿐만이 아니라 오크 전체가 더 발전하도록 노력했다. 고대 혼령들로부터 신묘한 지식과 힘을 선물로 오크에 처음 가져다준 것도, 다른 부족들이 더 유대를 맺도록 독려하고 노력한 것도 넬쥴이었다.

그때는 잠깐이지만 모든 것이 다 잘 되어 갔다. 그러다가 한순간에 모든 일이 다 잘못되었다. 혼령들은 거짓이었고, 진짜 조상들의 혼령은 노하여 대화 자체를 중단해 버렸다.

주술사들은 힘을 잃었고 부족들은 마법 공격에 무방비한 상태가 되었다. 그때 굴단이 앞으로 나섰다. 제자였던 자가 스승의 자리를 차지하고 새로운 방식, 새로운 마법의 원천을 찾았다고 주장했다. 다른 주술사들에게 가르침을 주었다. 많은 주술사가 그 가르침을 받아들여 흑마법사가 되었다.

하지만 줄루헤드는 아니었다. 항상 자기 잇속만 챙기는 굴단을 신뢰하지 않았다. 그리고 그 기이한 힘에는 어딘가 악마와 관련된 낌새가 엿보였다. 조상들이 말씀을 안 하고 있는데다가 정령마저 부름에 응하지 않는다는 사실은 두렵기 짝이 없었다. 굴단의 제안대로 그런 괴이한 힘까지 받아들여 스스로 몰락의 길을 걸을 생각은 없었다.

물론 그 힘을 거절한 주술사가 줄루헤드만 있는 것은 아니었다. 그러나 대부분 그것을 받아들이고는 변했다. 마치 몸 안에 있는 타락을 반영하듯, 몸집이 커지고 피부가 검어졌다. 오크의 세상 역시 끝없이 일어나는 약탈로 몸살을 앓으며 땅은 점점 생명력을 잃어가고 하늘은 붉게 물들었다. 호드는 어쩔 수 없이 이 이상한 세상으로 와야 했다. 그리고 부족들이 다시 평화를 맛보려면 이곳을 정복해야 했다.

줄루헤드는 수습 주술사로서 장래성이 엿보이던 네크로스에게 기대를 많이 했었다. 그러나 굴단이 다른 마법을 권하자 네크로스는 선뜻 받아들였다. 젊은 네크로스는 흑마법을 잘 익혔지만, 무엇 때문인지 몰라도 손을 떼고는 모두 포기해 버린 채 다시 전사의 신분으로 돌아왔다. 그 일로 줄루헤드는 네크로스를 다시금 신뢰하기 시작했다. 무엇 때문에 마음을 바꿨는지는 묻지 않았지만, 충성심과 관련된 일이라는 건 알았다. 굴단과 어둠의 의회를 따르느냐 용아귀 부족을 따르느냐의 문제였다. 네크로스는 부족을 선택했다. 그 후로 네크로스는 다시 줄루헤드가 속마음을 털어놓으며 흑마법사를 상대해야 할 때마다 조언을 구하는 존재가 되었다. 그렇기에 원반을 네크로스에게 가져다주었고, 이 절뚝발이인 전사 겸 흑마법사는 실망스럽지 않은 결과를 내었다. 여기까지 올 수 있었던 것도, 계획을 실행에 옮길 준비가 된 것도 다 네크로스 덕이었다.

그 위대한 존재에게 다가가며 줄루헤드가 입을 열었다.

"그러니까, 우리가⋯."

네크로스가 두꺼운 팔을 내밀어 줄루헤드를 막았다.

"잠시만요."

반백의 네크로스가 저지하면서 허리춤에 찬 주머니에서 커다랗고 평범한 모양의 황금 원반을 꺼내 높이 들었다. 악마의 영혼이었다.

"오너라."

줄루헤드가 지켜보는 가운데 작은 불꽃들이 석실 전체에서 빠르게 생겨나더니 함께 날아다니다 합쳐지며 형상을 이루었다. 그리고 형상에 변화가 생기기 시작하더니 키가 크고 건장한 체구에 이상한 뼈 갑옷을 입은 인간의 모습이 되었다. 머리는 해골처럼 생겼지만, 불꽃에 싸여있었고 눈은 검은 불덩이 같았다. 둘을 내려다보며 우뚝 선 이 기괴한 생물체는 키가 오크만 했지만 더 지능적이었으며 강력하면서도 빈틈없는 분위기를 뿜어내고 있었다.

"들어가겠다."

네크로스가 악마의 영혼을 그 앞에 내밀며 말했다. 그 기괴한 생명체가 다시 불꽃으로 터지면서 석실 전체에 쏟아져 내렸다. 절뚝발이 네크로스가 족장에게 고개를 끄덕여 계속 가자는 신호를 했다.

줄루헤드는 그 생명체가 아직 남아 있을지 몰라 처음에는 조심스럽게 발걸음을 옮겼다. 그러나 아니었다. 그 정체가 무엇인지 몰라도 네크로스가 완벽하게 지배하는 듯했다. 다행이었다. 그렇지 않다면 무슨 일이 벌어졌을지 둘 다 똑똑히 보았기 때문이었다. 언젠가 부족원 하나가 둠해머로부터 온 전갈을 전하려 서두르다가 네크로스가 감시자를 돌려보내기 전에 석실로 뛰어 들어왔다. 그 생명체가 돌연 나타나더니 커다랗고 이글거리며 타오르는 해골 손으로 부주의했던 전령의 머리 양쪽을 잡았다. 그러자 불꽃이 피어오르며 그 운 나쁜 전령을 삼켜버렸다. 몇 초 만에 몸부림이 멎더니 몸이 축 늘어지면서 그 위로 한 줌의 잿더미가 된 머리가 무너져 내렸다.

이제 족장은 아무런 방해 없이 동굴 안으로 걸어갈 수 있었다. 용의 여왕에게 다가가 사슬이 살짝 못 미치는 곳에 걸음을 멈췄다. 용이 거대한 삼각형 머리를 홱 돌려 줄루헤드를 보았다. 커다란 노란색 눈을 깜빡이지도 않고 자신을 살펴보는 줄루헤드를 응시했다.

"흡족함을 느끼러 왔느냐? 그만큼 나를 괴롭히고 내 아이들을 해쳤으면 충분하지 않느냐?"

알렉스트라자가 이렇게 힐난하고는 분이 가라앉지 않는지 허공을 물어 뜯어 보았지만, 원래 튼튼한 데다 유물의 힘까지 더해진 사슬에 옴짝달싹 할 수 없었다.

"흡족해 하러 온 것이 아니다. 모든 준비가 다 잘되었는지 확인하러 왔을 뿐이다. 우리를 거역하면 어찌 되는 지는 잘 알고 있겠지?"

"알다 뿐이겠느냐."

날카로운 대답에는 분노와 슬픔이 서려 있었다. 알렉스트라자는 고개를 돌려 동굴의 한쪽 구석을 원망스러운 눈길로 바라보았다. 희끄무레한 물체 몇 개가 놓여 있었다. 멀리 있어서 또렷하지는 않았지만, 종잇장처럼 얇고 군데군데 금색이 보이는 물체였다. 원래는 덩치 좋은 오크의 머리통 크기였을 알이 부서지고 남은 조각이었다. 용의 알이었다.

처음 잡았을 때 알렉스트라자는 협조하기를 거부했다. 네크로스가 이 문제를 해결하려고 부화하지 않은 알 하나를 들어 올려 포로가 된 알렉스트라자의 눈앞에서 박살 내자 알의 내용물이 쏟아져내렸다. 알렉스트라자의 비명에 모두 귀가 먹먹해졌고 격한 몸부림에 오크 예닐곱 명이 땅에 나가떨어졌으며 그중 둘은 팔다리가 부러지기까지 했다. 그러나 사슬에 묶인 신세인지라 부득이 협조할 수밖에 없었다. 자식들이 태어나지도 못한 채 죽는 모습을 더 보지 않으려면 무엇이든지 협조해야 했다.

"너희는 해내지 못하리라. 나를 구속했지만, 내 아이들은 너희와 싸워 자유를 얻어낼 것이다."

"우리 손에 이게 있는 한은 안 되지."

네크로스가 원반을 보이며 대답했다. 미간을 찌푸리면서 정신을 집중하자 알렉스트라자의 몸이 고통으로 뒤틀리며 꽉 다문 턱에서 가늘게 식식거리는 소리가 흘러나왔다.

"언젠가… 네놈을… 죽이고야 말겠다."

알렉스트라자가 경고의 말을 던지며 극도의 고통으로 몸부림쳤다. 잔뜩 찌푸린 두 눈에는 고통과 증오가 가득했다.

네크로스는 그 말에 웃음을 터뜨렸다.

"그러시든가. 어쨌거나 그때까지는 너나 네 자식은 호드를 섬겨야 할 게야."

줄루헤드가 손짓하자 네크로스가 고개를 끄덕이고는 뒤를 따라 동굴을 빠져나갔다. 알렉스트라자는 그들 뒤에서 허공에 입질을 해댔다. 반항하는 몸짓이었지만, 악마의 영혼이 가진 힘을 보고 난 뒤인지라 그런 몸짓은 무의미할 따름이었다. 줄루헤드는 길을 따라 내려가다 다른 통로로 접어든 다음 더 큰 두 번째 석실로 들어갔다. 이곳은 산의 옆면을 따라 한쪽이

트여 있었고 그 위로 불타는 것 같은 형체들이 날아다니며 어두워지는 하늘을 다채롭게 수놓았다.

"내보내라!"

그중 하나가 발톱을 세우고 물어뜯을 듯 입을 벌리고서는 가까이 급강하하여 날아들며 외쳤다.

"우리 어머니를 내보내라!"

"어림없는 소리!"

네크로스는 악마의 영혼을 쳐들었고, 다가오던 용은 고통으로 비명을 지르며 경련이 일으켰다. 용은 떨리는 몸으로 하늘 높이 떠 있으려고 몸부림을 쳤다. 다른 용들은 약간 물러난 채로 계속 머리 위에서 빙빙 돌았다. 그렇게 높이 떠 있지만 자기 목소리가 들리라는 걸 알고 줄루헤드가 외쳤다.

"너희 어머니는 우리가 포로로 잡았다. 그 짝들도 마찬가지고. 앞으로도 그럴 테지. 네놈이나 그 자식들이나 모두 우리와 호드를 섬겨라. 그렇지 않으면 방금과 같은 그런 고통을 느끼며 비명을 지르다 죽게 해 주마. 그리고 너희 어머니와 함께 너희 용군단도 모조리 죽여주겠다. 알렉스트라자가 없으면 더는 새끼도 태어나지 않을 테니 너희가 마지막 붉은용이 되겠지."

용들이 분노에 차 울부짖었지만, 줄루헤드는 그들이 그래도 자기 말대로 하리라는 사실을 알았다. 어미와 자식 간의 유대가 얼마나 끈끈한지, 그 어미를 위해서라면 복종을 강요해도 좋을 정도라는 것을 익히 보아 왔다. 자식들에게 희망을 품는 한, 알렉스트라자는 알을 낳고 또 낳으면서 그들을 섬길 것이다. 그리고 알렉스트라자와 그 배우자 셋이 포로로 있는 한, 그 자식들도 마찬가지로 섬길 것이다. 언젠가 자신들의 어머니가 풀려나리라는 희망을 품고.

어린 용들이 머리 위로 솟구치는 모습을 보며 줄루헤드가 씩 웃었다. 지금 이 순간도 휘하의 오크들은 열심히 가죽 끈과 고삐, 그리고 안장을 다듬고 있을 터였다. 곧 첫 번째 붉은용을 이 동굴로 데려와 자신에게 맞춰 굴레와 안장을 채울 작정이었다. 물론 그런 생각 자체는 전혀 마음에 들지 않았다. 용이란 극도로 독립적인 생물이었고 그 누구도 감히 그 위에 올라타 볼 생각조차 하지 못했다. 그러나 용아귀 부족은 해내고 말리라.

이것이 둠해머에게 약속했던 병력이었다. 대족장은 이 계획을 극도로 반겼다. 용은 호드의 비밀 병기가 되어줄 것이다. 인간에게는 보병과 기병대와 전함이 있겠지만, 공중은 생각도 못 했으리라. 마음대로 부리는 용과 그 위에 탈 충성스러운 오크가 있다면 줄루헤드는 공중에서 인간을 공격한 다음 잡지 못할 곳으로 다시 날아오를 수 있을 터였다. 용은 발톱과 턱과 꼬리로 강력하게 공격할 수도 있지만, 불꽃 숨결로 인간에게 그야말로 재앙을 안겨줄 것이었다. 불이 비처럼 쏟아져 내려 그 몸뚱이나 장비를 모조리 태워도 인간은 아무것도 할 수 없으리라. 용이 있는 한, 호드는 무적이었다.

그리고 용아귀 부족의 줄루헤드가 이 모든 일의 책임을 지고 있었다. 그런 환상이 아니었다면 악마의 영혼을 찾지 못했거나, 그것이 어떻게든 용과 연결되어 있다는 사실을 감지하지 못했을 테고 네크로스가 봉인을 해제한 그 힘이 없었다면 알렉스트라자를 굴복시키지도 못했으리라. 그러나 그 모든 일을 해냈고 곧 첫 번째 용기수가 하늘로 날아올라 나머지 호드와 합류하여 둠해머의 명령을 기다릴 것이다.

줄루헤드가 씩 웃었다. 모두 계획대로 이뤄지고 있었다.

10장

"영주님, 저깁니다! 저기 보십시오!

쿠르드란 와일드해머는 스카이리를 돌려 파란드가 가리키는 곳을 유심히 살폈다. 그래, 저기다! 예리한 눈썰미로 움직임을 포착하고는 뒤축으로 가볍게 스카이리의 옆구리를 가볍게 찼다. 그리핀은 부드럽게 소리를 내고는 날개를 접은 다음 빠르게 하강했다. 내려갈 때의 맞바람이 엄청났다.

그랬다. 이제 아래 숲 사이로 어슬렁거리는 형체들이 보였다. 트롤인가? 드워프가 끔찍이도 싫어하는 숲트롤과 똑같이 초록색이어서 확실히 분간하기 어려울 정도로 초목 사이에 잘 섞여 들었지만, 나뭇가지 위를 스치듯 지나다니는 게 아니라 땅 위를 걷고 있었다. 그리고 지나치게 무겁고 조심성이 없는 발걸음을 보니, 이들이 엘프만큼 숲속의 길을 잘 아는 트롤일 리가 없었다. 아니었다. 이 존재들은 트롤과 어딘가 달랐다. 그중 한 놈이 작은 공터를 지나는 바람에 똑똑히 드러난 모습을 보고 쿠르드란은 눈살을 찌푸렸다. 그들은 우람한 체격이었지만 키는 인간 정도였고 근육은 단단했으며 다리가 길었다. 그리고 거대한 도끼와 망치, 둔기같이 묵직한 무기를 지녔다. 이 생명체가 뭐든 간에, 전쟁에 나설 차림인 건 확실했다.

쿠르드란이 고삐를 잡아당기자 스카이리가 꼬리를 치면서 사자 같은 몸체의 하반신으로 버티며 앞발을 들고 섰다가 날개를 펴서 다시 한 번 위로 뛰어오르며 숲을 벗어나 하늘을 날았다. 파란드와 나머지 일행은 빙글빙글 선회했는데, 햇빛에 그을린 피부가 탈것의 황갈색 가죽과 보기 좋게 어울렸다. 저 멀리 거대한 돌을 깎아 만든 독수리상이 보였다. 스카이리 위에서 당당한 자세로 앉아서 아래를 바라보았다. 매서운 눈빛으로 응시한 세상은 쿠르드란의 고향이자 영토의 중심지, 맹금의 봉우리였다. 그러나 이 광경을 보면서도 평소처럼 가슴이 자랑스러움과 기쁨으로 벅차오르지는 않았다. 아래에서 일어나는 사태에 비해 너무나도 평안해 보였기 때문이었다.

"영주님, 보셨습니까? 제 말대로 아닙니까! 보기 싫은 것들이 우리 숲에 있습니다!"

정찰병 말에 쿠르드란이 대답했다.

"그래, 네 말 대로다. 불청객들이 제멋대로 들어왔군. 수가 꽤 많아. 그런데 나무 사이에 있으면 공격하기가 어려워."

"그럼 그냥 저놈들이 우리 땅을 돌아다니게 놔두실 겁니까?"

다른 정찰병이 흥분한 어조로 묻자 쿠르드란이 대답하며 다른 와일드해머 드워프를 보고 싱긋 웃었다.

"아니지. 그냥 대놓고 겁만 좀 주면 될 게다. 자, 제군들. 집으로 돌아가자. 몇 가지 생각이 있으니, 걱정할 필요는 없다. 곧 저 초록가죽 놈들에게 동부 내륙지에서는 자신들이 환영받지 못한다는 사실을 똑똑히 알려줄 게야."

"저기요! 성기사님!"

투랄리온이 위를 올려다보자 엘프가 속도를 늦춰 옆에 와 섰다. 그 순찰자가 다가오는지 눈치채지 못했지만, 그리 놀라지 않았다. 지난 몇 주간 엘프란 종족이 얼마나 민첩하고도 조용하게 오갈 수 있는지 익히 경험했기 때문이었다. 특히 알레리아는 자신이 야영지에 돌아왔다는 사실을 모르는 투랄리온에게 다가가 귓속말로 깜짝 놀라게 하며 재미있어 했다.

"네?"

예의를 갖추고자 투랄리온이 장비를 닦던 손길을 멈췄다.

"오크가 동부 내륙지에 들어갔습니다. 거기에서 트롤과 만나고 있더군요."

트롤을 언급하는 목소리에는 극도의 혐오감이 담겨 있었다. 엘프가 숲 트롤을 끔찍하게 싫어한다는 건 익히 아는 사실이었다. 보아하니 그런 감정은 숲트롤 역시 마찬가지였다. 일리는 있었다. 둘 다 숲에 사는 존재인데 이곳의 숲은 두 종족을 품을 만큼 크지 않았다. 게다가 엘프가 한쪽 숲에서 트롤을 몰아내고 그 땅을 차지하여 왕국을 세운 뒤로 둘은 수천 년 동안 앙숙 관계였다.

"그냥 지나치다 만난 정도가 아니라 동맹을 맺은 겁니까?"

투랄리온은 갑옷을 옆으로 치우고 멍하니 턱을 문질렀다. 오크와 트롤이 진짜 동맹을 맺었다면 작은 문제가 아니었다.

투랄리온의 질문에 그 순찰자는 확신을 갖고 대답했다.

"확실해요! 놈들이 하는 얘기를 들었습니다. 무슨 협정을 맺었더군요. 맹금의 봉우리를 공격할 계획을 세우고 있습니다. 그다음에는 쿠엘탈라스로 전진할 겁니다."

이제 순찰자의 얼굴에 진짜로 걱정하는 표정이 드러났다. 불안하게 느끼는 이유가 있었다. 쿠엘탈라스는 엘프의 고향이었다. 엘프를 증오하는 트롤이 호드에 합류한다면 오크를 곧장 그쪽으로 데리고 갈 게 분명했다. 투랄리온이 일어서며 순찰자를 안심시켰다.

"로서 님께 알리겠습니다. 놈들이 엘프의 고향 근처에도 못 가게 막겠습니다."

순찰자는 그 말을 온전히 믿지는 못했지만, 고개를 끄덕였다. 그리곤 방향을 틀어 나무 사이로 뛰어가더니 또다시 모습을 감추었다. 투랄리온은 그 뒷모습을 지켜보지도 않고 곧바로 지휘 막사를 향해 발걸음을 옮겼다.

안에는 로서, 카드가, 테레나스 말고도 몇 명이 더 있었다.

"오크가 맹금의 봉우리를 목표로 삼았습니다."

투랄리온이 막사로 들어서며 이렇게 말하자 모두 돌아봤다. 몇몇은 놀라서 눈이 휘둥그레졌다.

"순찰자 하나가 방금 알려왔습니다. 오크가 숲트롤과 동맹을 맺고 맹금의 봉우리를 공격하려 합니다."

테레나스가 고개를 끄덕이더니 막사 안의 큰 탁자 위에 항상 펼쳐져 있던 지도로 눈길을 옮겼다가 맹금의 봉우리가 있는 위치를 손가락으로 짚었다.

"일리가 있소. 와일드해머 드워프는 강하고 싸움에 능하니 후방에서 공격받을 위험을 없애고 싶었겠지. 트롤이 오크와 손을 잡았다면 동부내륙지에서 드워프를 완전히 몰아내려 할 거요."

로서도 지도를 들여다봤다.

"숲으로 가서 놈들을 공격하려면 힘들 겁니다. 병력을 적절히 배치하기도 어렵고 노포도 가져가지 못하니까요."

이마를 문지르며 고심하다가 다시 입을 열었다.

"한편 생각해보면 놈들도 마찬가지로 병력을 배치하기가 수월하지 않을 겁니다. 그러면 우리는 오크를 소부대로 제거할 수 있으니 한 장소에서 전 병력을 상대해야 한다는 부담을 안 가져도 됩니다."

카드가도 한마디 거들었다.

"게다가 드워프는 강력한 동맹이 될 겁니다. 우리가 먼저 도우면 그쪽도 우리를 도와주려 할 가능성이 큽니다. 그러면 정찰대나 선봉대로 크게 활약해 줄 겁니다."

"드워프나 그리핀이나 우리에겐 확실히 도움이 되지."

로서가 동의하고 고개를 들어 투랄리온과 눈을 맞춘 다음 고개를 까딱하고는 명령을 내렸다.

"병사를 집합시켜라. 드워프를 지원하러 숲으로 이동한다."

"조상께서 도우시기를! 놈들이 이렇게나 많다니! 크기만 크고 무기만 들었을 뿐이지 바퀴벌레와 다를 바가 없어!"

쿠르드란은 아래 상황을 살펴보고 험한 말을 퍼부었다. 새로 나타난 이 초록가죽 놈들을 더 잘 살펴보려고 사냥 부대와 함께 그리핀을 타고 더 높이 올라가는 중이었다. 상황은 그리 좋아 보이지 않았다.

놈들은 빠르게 행진하여 벌써 맹금의 봉우리에서 하루 거리밖에 안 되는 곳까지 와 있었다. 처음에는 스무 명 정도만 보였는데, 멀지 않은 곳에 그 정도 수가 더 있고 그 뒤로 한 무리가 더 있었다. 다른 보고 내용도 별반 다르지 않았다. 이 초록가죽 놈들은 스무 명 정도의 무리로 나뉘어 여기저기 퍼져 있었는데, 그런 무리가 셀 수도 없이 많았다. 와일드해머 드워프는 뭘 두려워하는 종족이 아니었지만, 이놈들이 생긴 것의 절반만큼이라도 포악하다면 숫자를 앞세워 맹금의 봉우리를 그대로 뭉개버릴 수 있을 정도였다.

가만히 앉아서 그런 일이 일어나게 내버려 둘 드워프들이 아니었다. 쿠르드란이 둘러보자 함께 있던 드워프 한 명 한 명이 차례로 고개를 끄덕였다.

"좋아."

뿔피리를 입에 가져갔다.

"와일드해머, 공격!"

뿔피리를 불고는 다시 허리춤에 매달면서 무릎으로 스카이리에게 신호해 자리를 잡게 했다. 스카이리는 날카롭게 울부짖으며 날개를 펴고 날아올랐다가 다시 접으면서 아찔한 속도로 급강하했다. 아래로 곤두박질치듯 내려오면서 쿠르드란은 거대한 폭풍망치를 꺼내어 높이 쳐들었다.

하지만 지금은 초록가죽 놈들이 목표가 아니었다. 그 대신 순식간에 가장 가까이에 있는 나무의 등걸 부분을 강하게 쳤다. 그 충격으로 이파리며 열매며 바늘잎이 우수수 떨어지는 바람에 초록가죽 놈들은 깜짝 놀라며 당황해했다. 쿠르드란이 나무를 두 그루 더 치자 초록가죽 놈들은 후두두 떨어지는 솔방울과 호두에 맞아 여기저기가 붓고 멍이 들었다. 몸을 웅크리고 손을 들어 눈을 가려봤지만 와일드해머 드워프들이 나무를 연달아 쳐서 그야말로 나뭇잎과 열매의 소나기를 맞는 꼴이었다. 초록가죽 놈들은 왜 이런 일이 일어나는지는 몰라도 상황 자체가 맘에 들지 않았기에 간단한 방법으로 해결하려고 했다. 나무 근처가 안전하지 않으니 성가신 나뭇잎이며 가지를 피하려 가장 가까운 공터로 터벅터벅 걸어갔다.

바로 와일드해머 드워프들이 원한 상황이었다.

쿠르드란이 목청껏 전쟁 함성을 지르며 망치를 들고 앞장섰다. 첫 번째 초록가죽 놈이 위를 올려다보고 커다란 도끼를 채 다 들어올리기도 전에 쿠르드란이 던진 폭풍망치가 번개와 함께 날아들었다. 망치에 턱이 정통으로 맞자 우레 같은 소리가 나면서 뼈가 박살났다. 놈은 멀리 나동그라졌다.

"이 더러운 자식아, 네놈처럼 추한 녀석은 우리 숲에 한 발짝도 들이지 못한다!"

쓰러진 놈을 보며 쿠르드란이 외쳤다. 다시 돌아온 망치를 다시 휘둘러 두 번째 초록가죽 놈을 강타했다. 그때 스카이리가 크게 포물선을 그리며 솟구친 다음 날개를 펴고 반격을 피한 뒤 빙 돌아 두 번째로 공격할 준비를 했다. 다른 드워프도 공격했고 그리핀이 쏜살같이 날아 스쳐 지나갈 때마다 숲에 야유와 고함, 저주와 욕설이 울려 퍼졌다.

정체가 무엇인지는 몰라도 쉽사리 겁을 먹는 놈들은 아니었다. 쿠르드란이 다시 한 바퀴 돌아와서 보니 남은 초록가죽 놈들이 무기를 들고 준비 태세를 갖추고는 서로 바짝 달라붙었기에 이전처럼 쉽게 공격할 수가 없었다. 그렇지만 드워프는 공중 공격에만 의존하지 않았다. 쿠르드란이 머리 위에서 망치를 빙빙 돌리다가 던졌다. 육중한 돌망치가 초록가죽 한 명의 관자놀이에 정통으로 맞자 마치 아이언포지 대포같이 커다랗게 쾅 소리가 나며 놈이 쓰러졌다. 놈은 쓰러지면서 다른 둘을 밀었고, 그 둘은 말려들지 않으려고 앞으로 나섰다.

"하하! 고작 그것밖에 안 되느냐!"

쓰러진 놈들을 보며 우쭐해진 쿠르드란이 떠들어댔다. 다시 망치를 손에 쥐고 가까이 다가가자 놈들은 그제야 어떤 실수를 했는지 깨달았다. 마무리는 스카이리의 몫이었다. 억센 앞발톱으로 한 놈을 먼저 처리하더니, 날카로운 갈고리 부리로 다른 한 놈을 찢어발기면서 또 다른 한 놈을 날개로 후려쳐 기절시켜 버렸다.

싸움은 금세 끝이 났다. 이 초록가죽의 정체가 무엇인지는 몰라도 행동이 굼뜨고 공중 공격에는 익숙하지 않았다. 쿠르드란과 드워프들은 땅에서 하는 공격에도 일가견이 있었다. 놈들이 가까스로 몇 번 반격하는 바람에 드워프 몇 명이 다치기는 했지만, 한명의 전사자도 나지 않았다. 적은 멀쩡한 놈이 하나도 없었다. 쿠르드란과 드워프들은 승리를 거뒀다. 초록가죽 무리에서 살아남은 놈은 몇 안 되었는데 그마저도 나무 밑으로 숨어버렸다.

"이제 하늘도 좀 봐야 한다는 교훈을 얻었겠지."

쿠르드란의 지적에 모두 웃음을 터뜨렸다.

"이제 맹금의 봉우리로 돌아가자. 다른 공격조를 보내 그 하찮은 무리를 하나 더 처리해야겠어. 그래야 놈들이 맹금의 봉우리를 피해가고 싶어지겠지."

"전투 준비 완료."

로서가 속삭이며 말을 천천히 걷게 했다. 그보다 빠르게 움직였다간 나무에 부딪히거나 낮게 드리워진 나뭇가지에 걸려 말에서 떨어질 위험이 있었다. 이제 한 손으로 대검을 뽑아 앞쪽으로 들고 다른 팔로 방패를 들어 올렸다.

"놈들은 가까이 있을 거다."

투랄리온이 고개를 끄덕인 다음 전투망치를 들어 올리고는 늘 그렇듯이 로서의 왼쪽 뒤편으로 말을 가까이 했다. 옆쪽에서 말을 달리는 카드가와 함께 셋은 전형적인 기병대의 삼각 대형을 이루었다. 마법사인 카드가의 손에는 아무것도 없었지만, 투랄리온은 전투에서 친구가 쓸 수 있는 마법이 굉장하다는 사실을 익히 알고 있었다. 그는 지금 눈에 잔뜩 힘을 주고 숲의 어둠을 뚫고 추적 대상을 찾아보는데 집중하고 있었다. 분명 이 근처 어딘가에….

"저깁니다!"

투랄리온이 오른쪽 앞으로 카드가 뒤편을 가리켰다. 함께 있던 두 사람의 시선도 그 손끝을 따라 움직였다. 잠시 후 로서가 고개를 끄덕였다. 시간이 조금 더 지난 후에 카드가는 그쪽에 있는 나무와 대조적으로 미묘한 움직임이 있는 것을 포착했다. 새치고는 너무 움직임이 적었고 뱀이나 곤충, 뭐든 숲에 우글거리는 것이라고 보기에는 너무 꾸준하게 움직였다. 그게 다가 아니었다. 그 미묘한 움직임은 숲을 가로지르는 인간 크기의 무언가가 아니면 나오지 않는 것이었다. 그리고 그 움직임이 반복된다는 것은 같은 존재가 한 자리에서 빙빙 돌고 있거나, 큰 무리가 움직이고 있다 뜻이었다. 거의 보이지 않는다는 사실은 그 형체가 주위 환경과 같은 색이라는 뜻이었다. 이 모든 단서를 종합해보면 결론은 하나, 오크였다.

"놈들을 찾았군."

로서가 조용한 소리로 동의하고는 힐끗 뒤돌아 카드가를 보며 지시를 내렸다.

"다른 이들에게도 알려라."

그러자 카드가가 고개를 끄덕이고는 조용히 말을 돌렸다.

"그동안 우리는 계속 지켜보자."

기사단장인 로서의 말에 투랄리온이 고개를 끄덕였다.

"그리고 놈들이 떠나려는 것 같거든, 음, 돌아올 만할 이유를 만들어서 이 길로 다시 오게 하면 된다. 알았나?"

"알았습니다!"

투랄리온이 싱긋 웃고는 전투망치의 손잡이를 툭툭 쳤다. 준비되었다는 뜻이었다. 아직도 전투에 뛰어드는 것이 긴장되긴 했지만, 땅바닥에 얼어붙어 버리거나 꽁무니를 빼고 도망칠 생각은 들지 않았다. 한 번 상대해본 오크를 다시 상대하지 못할 이유가 없었다.

"테알라크가 전사했습니다."

이렇게 보고하는 이오마르를 쿠르드란이 놀라서 쳐다봤다.

"오엔구스도 마찬가지입니다. 그리고 두 명은 호흡 곤란 상태가 되어 계속 싸울 수 없습니다."

"무슨 일이 있었나?"

쿠르드란이 다그치자 다른 드워프의 얼굴에 잠시 당황한 기색이 서리더니 곧 격정적인 태도로 바뀌었다.

"초록가죽 놈들 때문 아니겠습니까! 놈들은 저희가 올 줄 알고 대비하고 있었습니다! 저희가 놈들을 향해 하강하자 창을 던지기 시작했습니다! 그런 다음 사방의 나무 사이로 흩어지니까 조준하여 공격할 수가 없었습니다."

이오마르는 답답하다는 듯 고개를 젓더니 말을 이었다.

"지난 번 공격은 운 좋게 불시에 습격하여 성공했지만, 이 추악한 놈들은 금세 우리의 전투 방식을 파악한 데다 빠르기까지 합니다."

쿠르드란이 고개를 끄덕이며 말했다.

"이 초록가죽 놈들은 그리 어리석지 않아. 게다가 생각보다 수도 많고."

그러고는 앞에 펼쳐 놓은 동부 내륙지 지도와 그 위에 초록가죽 놈들이 진군하고 있던 곳을 나타내는 표식을 살펴보았다. 지도는 표식으로 거의 다 뒤덮여 있었다.

"음, 대응할 시간을 주지 않고 공격하는 수밖에 없겠군. 병사들에게 빠른 속도로 강력하게 몰아붙이고 초록가죽 놈들의 사정거리 안에 들지 않도록 거리를 유지하라고 이르게. 놈들은 중력을 거슬러 공격하니, 우리는 중력을 이용해 공격하지. 그러니 우리가 유리한 셈이야."

이오마르가 고개를 끄덕이다가 무언가 말을 하려는 찰나 비어탄이 헐레벌떡 뛰어 들어오더니 가까이 있는 의자에 무너져 내리듯 앉으며 외쳤다.

"트롤입니다! 초록가죽 한 무리를 덮쳤는데 숲트롤 한 무리가 함께 저희에게 덤벼들었습니다! 모레이와 시드를 한 방에 보내버리고 알핀과 라크틴을 그리핀에서 떨어뜨렸습니다."

왼팔은 맥없이 늘어져 있고 어깨 근처에 깊게 베인 상처에서는 피가 철철 흐르고 있었다. 비어탄은 자기 상처를 가리키며 말했다.

"한 놈의 도끼에 맞아 심한 상처를 입었지만, 가까스로 두 번째 공격은 피했습니다. 안 그랬다면 제 머리가 날아갔을 겁니다."

쿠르드란은 이를 갈며 화를 내며 말하다 초조한지 콧수염을 잡아당겼다.

"빌어먹을! 놈들이 숲트롤과 한패가 된 모양이야. 초록가죽과 초록가죽이 손을 잡다니! 트롤이 있으면 나무를 이용할 수가 없는데! 전세를 비슷하게 할 무슨 수가 필요해. 제군들, 서둘러야 해. 그렇지 않으면 놈들이 무슨 개미나 풍뎅이 떼처럼 우리에게 몰려올 거야."

그 말에 대답이라도 하듯 세 번째 드워프가 나타나 보고했다. 그러나 이더미드라는 이름의 정찰병은 상처를 입은 상태가 아니었다. 게다가 근심하는 표정이 아니라 기뻐하는 표정으로 행복한 듯 보고를 전했다.

"인간입니다! 엄청나게 많습니다! 저희를 도와 오크와 싸우러 왔다고 합니다! 인간은 초록가죽을 오크라고 부르더군요."

"조상께 감사를! 오크가 새 전술을 못 쓰게만 해주면 다시 공중에서 공격할 수 있겠지."

쿠르드란은 빙그레 웃으며 폭풍망치를 한 손에 대고 툭툭 쳤다.

"그래. 그리고 가까이 오는 트롤은 전부 처리해 주면 돼. 놈들은 나무를 이용하지만, 우린 하늘을 장악했으니까. 그리핀들은 놈들이 발톱 닿는 거리 안에 들어오면 그대로 찢어버릴게야."

그러고는 몸을 돌려 문쪽으로 걸어가며 휘파람으로 스카이리를 부르며 외쳤다.

"와일드해머, 출격하라!"

그 외침을 따라 다른 드워프들이 환호성을 지르며 서둘러 날아올랐다.

"지금이다!"

로서가 박차를 가하며 앞으로 달려 나가 공터를 가로질러 오크 무리에게 덤벼들었다. 놈들은 깜짝 놀라 빙글 돌더니 정신없이 하늘을 살폈다. 그중 다수가 보통 쓰는 도끼나 망치 대신 창을 들고 있었다. 오크 하나가 창을 던지려 했지만, 이미 거리를 좁힌 로서는 거대한 검을 휘둘러 창과 그 팔을 같이 베어버리고 다시 되돌려 잘린 팔이 땅에 떨어지기도 전에 그 오크의 목을 베어버렸다.

투랄리온은 바로 옆에서 망치를 휘둘러 오크의 가슴을 부숴버렸다. 두 번째로 휘두른 망치는 다른 오크의 팔을 스치기만 했지만, 그 정도 타격으로도 그 초록가죽 생물체는 도끼를 떨어뜨렸다. 다시 가볍게 망치를 휘두르자 놈은 끽소리도 못한 채 그대로 뭉개졌다.

기침인지 웃음인지 모를 이상한 소리가 들려 투랄리온은 위를 올려다봤다. 오크보다 키가 크지만, 더 날씬한 형체가 손가락이 길고 커다란 손에 창을 쥐고 나무에서 바로 눈앞으로 뛰어내렸다. 눈은 가늘고 눈매는 날카로웠으며 얼굴도 길쭉했다. 그 형체는 투랄리온을 보고 씩 웃으며 뾰족한 이를 드러내고는 창으로 찔러 들어왔다. 트롤이었다!

방패를 들어 막았지만, 들어오는 창의 위력이 워낙 거센 탓에 팔이 저렸다. 투랄리온이 망치로 강하게 내리치며 반격했으나, 상대는 휘청거리면서도 공격을 멈추지 않았다. 그 트롤이 다시 창을 고쳐 쥐고 앞으로 미끄러지듯 파고들자 투랄리온은 방패를 단단히 쥐고 말에 박차를 가해 놈의 얼굴과 가슴을 그대로 들이받아 버렸다. 그렇게 노골적으로 공격해 올 줄 몰랐던 트롤은 정통으로 충격을 받고 휘청거리며 뒤로 밀려났다가 고개를 흔들어 정신을 차리려 했다. 하지만 투랄리온은 그럴 시간을 주지 않았다. 망치가 정통으로 턱에 내리꽂혔고 트롤은 그대로 땅바닥에 철퍼덕 주저앉아버렸다.

자신의 솜씨에 만족하며 투랄리온이 위를 올려다보자 때마침 두 번째 트롤이 근처에 있는 가지에서 걸어 나왔다. 놈의 두 눈은 증오로 이글거렸고 막 던지려는 듯 창을 뒤로 길게 뺀 상태였다. 투랄리온은 그 창이 자신을 겨냥하고 있으며 그걸 힘으로 막거나 빠르게 피하기엔 역부족이라는 사실을 즉각 파악했다. 그래서 스스로 체념한 뒤 눈을 질끈 감고 창이 바람을 가르며 날아드는 소리가 나기를 기다렸다.

그런데 그 대신 이상하고도 날카롭게 내지르는 소리와 천둥보다 더 우렁찬 기합 소리가 어우러져 들려왔다. 그리고 고통으로 울부짖는 소리가 뒤따라 들렸다. 다시 눈을 뜨자 엄청난 광경이 눈앞에 펼쳐져 있었다. 트롤이 높은 가지에서 떨어지고 있었는데 보아하니 양손으로 움켜쥔 뺨은 완전히 뭉개진 듯했다. 그 위에서 장엄한 생명체가 빙빙 돌고 있었는데, 들어본 적은 있었어도 직접 보는 것은 처음이었다. 사자의 몸에 털가죽도 똑같은 황갈색이었지만, 머리는 그와는 다르게 사나운 조류의 모양이었다. 넓적한 부리로는 아까 들었던 대로 새된 울음소리를 내고 있었다. 앞다리에는 목숨을 앗을 수 있는 발톱이 달려 있지만, 뒷다리에는 고양이처럼 푹신한 발바닥이 있었고 몸 뒤로 긴 꼬리가 이리저리 흔들렸다. 옆구리를 따라 큰 날개가 달렸고 머리를 덮은 깃털은 어깨까지 쭉 이어져 내려와 있었다. 그리고 그 위에 한 사람이 말을 타듯 앉아 있었다.

아니, 사람이 아니었다. 투랄리온은 그 정체를 모르지 않았다. 와일드해머 드워프 얘기는 진작에 들어봤지만, 직접 보는 것은 이번이 처음이었다. 와일드해머는 브론즈비어드 일가보다는 크고 늘씬했지만, 그래도 인간보다는 여전히 작고 땅딸막하며 가슴팍은 떡 벌어진 데다 두꺼운 팔에는 핏줄이 불끈불끈 솟아올라 있었다. 이들은 폭풍망치를 휘두르는데, 지금 주인의 손으로 되돌아가는 그 거대한 무기를 보니 조금 전 트롤이 세상을 떠난 이유가 무엇인지 알 만했다.

망치를 던졌던 드워프는 자신을 보며 빙그레 웃는 투랄리온을 보고는 망치를 들어 인사했다. 투랄리온도 자기 망치를 답례로 들어 올린 다음 박차를 가해 다른 오크를 노리며 앞으로 달려 나갔다. 머리 위에서 드워프들이 선회하고 있으니 위쪽에서 오는 공격은 한시름 덜고 호드에만 집중할 수 있었다. 반면 오크는 발밑만 빼고는 어디서 공격이 올지 몰라 걱정해야 하는 입장이 되었기에 불안해져 우왕좌왕했다. 로서는 오크가 나무 때문에 큰 부대가 아니라 작은 소부대로 움직였으면 좋겠다고 생각했다. 그러면 얼라이언스 병사들이 한 번에 한 무리씩 처리할 수 있기 때문이었다.

몇 시간 후에, 쿠르드란은 인간 지도자들을 자기 거처에서 맞이했다. 사령관이라는 자는 아주 컸는데 다른 인간보다도 훨씬 몸집이 컸으며 드워프처럼 멋진 수염을 기르고 머리를 길게 땋아 내렸지만, 정수리는 거의 다

벗겨진 모습이었다. 행동거지는 영락없이 타고난 전사였는데 쿠르드란이
보기에도 자기보다 전투를 더 많이 겪은 티가 났다. 사령관은 푸른 눈으로
는 경계를 늦추지 않았고, 방패와 흉갑의 황금 사자 머리는 아직도 반짝이
는 상태였다. 젊은 쪽 인물은 한심하게도 수염도 없고 자신감도 없어 보였
는데, 조라단은 거의 드워프와 맞먹는 실력으로 큰 망치를 쓰는 모습을 보
았다고 했다. 남다른 차분함이 느껴지는 이 청년을 보며 쿠르드란은 부족
의 주술사가 떠올랐다. 혹시 이 청년도 주술사이거나 아니면 정령이나 혼
령들과 소통하는 자인 걸까? 보라색 로브를 입고 지저분하게 흰 수염을
길렀지만, 걸음걸이는 젊은이다운 세 번째 남자는 한눈에 보기에도 마법
사였다. 그리고 엘프 아가씨가 있었다. 엘프 종족답게 아름답고 강인하며
유연한 모습으로, 초록색 옷을 입고 활을 멘 채 눈웃음을 짓고 있었다. 쿠
르드란은 이토록 흥미로운 존재를 좀처럼 만날 일이 없었기에 어떤 상황
에서라도 이런 이들을 만날 일이 생기면 좋아할 터였다. 그리고 지금 이렇
게 안면을 틀 수 있어 더없이 기뻤다.

"다들 안녕하시오!"

방 여기저기 흩어진 의자며 방석을 권하며 이렇게 인사했다.

"진심으로 환영하오! 우리는 여러분들이 오크라 칭하는 그 초록가죽 놈
들이 우리 고장을 완전히 쓸어버리지 않을까 걱정했소. 정말 수가 엄청났
소! 하지만 당신들이 와서 끝장을 냈으니 앞으로 힘을 합쳐 놈들을 동부
내륙지에서 몰아낼 수 있을 거요! 정말 큰 빚을 졌소."

체격이 큰 전사는 쿠르드란의 옆 의자에 앉아서 등에 사선으로 멘 대검
을 무심코 만지작거리더니 질문을 던졌다.

"당신이 와일드해머를 이끄십니까?"

"내가 쿠르드란 와일드해머요. 내가 대영주니, 맞소. 와일드해머 일족

은 내 말에 따라 움직이지."

"잘 됐군요. 저는 안두인 로서입니다. 이전 스톰윈드의 기사단장이자 현 얼라이언스 사령관입니다."

로서는 자기소개를 하고 나서 호드와 스톰윈드에 어떤 일이 있었는지 설명을 시작했다.

"저희와 함께하시겠습니까?"

쿠르드란이 눈살을 찌푸리고는 콧수염을 잡아당기며 말했다.

"그러니까 놈들이 온 땅을 정복하러 왔다는 거요?"

로서가 고개를 끄덕였다.

"그리고 커다란 검은 무쇠 함선을 타고 왔다는 거고?"

다시 고개를 끄덕였다.

"그렇다면 놈들이 카즈 모단을 지나왔다는 얘기군."

쿠르드란은 고개를 저으며 마음을 굳혔다.

"몇 주 동안 아이언포지에 있는 종족에게서 소식을 듣지 못했지. 이유가 궁금했는데, 그래서였어."

"놈들이 광산을 점령하고 철광석으로 그 배를 만들었습니다."

카드가의 설명에 쿠르드란이 이를 갈며 대답했다.

"그렇소. 우리 와일드해머는 브론즈비어드 일족과 몇 년 동안 다퉈왔소. 그 때문에 우리 일족은 카즈 모단을 떠났지. 그래도 같은 일족이고 형제이오. 이 사악한 존재인 호드가 우리 일족을 공격했소. 그리고 이젠 우리까지 공격했고. 여러분들이 때맞춰 나타나 도와준 덕분에 똑같은 처지가 될 상황을 모면했소."

쿠르드란이 의자 팔걸이를 주먹으로 쾅 쳤다.

"좋아, 함께하지! 이 오크란 놈들에게 반격해서 호드가 그 누구에게도 위협을 가하지 못하게 하겠소!"

그러고는 일어나 손을 내밀었다.

"와일드해머가 여러분을 돕겠소."

로서도 같이 일어나 엄숙하게 그 손을 잡았다.

"고맙습니다."

단 한마디였지만, 그것으로 충분했다.

"적어도 놈들을 동부 내륙지에서는 몰아냈으니 여러분 고장은 이제 안전합니다."

말끔한 얼굴의 청년이 이렇게 말하자 쿠르드란도 동의했다.

"그건 맞소. 당장은. 하지만 이 오크가 다음엔 어디로 가겠소? 다시 언덕마루 쪽으로 돌아가겠소? 아니면 수도로 올라가겠소? 아니면 북쪽으로 가서, 남아 있는 놈들의 사악한 종족과 합류하겠소?"

해서는 안 될 말을 했는지, 갑자기 새로 동맹이 된 이들이 모두 자리를 박차고 일어났다.

"뭐라고 하셨습니까? 북쪽이라니요?"

엘프 아가씨가 다그쳐 물었다.

"놈들이 나머지 종족과 합류할지도 모른다는 얘기 때문에 그러는 거요?"

쿠르드란이 당황해하며 물었다. 알레리아가 빠르게 고개를 끄덕이자. 어깨를 으쓱해 보이고는 대답했다.

"우리 정찰병들이 말하기로는 여기에서 본 호드는 일부에 지나지 않는다고 했지. 나머지는 우리 숲을 빙 돌아 북쪽으로 산맥을 향해 계속 전진하고 있소."

모인 이들의 표정을 살펴보고는 쿠르드란이 물었다.

"혹시 모르고 있었소?"

얼굴이 말끔한 젊은이와 마법사가 고개를 저었지만, 나이가 꽤 있는 로서는 이미 욕설을 내뱉고 있었다.

"속임수였어! 게다가 우리가 속아 넘어가다니!"

로서는 거의 말을 내뱉다시피 하며 분노했다.

"속임수라니? 우리 고장은 실제로 위험한 상황이었지. 이건 단순한 눈속임이 아니오!"

그러나 이 말에 로서가 고개를 저었다.

"맞습니다. 실제로 위험하긴 했습니다. 그러나 호드를 이끄는 자가 누구인지 몰라도 상당히 영리하군요. 저희가 여러분을 도우러 이리로 올 줄 알았던 겁니다. 그래서 병력을 북쪽으로 데리고 가면서, 일부를 남겨 기만 전술을 펼쳤고 저희의 진군 속도를 늦춘 겁니다. 이제 상당히 거리가 벌어졌지요."

"쿠엘탈라스로 가고 있어요! 어서 알려야 해요!"

알레리아가 울부짖듯 말하자 로서가 고개를 끄덕였다.

"즉시 병사를 소집해 다시 출발하겠습니다. 빨리만 이동한다면….'

그러나 알레리아가 말을 잘랐다.

"그럴 시간이 없어요! 호드가 우리와 거리를 벌렸다고 말씀하셨죠. 벌써 며칠은 뒤처졌다고요! 게다가 병사를 소집하면 더 늦어질 거예요."

고개를 저으며 알레리아가 결심한 듯 말했다.

"저 혼자 가겠어요."

"안 됩니다."

조용한 목소리였지만 반대는 허용하지 않겠다는 단호함이 묻어났다.

"혼자 가면 안 됩니다."

로서가 쏘아보는 알레리아의 눈빛을 외면하며 말했다.

"투랄리온, 나머지 기병대와 병력 절반을 데려가라. 지휘를 맡아라. 카드가, 너도 함께 가라. 쿠엘탈라스를 방어하는 데 얼라이언스가 도왔으면 한다."

그러고는 고개를 돌려 보니 쿠르드란은 꽤 감명을 받은 모양이었다. 이자는 제대로 지휘할 줄 아는 자였다!

"숲에 아직 오크가 있습니다. 우리 앞도 앞이지만, 호드를 뒤에 남겨두었다가는 어떤 위험이 있을지 모릅니다. 저희는 남아서 숲이 완벽하게 정리되었는지 확인하고 그다음에 진군하여 나머지와 합류하겠습니다."

쿠르드란이 고개를 끄덕이며 정중하게 대답했다.

"귀공의 도움에 감사하오. 그리고 동부 내륙지가 다시 안전해지면 우리 전사들과 함께 그대를 따라 북쪽으로 가 나머지 호드 놈들을 상대하겠소."

"고맙습니다."

로서는 고개를 숙여 인사하고는 알레리아와 말끔한 얼굴의 투랄리온, 마법사 카드가에게 고개를 돌렸다.

"아직도 여기 있나? 당장 움직여라. 시간을 낭비하면 호드는 그만큼 쿠엘탈라스에 더 가까워진다."

세 명은 정중하게 인사하고 서둘러 방을 나섰다. 뒤쫓던 부대를 필사적으로 앞질러 엘프에게 놈들이 온다는 사실을 알리는 임무가 가능할까? 로서는 시간이 있기만을 바랄 뿐이었다.

11장

"멈추지 말고 계속 움직여라!"

둠해머가 고함을 지르며 뒤에서 행진하는 호드를 돌아보았다.

"서둘러 이 봉우리를 빠져나가야 한다!"

"왜죠?"

렌드 블랙핸드의 입에서 나온 질문이었다. 렌드와 그의 형 메임은 아버지를 죽이고 대족장의 자리를 차지한 둠해머를 증오했다. 둘은 둠해머의 명령에 토를 달 수 있는 몇 안 되는 인물이었다. 둠해머가 그걸 허용한 이유는 자기가 설명하면 이들을 통해 그 내용이 나머지 호드에게 전달되리라는 것을 알기 때문이기도 하지만, 검은니 웃음 부족이 수가 많고 강력한 부족이었기에 여러모로 유용하리라는 생각에서였다. 또한 두 형제가 비록 행동이나 결정에 의문을 제기하기는 해도, 직접 명령을 내렸을 때 동의하지 않거나 불복종한 적은 없었기 때문이었다. 그 점을 인정했기에 둠해머는 이런 질문을 기꺼이 눈감아 주었다. 어느 정도까지는.

"뭐가 문제지?"

이번엔 둠해머가 물었다. 지금 험한 산길을 어렵게 넘느라 손과 발밑에 모든 정신을 쏟고 있던 참이었다. 숲트롤은 절벽도 나무를 타듯 쉽게 오르며 앞질러 가서는 오크 전사들이 따르기 쉽도록 밧줄을 내려주었다. 하지만 둠해머는 그런 도움을 거부했다. 여전히 자신이 가장 강한 존재임을 부하들에게 인식시켜야 했는데, 아무런 도움 없이 산을 오르는 행위는 좋은 선택이었다. 렌드는 그런 부담이 없었기에 왼팔에 튼튼한 밧줄을 단단히 감고 둠해머와 속도를 맞춰 나아갔다.

"왜 산을 넘는 겁니까? 대신 산을 둘러서 갈 수도 있습니다. 왜 이 길로 가야 합니까? 빠른 길이기는 하지만, 더 험합니다. 이 봉우리를 넘느라 시간이 더 걸리고 있습니다."

꿍하는 소리를 내며 절벽 꼭대기에 다다른 둠해머는 손에 묻은 흙을 팔뚝에 대고 털었다. 렌드 쪽을 돌아보자 다른 족장들도 하나둘씩 정상에 오르는 모습이 보였다. 메임과 다른 호드 지도자들도 바로 그 뒤를 따라 왔다. 둠해머보다 앞서 가지 말아야 하는 정도의 눈치는 있었다. 둠해머는 모두가 들을 수 있을 만큼 큰 소리로 말문을 열었다. 같은 말을 반복하는 건 질색이었다.

"인간은 우리가 어리석다고 생각한다. 놈들은 우리를 멍청한 짐승으로 본다. 우리가 오우거를 볼 때 그렇듯이."

몇몇이 아래를 내려다봤다. 오우거들은 오크보다도 더 뒤처져 산을 오르고 있었다. 앞서갈 만한 힘은 충분했지만 움직임이 둔한 탓에 그러지 못했다.

"일부러 계속 그렇게 생각하도록 하는 거다."

둠해머가 엄니를 드러내고 씩 웃었다.

"우리가 모자란다고 생각하라지! 그러면 우리를 과소평가할 테니 더 쉽게 정복할 수 있다."

걸음을 멈춘 둠해머가 작은 돌멩이 하나를 집어 들고 이 손 저 손으로 옮겨 가며 말을 이었다.

"우린 이미 놈들을 한 차례 속였다. 동부 내륙지에 도착했을 때 몇 부족을 떼어 보냈지. 놈들이 호드의 일부를 상대하느라 정신없는 동안 우리는 이쪽 길을 타고 산 쪽으로 온 거다. 우리가 산을 넘는 동안에도 놈들은 여전히 정신없이 싸우고 있겠지."

"하지만 우리는 쿠엘탈라스로 가는 거 아니었습니까?"

메임이 물었다. 낯선 이름이라 발음하기가 어려운 모양이었다.

"그렇다면 왜 최대한 가까운 곳까지 항해해 가지 않습니까? 그러면 인간들이 동부 내륙지에서 오기 한참 전에 쿠엘탈라스에 도달할 수 있습니다."

"왜냐하면, 엘프가 우리 배를 그냥 보낼 리가 없기 때문이다. 줄진 말에 따르면 엘프는 궁술에 통달했다고 했다. 그러니 놈들이 우리에게 화살을 퍼부으면 꼼짝없이 배 안에 갇혀버리고 말 거다. 그랬다가는 해안에 배를 대고 싸우기도 전에 병사 수천 명, 그러니까 몇 부족을 통째로 잃을지도 모른다."

족장 몇 명이 웅성거렸다. 그런 생각은 못 해본 모양이었다. 호드는 아직 배를 활용한다는 개념에 익숙지 않았다. 물론 폭풍약탈자처럼 빠르게 받아들이는 부족도 몇 있긴 했다.

"하지만 산을 둘러 갈 수도 있습니다. 오래는 걸리겠지만, 덜 힘들겁니다."

렌드의 지적에 둠해머가 콧방귀를 뀌었다.

"어려운 일에 도전하려니 겁이 나는 모양이지?"

다른 족장 몇몇이 웃음을 터뜨렸고 렌드는 발끈했다.

"당연히 아닙니다!"

렌드가 자기 말에 반론을 제기하는 자가 있으면 바로 한 대 칠 기세로 한쪽 주먹을 들고 딱딱거렸다.

"저도 임무를 완수할 수 있습니다! 내내 대족장님 바로 뒤에 붙어서 올라온 거 못 보셨습니까?"

렌드는 밧줄을 쓰고 둠해머는 쓰지 않았다는 점을 지적하는 이는 없었다. 블랙핸드는 무시무시한 전사 가문이었고 대단한 존경을 받고 있었다. 그렇게나 많은 질문을 던져도 둠해머가 받아주는 또 하나의 이유이기도 했다.

"그렇다면 도전해볼 테냐?"

둠해머가 목소리를 낮추며 조용히 물었다. 둠해머가 무슨 말을 하려는지 깨닫고는 얼굴이 하얗게 질린 채로 렌드가 빠르게 뒷걸음질 쳤다. 블랙핸드 형제는 호드를 이끌고 싶어 했지만, 그러려면 둠해머에게 도전하고 결투를 벌여 이겨야 했다. 그러나 아무리 둘이 한꺼번에 덤벼도, 둠해머가 둘 다 쉽게 죽여 버릴 수 있다는 것을 모르지 않았다. 둠해머는 마음 한편으로 두 형제가 도전해오기를 바랐다. 그래 준다면 두 형제 대신 좀 더 사리분별이 있는 자를 검은니 웃음 부족 족장으로 앉힐 수 있을 터였다. 그러나 지금까지는 항상 물러서는 모습이었다. 렌드가 미끼를 물지 않는다는 걸 보고 둠해머가 결국 얘기를 시작했다.

"우회하면 더 빨리 갈 수도 있다. 그러나 우리의 이동 상황이 더 많이 노출된다. 이쪽 길로 가면 눈치채기 전에 엘프를 급습할 수 있지."

둠해머는 다시 한 번 씩 웃었다.

"동부 내륙지 전투에서 살아남은 인간이 산 쪽으로 진군한다면, 우리보다 먼저 쿠엘탈라스에 도착할 수도 있긴 하지. 그리고 엘프가 놈들을 들여보내 준다면 우리가 공격할 때쯤에는 놈들이 모두 한자리에 모여 있을 거다."

둠해머는 껄껄 웃으며 손에 있던 돌멩이를 으스러뜨렸다. 돌가루가 손가락 사이로 뿜어져 나왔다.

"이제 거기서 아무 데도 갈 수 없는 신세가 될 테니 우리는 놈들을 모조리 박살내고 땅을 차지하면 된다."

그러고는 손을 펴 돌가루와 조각을 털어냈다.

"만약 우리보다 늦게 온다면, 놈들이 쿠엘탈라스에 도착했을 때는 이미 우리가 자리를 잡은 뒤겠지. 그러면 계속 밀어붙이다가 구릉지에서 박살낼 것이다."

두 손을 비벼 남은 먼지를 털어낸 둠해머가 말했다.

"어느 쪽이든 우리가 이긴다."

다른 이들이 모두 수군댔다. 몇몇은 웃기도 했고 렌드도 고개를 끄덕이며 마지못해 수긍했다.

"탁월한 계획입니다."

둠해머가 고개를 끄덕이고는 나머지 인원에게 말했다.

"이제 계속 가야 한다. 아직 봉우리 몇 개는 더 넘어야 한다."

그러면서 줄루헤드에게 고개를 돌렸다.

"그들은 어디쯤 있소?"

"오는 중입니다."

용아귀 부족 족장인 줄루헤드가 대답을 하고는 뒤쪽에서 웅성거리는 소리를 듣고 미소를 지었다. 다른 오크들은 용아귀 부족이 무언가 꾸미고 있으며 둠해머가 전적으로 승인한 사항이라는 것 외에는 알지 못했다.

"아직 멀리 있기는 하지만, 속도가 꽤 빠릅니다. 곧 우리를 따라잡을 텐데, 그때가 되면 온 세상이 전율할 일이 생길 겁니다."

"좋군."

둠해머는 고개를 돌려 근처의 키 큰 형체를 힐끗 보았다. 그자의 긴 복면이 바람에 휘날리고 있었다.

"쿠엘탈라스까지는 얼마나 남았소?"

"이 속도라면 나흘 거리다. 하지만 우린 그보다 더 빨리 갈 수 있지."

이렇게 대답하는 줄진은 기대감으로 눈을 반짝이며 무심코 옆구리에 있는 도끼로 손을 옮겼다.

"안 되오."

확연하게 드러나는 줄진의 실망감을 외면하며 둠해머가 명령했다.

"우리와 함께 가면서 계속 밧줄을 내려줘야 하오."

그러고는 온화하게 웃어 보였다.

"걱정하지 마시오. 줄진. 엘프의 고향을 공격할 기회는 따로 있을 테니. 하지만 호드가 바로 뒤에서 놈들을 내리 덮칠 준비가 되었을 때라야 하오."

줄진이 잠시 생각하더니 고개를 끄덕였다.

"놈들이 잔뜩 성이 나겠지."

이렇게 말하고는 낄낄 웃었다.

"벌떼처럼 쏘아대려고 할 거야. 그러면 너희 오크들이 개미떼처럼 놈들을 새카맣게 뒤덮어 모조리 삼켜버리면 되는 거지."

"맞는 말이오."

그 비유가 마음에 들었다. 개미는 부지런하며 기대 이상으로 튼튼한 일꾼이었다. 모이면 훨씬 더 큰 상대도 압도할 만큼 위험한 존재가 될 수 있었다. 그래, 개미의 진면모를 보여주리라. 일단은 행진을 계속하라는 신호를 보냈다. 호드가 정복욕에 불타는 개미 군단처럼 그 뒤를 따라 산을 올랐다.

나흘 뒤, 둠해머와 족장들은 마지막으로 넘었던 산봉우리와 큰 숲의 시작 지점 사이의 언덕에서 아래를 내려다보고 있었다. 나머지 호드는 그 뒤에 무리 지어 있었는데 산행과 행진으로 지치긴 했지만, 이제 눈앞에 펼쳐진 다음 목표를 보며 피로감을 떨쳐냈다. 그러나 누구보다도 들떠 있는 건 숲트롤이었다.

"지금 가나?"

줄진이 간절한 눈빛으로 바라보자 둠해머가 고개를 끄덕였다.

"그렇소. 지금 가시오. 엘프 놈들과 싸움을 시작하시오. 그 누구도, 그 무엇도 살려두지 마시오."

숲트롤 지도자는 활짝 웃고는 고개를 뒤로 젖혀 기묘하게 떨리는 울음소리를 내었다. 곧바로 두 지도자 바로 건너편에서 다른 숲트롤 하나가 유령처럼 아무 소리 없이 불쑥 나타났다. 세 번째 트롤이 머리 위 바위에서 훌쩍 뛰어내리더니 그 옆에 섰고 또 다른 트롤이 그 옆에, 그렇게 계속 이어지며 언덕 뒤 작은 계곡에 마르고 홀쭉한 숲트롤이 가득 찼다. 둠해머의 기억보다 훨씬 더 많았다. 둠해머는 놀란 기색을 감출수 없었고, 숲트롤 지도자의 입을 가린 복면 너머로 씩 웃는 표정이 보이는 것만 같았다.

"병력을 더 찾았지. 마른나무껍질 부족이다. 우리와 함께할 거다."

둠해머가 고개를 끄덕였다. 트롤은 자신보다 키가 크긴 했지만, 딱히 두렵지는 않았다. 이전에도 더 크고 더 강한 적은 상대해 봤고, 언제나 살아남는 쪽은 둠해머였다. 그리고 몇 달 동안 동맹을 맺은 후 줄진이 보여준 모습은 인상적이었다. 줄진은 영리했고 명예를 존중했다. 자기 동족과 함께 호드를 돕겠다고 약속했고 절대로 그 약속을 어기지 않을 터였다. 둠해머는 그 믿음에 목숨도 걸 수 있었다.

물론, 숲트롤이 이 하이 엘프를 증오한다는 사실은 분명히 도움이 되었다. 트롤은 계속 북쪽으로 방향으로 돌려 쿠엘탈라스로 가자는 데 찬성했고 거의 광적이라 할 정도로 엘프의 숲에 침투해 직접 놈들을 찾아내어 공격하고 싶어 못 견뎌 했다. 그러나 둠해머는 딱 잘라서 기다려야 한다고 말했다. 나머지 호드를 제자리에 배치한 다음 트롤이 공격하게 하고 싶었다. 그리고 줄진은 동족들과 마찬가지로 공격하고 싶은 마음이 간절하면서도 그들이 대열을 유지하고 대기하도록 명령했었다.

이제 기다림은 끝이 났다. 함성과 함께 앞으로 뛰어나간 줄진은 언덕 아래로 달려갔다. 속도를 늦추지 않고 달려가다 숲 가장자리에 이르자 나무 위로 뛰어올라서는 수월하게 가지 사이를 넘나들었다. 나머지 트롤들도 그 뒤를 따라 나무로 뛰어올라 시야에서 사라졌다. 단지 나뭇잎이 바스락거리는 소리와 간간이 나지막하게 목을 울리는 소리로만 트롤의 존재를 확인할 수 있었다. 그러나 둠해머는 트롤이 거대한 숲 깊숙이 파고들어 엘프를 수색해 찾는 족족 처치하리라는 사실을 알았다. 곧 숲의 수호자들은 트롤이 침공했음을 깨닫고 서둘러 달려 나올 터였다.

그리고 그렇게 정신없는 상황이 되면, 엘프들은 경계 지역을 살피며 다른 위험이 닥쳐오는지를 알아볼 생각도 못하리라.

둠해머가 신호하자 나머지 호드가 마찬가지로 우르르 언덕을 내려가 초원을 지나 숲 어귀에 다다랐다.

"대족장님, 지금입니까?"

근처에 있던 오크 하나가 도끼를 고쳐 잡으며 물었다. 둠해머가 고개를 끄덕이자 그 전사가 옆에 있던 나무로 시선을 옮겼다. 오래되어 굵은 나무 몸통은 비단처럼 부드럽고 무성한 잎은 초록색을 빛내며 자연과 생명과 풍요로운 내음을 풍겼다. 오크가 도끼를 크게 휘두르자 거대한 껍질과 나무 조각이 떨어져 내렸다. 다시 도끼를 휘두르자 조각이 더 많이 우수수 떨어졌다.

"아니, 아니야!"

둠해머가 도끼를 낚아채며 뒤로 밀쳐내자 전사는 당황한 기색이 역력했다.

"비스듬히 말고 똑바로 쳐라."

둠해머는 이렇게 설명하며 도끼를 뒤로했다가 팔에 단단히 힘을 주고 전력으로 휘둘러 나무줄기 중간 부분까지 박아 넣었다. 그런 다음 힘껏 비틀어 도끼를 빼내었다가 다시 같은 자리에 더 깊이 내리쳤다. 세 번째로 내리치자 도끼는 거의 나무 반대편으로 나오기 일보 직전까지 박혔고 나무 조금과 껍질 부분만 겨우 남은 상태가 되었다. 도끼를 잡고 위로 비스듬히 들어 올리며 빼자, 도끼머리 부분에 나무줄기가 들리면서 자기 무게를 이기지 못하고 남은 부분이 그대로 쓰러졌다. 나무가 쓰러지는 순간 땅이 쿵 하고 울리며 나뭇잎과 열매가 사방으로 흩날렸다.

"자, 이렇게 해라."

둠해머가 도끼를 다시 돌려주자 그 오크 전사는 고개를 끄덕이고 다음 나무를 향해 갔다. 다른 전사가 이미 도끼를 들고 커다란 나무를 작은 조각으로 자르려 다가가고 있었다.

그 뒤로 더 많은 전사가 같은 일을 하고 있었다. 호드 정도의 대군이 쓸 물자를 운반한다는 건 있을 수도 없는 일이었다. 그래서 호드는 정복한 땅에서 필요한 물자를 수급했다. 여기 있는 나무에서 땔감을 마련하면 몇 주 동안 불을 피우는 데는 문제가 없을 터였다. 어쩌면 몇 달도 가능할 수 있었다. 사실 한 그루 한 그루 베어낼 때마다 엘프의 방어막이 한 겹씩 사라지는 셈이니 작업 자체가 더욱 즐겁게 느껴졌다.

둠해머가 망치에 몸을 기대고 진행되는 작업을 지켜보는데 곁눈으로 어떤 움직임이 포착되었다. 땅딸막하고 건장한 체구에 짧은 수염이 무성한 오크 하나가 다가오고 있었다. 흉터가 난 얼굴에 일그러진 표정은 둠해머 마음에 썩 들지 않았다. 굴단은 무언가 때문에 흥분해 있었다.

"무슨 일이냐?"

대흑마법사가 미처 다 오기도 전에 둠해머가 다그치듯 물었다.

"위대하신 둠해머 님, 보셔야 할 게 있습니다."

굴단이 대답하며 머리를 낮게 조아렸다. 초갈이 낄낄거리며 뒤에서 그 모습을 따라했다.

"호드에 크게 도움이 될 만한 겁니다."

둠해머가 고개를 끄덕이고는 망치를 어깨에 둘러메고 굴단에게 앞장서라고 신호했다. 굴단은 몸을 돌려 둠해머와 초갈을 이끌고, 오던 길로 되돌아가다 한참 떨어진 곳에서 섰다. 그곳에는 거대한 돌이 나무들 사이를 비집고 튀어나와 있었다. 거친 표면에는 룬문자가 새겨져 있었는데, 둠해머처럼 초자연적이나 영적인 쪽에 아무런 재능이 없는 자도 이 조악한 거석에서 뿜어져 나오는 힘을 느낄 수 없었다.

"이게 뭐지?"

둠해머가 다그쳐 묻자 굴단이 수염을 쓰다듬으며 대답했다.

"저도 정확히 모르겠습니다. 하지만 아주 강력합니다. 이 룬 마법석이 숲 둘레에 일정한 간격으로 놓여 있는 것으로 보아 마법 보호막 역할을 하지 않나 싶습니다."

"우리는 그냥 들어왔지 않나."

둠해머가 지적하자 굴단이 설명했다.

"그랬지요. 왜냐하면 우리는 손발과 검만 썼으니까요. 이 룬 마법석은 그 안에서 마법을 쓰지 못하게 막아주는 모양입니다. 오직 엘프의 마법만 쓸 수 있게요. 여기서 제 마법을 써보려 했지만 안 됐습니다. 하지만 언덕 쪽으로 열 걸음 움직이니 다시 마력이 돌아왔습니다."

거대한 돌덩어리가 새롭게 보였다.

"우리가 이 돌을 가져다 역이용할 방법을 찾는다면 놈들이 마법을 쓰지 못하겠군."

둠해머는 이 거석들을 옮기려면 오크 몇 명이 필요하고 어떤 방법으로 옮겨야 할지 골똘히 고민했다.

"그것도 한 방법이겠지요."

맞장구를 치면서도 고작 그런 생각을 했느냐는 뜻이 말투에서 묻어 나왔다.

"하지만 대족장님, 제게 다른 생각이 있습니다. 시간을 좀 내주신다면 말씀드리겠습니다."

둠해머가 고개를 끄덕였다. 굴단을 믿는 건 아니었다. 조금도 믿지 않았다. 하지만 죽음의 기사를 만들어내며 자신의 존재 가치를 증명한 것도 사실이었다. 이 다부진 체격의 오크 흑마법사가 지금 무슨 생각을 하는지가 궁금했다.

"이 돌에는 어마어마한 마법이 담겨 있습니다. 그 힘을 구속해 우리 뜻대로 사용할 수 있습니다."

"무슨 뜻이지?"

둠해머가 따져 물었다. 굴단이 고삐 풀린 말처럼 맘대로 하게 둘 생각은 전혀 없었다. 절대로. 더 자세히 들어봐야 했다.

"이 돌을 써서 제단을 만드는 겁니다. 폭풍의 제단을요. 이 돌에 있는 기운을 돌려 생명체를 변형할 수 있습니다. 좀 더 강력하고 위협적인 존재로요. 물론 외형이 좀 바뀌는 건 감수해야겠지만요."

"두 번씩이나 네 놈의 실험 대상이 되겠다고 할 오크는 없을 텐데."

둠해머가 날카롭게 지적했다. 아직도 굴단이 '단결의 잔, 거듭남의 성배'라는 것을 호드의 모든 족장과 가치 있다고 여겼던 전사 모두에게 권하던 그 밤을 똑똑히 기억했다. 둠해머는 그때도 흑마법사를 믿지 않았고, 블랙핸드가 그 잔을 마시라고 권했을 때 그런 힘을 함께 나눈다면 족장을 깎아내리는 일이나 마찬가지라며 거부했었다. 그리고 그 액체 때문에 친구와 부족원들에게 어떤 일이 일어났는지 둠해머는 두 눈으로 똑똑히 보았다. 마신 이들은 더 크고 강해졌다. 그건 그랬다. 하지만 악마에게 오염되었다는 증거로, 눈이 붉게 빛나고 피부가 선명한 녹색으로 바뀌었다. 그리고 모두 피를 갈구하며 분노와 굶주림으로 미쳐갔다. 한때 고귀했던 오크가 짐승 같은 존재로, 미친 살인자로 변해 버렸다. 나중에 그런 변화를 후회한 오크도 몇 있었지만, 당연히 그때는 이미 너무 늦어버린 상태였다.

굴단은 마치 대족장이 무슨 생각을 하는지 알겠다는 듯 미소를 지었다. 어쩌면 진짜로 아는지도 몰랐다. 이 흑마법사가 지금 어떤 기묘한 힘을 가졌는지 누가 알겠는가? 하지만 굴단은 둠해머가 한 말에만 대답할 뿐 그 뒤에 감춰진 생각은 알면서도 모른척했다.

"오크로 시험해 보지는 않을 겁니다. 물론입죠. 힘을 더 얻으면 더 쓸모가 많아지지만, 지능이 좀 떨어져도 거의 티도 안 날 생물체를 쓸 겁니다."

그러고는 씩 웃으며 마무리했다.

"오우거를 쓸 겁니다."

둠해머는 그 말을 곰곰이 생각해 보았다. 오우거를 많이 부리지는 않았지만 지금 거느린 오우거는 병사로서 단순하게 어림잡아서 열 배의 가치가 있었다. 그런 오우거를 더 강하게 바꾼다면 어느 정도 위험쯤은 감수해 볼만했다. 마침내 둠해머가 입을 열었다.

"좋다. 제단을 하나 정도 만들어 봐라. 그러고 어떻게 되는지 보자. 제대로 된다면, 오우거든 아니면 다른 종족이든 원하는 대로 쓰게 해주마."

굴단은 허리를 깊이 숙여 절을 했고 둠해머는 그 인사를 받으며 고개를 끄덕였다. 돌아서는 굴단의 마음속에는 이미 다른 계획이 떠오르고 있었다.

12장

"빨리빨리! 제길, 더 빨리 움직여!"

알레리아가 마치 병사들에게 박차라도 가하는 듯 주먹으로 자기 허벅지를 쳤다. 잠깐은 일행과 속도를 맞춰 걷다가 그렇게 느린 속도로 오래 가지 못하는 까닭에 다시 속도를 냈다. 몇 분 후, 알레리아는 긴 행렬을 지나쳐 다시 기병대를 따라잡았다. 무의식적으로 주위를 둘러보며 선두 근처에서 짧은 금발 머리를 찾았다.

"속도를 올리셔야 해요."

알레리아는 다른 말 사이로 끼어들어 투랄리온과 나란히 말을 달리며 퉁명스럽게 말했다. 젊은 성기사가 깜짝 놀라며 얼굴을 붉혔지만, 지금은 평소처럼 그런 반응을 보며 재미있어 할 수가 없었다. 그런 바보 같은 짓을 할 시간이 없었다!

"최대한 빠르게 이동하는 겁니다."

알레리아는 투랄리온이 조용히 대답하면서 뒤를 힐끗 보고 부대의 빠르기를 가늠해보는 것을 눈치챘다.

"우리 병사들이 당신 속도에 맞출 수 없다는 건 아시잖습니까. 그리고 원래 부대는 개인이 이동할 때보다 더 느립니다."

"그러면 저 혼자 가겠어요. 처음부터 그랬어야 했는데."

알레리아가 우기면서 말을 달려 숲 속 깊이 들어갈 자세를 잡았다.

"안 됩니다!"

알레리아는 그 목소리에 하려던 행동을 멈추고는 낮게 욕을 했다. 왜 이 사람 말에 거역할 수 없을까? 로서만큼의 존재감이 있지도 않은데다가 자신은 명령이 아니라 자유 의지에 따라 얼라이언스군과 협조하는 중이었다. 하지만 이 사람이 명령을 내리면 아무런 반항도 할 수 없었다. 그렇다고 논쟁을 하지 않는 건 아니었다.

"보내줘요! 가서 경고해야 해요!"

자매들과 친구들, 동족들이 전혀 눈치 채지도 못한 채 호드에 붙잡힐지도 모른다는 생각을 하니 다시 가슴이 죄어왔다.

"우리가 가서 경고하겠습니다."

이렇게 장담하는 투랄리온의 목소리에서 확실함이 묻어 나왔다.

"그리고 모두를 도와 호드에 맞서 싸울 겁니다. 하지만 당신이 혼자 가다 잡혀 놈들의 손에 죽고 만다면… 그 누구에게도 득이 되지 않습니다."

마치 무언가 다른 뜻이 있는 말처럼 들리면서 알레리아의 마음속에 갑작스러운 감정이 밀려 들어왔다. 기쁨인가? 하지만 지금은 그런 걸 궁금해 할 때가 아니었다.

"저는 엘프이자 순찰자예요! 나무 사이로 숨을 수 있다고요! 누구한테도 발각되지 않아요!"

흥분한 알레리아가 열을 올렸다.

"숲트롤한테도요?"

알레리아가 고개를 돌려 투랄리온 옆쪽으로 멀리 떨어져 말을 타고 가는 카드가를 노려보았다.

"저희는 숲트롤이 어떻게 호드와 손을 잡았는지 압니다. 게다가 숲트롤이 당신만큼이나 숲을 자유자재로 이용한다는 사실도 알고요."

"거의 비슷하기야 하죠. 하지만 제가 훨씬 더 나아요."

"그건 누구나 인정하는 사실입니다."

카드가는 알레리아가 무안하지 않게 동의했지만 침착한 표정 뒤에 감춰진 웃음이 빤히 보였다.

"하지만 여기서 당신 고향까지 가는 동안 놈들이 얼마나 있는지는 알 수 없습니다. 열 명만 있어도 당신의 우월한 실력은 아무 소용 없을 겁니다."

알레리아가 다시 욕설을 읊조렸다. 투랄리온이 옳았다. 알레리아도 모르지 않았다. 그렇다고 있을 법한 위험 따위 생각지 않고 전속력으로 달려나가고 싶은 마음이 없어지는 건 아니었다. 알레리아는 호드가 어떤 짓을 할지 알았다. 놈들이 어떤 위험을 야기하는지도 알았다. 게다가 지금 고향으로 가고 있다니! 동족인 엘프들은 그런 위험이 닥쳐오는지 꿈에도 모를 터였다!

"어서 가기나 해요!"

알레리아가 투랄리온에게 쏘아붙이고는 앞으로 달려 나가며 길을 정찰했다. 마음 한구석에서는 트롤이나 오크를 몇 명 마주쳤으면 하고 바랐지만, 시야에 들어오기에는 아직 너무 멀리 있었다. 지금 호드가 한참 앞서 있는 상황에서 인간 병사들이 지금처럼 달팽이 같은 속도로 움직인다면 거리는 점점 더 벌어질 텐데!

"걱정하시는 거야."

알레리아가 시야에서 멀어져가는 모습을 바라보며 카드가가 조용히 말하자 투랄리온이 한숨을 쉬며 대답했다.

"나도 알아. 뭐라 하는 게 아니야. 만약 호드가 제 고향으로 진격하는 상황이었다면 나도 똑같이 걱정했겠지. 놈들이 수도로 진격한다고 생각했을 때 그랬으니까. 수도는 최근 십 년도 넘게 산 곳이니 고향이나 마찬가지거든. 게다가 알레리아를 돕는 건 얼라이언스 병력 절반뿐인 데다 그 지휘도 고작 나 같은 놈이 맡았잖아."

"자기 비하는 그만해. 넌 좋은 사령관이고 고귀한 성기사야. 그것도 로데론에서 가장 뛰어난 은빛 성기사단 소속이잖아. 네가 함께한다니 알레리아가 복 받은 거지."

투랄리온이 친구의 호언장담에 고마움을 느끼며 미소를 지었다. 진짜 그 말대로 되었으면 좋겠다는 생각만 할 뿐이었다. 자신의 전투 실력이 괜찮다는 것은 알고 있다. 훈련은 충분히 받았고 호드와 첫 번째 격돌했을 때 그 훈련을 실전으로 옮길 수 있음도 증명해 냈다. 하지만 지휘관이라니? 이 전쟁을 하기 전에는 무언가를 이끌어 본 적이 한 번도 없었다. 심지어 기도 시간조차 이끌어 보지 않았다. 그런데 지휘에 대해서 뭘 알겠는가?

사실, 어릴 때는 앞장서는 일이 많았다. 친구들과 함께할 놀이를 만들어 내거나 전쟁놀이를 지휘했다. 그러나 빛을 받아들이자 모든 것이 변했다. 상급 사제의 명에 따르다 파올 대주교 밑으로 간 다음에는 그의 지시만을 따랐다. 첫 번째 성기사단에 사병으로 들어가 훈련을 받을 때는 다른 이들과 함께 우서의 지도를 따랐다. 우서는 성격이 강해서 논쟁 자체를 용납하지 않았다. 게다가 성기사 중에 가장 나이가 많고 대주교와 가장 가깝기까지 했다.

로서가 부관으로 우서를 선택하지 않았던 점은 놀라웠다. 하긴 믿음이 너무 깊은 탓에 자기보다 신앙심이 적은 사람들과는 잘 지내기 어려우리라는 짐작은 했었다. 투랄리온은 그런 직위를 받아서 명예롭게 느끼기도 했지만, 충격도 받았다. 그리고 그럴 자격이 될 만한 일을 한 적이 있는지 계속 생각해 보았다.

로서도 같은 생각을 하는 듯했다. 스톰윈드 기사단장의 경험과 지식이라면 이미 알고도 남았다. 로서는 믿을 수 없을 정도로 뛰어난 전사이자 경이로운 지도자였다. 누구나 저절로 따르고 만나는 이마다 존경하고 순종할 수밖에 없는 그런 인물이었다. 이미 얼라이언스 전사들은 언덕마루 구릉지에서 오크 병사 사이를 누빌 때 번쩍이던 방패를 보고 로서에게 '아제로스의 사자'라는 애칭을 붙였다. 투랄리온은 자신에게 그런 존재감이 조금이라도 있을지 궁금했다.

한편으로는, 자신에게 우서 같은 독실함이 손톱만큼이라도 있었는지 의심스러웠다.

물론 투랄리온은 성스러운 빛을 믿었다. 아주 어렸을 때부터 사제 생활을 하며 그 영광스러운 존재에 더 가까워졌다. 그러나 성스러운 빛을 직접 느낀 적은 없었고 그저 희미하게 반짝거리듯 지켜 봐주거나 다른 이에게 퍼부어진 은총만을 경험했을 뿐이었다. 그리고 호드를 보고 전투에서 상대해 본 이후로는 그 어느 때보다도 믿음이 약해져 있었다.

성스러운 빛은 세상의 살아 있는 만물과 모든 마음과 영혼에 깃들어 있었다. 어디에나 있으며 모든 지각이 있는 존재를 하나로 묶는 기운이었다. 그러나 호드는 끔찍하고 극악무도했다. 이성이 있는 존재라고 할 수 없는 일들을 저질렀다. 진정으로 구원받을 수 없는 존재였다. 어떻게 그런 생명체가 성스러운 빛의 일부란 말인가? 어떻게 이토록 밝은 빛이 그토록 완전한 어둠 속에 거한단 말인가? 만약 성스러운 빛이 오크의 안에 깃들어 있다면 그 힘과 순수함과 사랑이 어떻게 그토록 철저하게 무너질 수 있었을까? 깃들지 않았다면, 호드가 성스러운 빛의 일부가 아니라면, 빛은 투랄리온이 배운 대로 어디에나 있는 게 아니었다. 그렇다면 빛과 그 힘은 다 무엇이며 모든 존재와 다른 존재와의 관계는 다 무엇이란 말인가?

알 수 없었다. 그게 문제였다. 그동안 믿음이 심각하게 흔들렸다. 호드를 만난 이후로 기도하려고 했으나 공허한 말뿐이었다. 진정한 마음을 담을 수가 없었다. 그리고 진심이 없는 기도는 아무런 의미도 없고 아무것도 해내지 못했다. 투랄리온은 다른 성기사들이 병사들을 축복하고 악을 감지해내며, 심지어 심각한 부상도 한 번의 손길로 치유할 수 있다는 걸 알았다. 하지만 자신은 그러지 못했다. 그런 재능을 가진 적이 있었는지 확신이 가지 않았다. 특히 지금은 더 그랬다. 앞으로도 그럴 수 있을지 의심스러웠다.

"또 어딘가로 가버렸군."

카드가가 몸을 기울이더니 한 손으로 쿡 찔렀다.

"너무 깊게 생각하지는 마. 그러다 말에서 떨어진다."

친근한 말투에는 염려하는 기색이 살짝 묻어났다. 투랄리온은 싱거운 농담에 애써 미소를 지어 보였다.

"난 괜찮아. 그냥 다음에 할 일을 생각하고 있었어."

"무슨 말이야?"

카드가가 주변을 둘러보고는 자신들의 뒤를 따라 행진하는 부대를 돌아보았다.

"잘하고 있어. 병력을 계속 움직이게 하고 최대한 시간을 아끼면서, 호드가 너무 심각한 타격을 주기 전에 따라잡기를 바라면 되지."

"알아. 그냥 호드를 앞질러서 쿠엘탈라스에 먼저 도착할 방법이 있으면 좋겠다고 생각했어. 어쩌면 알레리아 말대로 앞서가게 놔둬야 하는지도 몰라. 하지만 알레리아가 잡힌다면, 그래서 신변에 무슨 일이 생기기라도 한다면….”

눈살을 찌푸리며 말하던 투랄리온이 말꼬리를 흐리다 카드가를 힐끗 보았더니 그가 대놓고 빙글대고 있었다.

“왜?”

“아무것도 아니야.”

카드가가 웃으며 말을 이었다.

“만약 모든 병사를 그 정도로 걱정한다면 우리는 여기서 포기하는 게 나아. 병사들이 다칠까 염려스러워서 전투에 못 내보낼 거 아냐?”

투랄리온이 한 대 철썩 때리려 하자 카드가는 몸을 숙여 피하면서 계속 싱글거렸다. 둘은 계속 앞으로 진군해 나아갔고 그 뒤를 따르는 병사들이 길게 이어졌다.

“거의 다 왔습니다.”

알레리아는 이렇게 확인해주는 투랄리온이 제 자리에 서 있기라도 한 듯이 그 말 주위를 서성거리며 쏘아붙였다.

“저도 알아요! 여긴 제 고향이라는 거 모르세요? 얼마나 남았는지는 제가 더 잘 안다고요.”

투랄리온이 한숨을 쉬었다. 길었던 이 주일이었다. 비록 이전에 행진할 때 이미 여러 일을 경험했다고 하더라도 군대를 이끄는 일은 꽤 힘들었다. 다른 점이 있다면 이전에는 로서가 최종 결정을 내렸다는 점이었다. 이번에는 모든 결정이 자신에게 달려 있었고 그 때문에 부담이 더해진 나머지 밤마다 잠을 이루지 못했다. 게다가 알레리아가 있었다. 모든 엘프가 가는 내내 안절부절못하며 쿠엘탈라스에 무슨 일이 일어났을지 걱정하며 초조해했다. 다른 이들은 자기들의 걱정까지 입 밖에 내면 투랄리온에게 부담이 가중되어 이동 속도가 더 느려지기만 할 뿐이라는 걸 알기 때문에 그냥 입을 다물고 있었다. 알레리아는 아니었다. 왜 이쪽 계곡으로 가고 저쪽 계곡으로 가지 않는지, 왜 그냥 찬 음식을 먹거나 은밀히 자지 않고 야영지에 모닥불을 피우는지, 왜 밤까지 행진하지 않고 해질녘에 멈춰 서는지 등등, 가는 내내 투랄리온이 내리는 결정 하나하나에 질문을 던졌다. 투랄리온은 책임감으로도 이미 초조하기 짝이 없었는데 알레리아가 끊임없이 질문을 던지는 바람에 열 배는 더 힘들어졌다. 계속해서 정밀 조사를 받으며, 결정 하나하나마다 알레리아의 반감을 더 사는 기분이었다.

"곧 구릉지 밑에 도착할 겁니다. 그러면 쿠엘탈라스 경계가 보일 테지요. 거기에서 호드가 어디까지 왔는지 파악할 수 있을 겁니다. 어쩌면 산을 넘느라 속도를 내지 못해 아직 도착하지 못했을 수도 있고요."

그렇다면야 다행일 터였다. 로서는 와일드해머 드워프를 설득하여 한 명을 알터랙으로 보내게 했다. 전령은 다로우미어 호수 근처에 배 몇 척을 정박해 둔 프라우드무어 제독에게 명령을 전했다.

명령을 받고 제독은 배를 강 아래로 내려 보냈다. 그 배들은 스트롬가드 바로 아래에서 투랄리온이 이끄는 병력과 조우하여 배에 태웠다. 그런 다음 호드처럼 산을 넘지 않고 옆쪽으로 돌아 다시 상류로 항해했다. 덕분에 시간을 상당히 줄일 수 있었다. 투랄리온은 그렇게 해서 필요한 시간을 충분히 벌었기만을 바랐다. 쿠엘탈라스로 곧장 항해하고 싶었지만, 알레리아가 그건 불가능한 일이라고 장담했다. 엘프가 강에서 자신들의 영역으로 인간의 배가 들어오게 할 리는 없었기 때문이었다. 그래서 스트라솔름 근처에서 내려 다시 도보로 이동해야 했다.

"숲이 보이면 먼저 갈게요. 절 막을 생각은 마세요."

"그럴 생각도 없습니다."

투랄리온은 한순간이지만 알레리아의 얼굴에 미소가 스쳤다가 곧 놀라움으로 바뀌는 표정을 보고 기분이 좋았다.

"당신과 순찰자들은 가서 동족을 찾고 경고해 주셨으면 합니다. 그저 오는 길에 곧장 호드 한가운데로 뛰어드는 일만은 막고 싶었을 뿐입니다. 하지만 이제 가까운 거리까지 왔으니 호드가 먼저 와 있더라도 충분히 다른 곳으로 시선을 돌릴 수 있습니다. 그러면 당신이 빠져나가 동족들에게 갈 시간을 벌 수 있지요. 그런 다음 저희가 앞에서 공격하는 동안 여러분이 뒤에서 공격하면 호드를 앞뒤로 에워싸고 칠 수 있습니다."

알레리아가 고개를 끄덕였다. 그녀는 위를 올려다보더니 잠시 말이 없다가 한 손을 투랄리온의 다리에 얹었다. 투랄리온에게는 그 손길이 마치 작은 태양이 내뿜는 열기만큼 뜨겁게 느껴지면서 얼굴이 화끈거리고 사지가 저릿저릿했다.

"고마워요."

부드러운 인사에 투랄리온은 아무 말도 나오지 않아 그저 고개만 끄덕였다.

순찰자 하나가 뛰어 들어오면서 분위기가 깨졌다.

"언덕 끝자락이 바로 앞입니다. 그 뒤로 나무가 보입니다!"

알레리아가 올려다보자 투랄리온이 고개를 끄덕였다. 이번만큼은 허락을 구해줘서 기뻤다. 알레리아가 몸을 틀어 달려 나갔고, 다른 순찰자도 바로 옆을 따랐다. 그러나 그리 멀리 가지도 않았다. 아직 시야를 벗어나지도 않은 채로 두 엘프는 마치 무엇엔가 부딪치기라도 한 듯 그 자리에 서서 어딘가를 응시했다. 그러다 알레리아가 울부짖었다. 투랄리온은 그토록 비통함으로 가득한 소리는 들어본 적이 없었다.

"빛이시여!"

투랄리온은 말에 박차를 가해 전속력으로 알레리아의 곁으로 갔다. 그런 다음 그 자리에 얼어붙었다. 말을 세우며 무엇 때문에 두 엘프가 그토록 동요했는지 직접 보았다. 언덕이 끝나고 하이 엘프의 고향, 쿠엘탈라스의 장엄한 숲이 눈앞에 펼쳐져 있었다. 키 큰 나무들이 소리 없는 음악에 맞춰 춤을 추듯 부드럽게 흔들렸고 묵직한 가지로 땅 위에 드리워진 그늘은 짙긴 했지만, 불길하다기보다는 오히려 평화로워 보였다. 고요함과 장엄함으로 가득 찬 장관이었다.

그러나 군데군데 시커먼 연기구름이 자욱하게 피어오르며 경관을 해치고 있었다. 그중 하나는 지금 서 있는 곳에서 약간 서쪽으로 앞쪽 가장자리를 따라 피어오르고 있었다. 집중해서 보자 나무 사이에 검은 형체가 떼를 지어 있는 광경이 보였다. 그리고 그 옆에 우거진 나뭇잎 사이로 여기저기가 큼지막하게 드러나 있었다. 또한, 빈터에서 커다란 불길이 두꺼운 물체를 삼키는 모습도 보았다. 생나무가 타는 냄새가 투랄리온에게까지 날아와 숨이 막힐 지경이었다.

결국, 호드가 먼저 도달한 것이었다.

그리고 쿠엘탈라스를 불태우고 있었다.

"놈들을 막아야 해요!"

알레리아가 투랄리온 쪽으로 몸을 돌리며 울부짖었다.

"놈들을 막아야 한다고요!"

"막을 겁니다."

투랄리온이 이렇게 말하고는 한 번 더 상황을 확인하고는 바로 뒤에 있던 전령에게 말했다.

"부대장들에게 알려라. 언덕을 지나 오크와 같은 높이에 이를 때까지 북쪽으로 간다. 그런 다음 놈들이 눈치 채지 못했을 때 습격한다. 병사들에게 물을 최대한 가져오게 해라. 몇 부대를 지정하여 화재를 진압하게 해라. 불타는 숲 한가운데에서 싸울 수는 없다."

전령이 고개를 끄덕이고는 경례를 한 다음 말을 돌려 새로운 명령을 전달하러 달려나갔다. 투랄리온이 카드가를 보며 물었다.

"뭔가를 해서 불을 꺼줄 수 있어?"

카드가가 빙그레 웃었다.

"천둥과 폭우면 되겠어?"

"벼락이 나무에 떨어지지만 않는다면 좋아."

투랄리온이 알레리아 쪽으로 돌아섰다.

"알레리아."

아무런 반응도 없었다. 그저 연기만 바라보는 알레리아의 얼굴은 하얗게 질려 있었다.

"알레리아!"

그제야 정신이 드는지 투랄리온을 쳐다봤다.

"순찰자들을 데리고 가십시오. 어서! 당신의 동족들은 이미 숲 어딘가에서 호드와 싸우고 있을 겁니다. 그들을 찾아서 저희가 왔다고 알려주십시오. 협동해서 공격하지 않으면 당신의 동족은 숲 안에서 호드의 손에 몰살하고 저희는 그대로 질식해버릴 겁니다."

알레리아가 투랄리온을 보며 고개를 끄덕였지만, 아직 충격에서 헤어나지 못한 표정이었다.

"어서요!"

매몰차게 말하기는 싫었지만 달리 방법이 없었다.

"너무 굼떠서 숲까지 무사히 갈 자신이 없습니까?

그 말을 듣고 알레리아가 쏘아보았지만 투랄리온이 바라던 바였다. 이를 갈면서도 방향을 돌렸다. 다른 엘프들에게 빠르게 몇 마디하고 나서 등의 활을 단단히 고쳐메고는 화살처럼 빠르게 언덕 아래로 달려가 숲으로 향했다. 나머지 순찰자들도 그 옆을 따랐고 곧 숲 끝자락에 다다르더니 그늘 속으로 모습을 감추었다.

"성스러운 빛께서 지켜주시길."

엘프들이 가는 모습을 보며 투랄리온이 속삭였다.

"우리 모두를 지켜주시길."

카드가가 엄숙하게 말을 더했다.

"확실히 우리도 보호가 필요한 상황이니까."

13장

"이제 조용해라. 아무런 소리도 내지 말고."

줄진이 동족들에게 일렀다. 트롤들은 빠르게 숲을 통과하여 쿠엘탈라스 깊이 침투했지만, 지금은 예리한 후각으로 엘프가 근처 어딘가에 있다는 사실을 알았다. 그에 따라 속도를 늦추고 가지 위에서 한 발 한 발 신중하게 걸음을 옮겼다. 걸음을 옮길 때 혹시 소리가 날까 도끼를 더 단단히 움켜쥐었다. 자신들이 와 있다는 사실을 엘프들에게 들키고 싶지 않았다. 아직은.

주위의 다른 아마니 트롤도 똑같이 조용히 살금살금 움직이며 무기를 고쳐 쥐었다. 대부분 뾰족한 이를 드러내며 활짝 웃고 있었는데 줄진은 그런 기분이 완벽하게 이해가 갔다. 지금 엘프들 스스로 안전하다고 생각하는 바로 그곳, 그들의 앞마당에서 습격을 준비하는 중이었다. 줄진도 점점 높아지는 기대감에 입맛이 절로 다셔졌다.

엘프는 아주 오랫동안 성가신 존재였다. 허여멀건 피부에 뾰족한 귀가 달린 침입자들이 수천 년 전 처음 나타나 광대한 아마니 제국의 영역을 빼앗고 숲의 통제권을 주장했다. 엘프들은 트롤만큼이나 은밀하게 움직이며 민첩했다. 엘프에게도 몇 가지 강점은 있었다. 그중에서도 가장 뛰어난 건 빌어먹을 마법이었다. 트롤은 그런 마법을 상대해 본 적이 없었다. 그래서 그런 마법 공격에 맞설 방법이나 비전력에 의한 방어를 뚫을 방법이 없었다.

다행히 트롤은 엘프보다 수가 압도적으로 많았기에 증오스러운 엘프를 단순히 머릿수로 밀어붙일 수 있었다.

그런데 엘프가 인간과 손을 잡았다. 허여멀건 피부의 두 종족은 예전에 힘을 합쳐 아마니 제국을 무너뜨렸다. 트롤 성채를 파괴하고 수천 명의 조상을 도륙했다. 줄진은 그 생각을 하며 이를 갈았지만, 다행히 두꺼운 복면에 가려 소리가 새어나가지는 않았다. 전쟁 이전 트롤은 수가 많았고 강력했으며 많은 땅을 다스렸다. 전쟁 이후로는 뿔뿔이 흩어져 옛 모습은 찾아볼 수 없는 상태가 되었으며 다시는 빼앗긴 유산을 되찾을 만큼의 수를 회복하지 못했다.

지금까지는 그랬다.

호드는 복수를 약속해 주었다. 그리고 줄진은 그들을 믿었다. 오크 지도자인 둠해머는 명예를 아는 자였다. 자신만의 힘을 확실히 다지고 강력한 지도자로서의 명예가 있는 자였다. 줄진을 거짓으로 기만할 자는 아니었다. 그리고 둠해머는 트롤이 아마니 제국을 복원하도록 돕겠다고 맹세했다.

줄진은 이미 그 과업에 착수했다. 그 끔찍한 전쟁 이후로 부족들을 다시 통합한 첫 번째 숲트롤이 바로 줄진이었다. 싸움이든, 시합이든, 다른 어떤 것이든 타 부족 지도자들 한 명 한 명에게 차례로 도전하여 승리를 거두었다. 모두 줄진 앞에 굴복했으며, 줄진의 통치에 따르겠다고 맹세했다.

숲트롤은 다시 한 번 단일 민족이 되었다. 그리고 호드의 도움을 받아 인간과 엘프를 전부 이 세상에서 쓸어내 버리고 또다시 숲을 통치할 터였다. 오크는 숲에 아무런 관심을 보이지 않았기에 줄진은 그들이 골짜기나 평지를 차지하려는 심산이라고 생각했다. 그러든 말든 상관없었다. 줄진이 원하는 건 숲뿐이었다.

그러려면 먼저 엘프에게서 숲을 빼앗아야 했다. 기꺼이 하고도 남을 일이었다.

지금도 코가 계속 씰룩거리는 것을 보아 놈들이 가까이 있음을 알 수 있었다. 줄진은 걸음을 멈춘 다음, 한 손을 들어 정지 신호를 보냈다. 동족들이 마찬가지로 걸음을 멈췄다는 걸 소리가 아니라 느낌으로 파악했다. 나뭇잎 사이로 내다보며 예리한 눈매 덕에 수월하게 어둠을 뚫고 사방을 살피면서 기다렸다.

아래에서 순간 움직임이 보였다. 줄진의 시야에서 무언가 숲의 땅 위를 지나갔다. 정체가 무엇인지, 나무처럼 갈색과 초록색 망토를 둘렀지만, 줄진에게는 그 아래로 허여멀건 피부색이 언뜻 보였다. 게다가 그들은 걸음을 내디딜 때 아무런 소리도 내지 않고 부드러운 돌 위를 걷는 것처럼 나뭇잎과 잡목 위를 넘어 다녔다. 소리를 내지 않았기에, 그 어떤 큰 소리보다 상대를 더 명확히 파악할 수 있었다.

엘프였다!

첫 번째 엘프 뒤로 또 하나가 나타났고 세 번째, 네 번째 엘프가 그 뒤를 이었다. 곧 사냥꾼 한 무리에 해당하는 열 명이 아래를 지나가고 있었다. 그리고 위를 올려다보지 않았다. 자기네 숲이라고 안심하기에 엘프들은 경계할 생각조차 하지 않았다.

줄진이 씩 웃었다. 생각보다 일이 쉬워질 터였다.

동족에게 신호하며 도끼를 다시 도끼집에 넣고 소리 없이 아래쪽 가지로 내려간 다음 이쪽 가지에서 다른 가지로 몸을 날렸다. 이제 가까운 곳에 자리한 터라 똑똑히 모습을 볼 수 있었다. 놈들의 등 뒤로 망토가 휘날리고 있었다. 놈들은 빌어먹을 활과 그 활에 맞는 화살을 등에 메었지만, 손에는 아무것도 들지 않았다. 자신들 머리 위에 무엇이 도사리고 있는지 의심조차 하지 않는 모양이었다.

줄진은 나무에서 뛰어내리면서 도끼를 뽑아 들었다. 엄지발가락 아랫부분으로 정확히 두 엘프 사이에 가뿐하게 내려서며 미처 반응이 나오기도 전에 둘 다 그대로 베어버렸다. 첫 번째 타격으로는 자신을 보는 엘프의 목을 갈랐고 두 번째 타격은 앞에 있던 엘프의 머리통 깊숙이 박혔다. 둘 다 그대로 쓰러졌다. 나뭇잎 위로 피가 분수처럼 뿜어져 나왔다.

다른 엘프들이 돌아보고는 놀라서 소리치며 무기에 손을 뻗었다. 그러나 줄진의 형제들이 도끼와 단검과 곤봉을 치켜들고 놈들을 덮쳤다. 엘프들은 몸을 돌리거나 피하면서 필사적으로 검을 뽑거나 활을 당길 만한 거리를 벌리려고 했지만, 트롤들이 그렇게 하도록 둘 리가 없었다. 엘프의 움직임은 빨랐지만, 트롤은 더 키가 크고 강했기에 순찰자들이 미처 도망치기도 전에 모두 붙잡았다.

엘프 하나는 가까스로 몸을 비틀어 빼내었다. 빠르게 두 발자국 벗어나더니 돌아서서는 나무 뒤에 몸을 숨겼다. 줄진은 그 엘프가 활을 꺼내리라고 예상했지만, 뜻밖에 허리띠에 찼던 긴 뿔나팔로 손을 가져갔다. 그 순찰자는 뿔나팔을 입술로 가져가 엄청나게 힘을 주어 불었다. 그러나 트롤 하나가 배를 찌르는 바람에 곧바로 나팔 소리가 뚝 끊겼다가 희미하게 바람이 새는 소리로 바뀌었다. 엘프는 입과 배에서 피를 철철 흘리면서 쓰러졌다.

전투는 끝이 났다. 줄진이 아래로 내려와 가장 먼저 처치한 엘프의 귀를 하나 베어 내 허리춤에 찬 주머니에 넣었다. 나중에 그 귀를 말려 다른 귀와 함께 목걸이에 매달아 자신의 기량을 뽐낼 심산이었다. 하지만 지금은 다른 할 일이 있었다.

"가자."

줄진은 웃으며, 죽은 엘프들에게서 귀와 머리카락과 다른 부분을 떼어 내느라 즐거워하는 동족에게 말했다. 몇 명은 엘프의 길고 가느다란 검을 전리품으로 차지했다. 그런 무기는 모양새는 좋았지만, 트롤의 강력한 찌르기 공격에 사용할 만큼 튼튼하지는 않았다.

"엘프가 더 온다. 나무로 돌아가라. 놈들이 우리를 추격하게 해서 교란하자."

줄진이 씩 웃자 동족들도 나름의 험상궂은 표정을 지어 보이며 그에 응했다.

"그리고 모두 죽여 버리자."

숲트롤들이 신속하게 위로 뛰어올라 긴 손가락으로 낮게 드리워진 나뭇가지를 잡고 올라가 나뭇잎 사이로 숨었다. 그러고는 시체와 피를 뒤로하고 두 눈으로 주위를 빈틈없이 살피며 다가오는 엘프가 있는지 작은 낌새라도 알아차리려고 코를 킁킁대면서 몸을 위로 날려 사라져갔다.

줄진은 걱정하지 않았다. 곧 다른 엘프들이 오리라는 걸 알았다. 그리고 자신들은 준비가 되어 있을 터였다. 참으로 오랜만에 엘프에게서 피를 보았다. 짧은 전투였지만 싸움을 더 원하는 마음이 새록새록 솟아났다. 동족들도 같은 것을 느꼈다. 많은 이들이 입을 꾹 다물고 손을 풀며 허여멀건 피부의 엘프와 더 싸우기를 갈망하는 마음을 드러냈다. 곧, 줄진은 말없이 마음을 다잡았다. 곧 원하는 만큼 실컷 엘프를 처치할 수 있을 터였다. 숲은 피로 붉게 물들고 엘프는 자신들의 제국이 몰락했음을 깨달으리라. 아주 먼 옛날 트롤들이 그러했듯이. 그리고 줄진이 그 모든 일을 초래한 장본인이 될 터였다. 줄진은 엘프 왕의 머리통을 높이 들고 엘프들에게 자기네 동족의 죽음을 똑똑하게 보게 해줄 생각이었다. 그리고 곧바로 그 머리를 통째로 삼켜버리리라.

더는 기다릴 수가 없었다.

"준비됐느냐?"

굴단이 조급하게 물었다. 조금 떨어진 거리에서 초갈이 두 머리로 고개를 저었다. 어마어마한 덩치의 오우거가 끙끙대며 거대한 어깨로 마지막 룬 마법석 조각을 밀면서 잔디가 두껍게 깔린 공터 건너편으로 한 발짝 더 움직였다

"이제 준비됐습니다."

초갈이 몸을 펴고 한 손으로 어깨를 문지르면서 외쳤다.

굴단이 고개를 끄덕였다. 룬 마법석 한 개를 파내어 거대한 조각 몇 개로 부수고 그중 다섯 조각을 이 공터로 가지고 오는 데 몇 시간이 들었다. 그리고 돌들을 제 위치에 놓고 그 사이에 원과 별 모양 마법진을 그리는데 또 몇 시간이 더 들었다. 다행히도 둠해머가 오우거 몇을 쓰게 해주었고 초갈은 오크보다 훨씬 수월하게, 멍청하고 머리 하나 달린 자기 동족과 소통할 수 있었다. 룬 마법석 조각은 크고 단단했지만 오우거 둘이면 충분히 들어 올릴 수 있는 반면, 오크는 돌 하나를 살짝 움직이는 데도 수십 명이 있어야 했다. 굴단은 한가로이 앉아서 처음에 엘프가 어떤 방법으로 손상되지 않은 원래의 돌을 그 자리에 두었을지 생각해 보았다. 필시 마법일 터였다. 아니면 엘프도 노예의 노동력을 사용했을지 몰랐다. 숲트롤은 거의 오

우거만큼 힘이 세면서도 훨씬 더 똑똑하기에 더 자세한 지시를 내릴 수 있었다.

이제 돌은 제자리에 놓여있었다. 굴단이 손짓하자 오크 흑마법사 셋이 각각 룬 마법석 조각 옆에 있는 각자의 자리로 갔다. 둠해머가 흑마법사를 모두 죽이지 않아서 다행이었다. 그랬다가는 이런 의식을 해 볼 기회조차 없었을 터였다. 이제 그 기회를 잡았다. 성공할 것이라 생각했지만 불안한 마음이 들기도 했다. 하지만 실패하더라도 자신은 무사히 살아남으리라는 확신이 있었다.

굴단이 고개를 끄덕이자 초갈이 한쪽에 모여 있던 오우거들에게 뭐라고 외쳤다. 잠시 후 서로 밀치고 끙끙대며 옥신각신하더니 하나가 앞으로 나왔다. 초갈이 뭐라고 명령하자 그 오우거는 어깨를 으쓱하고는 돌 사이 공간으로 어기적거리며 걸어갔다. 놈은 별 모양 중간에 서서 미동도 하지 않고 기다렸다. 오우거의 장점 중 하나는 필요할 때 가만히 서 있을 수 있는 능력이었다. 진정으로, 명령이 없거나 음식을 찾을 때가 아니면 오우거는 몇 시간이고 조각상처럼 꼼짝 않고 서 있을 수 있었다. 굴단은 가끔 놈들이 바위에서 진화하지는 않았는지 궁금해질 때가 있었다. 만약 사실이라면 두꺼운 가죽이나 극도의 멍청함이 모두 이해가 갔다.

눈앞에 닥친 작업으로 생각을 되돌리며, 굴단은 양팔을 들고 드레노어에 있을 때 악마 주인들이 부여해준 어둠의 기운을 불렀다. 그 기운이 주위에서 휘몰아쳤고, 그 기운을 앞에 놓인 룬 마법석 조각에 곧장 주입했다. 초갈이 마지막 자리에 섰고 다른 흑마법사들도 자신의 마법으로 각자 돌 하나씩 힘을 불어넣었다. 돌 다섯 개가 웅웅거리다 못해 안에 담긴 기운으로 진동할 지경이 되자 굴단이 짧은 주문을 외고 정신을 집중했다. 손가락 끝에서 더 많은 기운이 뿜어져 나와 룬 마법석으로 들어가는데 이번엔 그 기운이 굴단이 든 돌을 통과하여 가장 가까이 있는 왼쪽의 돌로 옮겨 갔다. 그 기운은 거기에서 멈추지 않았다. 다음 돌로 옮겨 갔다가 그다음 돌, 또 그다음 돌로 가더니 다시 굴단의 돌로 돌아왔다. 이제 다섯 개의 돌은 춤추듯 빠지직거리는 마력의 줄로 이어졌다. 제단 위의 공기가 어두워지더니 기운이 가득 차며 엄청난 폭풍이 다가오기 직전의 하늘같이 되었다. 오우거는 아직도 움직이지 않고 서 있었는데, 그 눈에 두려움이 얼핏 스치는 게 굴단의 눈에 보였다. 아, 좋아. 초갈이 똑똑한 놈을 골랐군.

이제 돌에 마력이 생겼기에 굴단은 기운을 그 가운데로 돌려 거기 우뚝 서 있는 형체로 향하게 했다. 어둠의 기운이 돌에서 뻗어 나와 그 오우거의 가슴을 정통으로 맞히고 이글거리는 어둠의 오라로 감쌌다. 다른 룬 마법석 파편이 그 힘을 더했다. 돌 사이의 공간은 번쩍이는 어둠으로 가득 차며 오우거의 모습을 거의 다 가려버렸다. 더 많은 기운이 둥근 영역 안에서 춤을 추듯 움직이며 스스로 힘을 키웠고, 이제 오우거의 윤곽은 아주 희미한 흔적만 보일 뿐이었다. 굴단은 힘을 쏟고 마력이 빠져나가 팔이 부들부들 떨려왔지만, 흥분한 덕에 그 기운의 떨림을 유지할 수 있었다.

몇 분 후, 번쩍이는 어두움이 가시기 시작했다. 서서히 옅어지며 그 안에 선 형체가 자세하게 드러났다. 그 오우거는 여전히 초갈을 제외한 나머지 모두보다 더 큰 형체로 우뚝 솟아 있었지만, 어딘가가 달라졌다. 굴단은 초조해하며 그 번쩍임이 사라져 구체 안이 보이기를 기다렸다. 마침내 안이 보이고 순간 모든 것이 말끔하게 걷히자 드디어 폭풍의 제단이 창조해낸 생물체가 제대로 보였다.

여전히 오우거이긴 했지만, 이전보다 훨씬 커지고 어딘가 신체 비율이 달라졌다. 팔은 그렇게 길지 않고 다리도 굽지 않았다. 어딘가 자세가 달라졌으며 더 날렵해졌다.

그리고 머리가 두 개였다.

이전에 드레노어에서 머리가 둘 달린 오우거는 엄청나게 희귀했었다. 보통 오우거보다 크고 강했으며 근육도 더 조화롭게 움직였다. 오우거 사이에서는 숭상하는 존재였는데 초갈은 몇 세대 만에 처음으로 나타난 두 머리 오우거였다. 더욱 희귀했던 점은 초갈에게는 마법사가 될 정도로 지능이 있다는 사실이었다. 굴단은 초갈이 젊었을 때 이미 알아보고 신중하게 훈련시켰다. 그 결과 귀중한 굴단의 조수이자 강력한 흑마법사가 된 초갈은 오늘날까지 굴단의 곁에 머물렀다. 그리고 이제 그런 존재는 초갈 혼자가 아니었다.

새로운 두 머리 오우거가 굴단이 책임자라고 생각했는지 고개를 돌려 응시했다.

"나는 무엇입니까?"

머리 하나가 따지듯 묻자 다른 머리가 주위를 둘러봤다. 언어 능력도 보통 오우거보다 훨씬 뛰어났다.

"너는 오우거다. 오우거 마법사 같구나."

"오우거 마법사라니. 그게 무슨 뜻입니까?"

새로운 오우거의 다른 머리 하나가 물었다. 굴단은 마법사와 흑마법사, 주술사와 그 외 마법을 쓰는 자를 설명해 주었다.

"내가 그런 존재입니까?"

새로운 오우거의 질문에 굴단이 눈살을 찌푸렸다.

"그럴지도 모르지. 간단한 확인을 해 보자."

굴단은 몸을 굽혀 땅에서 나뭇잎 하나를 집어 올리고는 두 머리 생물에게 건넸다.

"이걸 받아라."

오우거가 놀라울 정도로 부드럽게 나뭇잎을 받아들였다. 손을 놀리는 능력도 엄청나게 향상된 모양이었다.

"이제 정신을 집중해서 불을 생각해라. 그 열기와 불꽃을."

굴단의 말을 듣고 오우거의 머리가 둘 다 눈살을 찌푸리며 나뭇잎을 살펴보았다. 그런 다음 첫 번째 머리가 고개를 살짝 끄덕이고 다른 머리가 똑같은 행동을 했다.

"좋다."

굴단은 두 머리 오우거의 집중을 방해하지 않으려고 부드럽게 이야기했다.

"이제 그 불꽃에 생명력을 불어넣어 봐라. 불꽃이 나뭇잎을 삼키고 불길이 너울거리며 손가락을 델만큼의 열기를 느껴 봐라."

굴단은 나뭇잎 가운데 부근에서 불꽃이 튀더니 빠르게 작은 불길로 커져 화르르 타올라 퍼져나가는 모양을 지켜보았다. 나뭇잎은 불길에 휩싸이자 몇 초 만에 쪼그라들더니 검게 타 바스러졌다. 산들바람에 재가 날아가 버렸다. 오우거가 고개를 들어 두 쌍의 눈으로 굴단과 시선을 맞췄다. 네 개의 눈이 반짝였다.

"그렇다면 나는 오우거 마법사가 맞습니까?"

기뻐하는 목소리였다. 머리 하나가 웃었다. 다른 머리도 살짝 미소 짓기는 했지만 어리둥절한 듯했다.

"그렇다. 너는 우리와 함께한다."

"우리와 함께한다는 게 무슨 뜻입니까?"

그 생물체가 다시 질문을 던졌다. 덜 활기찬 머리는 눈살을 찌푸리고 있었다.

"이 능력으로 무얼 해야 합니까?"

굴단은 호드에 관해 설명해 주었다. 또한, 이곳을 정복해야 하는 이유와 이제까지 상대해온 다른 종족 이야기도 했다. 오우거 마법사는 조용히 경청하며 자세한 이야기 하나하나를 받아들였다.

"당신이 나를 만드셨군요."

마침내 오우거가 말했다. 이번엔 질문이 아니었지만, 굴단은 고개를 끄덕였다.

"그렇다면 저는 당신의 피조물입니다. 당신을 섬기겠습니다. 당신의 뜻이 제 뜻입니다. 뭘 해야 하는지 말씀해 주십시오."

굴단은 속으로 기뻐했다. 바라던 그대로의 결과였다. 자기 마법으로 두 머리 오우거를 만들어 유대감을 형성했다. 게다가 완벽할 정도로 충성스러운 생물체였다! 그러나 겉으로는 너무 기뻐하는 티를 내지 않으려 조심했다. 대신 손짓으로 초갈에게 다가오게 했다.

"이쪽은 초갈이다. 너와 마찬가지로 믿음직한 조수이자 오우거 마법사이다. 우리가 여기에서 무얼 하는지 초갈이 얘기해 줄 게다. 그리고 네 이름도 지어 줄 거다."

새로운 오우거가 두 머리를 숙여 인사했다.

"감사합니다, 주인님."

좀 더 거무스름한 머리가 말하고 난 뒤 그 오우거는 초갈을 따라갔다. 굴단은 초갈이 새로운 오우거 마법사에게 다시 제단에 마력을 불어넣는 일을 시키리라는 것을 알았다. 그리고 그렇게 제단을 한 번 쓸 때마다 두 머리 오우거가 하나씩 생길 터였다. 그렇게 얻은 오우거 대부분이 오우거 마법사이리라는 기대는 하지 않았다. 그건 너무 과한 욕심이었다. 그러나 열 명 중 하나라도 필요한 만큼의 지능이 있다면, 두 번째 제단을 세우고 마찬가지로 마력을 불어넣을 수 있으리라. 굴단은 싱긋 웃었다. 둠해머가 막지 않는 한 호드에 있는 오우거는 전부 변형할 생각이었다. 그렇게 하지 못하게 막을 이유가 뭐란 말인가? 둠해머가 보기에 오우거가 더 커지고 강력한 전사가 되는 것뿐인데. 대족장은 이 새로운 생물체들이 전적으로 굴단에게만 충성하고 자신에게는 그렇지 않다는 사실을 의심조차 하지 않을 터였다. 그리고 굴단은 새로운 종복들이 진짜 충성심을 너무 일찍 드러내지 않도록 확실하게 단속할 생각이었다. 때가 될 때까지는. 그리고 그때 둠해머는 호드 안에 새로운 세력이 생겼음을 깨달을 것이다. 쉽게 없애 버릴 수도, 내칠 수도 없는.

굴단이 다시 웃고는 발걸음을 옮겼다. 여기 일의 나머지는 초갈이 처리할 것이다. 굴단은 살펴볼 일이 따로 있었다. 어딘가에서 자신을 기다리는 그 힘을 훗날 마침내 손에 넣게 해 줄 일이었다.

14장

"실버문이여! 그들이 어디 있는지 알려주소서!"

알레리아는 손에 검을 쥐고 숲속을 내달렸다. 나뭇잎과 가지가 휙휙 지나갔다. 다른 순찰자들은 더 많은 지역을 확인할 수 있도록 사방으로 흩어졌다. 알레리아는 그들이 오크나 트롤과 맞닥뜨리지 않기를 바랐다. 그 끔찍한 초록가죽 침입자들은 자기 손으로 처리하고 싶었다.

불길을 보고 난 이후 자꾸만 고향을 떠나지 않았으면 좋겠다는 생각이 들었다. 어쩌자고 얼라이언스에 자신의 도움이 필요하다는 판단을 내렸을까? 아나스테리안 선스트라이더 왕과 다른 의회원들의 연륜과 지혜가 훨씬 뛰어나니 신생 종족에 어떤 도움을 주어야 할지 훨씬 나은 결정을 내릴 법하지 않은가? 그렇지만, 아나스테리안 왕은 호드가 여기 쿠엘탈라스에 있는 자신들까지는 위협이 되지 않으리라고 확신했었다. 얼라이언스는 상관할 바가 아니라고 여겼던 이유는 바깥 세계에서 무슨 일이 일어나든 엘프는 안전하리라고 생각했기 때문이었다.

잘못된 생각이었다.

알레리아가 왕의 말을 듣고 그 결정을 따랐다면, 강을 타고 내려가 언덕을 넘어 행진해 가지 않고 여기에 머물렀으리라. 오크와 트롤이 왔을 때 여기에 있었으리라. 호드가 국경을 뚫고 왔을 때 가족과 동족들과 여기에 함께 있었으리라.

그랬다면 무언가 달라졌을까? 모를 일이었다. 아마 상관없었을 테지. 순찰자가 하나 더 있다고 해서 접근하는지 눈치조차 챌 수 없었던 적을 어떻게 막았겠는가? 그러나 적어도 도움이 필요할 때 가족과 동족을 저버렸다는 죄책감을 지금처럼 느끼지는 않았을 터였다.

그 생각 때문에 훨씬 더 빠른 속도로 내달렸다. 자잘한 관목을 뛰어넘어 빽빽하게 나무가 들어선 두 곳 사이의 작은 공터로 뛰어들자 목에 겨눠진 사냥용 화살촉이 느껴졌다.

활을 들고 있는 형체는 알레리아 만한 키에, 비슷하면서도 여행한 흔적이 없는 말끔한 의복을 입고 있었다. 망토의 두건 위로 머리가 흘러내린 머리칼은 햇빛을 받아 상아처럼 반짝였다. 그 반짝이는 은백색은 너무나 잘 아는 색이었기에 못 알아볼 리가 없었다.

"베리사니?"

활을 내리는 푸른 눈이 놀라움과 안도감으로 휘둥그레졌다.

"알레리아 언니?"

그러더니 활을 옆으로 던져 버리고 왈칵 껴안았다.

"돌아왔구나!"

"당연하지."

알레리아도 동생을 꼭 껴안아 주고는 머리를 토닥였다. 아주 익숙하면서도 자연스럽게 나오는 동작이었다. 1분여가 지난 후 알레리아가 이런 저런 질문을 던졌다.

"괜찮니? 실바나스는 어딨니? 어머니 아버지는 무사하시지?"

"두 분 다 잘 계셔."

알레리아는 대답하며 포옹을 풀고 허리를 굽혀 던졌던 무기를 집어 올렸다.

"실바나스 언니는 사냥단과 함께 강둑 근처에 있어. 어머니와 아버지는 지금쯤 실버문에 계실 거야. 장로들과 논의하러 가셨거든."

잠시 말을 멈추더니 화살을 다시 메겼다.

"언니, 어디 갔었어? 어떻게 된 거야? 불이 났어! 쿠엘탈라스 사방이 전부 불이야! 게다가 다른 순찰자 몇 명은 아직 돌아왔다는 보고가 없어."

알레리아는 그 소식에 심장이 죄어드는 것 같았다. 순찰자들이 실종되었다면 호드가 이미 숲속 깊숙이 들어와 있다는 뜻이었다.

"침략을 당한 거야."

알레리아는 사실 그대로를 말해주다가 검을 세우고 동생을 등지고 섰다. 귀가 씰룩거렸다.

"잠깐만, 쉿."

"조용히 하라고? 왜…."

머리 위 나무에서 키 큰 형체가 뛰어내리는 바람에 베리사는 말을 끝맺지 못했다. 그 형체는 자루가 짧고 날이 긴 도끼를 한 손에 쥐고 앞으로 달려들었지만, 알레리아는 그놈이 내려오기도 전에 소리를 듣고 대비하고 있었다. 검을 앞으로 내밀어 공격을 막고 옆으로 빙글 돌며 놈의 두 번째 공격을 길고 굽은 단검으로 보기 좋게 막아냈다. 알레리아의 검이 곡선을 그리며 놈의 머리를 베고 땅으로 내동댕이쳤다. 생명을 잃은 손가락에서 무기가 툭 떨어졌다.

"서둘러!"

알레리아가 재빨리 몸을 굽혔다가 다시 일어나며 경고했다.

"움직여야 해! 당장!"

베리사는 갑작스러운 유혈 사태에 어안이 벙벙해져서는 고개를 끄덕였다. 그리고 폭력을 피해 언니의 명령에 따라 방향을 돌려 달렸다. 세 자매중 막내인 베리사는 아직 어려서 진짜 전투를 본 적이 없었다. 알레리아는가능한 그런 상황이 늦게 찾아오기를 바랐었지만, 지금은 그런 걱정을 할때가 아니었다.

둘은 숲속을 달려 나갔다. 머리 위 어딘가에서 분명히 웃음소리가 들렸다. 트롤이었다! 놈들은 머리 위 나뭇가지에서 속도를 맞추며 알레리아와베리사를 따라오고 있었다. 둘이 도움을 구하기도 전에 뛰어내려 죽이려는 게 분명했다. 하지만, 트롤은 이 숲을 잘 모른다. 알레리아는 그렇지 않았다.

알레리아는 이리저리 돌고 방향을 바꾸고 뛰어올랐다가 개울과 공터를건너고 수풀과 나무, 덩굴 아래로 내 달리며 베리사와 보이지 않는 추격자들을 꼬리에 물고 달렸다. 베리사는 활을 손에 쥔 채 처지지 않고 잘 따라왔다. 웃음소리 역시 떨어져 나가지 않고 끈질기게 달라붙었다.

그때 앞에 은빛 띠가 보였다. 강이었다! 알레리아는 전력을 다해 속도를더 냈고 베리사도 그에 맞춰 달렸는데, 놈들이 나무에서 불쑥 강 옆의 탁트인 땅으로 내려섰다. 알레리아는 등 뒤에서 놈들이 한꺼번에 뛰쳐나오는 기색을 느꼈다. 트롤 몇 명은 나무에서 뛰어내리기도 했다. 두 엘프가깊은 물속으로 뛰어들어 잡을 수 없는 곳으로 헤엄쳐 가기 전에 잡아야 한다는 사실을 알기 때문이었다. 트롤은 물을 싫어했다. 뒤에서 한 명이 이를 갈며 말했다.

"잘도 도망치더구나, 허여멀건 것아. 하지만 이제 죽어라!"

놈들이 손을 뻗어 긴 손톱으로 알레리아를 할퀴고 머리채를 잡았지만, 알레리아는 몸을 틀면서 손을 피했다. 그런 다음 빙글 돌아 검을 꺼내 들고 싸우며 최대한 버틸 태세를 갖추었는데, 트롤이 그대로 딱 멈추더니 뒤로 넘어졌다. 긴 화살대가 목을 뚫고 나와 있었다.

비슷한 화살대가 다른 트롤들을 맞혔고 놈들은 나무로 몸을 피하기도 전에 모조리 쓰러졌다. 알레리아가 강쪽으로 고개를 돌리고는 주변을 둘러보니 멀리 있는 강둑에 순찰자 몇 명이 보였다. 막 활을 쏜 탓에 그들의 활대가 부르르 떨리고 있었다. 그중 한 명은 긴 초록색 망토와 다른 이들보다 장식이 많은 튜닉을 입었다. 긴 금발 머리는 약간 더 짙다뿐이지 알레리아와 비슷했고, 두 눈은 초록색이나 푸른색이라기보다는 회색에 가까웠는데 알레리아나 베리사와 모양새가 똑같았다. 다른 순찰자들이 그 주위에 둘러섰고 그 엘프는 활을 들어 인사했다.

"어서 와, 언니!"

실바나스였다.

"무슨 골칫거리를 가져온 거야?"

강 건너편이었지만 마치 바로 옆에 있는 것처럼 강렬한 분위기를 뿜어내고 있었다.

모든 쿠엘탈라스의 순찰대 사령관인 실바나스는 변함없이 씩씩한 모습이었다. 알레리아는 동생의 인사에 미소를 짓다가 고개를 저었다.

"가져온 게 아니야. 도망치려고 했어. 하지만 우리에게 구원이 될 만한 방도는 가지고 왔어."

사실대로 말하며 알레리아는 뒤쪽의 트롤 시체와 동생을 힐끗 보았다. 베리사는 혼란스러운 나머지 하얗게 질려서는 최근에 생긴 시체를 보지 않으려 고집스레 얼굴을 돌린 채로 서 있었다.

"의회에 꼭 할 말이 있어."

"의회가 들어줄지 모르겠네. 이 화재 걱정에 정신이 없는데다가 지금은 살펴볼 일이 너무 많아서. 나도 그렇고. 불이 온 숲에서 마구잡이로 일어나고 있어."

실바나스는 트롤 시체에 원망스러운 눈길을 던졌다.

"게다가 이것이 문제까지 처리해야 하고."

알레리아가 얼굴을 찡그리며 시선을 아래로 던졌다.

"들을 거야. 듣지 않으면 안 되니까."

"이게 무슨 짓이지?

아나스테리안 선스트라이더 왕이 다그쳤다. 실버문 의회와 함께 낮은 목소리로 진지하게 여러 문제를 논의하고 있을 때, 초대하지도 않은 알레리아가 느닷없이 들어 들어왔다. 하이 엘프 통치자 몇 명은 놀라서 자리에서 일어났지만, 그는 무시해 버렸다. 알레리아의 관심은 오직 아나스테리안 왕에게 쏠려 있었다.

하이 엘프 왕은 나이가 많았는데, 엘프치고도 아주 많았다. 머리가 백발이 된 이후로 길어진 머리와 백지장처럼 창백한 피부에 오래된 나무 조각처럼 주름이 진 얼굴이었다. 호리호리하던 몸은 쇠약해졌지만 푸른 눈은 여전히 꿰뚫어 보는 듯이 눈빛이 살아 있었다. 목소리도 마찬가지로 가늘긴 했어도 위엄이 여전했다. 알레리아는 왕의 분노에 본능적으로 움츠러들었지만, 자신이 여기에 온 이유를 생각하고 몸을 곧추세웠다. 그러고는 의회원 대부분 자기가 누구인지 안다는 걸 알면서도 자기소개부터 했다.

"저는 알레리아 윈드러너입니다. 저는 국경 너머에 가서 인간들과 함께 그들의 전쟁에서 싸웠습니다. 그리고 위험이 닥칠지도 모른다는 소식을 가지고 돌아왔습니다. 인간들뿐만이 아니라 저희에게도요."

알레리아는 이마를 찡그리고 눈앞의 남녀를 살펴보았다.

"인간이 경고했던 호드는 실제로 있습니다. 수가 어마어마하며 강력합니다. 병력 대부분은 오크이지만, 다른 생물체도 있습니다. 숲트롤도 포함해서요."

즉각적인 반응이 나타났다. 놀라며 분통을 터뜨리는 소리가 들려왔다. 알레리아 자신도 언덕마루에서 직접 싸워보기 전까지 그랬듯이 다른 하이엘프 중에 오크가 무엇인지 아는 이는 없었다. 그러나 트롤은 누구나 알았다. 아나스테리안 왕까지 포함하여 여기 있는 몇몇은 오래전 쿠엘탈라스가 세워지고 난 뒤 약 4천 년쯤 되었을 때 일어났던 트롤 대전쟁에서 직접 싸우기까지 했었다.

"호드에 트롤이 들어갔다고 했는데 그렇다고 걱정할 이유가 있습니까? 트롤이 그대가 말하는 이 이상한 생물체들을 따르든 말든 내버려 둡시다. 놈들을 따라 여기서 멀리 가버리면 좋겠습니다만. 어쩌면 인간들이 친절하게도 우리를 위해 놈들을 없애줄 지도 모르지요!"

군주 하나가 큰 소리로 말하자 다른 엘프 몇 명이 웃으며 고개를 끄덕였다. 알레리아가 성난 목소리로 대꾸했다.

"이해를 못 하시는 군요. 호드는 우리가 무시하거나 웃고 떠들어 댈만한 남의 일이 아닙니다! 놈들은 로데론 전역을 끝에서 끝까지 모조리 정복할 생각입니다! 여기 쿠엘탈라스까지 전부 다요!"

"올 테면 와 보라고 하십시오! 우리 영토의 방어가 얼마나 훌륭합니까! 아무도 룬 마법석을 산 채로 지나갈 수는 없습니다."

다른 군주, 알레리아가 다르칸이라고 기억하는 엘프 마법사가 비웃으며 말했다.

"아, 그런가요? 정말 확실한가요? 트롤이 이미 우리 숲에 들어 와있는데요. 우리 땅 사방에 퍼져서 우리 동족을 죽이고 있어요. 오크도 그리 멀리 있지 않을 테고요. 오크 하나하나를 보자면 트롤보다는 약하지만, 그 숫자가 엄청나게 많아서 메뚜기 떼처럼 온 땅을 뒤덮을 정도예요. 놈들도 여기 와 있고요."

"여기에 있다고? 그럴 리가!"

아나스테리안이 코웃음을 쳤다.

대답대신 알레리아가 팔을 돌려 베리사와 함께 도망치는 내내 가지고 다녔던 물건을 던졌다. 검은 머리카락이 나부끼고 엄니는 햇빛을 받아 반짝이는 트롤의 머리가 허공을 날아가 아나스테리안 왕의 발밑에 떨어졌다.

"저랑 베리사를 공격한 놈이에요. 강을 건너고 나서 한 시간 거리도 안 되는 곳에서 잡았어요. 실바나스와 그 순찰대가 치우지 않았다면 건너편 강둑에 아직 놈들의 시체가 있을 거예요."

이제는 아무도 알레리아를 보며 웃지 않았다.

"놈들은 여기에 있어요. 트롤이 우리 숲에서 우리 동족을 죽이고 있다고요. 그리고 영원노래 숲 언저리에 불을 지르고 있는 건 오크란 말이에요!"

이렇게 말은 했지만, 알레리아도 베리사와 실바나스가 말한 다른 화재를 오크가 어떻게 일으켰는지는 모르는 형편이었다.

"말도 안 된다!"

이번에 아나스테리안 왕이 격노한 대상은 알레리아가 아니었다. 왕은 트롤 머리를 발로 차서 다른 군주의 의자 밑으로 굴러가게 했다. 눈빛을 번뜩이며 이맛살을 찌푸린 채 돌아보는 왕에게서 알레리아는 그토록 오랫동안 계속 위대한 왕으로 있을 수 있던 힘과 집중력을 확인할 수 있었다.

노쇠함의 흔적은 위기 상황이 닥치자 흔적도 없이 사라져 버렸다.

"놈들이 감히 우리 땅을 침범했다고?"

아나스테리안 왕은 격분했다. 고개를 들자 분노가 터져 나오는 듯한 표정이었다.

"감히 놈들이! 여기를 침범하면 어떻게 되는지 똑똑히 알려주겠다! 전사들을 집합시켜라."

왕이 다른 군주들에게 지시했다.

"순찰자를 소집해라. 트롤을 공격해서 가차 없이 우리 숲에서 몰아내고 다시는 감히 우리 땅에 발끝도 들여놓지 못하게 하겠다"

알레리아는 왕이 단호한 태도에 기뻤고 그런 분노에 전적으로 공감했다. 그런데도 고개를 저었다.

"트롤은 그저 일부일 뿐이에요. 호드는 믿을 수 없을 정도로 수가 많고 오크는 강하고 거칠며 완강합니다."

알레리아는 아나스테리안 왕과 다른 이들에게 이런 상황을 일깨워주고는 씩 웃었다.

"다행히 저도 혼자 오지는 않았답니다."

투랄리온은 오크 둘을 상대하면서 막 한 놈을 망치로 때려눕히고, 다른 놈의 강력한 한 방을 방패로 막아 내었다. 또 다른 오크가 뛰어드는 바람에 투랄리온은 말에서 떨어질 뻔했다. 너무 가까이 접근하는 바람에 무기를 휘두를 수 없었던 놈의 이마와 콧대를 오히려 투랄리온이 두꺼운 투구로 들이받아 멍해지게 했다. 투랄리온은 어리병병해진 오크를 자기 말에서 밀쳐 세 번째 오크 위로 떨어뜨리고는 그 기회를 놓치지 않고 제대로 강하게 후려갈겼다. 두 놈 다 다시는 일어나지 못했다.

투구 앞에 떨어진 물방울을 닦아 내며 투랄리온은 머리 위에 짙게 드리운 먹구름을 두 번째로 올려다보았다. 빗줄기가 누그러질 기미는 보이지 않았지만, 잘된 일이라 생각했다. 적어도 불은 꺼졌고 다시 날 것 같지도 않았다. 엘프의 본고장이 잿더미가 되지 않을 수 있다면, 눅눅하고 구질구질한 날씨에 싸우는 건 견딜 만하다고 생각했다. 옆으로 슬쩍 보니 검과 지팡으로 적을 마구 두드리는 카드가가 보였다. 카드가는 쿠엘탈라스 앞쪽 전역을 뒤덮을 정도로 광대한 폭풍을 일으키느라 마력을 다 써버렸지만, 그저 그런 무기로도 만만찮은 실력을 발휘했기에 걱정해 주는 건 시간 낭비로 보였다. 게다가 지금 앞에는 상대해야 할 적이 잔뜩 있어 자기 걱정부터 해야 할 형편이었다.

투랄리온은 몸을 돌려 왼쪽 옆구리로 들어오는 오크 두 명을 상대했다. 한 놈이 그대로 멈추더니 몸을 뒤틀고는 쓰러져 버렸는데 목에 화살이 박혀있었다. 눈에 익은 화살 깃을 보자 미소가 절로 지어졌다. 두말할 것도 없이 호리호리한 아가씨가 잠시 후 순식간에 모습을 드러내었다. 폭우가 쏟아지는 데도 여행용 망토의 두건은 뒤로 젖혔고 길고 뾰족한 귀 끝이 아름다운 얼굴 주위로 흘러내린 금발 사이로 튀어나와 있었다. 왜인지는 모르지만, 비가 알레리아를 피해서 내리는 듯 주변으로만 떨어졌다. 그게 엘프의 마법 때문인지 아니면 순전히 타고난 아름다움에서 비롯된 것인지는 알 수 없었다.

"제가 딱 맞춰 왔나 보네요."

알레리아는 이렇게 말하며 다가오면서 태연히 몸을 돌려 다른 오크의 목에 화살 한 대를 꽂아 넣었다.

"구해주는 제가 옆에 없을 땐 어떻게 하세요?"

"그럭저럭 버팁니다."

대답은 했지만, 투랄리온은 치열하게 싸우느라 알레리아가 왔어도 당황할 겨를이 없었다. 공격을 한 번 막아낸 다음 그 오크를 쓰러뜨리자마자 다음 상대를 찾아 몸을 돌렸다.

"그분들을 만나셨습니까?"

"만났어요. 그리고 돕기로 하셨어요. 이미 전사들과 순찰자들은 이동하기 시작했어요. 10분 정도면 여기에 도착할 거예요. 집합 장소를 여기로 하시고 싶으신지는 모르겠지만요."

투랄리온이 고개를 끄덕이며 긴 망치 자루로 날아드는 도끼를 막은 다음 다시 짧게 고쳐 쥐고서 다시 휘둘러 망치 머리로 공격하는 오크를 강타했다.

"여기든 어디든 좋습니다. 저희가 여기에서 싸우는 한 호드도 어디 가지 않을 테니까요."

알레리아가 고개를 끄덕였다.

"곧장 달려가서 그렇게 전할게요. 그들이 올 때까지 버티고만 계세요."

목소리에서 이상한 기색이 느껴져 투랄리온은 위험을 무릅쓰고 힐끗 쳐다보았다. 빛이시여! 알레이아가 지금 우는 걸까? 확실히 슬퍼 보이긴 했다. 고향이 침략 당했으니 당연히 마음고생이 심할 터였다.

"버티겠습니다. 그래야만 하니까요."

투랄리온이 단호하게 말했고 알레리아는 다시 사라졌다. 투랄리온은 나머지 호드가 그 보잘것없는 엘프의 방어선을 무너뜨리기 전에 알레리아와 그 동족들이 준비되기만을 바랄 뿐이었다. 이미 오크 부대가 옆에서 밀려오고 있었고 투랄리온은 자신의 부대가 오크 전군을 상대로 버티지 못한다는 것을 알았다. 특히 이곳처럼 탁 트인 벌판에서는 오크에게 포위를 당해 그 많은 수에 압도되고 말 터였다. 지원이 필요했다. 그것도 긴급으

로. 알레리아의 말대로 엘프들이 준비되어 있고 실력을 갖추었기만을 바
랐다.

줄진의 부하인 테르리즈가 음흉한 미소를 지었다. 무리와 함께 근처에
서 무언가 불쾌한 냄새가 나서 따라와 보니 기분 좋은 소리가 들려왔다.
아래쪽 숲을 부드럽게 두드리며 울리는 소리였다. 엘프 하나였다. 테르리
즈는 실버문으로 향하는 이 길을 감시하며 엘프 하나도 지나가지 못하게
하는 임무를 계속 맡아왔다. 그러니, 이 엘프도 여기에서 끝이겠지.

소리 없이 몸을 숙여 나뭇잎 사이로 몸을 숨기며 사냥감을 포착했다. 엘
프답게 날렵한 움직임이었고 다른 생물체였다면 아무런 소리도 못 들었을
테지만 테르리즈에게는 숲의 언저리 근처에서 우르릉거리는 천둥소리만
큼 컸기에 쉽게 따라잡을 수 있었다. 엘프는 긴 갈색 망토를 입고 두건을
쓰고 긴 지팡이를 짚었다. 노인이었다. 쉬운 상대인 것이다.

기대감으로 입맛을 다시며, 테르리즈는 무리에게 자신을 따라 내려가
고 신호했다. 그런 다음 곡선검을 손에 쥐고 나무에서 뛰어내리면서 희생자
를 보고 씩 웃었다. 그런데 놀랍게도 그 엘프가 망토를 벗어버리고 몸을 곧
추세우더니 마찬가지로 씩 웃었다. 지팡이를 위아래 좌우로 휘두르자 한쪽
끝에 긴 검이 나타났고, 나무 그늘인데도 번쩍이는 갑옷이 나타났다.

"네놈들이 위에서 바스락대는 소리를 못 들으리라 생각했느냐?"

그 엘프가 비웃으며 날렵한 눈매로 매섭게 쏘아보았다.

"우리 숲을 더럽히는 네놈들을 알아채지 못했으리라 생각했느냐? 여긴
너 같은 놈들이 올 곳이 아니다. 그러니 목숨을 내놓아라!"

놀랐던 마음을 추스른 테르리즈가 웃음을 터뜨렸다.

"보잘것없고 허여멀건 놈이 아주 영리하군. 테르리즈를 속이다니. 하지

만 넌 혼자에 보잘것없는 지팡이 하나 들었을 뿐이고 우리는 아주 많지.”

테르리즈의 나머지 무리가 뒤로 뛰어내리며 흩어져 오만한 엘프를 포위할 태세를 갖췄다.

그러나 엘프는 그저 이를 더 많이 드러내며 웃을 뿐이었다. 불쾌한 표정이었다.

“어리석기는. 그런 것 같으냐? 나무를 좀 탄다고 우쭐하나 본데, 우리가 보기엔 너희는 숲에서 장님이나 마찬가지다. 귀머거리기도 하지.”

갑자기 두 번째 엘프가 뒤쪽 가까이에 있던 나무에서 나타났다. 세 번째 엘프도 나타났다. 그리고 네 번째도. 테르리즈는 눈살을 찌푸렸다. 계속 엘프들이 나타나며 테르리즈와 그 무리보다 월등히 많은 수가 되어 완전히 포위해 버렸다. 모두 똑같이 긴 창을 들고 길쭉한 방패로 무장하고 있었다. 테르리즈가 예상치 못한 상황이었다.

그런데도 노련한 사냥꾼이자 전사였기에 쉽사리 겁을 먹지는 않았다. 그러다 몸을 완전히 똑바로 펴면서 선포하듯 말했다.

“더 좋다! 무기도 없는 엘프의 목숨을 끊는 게 아니라 진짜 전투라! 맘에 드는군!”

그러더니 검을 높이 들고 우두머리 엘프를 향해 뛰어올랐다. 그러나 안타깝게도 그는 공중에서 그대로 죽어 버렸다. 엘프 사령관의 창이 그의 가슴을 뚫고 심장을 지나 등 뒤로 삐져나왔다. 그 엘프가 한 발 옆으로 비켜서 테르리즈의 몸을 창에서 빼내고는 빙글 돌면서 위험천만하게 창을 휘둘러 다가오던 트롤 하나의 손을 잘랐다.

전투는 싱겁게 끝이 났다. 엘프 지도자는 시체 하나를 걷어차고는 움직이지 않자 고개를 끄덕였다. 이전에 숲트롤을 상대해 본 적은 있지만 여기 쿠엘탈라스에서는 아니었다. 다른 종족 대부분에 비교하면 뛰어난 숲 사냥꾼이었지만 엘프에게 비하면 어설프기 짝이 없었다. 실바나스는 이 정찰대를 비롯하여 여러 부대를 보내면서 트롤을 색출하고 발견하는 대로 처치하라는 명령을 내렸다. 이번이 두 번째로 만난 무리였는데 아직 숲 전체에서 싸우는 무리가 얼마나 더 있을지 궁금했다.

부하들을 소집하려고 입을 떼는 순간 날씬한 형체가 금발을 휘날리며 공터로 뛰어들었다. 도착하기도 몇 초 전부터 이미 사령관의 귀에 다가오는 소리가 들린 것으로 보아 보통 하는 잠행보다는 속도를 더 낸 것이 분명했다.

"할두런!"

이름을 외치면서 다가오더니 앞에서 멈춰 섰다.

"잘 됐어요! 얼라이언스 지휘관과 얘기했고 실바나스하고도 했어요. 실바나스 말로는 숲 남동쪽 언저리에 우리의 전 병력이 필요하다고 해요. 호드가 집결한 곳이거든요, 그리고 얼라이언스 지휘관은 오래 못 버틸 상황이에요."

할두런 브라이트윙이 고개를 끄덕였다.

"로르테마르 님께 알리겠습니다. 그분 정찰대가 근처에 있으니. 그리고 친구분들을 도우러 가겠습니다. 이제 그들의 싸움만이 아니라 우리의 싸움이기도 하니 사악한 놈들에게 그냥 당하게 두지는 않겠습니다."

말을 멈추고는 잠시 알레리아의 안색을 살폈다.

"알레리아, 괜찮습니까? 얼굴이 좀 빨갛습니다."

고개는 저었지만, 알레리아는 살짝 얼굴을 찌푸렸다.

"전 괜찮아요. 어서 가세요! 우리 전사들을 데려가세요! 저는 동생과 얼라이언스 쪽으로 다시 가서 지원군이 온다고 한 번 더 확인시켜 주겠어요."

그리고 알레리아는 다시 방향을 돌려 나무 사이로 달려갔다.

할두런은 알레리아가 가는 모습을 지켜보다가 부르르 몸을 떨었다. 오랫동안 알레리아 윈드러너를 알고 지냈기에 지금 무언가 때문에 마음이 편치 않거나 불안하다는 걸 알 수 있었다. 그러나 이상한 생명체들이 신성한 숲을 어슬렁거리는 오늘, 모두가 마음이 편치 않았다. 하지만 오랫동안은 아니리라. 할두론은 부하 순찰자들에게 손짓하며 트롤에게서 자기 창을 빼내고서 그 시체에 쓱쓱 문질러 닦은 다음 돌아섰다. 나중에 숲에서 저 쓰레기를 치울 시간이 필요했다. 하지만 그 전에 살아 있는 놈들부터 처리해야 한다.

떠난 지 몇 분밖에 안 지난 것 같은데 알레리아가 다시 전장을 헤치고 나타나 투랄리온의 옆에 섰다. 이제는 활을 등에 메고 대신 손에 칼을 들고서 투랄리온이 탄 말의 뒷다리를 찌르려던 오크를 베어 버렸다.

"지원이 곧 올 거예요."

두 눈을 반짝이며 알레리아가 장담해 주었고 투랄리온은 고개를 끄덕였다. 지원군이 온다는 사실 때문인지 아니면 알레리아가 안전해서인지 확실히는 모르지만 안도감이 몰려왔다. 투랄리온은 미간을 찌푸리며 생소하게 느껴지는 생각을 떨쳐냈다. 지금은 자신과 병사들이 살아남을 걱정을 해야 했다.

마침내 비가 그쳤지만, 아직 구름은 그대로여서 전장에는 그늘이 드리워졌다. 한쪽에 검은 형체가 불쑥 나타나는 것을 보고는 처음에는 그저 오크 전사의 비틀린 그림자이겠거니 했다. 그러나 그 형체는 점점 커지며 입체감이 생겼다. 투랄리온은 그걸 빤히 쳐다보다 하마터면 오크의 무기에 그대로 꿰뚫릴 뻔했다.

"정신 차려!"

말을 타고 옆으로 달려온 카드가 다시 투랄리온을 찌르려는 오크를 발로 차내며 경고했다.

"뭘 그렇게 뚫어지게 보는 거야?"

"저거."

투랄리온은 망치로 가리키고는 다시 주변에서 격렬하게 펼쳐지는 싸움으로 정신을 돌렸다.

이번엔 카드가 뚫어지게 쳐다보았는데 나무 사이에서 거대한 형체가 생겨나 저 멀리 떨어진 전투에 합류하는 광경이 보이자 입에서 저절로 욕설이 튀어나왔다. 오크의 두 배가 훌쩍 넘는 크기에 피부는 낡은 가죽 같은 색이었다. 놈이 든 거대 망치는 오크의 양손 무기와 아주 흡사했지만, 이 거대한 놈은 한 손으로 휘두르며 이상한 갑옷을 걸친 상태였다. 위험을 무릅쓰고 두 번째로 쳐다보고는 놈이 걸친 것이 인간의 갑옷임을 알아차린 투랄리온의 표정이 딱딱하게 굳어졌다. 거대한 생물체는 흉갑과 경갑과 팔 보호대를 두꺼운 사슬로 연결하여 몸 대부분을 보호했다.

그러나 그 머리 두 개는 아무 보호 장비도 없이 그대로 드러낸 채 눈앞에서 싸우는 오크와 인간을 내려다보았다. 이윽고 망치를 휘두르자 한 번에 인간 둘이 뭉개졌고 다시 다른 한쪽으로 휘두르자 병사 넷이 선 채로 멀리 날아가 떨어졌다.

"제길, 저건 뭐야?"

투랄리온이 화난 말투로 물으며 달려 들어오는 오크 하나의 얼굴을 박살 내고 밀쳐 버리자 그에 부딪힌 다른 오크가 받은 충격으로 휘청거렸다.

"오우거야. 두 머리 오우거."

투랄리온은 카드가에게 알았다며 오우거는 본 적 있다고 말하려 했다. 그러나 곧 저 오우거는 머리가 둘이라는 것을 알아차렸다. 그때 이상한 오우거가 얼라이언스 병사들을 향해 빈손을 들어 올렸다. 투랄리온은 무언가 잘못 봤나 싶어 눈을 깜빡여 보았다. 지금 그놈이 뻗은 손에서 병사들에게 쏟아져 내리는 게 불인가? 다시 한 번 보았다. 그랬다, 병사들은 불길에 휩싸여 무기를 떨어뜨리고 갑옷과 옷 위로 넘실거리는 불을 끄려고 자기 몸을 마구 치고 있었다. 몇몇은 불이 붙은 망토를 벗으려 하고 있었고 몇몇은 고통스러운 불길을 잡아보려 잔디 위를 구르고 있었다. 처음 보는 이 이상한 오우거는 어떻게 그런 일을 해냈을까?

"빌어먹을!"

카드가도 역시 그놈의 정체를 똑똑히 보았다. 마치 점점 심해지는 욕설이 어떤 암시라도 한 듯했다.

"놈은 오우거 마법사야!"

"뭐라고?"

"마법사라고. 망할 오우거 마법사!"

"이런."

투랄리온은 한 놈을 더 처리하고는 다시 그 무시무시한 오우거를 응시하며 상황을 이해하려고 애썼다. 이제껏 본 중에 가장 크고 강력한 생물체인데 마법까지 쓴다고? 멋지군. 저런 짐승 같은 놈을 처치하려면 어떻게 해야 한단 말인가? 카드가에게 물어보려는데 오우거 마법사가 갑자기 비틀거리더니 앞으로 쓰러졌다. 뒤통수의 머리카락이 비를 맞아 삐죽삐죽 뻗쳐 있었다. 처음에 투랄리온은 놈이 앞에 놓인 시체에 무슨 짓을 하려고 몸을 굽혔다고 생각했다. 어쩌면, 입 두 개로 삼키려는지도 몰랐다. 그러나 놈은 다시 일어나지 못했다. 그제야 투랄리온은 자기가 생각했던 것이 머리카락치고는 너무 딱딱하다는 사실을 깨달았다. 그건 긴 막대기였는데 화살대라 하기엔 너무 컸다. 창이었다!

"좋았어!"

알레리아가 환호성을 지르며 활을 높이 들어 올려 인사했다.

"우리가 왔어요!"

그 말대로였다. 투랄리온의 눈에도 보였다. 숲에서 엘프의 행렬이 꼬리를 물고 계속 나타났다. 알레리아나 순찰자들보다 갑옷을 더 두껍게 입고 더 많은 장비를 갖추고 방패와 창까지 들었다. 오우거 마법사를 쓰러뜨린 무기가 그들의 것임이 분명했다. 투랄리온은 누군가를 보고 이렇게 기뻤던 적이 평생 처음이었다. 전투로 사방이 시끄러웠기에 투랄리온은 알레리아에게 크게 소리쳐 말해야 했다.

"정말 기가 막히게 딱 맞춰 와주셨습니다! 혹시 작전을 모두에게 이어서 전달해 주실 수 있습니까?"

알레리아가 고개를 끄덕였다.

"사냥할 때 쓰는 수신호가 있어요. 멀리에서도 알아볼 수 있지요."

"좋습니다."

투랄리온이 고개를 끄덕이며 오크를 하나 더 때려눕히며 작전을 차근차근 전달했다.

"호드를 양쪽 병력 사이로 몰아넣어야 합니다. 저희 쪽으로 진격하면서 넓게 퍼졌다가 안쪽으로 휘몰아쳐 들어오도록 전해 주십시오. 저희도 같은 식으로 움직이겠습니다. 오크가 측면을 뚫고 나가면 오히려 저희가 역으로 당할 수 있습니다."

알레리아가 고개를 끄덕이고 숲을 향해 수신호를 보내기 시작하자 가장 앞에 있던 엘프 하나가 고개를 끄덕인 뒤 동료들을 향해 돌아서는 모습이 보였다. 카드가도 가까이 있었기에 두 사람의 대화를 듣고 벌써 근처의 부대장들을 향해 큰 소리로 명령하면서 내용을 전체에 전달하라고 말했다.

양쪽 병력이 산개하기 시작했고 얼라이언스 병력은 살짝 뒤로 물러나 움직일 공간을 만들었다. 호드는 이를 후퇴한다고 여겼는지 오크 사이에서 환호성이 터져 나왔다. 엘프 일부는 아직 나무 아래 숨어 있었기 때문에 오크 대부분은 아직 그들을 보지 못했다. 잘된 일이었다. 투랄리온은 최대한 놈들이 예상치 못한 순간에 급습하고 싶었다. 그래야 도망갈 기회를 더 줄일 수 있을 터였다. 병력을 뒤로 물러나게 하면서 몇몇 부대로 오크를 저지하게 했다. 나머지는 거리를 벌리고 전체 병력의 삼분의 일을 양옆으로 보내면서 거기서부터 다시 안쪽으로 몰아쳐 들어오라고 지시했다. 나머지는 자신과 함께 남게 했다. 그리고 방향을 돌려 곧장 적진 한복판으로 돌진하자 호드는 그저 어리둥절해 할 뿐이었다.

멀리서 엘프들이 같은 진형으로 정렬했다. 호드가 투지를 불태우며 투랄리온의 공격에 맞서자, 엘프들이 앞으로 나서며 창으로 가장 후방에 있던 오크 대열을 그야말로 쓸어 버렸다. 다수가 끽소리도 내지 못하고 쓰러졌지만, 헉하고 놀라는 소리와 탄식하는 소리나 끙끙거리는 소리가 들려왔다. 다른 오크들은 무슨 일인지 알아보려고 고개를 돌렸다. 그러고 나서 자신들이 양쪽에서 협공당했음을 깨닫고 거친 함성을 질러댔다.

양측 군대 사이에 갇혔다는 사실을 깨닫고 오크 전사 몇몇은 방향을 틀어 달아나려 했다. 그러나 인간과 엘프 병력이 에워싸며 모든 탈출로를 막았다. 오크는 어쩔 수 없이 그 자리에서 싸워야 했지만, 분노와 피의 욕망에 사로잡힌 탓인지 대부분 기꺼이 전투를 치렀다. 사방에 적이 있었다. 인간의 검과 도끼, 엘프의 화살과 창이 더해져 오크들에게는 상당한 사상자가 발생했다.

투랄리온은 솟구쳐 오르는 희망을 느꼈다. 얼라이언스가 이기고 있었다! 여전히 호드는 투랄리온의 병사와 엘프 전사를 합친 것보다 월등히 수가 많았지만, 사방으로 포위된 데다 훈련이 부족해 우왕좌왕했다. 오크는 전략없이 대부분 홀로 전투를 치렀으며, 다른 오크 몇 명과 함께 싸우는데 그마저도 같은 부족끼리였다. 그러니 인간과 엘프의 치밀한 전술에는 속수무책이었다. 투랄리온의 병사와 엘프의 협공이 더욱 순조롭게 진행되었다. 엘프 궁수들은 모여 있던 오크를 향해 화살을 쏟아 부어 수를 줄이고 혼란을 일으켰다. 그 다음, 선두의 인간들이 뛰어들고 후미에서 엘프 창병들이 오크를 찌르며 아군 병사는 하나도 건드리지 못하게 했다. 이미 호드 대열에는 눈에 보이는 빈틈이 생겼고 얼라이언스와 엘프가 그 틈을 넓히며 전진하자 고립된 오크만 남았다.

그때 커다란 포효가 들렸다. 동쪽을 힐끗 보니 가슴이 죄는 기분이 들었다. 무시무시한 두 머리 오우거 또 하나가 거대한 곤봉을 마구 휘두르며 전투에 뛰어들고 있었다. 자세히 보니 그 곤봉은 그냥 가지를 깨끗하게 쳐낸 나무줄기였다. 두 번째 짐승 같은 놈이 이어서 한 손에 비슷한 곤봉을 쥐고 나타났고, 세 번째와 네 번째가 그 뒤를 이었다. 도대체 어디에서 온 괴물인가?

두 머리 오우거는 얼라이언스 병력으로 밀고 들어오며 한 번에 부대 전체를 쓸어 버렸다. 투랄리온은 서둘러 후퇴하라는 명령을 내리고 이 새로운 위협은 엘프가 처리하게 했다. 놈들은 몽둥이를 휘둘러 날아드는 화살과 쏟아지는 창을 옆으로 쳐내고는 그대로 엘프들에게 돌진하여 호리호리한 엘프 전사들을 그대로 날려 보냈다. 호드는 이 거대한 괴물을 중심으로 다시 정비했다. 결국, 뒤쪽에서 오크가 더 많이 쏟아져 나와 잃은 병력을 메우고 빠르게 수적 우위를 되찾았다.

"빨리 무슨 수든 써야겠어! 그렇지 않으면 산맥이나 서쪽 해안까지 밀려서 우리가 포위될 거야!"

투랄리온이 다시 옆으로 온 카드가에게 외쳤다. 카드가가 대답하려는데 알레리아가 끼어들어 소리쳤다.

"들어봐요!"

알레리아의 귀가 떨렸다. 투랄리온이 고개를 저으며 말했다.

"싸우는 소리 말고는 아무것도 안 들립니다. 뭡니까?"

알레리아가 환하게 웃으며 대답했다.

"지원이요. 하늘에서 내리는 지원이에요."

"저깁니다! 저기 보입니다!"

"그래, 이 녀석아. 나도 보인다."

쿠르드란 와일드해머는 옆에 탄 그리핀 기수 녀석이 전투 현장을 먼저 발견하자 속으로 짜증이 나서 퉁명스럽게 말했다.

"주위를 선회하면서 저 괴물 같은 놈들을 가운데 두고 겨냥해라. 몽둥이 맞지 않게 조심하고."

발굽으로 신호하면서 와일드해머 지도자인 쿠르드란은 스카이리의 울음소리가 주변과 아래 전장까지 들리게 했다. 이상한 두 머리 괴물 중 하나가 고개를 들더니 그리핀과 드워프들을 보고는 포효로 응답했지만, 쿠르드란의 움직임이 너무 빠른 데다가 사방에 오크 전사들이 있어 방해를 받는 바람에 피할 수 없었다. 쿠르드란은 뛰어내리면서 폭풍망치를 들어 올렸다. 기대감으로 근육이 팽팽하게 땅겨왔다. 그 짐승 같은 괴물은 다시 한 번 포효하며 거대한 몽둥이를 휘둘렀지만, 스카이리는 재빨리 피하며 날개 끝이 그놈의 얼굴에 스칠 정도로 가까이 비행했다. 그때 쿠르드란이 모든 힘을 모아 망치를 던졌다. 그 순간 하늘에서 천둥이 울리더니 번갯불이 날아와 놈에게 박혔고, 망치가 한층 더 강력하게 내리꽂히며 충격을 주었다. 놈의 머리 하나는 푹 들어갔고 다른 하나는 시커멓게 그을어서는 뒤로 휘청거리다 그대로 무너졌다. 쓰러지는 괴물에 오크 셋이 깔렸고, 놈이 몽둥이처럼 휘두르던 나무줄기에 예닐곱 명이 더 쓰러졌다.

"그렇지!"

쿠르드란이 함성을 지르며 돌아오는 망치를 붙잡고는 다시 아래로 돌격하려고 스카이리의 옆구리를 쿡 찔러 하늘로 올라갔다.

"우리 예쁜이, 놈들에게 제대로 한 방 먹였지! 얼마나 큰 놈인지는 아무 상관없다. 와일드해머가 다 손 봐 줄 테니까!"

쿠르드란은 망치를 높이 들고 커다랗게 함성을 지르며 하늘로 올라갔다. 타고 있는 그리핀은 쉽게 다른 괴물이 어설프게 머리 위로 내젓는 몽둥이를 쉽게 피해 다녔다. 그러다 각자 탈것에 탄 채로 선회하면서 즐거운 듯 웃고 있는 전사들에게 버럭 소리를 쳤다.

"다들 뭐 하고 있나? 어떻게 하는지 보여 줬잖나! 이제 내려가서 나머지 거인 괴물도 똑같이 처치해 버려야지!"

전사들은 쿠르드란의 호통이 좋은 뜻임을 알기에 장난치듯 경례하며 그리핀을 돌려 저마다 공격하기 시작했다.

쿠르드란은 빙그레 웃었다. 아래를 내려다보니 맹금의 봉우리에서 만났던 마법사, 엘프, 사령관이 보였다.

"어이, 거기!"

우렁찬 소리로 외치며 망치를 들어 올려 머리 위에서 빙빙 돌렸다. 알레리아가 활을 들어 인사를 했고 사령관과 마법사는 둘 다 묵례했다.

"그쪽 로서 경이 보내서 왔소!"

소리쳐 말하면서도 이 정도 높이에서 하는 말이 제대로 들릴지는 확신이 없었다.

"그것도 딱 맞춰 온 듯하군!"

그런 다음, 망치를 아래로 내려 다시 두 손으로 잡더니 스카이리를 돌려 다음으로 공격할 거대한 두 머리 괴물을 향해 갔다. 몇 명이 이미 쓰러졌고, 호드는 그 주위로 흩어지고 있었다. 수호자인 줄 알았던 오우거가 지금 사실상 가장 큰 위협이 된다는 사실을 깨달았기 때문이었다. 그리고 인간과 엘프는 이 혼란을 틈타 허둥지둥하는 오크들을 좌우로 베어 넘기고 있었다.

그때 바람 속에서 무언가 바뀌었기에 쿠르드란은 하늘을 올려다봤다. 남쪽 하늘에서 거무스름한 형체가 미끄러지듯 내려오는 광경이 보였다. 처음에는 소식이나 명령을 전달하러 오는 부하 전사라고 생각했다. 그러나 그리핀이라 보기에는 나는 모습이 달랐다. 좀 더 동쪽으로 치우친 방향으로 동부 내륙지 너머, 어쩌면 그 아래쪽에서 오는 듯했다. 도대체 뭘까?

공격을 잠시 멈추고 쿠르드란은 스카이리를 그 괴물의 공격이 미치지 못하는 곳까지 날아오르게 한 뒤 천천히 순회하며 다가오는 그림자를 지켜보았다. 새인가? 새라면 저렇게 높게 날 리가 없었다. 게다가 전체 윤곽도 이상했다. 새로운 괴물인가? 웃음이 나왔다. 독수리만 한 크기인데! 호드가 우리를 추격하러 보냈을까? 어쩌면 등에 노움이라도 태웠으려나? 이 예쁜이를 상대할 만한 맹금이 또 있다면 모를까. 애정이 어린 손길로 목을 두드려주자 스카이리가 노래하는 울음소리로 답했다.

그러나 그 형체가 더 가까워지며 더 커지고 있었다.

그리고 더 커졌다. 계속 커지고 있었다.

"저렇게 커다란 날짐승이라니!"

쿠르드란은 그 크기에 놀라 자신도 모르게 중얼거렸다. 도대체 어떤 존재이기에 그토록 높이 떠 있을 수 있으며 그토록 크단 말인가? 벌써 스카이리만 한 크기로 보이는데 아직 한참 위에 있다는 생각이 들었다. 이제 그 형체가 좀 더 똑똑히 보였다. 길고 날씬하며 꼬리와 목은 길고 커다란 날개는 위로 활짝 펼친 채 이따금 퍼덕였다. 게다가 활공하고 있었다! 저런 식으로 바람을 타려면 아주 높이 날아야 했는데 그걸 고려하여 크기를 한 번 더 가늠해 보자 소름이 돋았다. 저 정도 크기의 나는 동물은 딱 하나뿐이었는데, 그런 생물이 이 싸움에서 무얼 원하는지 상상조차 가지 않았다.

그때 마지막 남아 있던 구름이 걷히고 햇빛이 비쳤다. 그 생물체 몸 전체를 따라 붉은빛이 비치며 하늘에 핏빛 한 줄기가 솟아오르는 모양이 되었다. 그리고 쿠르드란은 자기 생각이 맞았다는 걸 알았다.

용이었다.

"용이다!"

쿠르드란이 소리쳤다. 전사 대부분은 아직 두 머리 괴물과 싸우고 있었지만 젊은 머카드는 고개를 들어 쿠르드란이 가리키는 곳을 보았다. 그러더니 그 멍청한 녀석이 그리핀을 차서 빠른 속도로 상승하게 했다. 녀석이 탄 그리핀은 날개를 퍼덕여 고도를 계속 높여갔다.

"이 멍청한 녀석아, 뭐 하는 거야?"

쿠르드란이 소리쳤지만, 머카드는 들었는지 못 들었는지 대답이 없었다. 대신 그 와일드해머 젊은이는 막 가파르게 수직으로 하강하려는 용을 향해 그리핀을 몰고 가서는 폭풍망치를 높이 들어 올렸다. 맹렬하게 고함을 지르며 머카드는 곧장 아래로 하강하는 용을 향해 돌진했다. 그러나 그는 찍소리도 하지 못하고 그대로 사라져 버렸다. 용이 입을 쩍 벌리고는 건장한 드워프 크기가 될 정도로 엄청나게 크고 뾰족한 이와 길고 갈라진 핏빛 혀를 드러내더니 불행한 드워프와 그리핀을 한입에 삼켜버렸다.

머카드는 용의 거대한 금빛 눈에 확연히 드러난 슬픔이나, 그 위에 한 손에 긴 가죽 고삐를 말아 쥐고 그 위에 올라탄 녹색 피부의 건장한 형체는 보지 못했다.

"빛이시여!"

와일드해머 부족이 도착했을 때나 쿠르드란이 처음으로 두 머리 오우거를 쓰러뜨렸을 때 투랄리온과 다른 이들은 함께 환호성을 올렸다. 쿠르드란에게서 희미한 비명이 들려오자 고개를 들고는 그쪽을 바라보았다. 붉은용이 그리핀 기수 하나를 덮쳐 작은 간식 하나를 먹듯 꿀꺽 삼켜 버렸다.

이제 용이 자신들에게 내려오고 있었다. 그 한 놈이 다가 아니었다. 바로 뒤로 용이 더 많이 날아오고 있었다. 핏빛 흔적이 하늘을 가로지르며 아래로 떨어지고 있었다.

붉은색만이 아니었다. 숨을 쉴 때마다 놈들의 콧구멍에서는 연기가 피어오르고 입에서는 발톱과 날개와 꼬리에서 비친 햇빛보다 더 밝은 불꽃이 튀었다. 투랄리온이 지켜보는 가운데 연기와 불꽃이 더욱 거세어졌다.

문득 무슨 일이 일어나려는지 파악이 들었다.

"후퇴!"

그러고는 방패로 카드가의 팔을 쳐서 불렀다.

"모두 퇴각하라!"

투랄리온은 부하들이나 엘프 모두 봐 주기를 바라며 망치를 머리 위에서 흔들어 댔다.

"전원 후퇴! 숲에서 벗어난다! 당장!"

"숲에서 벗어나라고요?"

알레리아가 쏘아붙이며 힐끗 쳐다봤다. 얼마나 정신이 없었는지 자기 옆에 알레리아가 있었다는 사실조차 깨닫지 못하고 있었다.

"왜죠? 우리가 이기는데!"

설명하려고 했지만 곧바로 시간이 없다는 걸 깨달았다.

"그냥 하십시오!"

투랄리온이 소리치자 알레리아가 놀란 표정이 됐다.

"동족분들에게 언덕까지 후퇴하라고 하십시오. 어서요!"

다급한 목소리와 표정 때문인지 설득이 된 알레리아가 고개를 끄덕이고는 활을 들어 다른 엘프 전사들에게 신호했다. 투랄리온은 알레리아를 두고 방향을 돌려 가장 먼저 눈에 띈 얼라이언스 장교를 잡고서 자기 명령을 이어 전달했다. 그 장교는 고개를 끄덕이고는 소리를 치면서 등을 떠밀며 병력을 돌리면서 다른 장교들에게 똑같이 하라고 소리쳐 알렸다.

투랄리온이 할 수 있는 일은 없었다. 말을 돌려 전속력으로 언덕을 향해 달려갔다. 그때 이상한 소리가 들렸다. 갑자기 휘몰아치는 바람 소리 같기도, 덩치가 큰 사람이 크게 숨을 내쉬는 것 같은 소음에 어깨너머를 힐끗 돌아봤다.

첫 번째 용이 날개를 활짝 펴고 빠르게 내리 덮치면서 입을 벌렸다. 그 입에서 불길이 뿜어져 나왔다. 엄청난 불길의 파도가 숲의 앞쪽 가장자리를 가로지르며 퍼져나갔다. 그 열기가 너무나도 뜨거운 나머지 곧바로 모든 물기를 한 방울도 남기지 않고 말려 버렸다. 이제 숲은 강렬한 태양열에 휘청거리는 신기루같이 보였다. 몇 분 전까지만 해도 흠뻑 젖었던 나무는 순식간에 시커멓게 타버려 재가 되었고 검은 연기가 자욱하게 피어올라 다시 해가 가려질 지경이었다. 게다가 불길도 죽지 않았다. 여기저기에서 불길이 나무에서 나무로 춤추듯 옮겨 다니며 퍼져나갔다. 뭔가에 홀리는 듯한 광경이었기에 투랄리온은 억지로 마음을 다잡고 말을 돌렸다. 곧 언덕에 다다랐고 다시 말을 돌려 끔찍한 파괴의 현장을 지켜보았다.

"뭐라도 해 봐요!"

말에 앉은 채로 빛과 열기 때문에 눈을 가늘게 뜨고 지켜보던 투랄리온의 옆에 다시 나타난 알레리아가 울부짖었다. 주먹으로 투랄리온의 다리를 치며 간절하게 말했다.

"뭐라도 해 봐요!"

"제가 할 수 있는 일이 없습니다. 저도 방법이 있으면 좋겠습니다."

투랄리온은 알레리아의 목소리에서 묻어나오는 슬픔에 가슴이 찢어지는 듯한 기분을 느끼며 사실대로 말했다.

"그러면 당신이 뭐라도 해봐요."

알레리아는 옆에 있던 카드가를 닦달했다.

"마법을 써요! 불을 꺼 줘요!"

하지만, 늙어 보이는 마법사는 슬프게 고개를 저을 뿐이었다.

"제가 전부 감당하기에는 불이 너무 거셉니다. 게다가 아까 폭풍을 불러내느라 오늘 쓸 마력이 바닥나 버렸습니다."

카드가의 말투는 부드러웠지만, 마지막 문장에 씁쓸함이 묻어나왔고 투랄리온은 그런 친구가 안쓰러웠다. 오크가 일으킨 화재를 진압했는데 훨씬 더 심각하게 불바다가 되어버린 건 카드가의 잘못이 아니었다.

"실버문으로 가야겠어요. 부모님들이 거기 계시니까요. 원로님들도요. 제가 도와드려야 해요!"

남들에게 하는 얘기가 아니라 스스로 마음을 다잡으며 하는 말 같았다.

"가서 뭘 어쩌실 겁니까?"

투랄리온의 입에서 뜻하지 않게 차가운 말이 흘러나왔다. 적어도 그 덕분에 알레리아가 슬픔에서 정신을 차리고 투랄리온을 쳐다봤다.

"이 불길을 뚫고 가실 방법이 있습니까?"

투랄리온이 숲을 가리켰다. 이제 용들이 아래로 하강하며 장난을 치는 박쥐처럼 선회하며 모든 길목마다 불길을 뿜어댔다. 어디를 보든 쿠엘탈라스가 불타고 있었다. 엘프의 고향은 이제 연기로 두꺼운 회색 벽을 높이 쌓아 올린 형세가 되었고 그 그림자는 언덕까지 뻗어 와 뒤쪽 산맥 너머까지 어둠을 드리웠다. 수도에서도 이 엄청난 화재가 안 보일 리 없었다.

알레리아가 고개를 저었다. 뺨을 타고 눈물이 흘러내렸다.

"하지만 뭐라도 해야 해요."

그녀의 목소리는 언제나 곱기 그지없었다. 그러나 지금은 분노와 고통으로 잔뜩 쉬어버린 채 마구 울부짖었다.

"제 고향이 죽어간다고요!"

"압니다. 그 맘 이해합니다."

투랄리온은 몸을 아래로 숙여 한 손을 알레리아의 어깨에 올리고 부드럽게 감쌌다.

"하지만 지금 저기로 간다면 그저 목숨만 버리는 셈입니다. 강까지 갈 수 있다손 치더라도, 지금 온갖 열기로 펄펄 끓고 있을 겁니다. 당신이 죽으면 아무도 도울 수 없습니다."

알레리아가 투랄리온을 바라봤다.

"우리 가족, 군주들… 모두 무사할까요?"

그 목소리에는 절망감이 잔뜩 묻어 있었다. 모두가 살아있다고 믿고 싶었다. 아니 어쩌면 믿어야만 하는지도 몰랐다.

"다들 강력한 마법사들이십니다. 직접 본 적은 없지만, 태양샘은 엄청난 마력의 근원이라고 들었습니다. 그분들이 도시에 방어막을 치실 겁니다. 용이라도 그분들을 건드리지 못할 테지요."

완벽하게 확신에 찬 목소리였지만, 투랄리온은 친구가 자기에게 한쪽 눈썹을 일그러뜨리는 걸 보았다. 마치 '적어도 그렇다고 믿고 싶어.'라고 말하는 듯했다.

알레리아는 고개를 끄덕였지만, 여전히 동요하고 있었다.

"감사해요. 당신 말이 맞아요. 제가 죽는다고 뭐가 달라지지는 않겠지요."

투랄리온이 보기에는 알레리아가 스스로 자신을 설득하려고 노력하는 듯했다. 알레리아는 저 위에서 퍼덕거리며 솟아오르는 용을 응시했다.

"하지만 저들이 죽으면 뭔가 달라지겠죠. 호드가 전부 죽으면 그렇겠지요. 특히 오크가요."

알레리아가 초록색 눈을 가늘게 뜨는 모습에서 투랄리온은 이전에 보지 못했던 무언가를 보았다. 증오였다.

"그들이 이렇게 숲을 파괴했어요. 놈들이 그 대가로 고통을 겪는 꼴을 꼭 보고 말겠어요."

퉤하고 경멸하는 뜻으로 침까지 뱉었다.

"우리 모두 꼭 볼 겁니다."

투랄리온이 고개를 들자 다른 엘프 하나가 성큼성큼 걸어왔다. 그는 아름답고 우아한 갑옷으로 완전 무장을 했다. 갑옷은 훌륭하게 제 기능을 했는지 피범벅이 되어 있었다. 옆구리에는 장검을 차고 짙은 초록색 망토가 뒤에서 나부꼈다. 나뭇잎 무늬의 투구를 벗자 매끄러운 황갈색 머리카락 아래로 짙은 갈색 눈이 반짝였다. 그리고 표정은 알레리아와 판박이였다.

"로르테마르 테론 님이에요. 가장 뛰어난 순찰자 중 한 분이시죠."

알레리아가 이렇게 소개하고는 다가오는 두 번째 엘프를 보고 몸을 돌려 살짝 미소 지었다. 비슷한 망토를 두르고 키가 큰 여자 엘프였는데 이목구비는 알레리아와 상당히 닮았으면서도 머리 색깔은 좀 더 짙었다.

"이쪽은 제 동생 실바나스 윈드러너예요. 순찰대 사령관이자 저희 군의 지휘관이죠. 실바나스, 테론 경, 이쪽은 은빛 성기사단의 투랄리온입니다. 얼라이언스 부사령관이시고요. 그리고 마법사인 달라란의 카드가 님입니다."

투랄리온은 고개를 끄덕여 인사했고 테론도 같이 고개를 끄덕여 인사했다. 동급자에게 예의를 표하는 방식이었다.

"제 휘하의 전사들은 대부분 불구덩이에서 빠져나왔습니다. 그렇지만, 불길을 뚫고 나아가지는 못했습니다. 그래서 저희는 불길 밖에 갇혔고, 우리 가족은 안쪽에 갇혔습니다. 불길이 숲에서 얼마나 빨리, 그리고 얼마나 여러 곳으로 번졌는지는 다 아실 테지요."

무뚝뚝한 말투로 말을 이어가다 검 손잡이를 잡은 손에 힘이 들어갔다.

"하지만 그런 생각에만 빠져 있을 수는 없습니다. 저희는 여기 있고 할 수 있는 바를 다해 동족을 가능한 한 빨리 구해내야 합니다. 그러니까 동족을 위협하는 적군을 무찔러야 한다는 뜻입니다."

알레리아에게 하는 말이었지만, 어쩌면 동시에 스스로 다짐하는 말이기도 할 터였다. 실바나스가 투랄리온을 보며 말문을 열었다.

"이전에 여러분 사령관인 안두인 로서 경께서 저희에게 소식을 전하면서 얼라이언스에 동참해 달라고 요청하셨습니다. 저희 지도자들은 도움을 표시하는 정도 이상은 대응하지 않기로 하셨습니다."

실바나스의 시선이 알레리아에게 잠깐 머물렀다. 옅은 미소 같은 게 얼굴에 스쳤다. 다시 냉정한 태도를 되찾았다.

"저희 순찰자 일부는 직접 나서서 여러분의 대의에 힘을 보태기도 했지요. 그러나 원로들께서는 트롤과 오크가 저희 땅을 침범하자 잘못된 판단이었음을 깨달으셨습니다. 쿠엘탈라스가 침략에 안전하지 않다면, 다른 곳은 어떻겠습니까? 그분들께서는 제게 전사들을 소집하여 귀관과 합류한 다음 최대한 지원하라고 명하셨습니다."

실바나스가 정중하게 고개를 숙여 절했다.

"투랄리온 경, 저희가 얼라이언스에 동참할 수 있다면 영광이 되리라 생각합니다. 그리고 참여가 늦은 만큼 앞으로 더 많은 도움을 드리도록 노력하겠습니다."

투랄리온도 고개를 숙여 답례하면서 다시 한 번 로서 경이 여기 계셨으면 좋겠다는 생각을 했다. 기사단장님이라면 이 상황을 적절히 이끌어 가셨을 텐데. 하지만 로서가 없었기에 투랄리온은 자기가 할 수 있는 만큼 최대한으로 어떻게든 해내야 했다.

"실바나스 님과 엘프 여러분께 감사를 드립니다. 얼라이언스는 여러분 모두를 기쁜 마음으로 맞이하겠습니다. 함께 이 대륙에서, 여러분의 땅과 저희의 땅에서 호드를 몰아내면 다시 한 번 평화롭게 서로 도우며 살 수 있으리라 생각합니다."

더 할 말이 있었지만 머리 위에서 날카로운 울음소리와 퍼덕거리는 날갯짓 소리가 들리는 바람에 그대로 끊겨 버렸다. 투랄리온과 카드가는 몸을 웅크렸고 테론은 검을 잡았다. 그러나 하강하는 생물은 용보다 훨씬 작은 데다 몸을 감싼 것은 비늘이 아니라 깃털과 가죽이었다.

"친구들, 실례 좀 하지."

쿠르드란 와일드해머가 스카이리를 바로 뒤쪽에 내려 앉히며 말했다. 말들이 깜짝 놀라 부르르 떨며 발을 굴렀다.

"싸워는 봤지만, 용은 몇 안 되는 우리가 상대하기엔 너무나 크고 강력하오. 시간이 좀 있다면 하늘에서 놈들과 맞붙어 때려눕힐 방법을 찾을 테지만, 지금 당장은 놈들이 확실히 우세요."

투랄리온이 고개를 끄덕이고 드워프 지도자에게 말했다.

"애써 주셔서 감사합니다. 그리고 먼저 도와주신 일도요. 덕분에 여럿이 살았습니다."

그러면서 주위를 둘러봤다. 카드가, 알레리아, 실바나스, 로르테마르 테론, 쿠르드란 와일드해머까지. 좋은 이들이고 동료였다. 갑자기 자신이 혼자라거나, 앞에 나서기가 꺼려진다는 생각이 사라졌다. 이들이 옆에 있어 준다면, 계속 지도자 노릇을 해낼 수 있으리라. 적어도 로서가 돌아올 때까지는.

"병력을 여기에서 **빼야** 합니다. 나중에 돌아와서 쿠엘탈라스를 호드의 손아귀에서 해방하겠지만, 지금 당장은 재정비하며 기다려야 합니다. 호드가 여기에 오래 머물 것 같진 않습니다. 다른 목표가 있는 듯합니다."

그 목표가 무엇일지 곰곰이 생각해 보았다. 숲을 차지하고 엘프를 몰아내었다. 맹금의 봉우리를 공격하고 카즈 모단을 차지했다. 다음엔 어디를 공격할까?

오크의 상황에서 생각해 보려고 했다. 만약 자신이 오크이고 놈들의 작전을 주도하는 입장이라면 어디로 향할까? 남은 곳 중에 가장 큰 위협이 되는 곳은 어디일까?

번뜩 생각이 떠올랐다. 가장 크게 위협이 되는 곳은 얼라이언스의 심장부였다. 모든 것이 시작된 곳이었다. 힐끗 쳐다보자 카드가도 고개를 끄덕였다. 분명히 같은 생각을 한 듯했다.

"수도다!"

앞뒤가 맞아떨어졌다. 쿠엘탈라스의 북쪽 끝자락에 자리한 실버문은 로다미어 호수와 수도에서도 그리 멀지 않은 곳이기에 거기에서 산맥만 넘으면 곧장 로데론으로 진격할 수 있었다. 테레나스 왕이 병력 대부분을 얼라이언스로 보냈기에 도시에는 방어 병력도 얼마 없었다. 다행히 산맥을 넘으려면 먼저 알터랙을 통과해야 했는데, 페레놀드 경이 얼라이언스에 그다지 충실한 일원은 못 된다 하더라도, 자기 땅을 침공해 오는 세력에는 반드시 병력을 보낼 터였다. 그러나 오크는 단순히 머릿수만으로 알터랙을 정복하고 산에서 내려와 수도를 공격할 수 있었다.

"로데론에서는 쉽게 대륙 전체로 퍼져나갈 수 있어요. 그리고 여기에도 병력을 좀 남겨 둔다면, 거점이 둘이 되는 셈이지요. 몇 주 안에 온 땅이 오크로 뒤덮일 거예요."

알레리아의 지적에 투랄리온도 고개를 끄덕이며 동의했다.

"이제 놈들의 계획이 뭔지는 알았으니, 놈들을 저지할 방법을 찾아야 합니다."

이렇게 단언하고는 저 너머로 치솟는 불길을 힐끗 보았다.

"하지만 여기서는 아닙니다. 병력을 언덕으로 완전히 후퇴시키십시오. 거기에서 만나 다시 논의합시다."

동료들이 자신의 명령을 제대로 수행하리라 믿기에 말을 돌려 숲을 나섰다. 장엄한 숲이 불타오르는 광경을 더는 보고 싶지 않다는 마음이기도 했다.

15장

"출발이다!"

둠해머의 호령이 떨어졌다.

"장비를 갖추고 이동해라!"

둠해머는 잠시 그대로 여러 부족의 족장들이 병사들에게 고함치고 등을 떠밀고 준비하라며 다그치는 광경을 지켜보다가, 근처에서 참을성 있게 서서 기다리던 굴단에게 돌아서며 물었다.

"무슨 일이냐?"

"저희 부족과 저는 한동안 여기에 남아 있었으면 합니다. 또 다르게 폭풍의 제단을 이용할 계획이 있습니다. 호드가 세상을 정복해 나가는 데 도움이 될 만한 계획입니다."

둠해머가 이맛살을 찌푸렸다. 아직도 이 작달막하고 못생긴 흑마법사를 신뢰하지 않았다. 그러나 두 머리 오우거가 쿠엘탈라스를 차지할 때 전투에서 엄청나게 유용했다는 사실만큼은 인정할 수밖에 없었다. 그 빌어먹을 드워프와 그리핀이 끼어드는 바람에 오우거를 몇 잃긴 했지만, 그나마 없었더라면 얼라이언스의 전선을 뚫고 재정비하지도 못했을 터였다. 고심 끝에 둠해머가 고개를 끄덕이며 굴단에게 대답했다.

"필요한 일이라면 해라. 로데론을 신속하게 정복하려면 사소한 강점이라도 동원해야 하니까. 하지만 너무 오래 끌진 마라."

"지체하는 일은 없을 겁니다. 옳은 말씀을 하셨습니다. 속도가 생명이지요."

아첨하듯 웃으며 장담하는 굴단의 태도가 거슬리던 찰나, 줄루헤드가 헐레벌떡 뛰어들어 왔다. 둠해머가 숲에 남은 수비군과 관련된 최근 소식을 듣는 틈을 타 대흑마법사는 따가운 눈길에서 벗어날 수 있었다.

"놈들의 전선을 돌파할 수가 없습니다."

용아귀 부족 족장의 말은 사과라기보다 분노에 가까웠다.

"용도 소용이 없습니다. 불길로 도시를 뒤덮어 버려도 실제로 닿지는 않습니다. 발톱은 보이지도, 뚫리지도 않는 장벽에 튕겨 나가고 맙니다."

"그게 태양샘입니다. 엘프가 마력을 얻는 원천이지요. 거기에서 어마어마한 힘을 얻습니다."

굴단이 다시 돌아와서 얘기에 끼어들었다. 오그림은 굴단이 흑마법사라서 그런 일을 잘 알리라고 추측하고는 질문을 던졌다.

"그걸 파괴하거나 고갈시키거나 우리가 뽑아서 쓸 수는 없나?"

굴단은 고개를 젓고는 거칠거칠한 수염을 긁었다.

"저도 시도는 해 봤습니다. 그 힘이 느껴지기는 하는 데 익숙하지 않은 마법인 데다 건드릴 수조차 없지요. 태양샘이 엘프와 이 땅에 결속된 것으로 보아 오직 엘프만 그 힘을 쓸 수 있지 않나 추측만 해볼 뿐입니다."

"폭풍의 제단으로 놈들의 방어선을 무너뜨릴 수 있나?"

굴단이 다시 씩 웃었다.

"제가 그걸 시험해 보고 있습니다. 효과가 있을지 아직은 모르겠지만, 제단이 엘프의 룬문자 마법석으로 만들어졌으니 모를 일입니다. 게다가 마법석의 힘은 원래 태양샘에서 비롯되었지요. 그 연결 고리를 역으로 이용하여 제 마법을 놈들의 룬문자 마법석에 보내서 파괴하거나 빼앗을 수도 있겠지요."

굴단이 어떤 결과를 더 원할지는 뻔했기에 둠해머는 그만한 힘이 그 손에 들어간다는 생각이 못마땅했다. 그래도 그런 힘을 이토록 묘하고, 소리 없이 움직이며, 치명적으로 위험한 엘프의 손에 그대로 두는 것보다는 나을 터였다.

"할 수 있는 대로 해 봐라. 하지만 도시로 돌파해 들어가는 일은 별개의 문제다. 지금 당장은 우리도 못 들어가지만, 놈들도 나오지 못하니까."

둠해머는 아직 선 채로 기다리던 줄루헤드에게 고개를 돌렸다.

"용들도 마찬가지요. 우린 용이 필요하오. 특히나 수도에 얼라이언스 병력이 더 많이 있다면 그렇소. 며칠 후에까지 방어막을 뚫지 못하면 그냥 두고 용을 호드 본대에 합류시키시오."

굴단을 힐끗 보니 이미 소리가 닿지 않을 만큼 멀찍이 가버렸다.

"저놈하고 그 흑마법사들은 반드시 같이 데려오시오."

줄루헤드가 씩 웃었다.

"용의 배 속에 넣어서라도 끌고 가겠습니다."

둠해머가 고개를 끄덕였다. 줄루헤드는 용 기수들과 이야기하게 두고 검은바위 부족 전사들이 다음 목표로 향할 준비가 되었는지 확인하러 발걸음을 옮겼다.

*　　*　　*

호드는 두 시간이 더 지난 후에야 완전히 그곳을 벗어날 수 있었다. 굴단과 초갈은 오크 전사들이 용의 불길에 잿더미가 된 나무를 짓밟으며 쿠엘탈라스를 떠나는 광경을 지켜보았다. 숲의 삼분의 일이 완전히 타 버렸고 그 흔적을 따라 검댕과 재, 그리고 말라 버렸지만 아직 부스러지지는 않은 나뭇잎들이 어지러이 흩어져 있었다. 전사들은 그곳에 야영지를 꾸렸다. 땅에는 나무껍질이며 나뭇잎, 열매가 어지러이 흩어져 있었지만 남은 나무 아래보다는 탁 트인 공터가 더 편안했다. 이제는 언덕과 그 너머 산맥까지 수많은 이들이 오가며 내는 발자국에서 그을음이 구름처럼 뭉게뭉게 피어올랐다. 둠해머는 선두에서 긴 다리로 성큼성큼 걸었다. 그 발걸음에 맞춰 망치가 등과 다리를 툭툭 쳤다. 그 무엇도 위험이 될 만한 것이 없다고 확신했기에 굳이 주위를 둘러보지도 않았다.

굴단은 마지막 오크 행진이 시야에서 사라질 때까지 기다렸다가 초갈을 쳐다봤다.

"준비됐느냐?"

황혼의 망치 부족 족장 초갈의 두 머리가 함께 웃으며 대답했다.

"준비됐습니다."

굴단이 고개를 끄덕였다.

"좋다. 전사들에게 즉시 행진한다고 일러라. 남녘해안까지 돌아가려면 갈 길이 멀다."

수염을 쓸어내리며 말을 이었다.

"줄루헤드는 엘프 도시를 처리하느라 정신이 없지. 우리가 사라졌다는 걸 알아차렸을 때는 이미 너무 늦었을 게야."

"용을 보내 저희 뒤를 쫓아오면 어떻게 합니까?"

보통은 위험을 겁내지 않는 초갈이었지만, 그 거대한 생물체가 자신에게 돌진한다는 생각을 하니 움츠러들 수밖에 없었다.

"그러지 않을 거다. 둠해머의 명령 없이 그런 짓을 할 작자도 아니니, 먼저 호드 본대에 전령을 보낸 다음 답을 기다리겠지. 그때쯤에 우리는 손을 쓰지 못할 만큼 한참 이동해 있을 테고, 인간 도시를 차지할 생각이 있는 한 남은 병력을 보내 우리를 쫓지는 않을 게야."

굴단이 초갈을 안심시키며 웃음을 터뜨렸다. 몇 주 동안 둠해머의 손에서 벗어나 자신의 계획을 실행할 방법을 궁리해 왔는데 사실상 대족장이 직접 완벽한 해결책을 마련해 준 셈이다! 어느 정도는 둠해머가 굴단더러 호드 본대와 함께 진군하라는 주장을 꺾지 않을 수도 있다고 예상했지만, 엘프가 완강히 저항해 준 덕분에 뒤에 남아야 할 완벽한 이유까지 갖추고 말았다.

"전사들에게 명령을 전하겠습니다."

그렇게 말하고 초갈은 돌아서면서 바로 고함을 지르며 명령을 전달했다. 굴단은 고개를 끄덕이고 자기 장비를 챙기러 갔다. 어서 행진이 시작되었으면 했다. 한 걸음 한 걸음 나아갈 때마다 둠해머와 그의 철저한 감시에서 벗어나 자신의 과업에 더 가까워지리라.

둠해머는 산꼭대기를 지나가는 좁은 산길을 기어서 아래쪽의 작은 계곡으로 내려갔다. 밤이 되어 호드 본대는 모두 잠들었지만, 둠해머에게는 긴급히 처리해야 할 일이 있었다. 소리 없이 반질반질하게 닳은 돌 위를 찬찬히 내디디며 한 손으로는 망치가 등에서 덜렁거리다 암벽을 긁지 않도록 꼭 잡고 다른 손으로는 앞을 더듬으며 길을 찾았다. 머리 위에는 반달이 떠서 어느 정도 시야를 밝혀 주었고 근처에서는 이름 모를 벌레 울음소리가 들렸다. 그것 말고는 산 전체가 쥐 죽은 듯 고요했다.

둠해머가 계곡에 거의 다 왔을 무렵, 다른 소리가 들렸다. 무언가 대략 오크만 한 존재가 저 멀리에서부터 계곡 쪽으로 어색하게 움직이고 있었다. 둠해머는 산길 옆에 웅크려 몸을 숨기고는 어깨에 멨던 망치를 끌어내려 앞으로 들었다. 조심스레 지켜보며 기다리는 가운데 소리는 점점 커졌다. 그때 한쪽에서 뭔가 움직이는 게 보였다. 망토를 입은 형체가 마지막 경사로 위로 올라오며 계곡으로 들어섰다.

계곡이라기보다는 폭이 6미터, 깊이가 4, 5미터 정도 되는 틈새였지만, 사방에 바위가 있어 피난처나 몸을 숨기는 곳으로 삼기에 적절했다. 그래서 저들은 여기를 선택한 듯싶었다.

둠해머는 꼼짝도 하지 않고 지켜보았다. 그 형체는 바위 하나에 기대어 숨을 헐떡이다 허리를 곧게 펴고는 주위를 둘러보며 조심스럽게 입을 열었다.

"왔소?"

"여기 있다."

둠해머가 대답하며 몸을 일으켜 바위 사이로 걸어 나와 산길을 따라 계곡으로 들어섰다. 상대방도 몸을 세우고 다가오면서 작게 숨을 내쉬었다. 둠해머는 남자의 옆에 찬 장검을 보았다. 매끈하게 흠 하나 없이 잘 만든 검이었는데 한 번도 사용한 적이 없다는 게 빤히 보였다. 왜 겁쟁이나 약골, 아니면 모사꾼 같은 놈들을 상대해야 하는지 스스로 반문해 보았다. 왜 전사처럼 원하는 바를 아주 단도직입적으로 밝히고, 쓰려는 방법을 솔직하게 말하는 자들을 상대하지 못하는가? 쿠엘탈라스와 언덕마루에서 얼라이언스 군대를 이끌던 자들을 봤을 때는 모두에게 깊은 인상을 받았다. 그 둘은 투사였고 결투의 예를 따르며 힘과 정직함을 존중했다. 물론 그런 자라면 이런 만남을 요청할 리가 없었다.

"저…, 당신이 둠해머 경이오? 공용어를 할 줄 아오?"

그 남자는 말을 더듬으며 살짝 뒷걸음질 쳤다.

"나는 오그림 둠해머다. 검은바위 부족 족장이자 호드의 대족장이며 너희 언어를 안다. 인간, 당신이 내게 그 전갈을 보냈나?"

그 남자는 대답하며 확실하게 자기 얼굴을 가리려는 듯 두건을 여몄다. 둠해머가 보아하니 고급 옷감에 가장자리 단을 따라 호화로운 자수가 놓여 있었다.

"그렇소. 유쾌하지 않은 사태가… 일어나기 전에 만나는 것이 최선이라 생각했소."

"그랬군."

그 남자는 아이에게 하듯 차근차근히 말했다. 둠해머는 주위를 둘러보며 이 인간이 암살자를 데려오지는 않았는지 살폈다. 만약 그렇다 하더라도 둠해머는 지금 냄새나 소리로 그들의 존재를 느낄 수 없었다. 위험하기는 했지만, 전갈에 적혀 있던 대로 이 인간이 혼자 왔기를 바라야만 했다.

"인간이 연락을 해오리라고는 생각지도 않았다. 그런 방식으로는 더더욱. 인간은 그런 식으로 소식을 주고받나? 훈련한 새를 써서?"

둠해머는 담담하게 시인하면서 남자를 더 쉽게 살펴보고자 쭈그려 앉았다.

"맞소, 우리 통신 방법의 하나요. 우리 동족 중에서 당신에게 직접 전갈을 전하러 갈 수 있는 자가 아무도 없는데다가 다른 방법도 없었기에 새를 보냈소. 혹시 죽였소?"

둠해머가 만면에 웃음기를 거두지 못한 채 고개를 끄덕였다. 인간 남자는 그 모습을 보며 움찔하고는 식은땀을 흘리기 시작했다.

"다리에 묶인 양피지를 발견하기 전에는 전령인 줄 몰랐다. 알았을 때는 이미 늦었다. 네가 새를 돌려받고 싶지 않기를 바란다."

상대는 길쭉하니 장갑을 낀 손으로 손사래를 쳤다. 손은 떨렸지만, 목소리는 거의 다 차분해졌다.

"그냥 새 한 마리일 뿐이오. 그보다는 훨씬 더 많은 이들의 안타까운 죽음을 막는 일에 더 관심이 있소."

오그림이 고개를 끄덕였다.

"그리 쓰여 있더군. 나한테 뭘 바라지?"

"보장이오."

"무슨 보장?"

"전사이자 지도자로서 약속해 주었으면 하오. 부하들을 철저히 통제하겠다고. 여기 산맥에서는 죽이지도, 약탈하지도, 쑥대밭을 만들거나 그어떤 잔혹 행위도 하지 말아 주시오. 우리 도시와 마을은 건드리지 말고우리 주민들을 괴롭히거나 해코지하지 마시오."

오그림이 한 손으로 망치 머리를 무심히 문지르며 이 말을 곰곰이 생각해 보았다.

"그 대가로 우리가 얻는 건 뭐지?"

인간이 미소를 지었다. 상대가 의심하지 않도록 친근하게 보이려고 어색하게나마 표정을 지었지만, 둠해머의 눈에는 그저 교활하게만 보일 뿐이었다.

"길을 터주겠소."

천천히 흘러나온 그 세 마디가 고요한 밤하늘 사이로 울렸다.

"음?"

오그림이 머리를 갸우뚱하며 이야기를 계속해 보라는 신호를 했다.

"당신과 당신네 전사들은 산맥을 넘어 로데론을 침공하려 하잖소. 이 산들은 겉보기와는 달리 몹시 험해서 이곳을 잘 아는 자들이라면 대규모 병력도 쉽게 상대할 수 있소. 당신네 호드가 이기긴 하겠지만, 피해가 막심할 거요. 그러면 로데론의 저항군과는 약해진 전력으로 싸워야 할 거요."

그 남자는 다시 미소를 짓고는 바위에 기댔다. 분명히 상황 파악도 제대로 한 데다 자신에게 그 상황을 바꿀 능력이 있다는 사실이 기쁜 모양이었다.

"이 지역 방어군이 당신의 군대에 손도 대지 않게 해주겠소. 더 빠르게 산을 넘을 수 있는 길도 알려주겠소. 그러면 호드는 아무런 방해도 받지 않고 더 빠르게 산을 넘을 수 있을 거요."

둠해머는 제안 내용을 듣고 곰곰이 생각했다.

"너희는 우리에게 길을 내주고, 대신 우리는 너희 땅을 건드리지 않는 건가?"

그 남자가 고개를 끄덕였다.

"그렇소."

둠해머는 일어나 그 남자의 코앞까지 다가갔다. 이 정도로 가까이에서 보니 두건 아래 가려진 이목구비가 어느 정도 보였다. 이목구비가 그리 크지는 않지만 분명했다. 얼굴에는 두려운 기색이 있었으나 기품이 있으며 계산적으로 보였다. 영리하고 잇속을 차리는 점에서는 굴단과 비슷했지만, 자기보다 강한 세력을 배반할 만한 배짱은 없어 보였다. 둠해머는 마침내 답을 했다.

"좋다. 약속한다. 이 산맥을 가장 빠르게 넘는 길을 알려주면 중간에서 약탈하는 일 없이 전사들을 이끌고 빠르게 통과하겠다. 이 땅을 정복하고 나면 이 산맥 인근을 보호해 주겠다. 그 누구도 감히 넘보지 못할 것이다. 너와 너희 사람들 모두 안전할 것이다."

"아주 좋소. 당신이라면 합리적으로 나올 줄 알았소."

망토를 입은 그 남자는 미소를 짓고는 어린아이처럼 손뼉을 쳤다. 그러고는 허리춤에서 둘둘 말린 양피지를 꺼내 둠해머에게 건넸다.

"이 지역의 지도요. 지금 어디 있는지 알기 쉽도록 이 계곡을 표시해 두었소."

둠해머가 지도를 펼친 다음 자세히 들여다보았다.

"그렇군. 아주 알아보기 쉽다."

그 남자는 잠시 뜸을 들였다 대답하는 둠해머를 지켜보며 잠시 망설이며 말했다.

"좋소. 이만 우리 쪽 사람들에게 돌아가겠소."

둠해머는 고개를 끄덕였지만 아무 말도 하지 않았다. 잠시 후 그 남자는 몸을 돌려 빠르게 자리를 뜨고는 바위 사이에 몸을 수그린 채 조심스럽게 계곡 너머 절벽 아래로 내려갔다. 한동안 둠해머는 그 뒤를 쫓을지 고민했다. 저런 놈쯤은 빠르게 단 한 방으로 끝장낼 수 있었다. 게다가 이미 지도도 손에 넣었다. 하지만 그런 짓은 명예스럽지 못했다. 이전 드레노어에서 오크는 고귀한 종족이었다. 그러나 굴단의 배반으로 모든 것이 바뀌어 그저 피에 굶주린 야만인 수준으로 전락하고 말았다. 둠해머는 오크의 자부심과 순수함을 되살리겠다는 다짐을 했고 그러려면 엄격한 행동 규범을 따라야 했다. 그 남자가 선의로 자신을 대했으니 그걸 배반해서는 안 되는 일이었다. 그 남자가 표시해 둔 길로 가보고 정말 빨리 갈 수 있고 인간 군대도 막아서지 않는다면 합의한 내용을 명예롭게 이행하리라.

둠해머는 고개를 저으며 지도를 다시 말아 허리춤에 찬 다음 몸을 돌려 왔던 길 쪽으로 갔다. 돌아가는 대로 부관을 소집하여 어떤 경로로 이동할지 알려 줄 생각이었다.

"부르셨습니까, 폐하?"

알터랙 군을 지휘하는 하스 장군이 반쯤 열린 지도 보관실 문가에 서 있었다. 다부진 체구의 장군 뒤로 다른 지휘관들이 보였다.

"그렇다. 들어와라, 제군들."

침착하려고 애를 쓰며 다들 들어오라고 손짓했다.

"호드의 움직임에 관해 새로운 정보를 얻어서 알려주려고 한다."

하스와 다른 지휘관들이 빠르게 눈빛을 교환하는 게 보였다. 하지만 그들은 아무 말도 하지 않고 페레놀드를 따라 커다란 벽걸이 융단 지도가 걸린 반대쪽 벽으로 갔다. 알터랙의 이쪽 끝에서 저쪽 끝까지 한눈에 볼 수 있는 지도였는데, 마을과 항구는 은실로, 성은 금실로 수놓아져 있었다.

"괜찮은 출처로부터 정보를 얻었다. 호드가 정말로 우리 쪽으로 오고 있다고 한다."

몇몇 지휘관이 헉하며 놀랐다.

"분명히 로데론을 침공할 계획으로, 산맥을 넘어 북쪽으로 수도에 접근한다고 한다."

"지금 어디쯤 있습니까? 수가 얼마나 됩니까? 어떤 무기를 씁니까?"

카브단 대령이 다급하게 물었고 그 뒤에서 몇몇이 수군댔다.

페레놀드가 한 손을 들자 모두 입을 다물었다.

"지금 어디쯤 있는지는 모른다. 예상으로는 하루, 어쩌면 이틀 거리인 듯하다. 숫자는 아는 바가 없지만, 각종 보고에 따르면 어마어마한 대군이라고 한다."

미소를 지어 보이긴 했지만, 따라 웃을 만한 상황이 아님을 페레놀드도 모르지 않았다.

"하지만 그건 이제 우리가 걱정할 바가 아니다."

"폐하, 우리가 걱정할 바가 아니라니 무슨 말씀이십니까? 얼라이언스의 일원으로 함께 호드에 맞서 싸우기로 맹세했잖습니까."

자세를 바로 하며 하스 장군이 물었다. 흥분한 탓에 콧김으로 회색빛의 무성한 콧수염이 퍼덕거렸다. 페레놀드는 식은땀을 비 오듯 흘리며 설명했다. 자신의 이런 상태를 부하들이 알아차렸다는 것도 느껴졌다.

"상황이 달라졌다. 우리의 선택 조건을 다시 검토해 보고 이 싸움에서 우리 입장을 조정하기로 했다. 알터랙은 이제 얼라이언스가 아니다. 이 결정은 지금부터 유효하다."

깊게 심호흡을 한 뒤 말을 맺었다.

"내 말 믿어도 좋다. 우리로서는 훨씬 나은 선택이다."

장교들은 모두 놀란 모양이었다.

"그게 무슨 말씀이십니까, 폐하?"

카브단이 물었다.

"호드와 불가침 조약을 맺었다. 호드가 산맥을 통과할 때 막지 않는 조건으로, 호드는 알터랙을 전혀 건드리지 않고 아무런 해를 끼치지도 않기로 했다."

장교들은 불안한 듯했다. 몇몇은 화가 나거나 기분이 언짢아진 듯했다.

"오크와 공모한다는 말씀이십니까, 폐하?"

하스가 조심스럽게 물었지만, 그 말투에는 혐오감이 뚜렷이 묻어났다.

"그렇다. 오크와 공모한다는 말이다!"

페레놀드가 침착함을 잃고 쏘아댔다. 분노와 공포가 말로 쏟아져 나왔다.

"그래야 우리가 살아남으니까! 우리가 싸워야 할 대상이 뭔지 알기는 아나? 호드란 말이다. 호드 전군이 이 산맥을 휩쓸어 버리려고 하는 상황이다! 우리가 사는 곳을 완전히! 놈들의 수가 얼마나 많은지 알기는 아나? 수천, 아니 수만 명이란 말이다!"

하스가 마지못해 고개를 끄덕였고 다른 장교 몇몇도 같은 반응을 보였다. 다들 페레놀드가 받았던 보고를 보았던 탓이었다.

"이 오크가 어떤 놈들인지는 아나? 지금 너희와 나만큼 정도 떨어진 거리에서 한 놈을 본 적이 있었다. 놈들은 어마어마하게 크다고! 키는 트롤만큼 크고 체구는 두 배나 되지! 온몸에 근육이 단단하게 잡혔고 엄니와 송곳니도 있는데다가 인간 셋이 들어 올릴 만한 망치를 혼자 들고 다니며 어린아이가 장난감 다루듯 휘두르지! 어느 인간이 그런 존재에게 맞설 수 있겠나! 놈들은 우리 모두를 죽일 거야. 아직 모르겠나? 스톰윈드는 이미 잿더미가 되었어. 다음 차례는 알터랙일 거다!"

"하지만 얼라이언스가···."

하스가 말문을 열자 페레놀드가 씁쓸하게 웃으며 도리어 따져 물었다.

"얼라이언스가 뭐라고. 지금 얼라이언스는 어디에 있지? 지금 여기에 없지 않나. 바로 그게 문제다! 바로 이런 공격을 막아내려고 얼라이언스를 결성했지만, 지금 여기 호드가 코앞에 닥쳐왔는데 귀하신 얼라이언스는 코빼기도 안 보이지. 그들이 우릴 버린 거다. 아직도 모르겠나?"

페레놀드는 거의 이성을 잃었다 할 정도로 흥분하여 목소리가 과하게 높아졌다는 걸 깨닫고 진정하려 했다. 최대한으로 차분하게 말을 이어갔다.

"이제 자기 왕국은 자기가 지키는 거다. 나는 알터랙을 최우선으로 생각해야만 한다. 다른 왕들도 마찬가지일 게야."

"예, 그렇지만 이 짐승 놈들은···."

다른 장교인 트란드가 입을 열었지만, 페레놀드가 말을 잘랐다.

"···무시무시하고 치명적으로 위험하지. 그렇지. 하지만 이성적인 사고가 불가능하지는 않다. 놈들의 지도자를 만나봤다. 공용어까지 쓰더군! 내 얘기를 듣고는 우리가 길을 막지 않으면 조용히 지나가겠다고 약속했다."

"저, 정말로 놈들을 믿어도 되겠습니까?"

하급 장교인 베란드의 물음에 다른 몇 명도 좋은 지적이라며 고개를 끄덕이는 모습을 보고 페레놀드는 작게 한숨을 내쉬었다. 그 질문 자체가 그런 조약의 필요성을 인정했다는 뜻이기 때문이었다. 이제는 그저 조약이 지켜질지 만을 걱정할 뿐이었다. 페레놀드는 느릿느릿 입을 뗐다.

"우리에겐 선택의 여지가 없다. 호드는 결과 따위는 생각하지 않고 우리를 박살 내 버릴 수 있다. 만약 배반한다면, 우린 그대로 끝장이다. 나는 호드가 약속을 지키리라 생각하는데, 정말로 그래 준다면 알터랙은 살아남는다. 어떤 대가를 치르든 상관하지 않는다."

"그래도 내키지 않습니다. 다른 국가와 약속하지 않았습니까."

하스는 고집을 부리긴 했어도 확신은 없어 보였다. 상황을 곰곰이 생각해 보고 이것이 사실상 유일한 생존 방법임을 깨달은 게 분명했다.

"내켜 하지 않아도 된다. 너는 따르기만 하면 된다. 여기선 내가 왕이고 난 이미 결정을 내렸다. 내게 충성을 맹세한 자들은 그걸 지켰으면 한다."

신랄한 말투였다. 장교들이 끝까지 반대한다면 이런 말로 뜻을 꺾을 수 없다는 사실을 알았지만, 적어도 충성 서약을 생각하며 마음이 흔들릴 정도만이라도 설득되기를 바랐다. 하스는 잠시 페레놀드를 바라보다가 마침내 입을 열었다.

"말씀대로 하겠습니다, 폐하. 복종하겠습니다."

다른 이들도 고개를 끄덕였다. 페레놀드의 얼굴에 미소가 떠올랐다.

"좋다. 그리고 얼라이언스 문제는 내가 개인적으로 모든 책임을 지겠다."

그러고는 지도 쪽으로 몸을 돌려 지도 위에서 남부 경로를 가리키며 설명을 시작했다. 손이 떨려서 짜증이 났다.

"자, 호드는 여기, 여기, 여기로 통과할 예정이다. 이쪽 길에 아무도 없게만 해 놓으면 호드는 그냥 지나가고 우리는 단 한 마리의 오크도 마주칠 일이 없을 것이다."

하스가 그 위치들을 살펴보며 벽걸이 융단의 테두리를 지나 수도 자리까지 선을 그어보고는 감탄했다.

"놈들은 북쪽에서부터 로데론을 쳐들어갈 작정이군요. 저라면 그렇게 접근하지는 않겠습니다만, 제게는 그 정도 병력도 없고⋯, 그 정도 오만함도 없습니다."

페레놀드를 돌아보는 하스의 표정에는 의심이 가득했고 말투는 차갑기 그지없었다.

"병사들이 반대할지도 모릅니다, 폐하. 우리 서약을 깨뜨리는 일이라거나 더 나쁜 행동이라고 여길 수도 있습니다. 반란이라도 일어난다면 막을 방법이 없습니다."

단호한 말투로 보아 다른 장군도 같은 생각임이 분명했다.

페레놀드가 그 말을 듣고 곰곰이 생각해보더니 한참 후에 대답했다.

"알았다. 병사들에게 호드가 최북단의 통행로 3곳으로만 지나간다고 알려라. 이 정보를 어떻게 얻었는지 묻는 자가 있다면 정찰대와 밀정이 목숨을 바쳐 알아 왔다고 말해 줘라. 그러면 모두 분주하게 자기 할 일을 하며 절대로 남부 도로 근처에는 가지 않겠지."

자신의 재치가 마음에 든 페레놀드가 고개를 끄덕였다. 하스는 마지못해 대답했다.

"즉시 그곳에 보초를 세우겠습니다, 폐하."

"좋다."

페레놀드는 전부 용서했다는 듯이 할 수 있는 한 최대로 인자한 미소를 지어 보였다.

"이제 가서 병사들을 움직여라. 호드가 왔을 때 우리 부대가 이동하는 모습을 보이면 안 되니까."

장교들은 경례하고 열을 지어 지도보관실을 빠져나갔다. 단, 하스는 아니었다.

"무슨 일이지, 장군?"

억지로 꾸며대지 않아도 목소리에서 피곤한 기색이 묻어 나왔다.

"전령이 왔습니다. 얼라이언스가 보냈습니다. 폐하께서… 쉬고 계실 때 도착했습니다."

하스는 구석에 있는 의자 위에 던져 놓은 망토를 대놓고 힐끗 보았다. 페레놀드가 성 밖에 나갔다 온 사실도, 그 이유도 확실히 알고 있다는 뜻이었다.

"지금 밖에서 기다리고 있습니다."

"바로 들여보내라. 무슨 일인지 들어는 보았나?"

페레놀드는 이렇게 말하며 성큼성큼 의자로 걸어가 망토를 집어 들었다.

"어디서 보냈는지만 확인했습니다. 폐하께서 먼저 듣고 싶으시리라 생각했습니다."

이미 지도보관실 문가로 가 있던 하스는 이 말을 하며 밖에서 기다리던 자를 손짓으로 불렀다. 멀리 오느라 지저분해진 가죽옷을 입은 젊은이 하나가 불안한 듯 바닥만 보며 안으로 들어왔다.

"왕이시여."

이렇게 말하며 잠깐 고개를 들었다가 다시 시선을 피하며 말을 이었다.

"얼라이언스 사령관인 안두인 로서 경의 전갈을 전해 드리고자 합니다."

페레놀드는 고개를 끄덕이고는 망토를 걸치며 방을 가로질러 전령에게

다가갔다.

"고맙다, 장군. 이제 가도 좋다."

그 말을 듣고 공손하게 문을 닫으며 방을 나서는 하스의 표정에는 안도 감이 서려 있었다. 페레놀드가 전령을 보며 대화를 이어갔다.

"그래, 전할 말이 뭐지?"

"로서 경은 폐하께 로데론으로 병력을 보내 주십사 하셨습니다. 호드가 수도를 공격할 듯하니 방어하려면 폐하의 병력 지원이 꼭 필요하다 하셨 습니다."

"그렇군."

페레놀드는 고개를 끄덕이고는 한 손가락으로 턱을 문질렀다. 그러고 는 다른 팔을 뻗어 청년의 어깨에 둘렀다.

"돌아가서 우리 상황을 로서 경에게 전해야 하나?"

전령이 고개를 끄덕였다.

"그렇군."

페레놀드가 똑같은 말을 되풀이했다.

"안타까운 일이야."

젊은이 쪽으로 돌아선 페레놀드는 팔을 조이며 가까이 끌어당기고는 다 른 손에 쥔 단검으로 그를 찔렀다. 칼날은 갈비뼈 아래를 지나 심장에 정 통으로 박혔다. 젊은이는 몸이 휙 꺾이더니 입에서 피를 토하며 쓰러졌다. 페레놀드는 젊은이가 땅에 닿기 전 붙잡은 다음 천천히 바닥에 눕혔다.

"서신으로 전해 줬으면 훨씬 좋았을 텐데."

부드러운 말투로 말하며 단검을 시체에 닦고서는 칼집에 집어넣었다. 그런 다음 시체를 구석까지 끌고 가 옷장에 넣은 다음 그것이 아래로 미끄 러지면서 툭 하고 둔탁하게 떨어지는 소리까지 확인했다. 어떻게 손을 쓸 수 없을 정도로 피가 튀어 버린 망토도 벗어서는 같이 넣어 버렸다.

'안타까운 일이야…. 자수가 아주 마음에 들었는데.'

잠시 있다가 페레놀드는 옷장 앞의 커튼을 치고 다시 방을 가로질러 문 쪽으로 갔다. 만약 하스가 밖에서 기다리고 있었다면, 전령이 급히 떠날 일이 있어 자기의 개인 출입구를 쓰게 했다고 말할 참이었다. 밖에 없다면 나중에 만났을 때 전령이 얼라이언스로 복귀했다고 말할 생각이었다. 당연히 호드에 맞서 굳게 버티라는 말을 전하라고 했다고. 입가에 미소가 떠올랐다. 알터랙의 방어선을 뚫고 들어올 오크는 하나도 없을 거라고 장담할 수 있었다. 다른 산길이야 자기가 상관할 바가 아니었다.

브라독은 고삐를 꽉 쥐었지만 두려움 때문은 아니었다. 처음에 용이 날개를 펴고 자신을 하늘 높이 데려가던 순간에 그런 건 다 잊어버렸다. 구름을 뚫고 하늘 위로 솟아오르는 기분은 환상적이었다. 브라독은 언제나 본분에 충실한 전사였지만, 기껏해야 만족하는 정도에 그쳤다. 그러나 이제는 진정한 행복을 느꼈다. 이건 브라독의 운명이었다. 거대한 붉은 용이 날개를 퍼덕이고 바람이 뾰족하게 세운 머리 사이를 간질이는 가운데 하늘을 가로지를 운명이었다. 용의 입에서 불길이 뿜어져 나오고 그 불길이 닿자마자 새카맣게 타버린 나무가 갑작스러운 열기 때문에 터져 나가는 광경을 지켜볼 때의 흥분이 아직도 생생했다.

아래를 힐끗 보니 이 풍요로운 세계의 초록과 갈색이 우거진 한가운데 은빛으로 넓게 펼쳐진 곳이 있었다. 바다였다. 브라독이 아는 바로는 얼마 전 다른 왕국을 약탈한 후에 건넜던 그 바다였다.

뒤축으로 용을 차며 빠르게 아래쪽으로 내려가게 하니 용이 그에 응해 날개를 접고 똑바로 하강했다. 짜릿함이 밀려왔다. 브라독이 보는 가운데 바다가 넘실거리며 거의 수평선까지 뻗어갔다. 이제 바다와 해안이 닿은 곳에 검은 형체가 늘어선 모습이 보였다. 호드의 배, 다른 대륙에서 넘어올 때 타고 온 그 배였다. 브라독은 배가 싫었다. 물도 몹시 싫어했다. 하지만 하늘은, 정말이지 경이롭기 그지없었다.

더 하강하지 않도록 고삐를 잡아당긴 뒤 배 위에서 그냥 떠 있게 하고는 가엾은 오크들이 전부 긴 의자에 쪼그리고 앉아 긴 노를 저어 배를 나아가게 하는 광경을 보았다. 배마다 중심부 근처에는 오우거가 하나씩 서서 거대한 북을 두드리면 그에 맞춰 오크들이 노를 당겼고 그렇게 계속 노를 저으며 검은 배를 다시 바다에 띄웠다.

브라독은 갑자기 그대로 멈추었다가 용을 돌려 다시 확인했다. 그랬다. 처음 본 대로였다. 배가 해안을 떠나 바다로 돌아가고 있었다. 호드에서 다시 배가 필요할 때를 대비해 정박해 두어야 할 배였다. 지금 왜 배가 움직이는 걸까?

주위를 훑어보자 앞장선 배 위에 익숙한 모습이 보였다. 흑마법사 굴단이었다. 브라독은 다른 오크들이 대부분 그렇듯 굴단을 두려워했지만, 이제는 아니었다. 지금은 용 기수였다. 두려워할 게 뭐란 말인가?

용을 돌려 앞장선 배를 향해 급강하했다. 다가가는 브라독을 향해 굴단이 몸을 돌렸다.

"왜 배를 가져가시는 겁니까?"

브라독은 배의 속도에 맞춰 비행하면서 이렇게 외치고는 고삐를 잡지 않은 손을 흔들었다. 굴단은 어리둥절해 하는 표정을 짓고는 당황한 듯 두 손을 들어 올렸다. 브라독은 용을 더 가까이 몰고 갔다.

"배를 돌리십시오! 호드가 있는 곳은 로데론입니다. 바다 건너가 아닙니다!"

다시 소리쳤지만 굴단은 들리지 않는다는 몸짓을 했다. 브라독이 가까스로 용을 배 꼭대기 부근에 바싹 붙이면서 굴단과의 거리가 좁혀졌다.

"그러니까…."

갑자기 굴단의 손에서 초록색 빛줄기가 나와 브라독의 가슴팍에 명중했다. 엄청난 고통이 밀려왔다. 폐가 죄어들면서 심장이 움츠러드는 느낌이 들었고, 컥하며 숨을 들이켜자 그대로 멎어 버렸다. 눈앞이 캄캄해지며 그대로 안장에서 떨어진 브라독은 아슬아슬하게 배 옆을 스치며 물속으로 곤두박질쳤다. 그래도 하늘을 날아 볼 기회가 있었다는 생각이 마지막으로 들었다.

굴단은 브라독의 몸뚱이가 바닷속으로 사라지는 것을 보며 코웃음을 쳤다. 그저 그 멍청이가 반격할 틈도 없이 마법으로 빠르게 처리할 수 있도록 적당한 거리 안으로 들어오기를 기다렸을 뿐이었다. 기수가 죽었으니 용이 무언가 하지 않을까 염려했다. 긴장을 늦추지 않고 지켜보는 가운데, 그 거대한 붉은색 짐승이 박차고 날아올라 머리를 뒤로 젖히고는 맹렬하게 울부짖으며 하늘로 솟구쳐 날아올랐다. 굴단은 용이 선회하며 공격할 기회를 노리지 않는다는 확신이 들 때까지 오랫동안 지켜보다가 몸을 돌려 뱃머리 옆으로 갈라지는 물살을 지켜보았다.

굴단은 그러나 하늘 높이 날던 두 번째 형체는 보지 못했다. 토르구스가 같이 날던 브라독에게 벌어진 일을 모두 목격했다. 이제 용을 틀어 전속력으로 쿠엘탈라스로 향했다. 무슨 일이 있었는지 줄루헤드에게 알려야 할 것 같았다. 호드 본대에도 알리러 날아가야 했다. 어쩌면 대족장에게 대면으로 보고해야 할 수도 있었다.

약속대로 길은 완전히 텅 비어 있었고 둠해머는 전사들을 빠른 구보로 통과하게 했다. 망토를 입은 그 남자가 약속을 지켰다는 생각이 들면서 자기 추측이 맞아떨어졌다는 사실이 기뻤다. 그래도 이 길은 위험천만하다. 좁은 암벽길은 전사 몇 명만으로도 막혀버릴 수 있었고 길에 시체라도 몇 구 쌓이면 어떻게 해도 지나갈 방법이 없었다. 이 추운 산악 지역을 벗어나면 훨씬 마음이 놓일 터였기에 둠해머는 병사들을 재촉했다.

이틀 후 눈이 덮인 산을 넘어 반대편 구릉지로 내려왔다. 그때까지 오크는 인간을 단 한 명도 보지 못했다. 전사 몇몇이 지나오는 동안 아무도 못 죽였다며 투덜거리기까지 하자, 족장들은 그럴 기회가 꼭 있을 거라며 다독거렸다.

둘째 날 호드의 앞쪽 대열이 쏟아져 내리듯 산을 벗어났다. 부대를 이끌던 둠해머가 잠시 멈춰서 눈앞의 광경을 감상했다. 구릉지 너머 어마어마한 호수가 펼쳐졌다. 그 물은 새벽빛을 받아 은빛으로 반짝거렸다. 반대편에는 더 많은 산맥이 남북으로 비스듬하게 솟아 있었다. 오크가 방금 넘어온 산은 동쪽으로 약간 비스듬히 놓여있다는 것만 빼면 지금 오르고 있는 산과 비슷했다. 새로 보이는 산들은 서쪽으로 비스듬히 기울어졌기에 함께 놓고 보면 두 산줄기가 커다란 화살괄호 모양을 이루고 그 가운데를 호수가 메우고 있는 형국이었다. 그리고 북쪽 호숫가에는 성벽에 둘러싸인 도시가 웅장한 자태로 서 있었다.

"수도군."

둠해머는 잠시 살펴보다가 양손으로 망치를 높이 치켜들고 고함을 내질렀다. 호드의 전사들도 합세하여 함성을 질렀다. 주변 언덕으로 분노와 환희가 피의 욕망이 되어 메아리쳤다. 둠해머는 웃었다. 호드가 여기에 왔다는 사실을 도시에서도 알아차렸을 것이다. 이런 함성을 들었으니 벌벌 떨고 있을 터였다. 그리고 마음을 추스르기도 전에 우리가 들이닥치리라.

"진군하라!"

둠해머가 망치를 들어 올리며 외쳤다.

"도시를 박살내고, 적의 심장을 도려내라! 전사들이여 진격하라! 이 함성이 놈들의 귀에서 가시기 전에 끝장을 내자!"

그리고 둠해머는 성벽에 둘러싸인 거대 도시가 자신의 목표임을 마음속에 되새기며 구릉지를 벗어나 평지를 가로질러 돌격해 나아갔다.

16장

"오크가 옵니다!"

테레나스 왕이 깜짝 놀라 고개를 들었다. 경비대 사령관인 모레브가 알현실로 뛰어 들어오고 있었다.

"뭐라고?"

왕이 벌떡 일어났다. 알현하러 찾아왔던 귀족들이나 백성들이 공포에 질려 울부짖었지만, 신경 쓰지 않고 사령관을 손짓으로 불렀다.

"오크가? 여기에?"

"그렇습니다, 폐하."

모레브는 노련한 용사로서 젊은 시절부터 테레나스 왕이 보아왔던 전사였다. 이렇게나 하얗게 질려서 동요하는 모습을 보인 것은 처음이어서 충격적이기까지 했다.

"산맥을 넘어오는 게 분명합니다. 호수 반대편에서 지금 이 순간도 물밀듯이 밀려오고 있습니다!"

테레나스는 모레브 옆을 지나서 알현실 밖으로 걸어 나갔다. 빠르게 복도를 내려가 가까운 발코니로 올라갔다. 왕비의 응접실에서 멀리 떨어진 곳이었다. 리안느 왕비는 칼리아 공주와 시녀들과 함께 있었는데, 고개를 들어 보니 왕이 들어와서 자신을 본체만체 그냥 지나쳐가고 그 뒤를 모레브 사령관이 따라오는 광경을 보고 적잖이 놀랐다. 왕은 그 뒤의 창문들을 활짝 열어젖히며 발코니로 나섰는데, 충격을 받고 그대로 멈춰 서 버렸다. 국왕은 평소 여기에서 호수 건너편으로 엄청난 장관을 이루는 산맥을 즐겨 보았다. 호수와 산맥은 그대로 있었지만, 호수와 산의 바위 사이로 길게 이어지던 초록빛 풀밭은 시커멓게 타버리고 마치 먹구름이 밀려오는 듯한 광경이 보였다. 정말 호드가 온 모양이었다.

"어쩌다 이렇게 됐나?"

뒤따라 발코니로 나와서는 입을 떡 벌리고 그 광경을 지켜보던 모레브에게 왕이 따지듯 물었다.

"알터랙을 통과해 온 게 분명해. 페레놀드가 무사할까?"

"처참하게 당했나 보지요."

모레브가 경멸 어린 말투로 대답했다. 이렇게나 두려움을 느끼면서도 알터랙의 왕과 그 병사에 대한 견해를 굳이 감추려 하지 않았다.

"저 산길은 좁아서 유능한 부대라면 호드를 저지할 수 있었겠지만, 무능한 자의 명령을 따르는 한은 도리가 없을 겁니다."

테레나스는 눈살을 찌푸리고 고개를 저었다. 자기 생각도 모레브와 별반 다르지 않았다. 페레놀드는 항상 이기적이고 교만한 모습을 보였기에 한 번도 괜찮게 생각한 적이 없었다. 페레놀드 휘하에 있는 하스 장군은 그 자체가 유능한 지휘관이자 믿음직한 전사였다. 하스 장군이라면 견고한 방어를 구축했을 터였다. 그러나 페레놀드가 무슨 명령을 내리더라도, 심지어 바보 같은 명령이더라도 따를 사람이었다.

"알터랙에 전령을 보내게. 얼라이언스 군에도 우리 상황이 어떤지 알리게. 어떻게 된 영문인지는 나중에 알아보세나."

마침내 결정을 내린 테레나스 왕은 그마저도 그때까지 살아있어야 할 수 있는 일임을 굳이 언급하지는 않았다.

"먼저 급한 불부터 꺼야겠네. 경비병을 소집하고 경보를 울려서 모두 성문 안으로 이동시키게. 시간이 별로 없네."

왕은 호수 건너편을 다시 한 번 보았다. 검은 형체가 건너편 둑 위에서 스멀스멀 기어 내려와 호수 주변을 에워싸고 있었다.

정말로 시간이 얼마 남지 않았다.

로데론 각지의 전선으로 급보가 날아갔다.

"뭐라고?"

스트롬가드에서 전갈을 읽던 트롤베인의 입에서 고함이 절로 터져 나왔다. 그는 묵직한 나무잔으로 에일 맥주를 마시고 있었는데, 그 잔을 반대편 벽에 던져 버렸다. 잔이 산산이 부서지면서 바닥에 맥주와 나무조각이 튀었다.

"이런 멍청이! 놈들을 그냥 보내다니 무슨 짓이야?"

트롤베인은 페레놀드를 혐오했다. 국경지방의 이웃 나라이자 경쟁국이어서 뿐만이 아니라 그 사람 자체가 싫었다. 너무 말만 앞서는 데다 단연코 겉만 번드르르한 인물이기 때문이었다. 아무리 페레놀드처럼 오만하고 옷차림이 과한 멍청이라도 쳐들어오는 적은 막을 수 있어야 했다! 어쩌면 아예 막지 않았는지도 모른다. 로서의 말도 그렇고 그 이후에 들어온 보고서로도 확인된바, 그렇게나 수가 많으니 막더라도 힘으로 밀어붙였을 터였다. 하지만 적어도 진격 속도를 상당히 늦추고 호드에 심각한 피해를 줘, 로데론이 적절히 대비하도록 경고할 시간은 벌었을 수도 있었다. 오크가 이미 호숫가 평지까지 밀려온 상황에서 성문을 닫고 첫 번째 공격에 대비하는 것 말고는 테레나스 왕이 달리 무언가를 할 시간은 없었다.

트롤베인은 아직 전갈 서한을 그대로 구겨 쥐고 있다는 것도 잊고 그대로 자리에서 일어나 서성거리기 시작했다. 친구를 도우러 가고 싶었지만, 그게 최선의 행동인지 확신이 들지 않았다. 테레나스 왕은 훌륭한 전략가였다. 또한 육지에서는 가장 뛰어나다고 손꼽히는 경비대가 있었으며, 성문과 벽은 두껍고 튼튼했다. 첫 번째 진격은 확실히 버텨낼 수 있었다. 문제는 그다음 호드 전군이 산에서 내려와 단순히 머릿수로 수도를 밀어붙일 때의 일이었다.

"빌어먹을!"

트롤베인이 육중한 의자 옆을 지나며 주먹으로 팔걸이를 쾅 내리쳤다.

"페레놀드가 막았어야지! 적어도 우리에게 경고는 해줬어야지! 그 정도로 무능할 줄이야!"

문득 어떤 생각이 떠올라 그대로 멈춰 섰다. 페레놀드는 얼라이언스 일에 단 한 번도 적극적으로 나선 적이 없었다. 페레놀드와 그레이메인, 단둘이 반대했었던 게 기억이 났다. 수도에서 로서와 테레나스 왕과 다른 군주들과 함께 만날 때를 되짚어 보았다. 그레이메인도 얼라이언스를 결성한다는 생각을 한마디로 일축해 버렸지만, 그 이유는 길니아스는 침범하려는 멍청이가 있다면 박살을 내버릴 자신이 있었기 때문이었다. 그러나 페레놀드는 싸운다는 생각 자체를 싫어했다. 트롤베인은 이 이웃의 군주가 사실 겁쟁이고, 약자에게만 강한 면모를 보인다고 늘 생각했었다. 페레놀드는 자신이 유리한 상황임을 알면 아주 적극적으로 싸움에 나서지만, 조금이라도 손해를 볼 위험이 있다면 전투에 참여한다는 생각 자체를 싫어하는 위인이었다. 게다가 페레뇰드는 가장 먼저 호드와의 협상을 제안한 장본인이었다.

"멍청한 자식! 멍청한 배반자 같으니!"

트롤베인이 홧김에 걷어찬 의자는 화강암 바닥 위를 데굴데굴 굴러갔다. 그놈 짓이었다. 왜 아니겠는가? 놈이 호드와 협상을 한 것이다! 생각한 대로였다. 페레뇰드는 다른 이는 눈곱만큼도 신경 쓰지 않고 자기 안위만 챙겼다. 자신과 그 땅만 지킬 수 있다면 기꺼이 악마하고도 거래할 놈이었다. 그리고 실제로 그렇게 했다. 이제 모두 앞뒤가 들어맞았다. 아무런 경보도 울리지 않고 호드가 산맥을 넘을 수 있던 이유는 페레뇰드가 아무런 조치도 취하지 않고 다른 이들에게 경고도 하지 않았기 때문이었다. 호드가 그냥 지나가게 해 주었다. 어쩌면 전쟁 이후에 관용을 베풀어 주겠다거나 그 땅의 자치권을 약속받았는지도 모른다.

"으아아!"

너무 화가 나서 말도 나오지 않았다. 트롤베인은 의자 뒤 기둥에 걸려 있던 도끼를 홱 잡아 빼서는 앞에 있던 탁자를 쪼갰다. 단번에 산산조각이 나 버렸다.

"죽여버리겠어!"

트롤베인의 고함에 부하와 귀족들이 아연실색하여 움찔하며 물러났다. 그런 모습을 보니 더 중요한 일이 있음을 깨달았다. 개인적인 복수는 나중을 기약해야 했다. 전쟁이 먼저였다.

"군사를 소집해라. 알터랙으로 간다."

놀란 경비대에 지시를 내리자 경비 대장이 나섰다.

"하지만, 이미 병력 절반을 얼라이언스 본대에 보내지 않았습니까!"

트롤베인은 눈살을 찌푸렸다.

"음, 달리 도리가 없군. 닥치는 대로 소집해 와라."

"알터랙을 도우실 겁니까?"

귀족 하나가 물었다.

"말하자면 그렇지. 말하자면."

트롤베인이 도끼를 손바닥 위에서 무게를 가늠해 보다가 그 귀족을 보고 뜻보를 미소를 지었다.

안두인 로서는 면갑을 들어 올리고 주위를 둘러보았다. 손등으로 눈 주위 땀과 모래를 닦아 냈다. 그가 죽은 오크에게서 무심하게 검을 뽑아내자 한가득 묻은 피가 흘러내렸다.

"그게 마지막 놈입니까?"

"나도 모르겠다. 그랬으면 좋겠지만, 별 기대는 안 해."

병사의 질문에 로서가 솔직하게 대답하며 눈으로는 나무 부근을 두리번 거리며 살폈다.

"저쪽엔 이런 놈들이 얼마나 있습니까?"

다른 병사가 발치에 쓰러진 오크에게서 도끼를 뽑아내며 물었다. 작은 공터 여기저기에 시체가 널려 있었다. 전부 오크 시체는 아니었다. 끔찍한 소규모 접전이었다. 위쪽 가지는 너무 빽빽해서 와일드해머 부족이 그리핀을 활용할 수 없었기에 싸움은 전적으로 로서와 그 부하들의 몫이 되었다. 이기긴 했지만, 오크 본대에서 떨어진 작은 분대였기에 가능했을 뿐이었다.

"아주 많지."

로서는 무심히 대답하고는 부하들을 보았다.

"하지만 이제 좀 줄었겠지?"

부하들이 미소로 답하자 로서의 마음속에서 자긍심이 솟구쳤다. 로데론과 스트롬가드 출신의 병사들이었다. 일부는 길니아스와 알터랙에서, 그리고 로서와 함께 스톰윈드에서 온 병사도 있었다. 그러나 함께 몇 주를 보내는 동안 출신지의 차이는 아무도 개의치 않는 상태가 되었다. 모두 얼라이언스 병사들이었으며 형제처럼 하나가 되어 싸웠기에 함께 자부심을 느꼈다. 모두 이 부대처럼 잘 어우러진다면 이번 전쟁에서나 그 후에 로서가 바라는 평화 시대가 도래할 수 있다는 희망이 생겼다.

그때 한쪽으로 무언가 스쳐 지나가는 움직임이 보였다.

"공격 준비."

로서는 다시 면갑을 끌어내려 쓰고 잔뜩 경계하며 웅크려 앉은 다음 그 움직임을 향해 검을 겨눴다. 갑자기 나무 사이에서 튀어나온 그 형체는 오크가 아니라 인간이었다.

"사령관님! 전갈입니다!"

숨이 턱에 찬 병사가 헐떡이며 로서를 불렀다. 그렇지만 다친 것 같지도 않았고 검은 옆구리에 그대로 찬 상태였다. 그제야 로서는 병사가 한 손에 든 양피지 조각을 자신에게 내밀고 있음을 깨달았다.

"고맙다."

전갈을 받으며 인사했다. 한 병사가 전령에게 물 부대를 건네자 기꺼이 받아들었다. 로서는 작은 양피지 조각에 적힌 글을 읽느라 정신없었지만, 주위의 병사들은 로서의 투구 아래로 표정이 딱딱하게 굳는 것을 보고 덩달아 긴장했다.

"무슨 일입니까? 문제라도 생겼습니까?"

병사 하나가 용기를 내어 묻자 로서는 고개를 들고는 동그랗게 구긴 양피지 조각을 성가신 곤충인 양 엄지손가락으로 튕겨 버렸다.

로서가 고개를 끄덕이며 방금 받은 정보를 곰곰이 되씹어 보았다.

"호드가 로데론에 도달했다."

조심스럽게 말했지만, 몇몇 병사가 믿을수 없다는 눈치였다.

"아마 지금쯤 수도를 공격하고 있겠지."

"어떻게 해야 합니까? 바로 수도로 가야 합니다!"

로데론 출신인 병사 하나가 다급한 마음으로 이렇게 외쳤지만, 로서는 고개를 젓고는 애석해하며 말했다.

"거리가 너무 멀다. 제시간에 도달할 수가 없다."

절로 한숨이 나왔다.

"그러니 가지 않는다. 우리는 여기서 우리 할 일을 마무리해야 한다. 동부 내륙지에 남기고 간 오크를 확실하게 죽이든 몰아내든 해야지. 여기에 호드 거점이 생기게 해서는 안 된다. 그랬다간 대륙을 위아래로 오르내리며 활개 치고 다닐 테니까."

병사들은 고개를 끄덕이긴 했지만, 가족과 친구들이 자기네들의 힘으로만 호드를 상대하게 두고 자신들은 낙오자를 찾아 숲을 헤매고 다닐 생각에 그리 달갑지 않은 듯했다. 그렇다고 비난할 수는 없었다.

"투랄리온과 나머지 얼라이언스 부대를 믿어보자."

이 말을 듣고 몇몇 병사들이 희망에 찬 눈빛으로 고개를 들었다.

"그쪽 부대가 갈 것이다. 우리는 여기서 마무리하는 대로 수도로 진군하면서 거기서 도망치는 오크를 쓸어버린다."

그 말에 병사들이 환호했고 로서도 그 모습을 보며 미소를 지었지만, 여전히 오싹한 기분이 들었다. 병사들은 나중에 자신들이 수도를 도우러 간다는 것과 잔당을 처리하는 일만 남을 정도로 얼라이언스가 승리한다는 것, 둘 다 마음에 들어 했다. 그게 말처럼 쉬운 일이었으면 좋겠다는 생각이 들었다.

"잡담은 그만. 이 근처에 남은 오크 부대가 없는지 확인한 다음 맹금의 봉우리로 돌아가서 재정비한다."

로서는 몇 초 정도 여유를 두었다가 부하들에게 경고했다. 병사들은 순순히 고개를 끄덕이고는 무기를 들고 대충 열을 지어 섰다. 로서가 앞장서고 다 함께 숲 쪽으로 출발했다. 전령도 함께였다.

"놈들이 옵니다!"

테레나스 왕은 아래를 힐끗 내려다보고 얼굴을 찌푸렸다. 호드의 오크들이 호수를 건넜다. 눈이 좋은 궁수들이 호드가 얼기설기 다리를 세웠다고 확인해 주었지만 여기서 보기에는 그냥 개미떼처럼 호수를 까맣게 뒤덮은 것 같았다. 그리고 지금은 빠르게 수도의 성벽으로 접근하고 있었다. 왕은 호드의 머릿수만 보고도 경악을 금치 못했다. 여기 성루에서 보기에 놈들은 거대한 야수 같았는데 덩치는 인간 중에서도 가장 건장한 남자만큼 키가 크면서도 더 우람했으며 탄탄한 근육과 짐승같이 커다란 머리를 지녔다. 별다른 공성무기는 보이지 않았지만 굵은 통나무는 확실히 공성구로 쓸 심산인 듯했다. 그 외에는 거대한 망치, 도끼, 두꺼운 검을 든 모습이 보였다. 왕은 그들에게 밧줄과 갈고리도 있으리라 확신했다.

수도의 성벽은 언제나 견고했다. 그 어떤 적도 그 방어선을 뚫어보지 못했고, 그런 기록이 여기서 끝나게 하지는 않겠다는 테레나스 왕의 의지도 확고했다.

물론 수도의 대비가 완벽하지는 않았다. 사람들은 이미 대부분 성벽 안쪽에 살았기에 안으로 대피시키는 일은 쉬웠다. 가축이 더 문제였는데 일부는 그냥 운명에 맡겨야 했고 살림도 아주 작고 귀한 것 말고는 그냥 버려야 했다. 경비대는 성문을 닫고 봉쇄하기 전에 시민들과 그들이 아끼는 것을 안쪽으로 들이고 싶었지만, 대부분은 옷가지 몇 벌을 등에 지고 가재 도구나 그 외 살림살이를 되는대로 손에 들고 도망쳤을 뿐이었다. 주민들의 집은 분명히 호드가 파괴했을 테고 나중에 다시 복구하려면 상당한 시간이 지나야 하리라. 그러려면 오크를 몰아내고 다시 한 번 수도에서 나갈 수 있어야 했다.

왕은 성루를 따라 죽 훑어보았다. 경비병과 병사들은 대기 상태였다. 이렇게 큰 성벽을 이렇게 적은 수로 막아야 한다니! 왕의 병사 대부분은 로서를 따라 얼라이언스 본대와 함께 갔다. 그 결정을 후회하지는 않았다. 호드를 막아야 했고, 로서는 할 수 있는 한 하나라도 더 병사를 확보해야 했다. 물론, 호드가 이곳을 치러 오리라고는 예상하지 않았고 반드시 얼라이언스 군이 호드를 저지하거나 자신들을 따라와 수도의 방어를 도우리라고 생각했다. 그러나 수도가 함락된다 해도 마지막에 얼라이언스가 이긴다면 그 정도야 작은 대가일 터였다.

그렇다고 수도를 내어주겠다는 뜻은 아니었다. 다시 한 번 아래쪽을 훑어본 왕은 오크들이 적당한 거리까지 다가왔다고 판단했다. 큰 엄니와 많은 이들의 목과 팔과 머리에 주렁주렁 매단 술과 뼈와 장신구가 보였다. 이 전에 치렀던 전투의 전리품이 분명했다. 이번 싸움은 훨씬 까다롭다는 걸 깨닫게 해 줄 생각이었다. 어떻게 되든, 잊지 못할 싸움으로 만들어 주리라.

"기름을 부어라!"

테레나스 왕이 소리치자 열을 따라 있던 모레브와 다른 이들이 고개를 끄덕였다. 그들은 커다란 가마솥을 성루에 걸치고 펄펄 끓는 기름을 벽 위로 흐르게 부었다. 벽에 거의 다다랐던 선두의 오크는 튀는 기름을 뒤집어

썼다. 살이 녹아내리는 엄청난 고통으로 많은 오크에게서 비명이 터져 나왔다. 선두 대열 전체가 몸부림치고 이리저리 뒤틀리면서 그대로 붕괴했다. 몇몇은 비틀거리며 빠져나오기는 했지만, 다시는 일어나지 못했다.

"기름을 더 준비하라!"

신하들이 잰걸음으로 바삐 움직이며 왕의 명령에 따라 튼튼한 막대기로 두꺼운 가마솥을 들어 올린 다음 떠메고 갔다. 가마솥에 기름을 다시 채우고 끓여서 성루로 가져오기까지는 시간이 걸릴 터였지만, 호드가 그냥 가버릴 리는 만무했다. 이건 빠르게 치르는 소규모 접전이나 잠깐 격돌하는 싸움이 아니었다. 장기 공성전이 될 가능성이 높았다. 왕은 몇 주 동안 버틸 물과 식량이 충분하게 있다는 사실에, 성스러운 빛께 감사를 올렸다. 기름은 한두 번 붓고 나면 떨어질 테지만, 그건 방어의 시작일 뿐이었다. 감히 왕의 본거지를 공격하러 온 오크 놈들에게 본때를 보여줄 방법은 아직 여러 가지가 더 남아 있었다.

토라스 트롤베인은 그 지역의 튼튼한 산양이라도 된 듯, 징이 박혀있는 묵직한 장화를 신고 거친 회색 화강암에서 단단하게 디딜 곳을 잘 찾아내며 쉽게 산을 누볐다. 그 뒤로 부하들이 따라 움직였는데 하나같이 등산이든 전투든 능숙하게 해내는 자들이었다. 스트롬가드는 산속에 있는 왕국이었기에 아이들이 자랄 때부터 바위 표면을 딛고 봉우리를 오르는 법을 배우기 마련이었다.

앞쪽으로 첫 번째 알터랙 산길이 나타났다. 떨어지는 눈발을 헤치고 크고 건장한 체구가 어설프지만 꾸준하게 움직이는 모습들이 보이기 시작했다. 분명히 호드의 오크는 높은 고도나 산에는 익숙하지 않은 모양이었다. 알터랙과 스트롬가드의 아래쪽 이웃들이 물건을 거래하거나 서로 오가려고 산맥 바깥쪽으로 조심스럽게 깎아낸 산길이었다. 트롤베인이나 스트롬가드 사람들에게는 그런 편리함은 필요하지 않았다. 지금 눈앞에 있는 길처럼 긴 비탈길을 가다 갇히기보다는 원하는 대로 높은 곳을 오르는 걸 더 좋아했다. 이런 길은 봉쇄되거나 습격당하기 딱 좋았다.

부하들에게 손짓하며 트롤베인이 도끼를 들고 웅크렸다. 아직, 아직…. 지금이다! 모서리를 뛰어넘어 두 오크 사이로 가뿐히 내려서며 둘을 급습했다. 도끼가 번쩍이며 한 놈의 목을 베어내고 뒤로 후려치며 다른 놈의 목을 갈랐다. 둘이 쓰러지며 양쪽에 있던 오크들이 주춤하면서 무기를 들고 낮게 위협하는 소리를 냈다. 그러나 바로 그때, 트롤베인의 전사 넷이 산길로 뛰어들었다. 양쪽에 둘씩 서서 오는 오크들을 차례로 난도질했다. 병사들이 더 뛰어 내려와 이미 쓰러지는 오크의 뒤에 있는 오크까지 공격했다. 몇 분 안 되어 이십여 명의 오크가 죽었고 산길은 시체로 가득했다. 트롤베인과 부하들은 추위로 벌써 뻣뻣하게 굳어버린 오크를 한 무더기로 만들어 길의 제일 윗부분을 막아 버렸다. 그런 다음 부하 열 명을 그곳에 배치하여 임시 저지선을 지키게 한 다음 나머지 전사들을 이끌고 절벽을 기어올랐다. 북쪽을 향하며 트롤베인이 부하들에게 말했다.

"하나 처리했다."

다음 산길은 한 시간이 좀 안 걸리는 곳에 있었다.

역시나 다음 산길도 행군하는 오크들로 가득했고 같은 방식으로 습격했다. 오크들이 덩치가 크고 강인하며 거칠기에 무시무시한 존재라는 사실을 간파했지만, 동시에 추위나 산을 겪어본 적이 없는 데다 위에서 뛰어 내려 덮치는 적은 익숙하지 않았다. 두 번째 산길은 첫 번째만큼 처리하기 쉬웠고 세 번째도 마찬가지였다. 네 번째는 인간 넷이나 오크 셋이 나란히 걸을 수 있을 정도로, 여태까지 중에 가장 길이 넓었다. 이번에는 조금 까다로웠기에 트롤베인과 병사들은 네 명에게 동시에 뛰어내려 습격했다. 그리고 잠시 후 다음 길을 큰 바위를 굴려서 다시는 통행할 수 없게 만들어 버렸다.

다섯 번째 길은 오크가 없는 편이었다. 트롤베인은 거기에서 배치된 전 사들을 발견했지만, 전부 알터랙의 주황색 군복을 입은 인간이었고 산길 의 안쪽과 위쪽에서 보초를 서고 있었다.

"정지!"

알터랙 병사 하나가 트롤베인 무리를 발견하고 창을 겨누며 외쳤다.

"이름과 용건을 말씀하십시오!"

동료 병사 몇 명이 지원하려고 달려나왔다.

"스트롬가드의 왕인 토라스 트롤베인이다."

트롤베인은 간결하게 대답했다. 그저 명령에 따르는 병사들임을 알지 만, 좋게 보이지는 않았다.

"페레놀드는 어디 있지?"

"폐하께서는 성에 계십니다. 그리고 지금 우리 영토를 무단으로 침범하 시는 겁니다."

이름을 물었던 병사가 건방진 태도로 대꾸했다.

"그럼 오크는 뭐지? 놈들은 무단 침입자인가 아니면 손님인가?"

"오크는 절대로 지나가지 못합니다. 저희는 목숨을 걸고 이 통행로를 지 킬 겁니다!"

다른 병사가 당당하게 말하자 트롤베인이 대답을 이었다.

"잘 됐군. 다만 오크가 이 길을 지나지 않는 게 문제지. 지금 놈들은 남쪽 길 네 곳으로 온다."

그 말에 병사들이 소스라치게 놀랐다. 혼란스러워 보이는 병사 하나가 말했다.

"저희는 이곳을 지키도록 명을 받았습니다. 오크가 지나가려고 하는 길
이라고 했습니다."

"그런데 아니었지. 다행히 우리 병사들이 다른 산길을 막는 중이긴 하지
만, 이미 지나간 놈들이 많다. 그것도 로데론을 향해."

나이가 좀 들어서 확실히 고참병으로 보이는 병사 하나가 그 말이 무슨
뜻인지 알아듣고 새파랗게 질렸다. 그자에게 트롤베인이 다음 질문을 던
졌다.

"하스는 어디 있지?"

"하스 장군은 다음 산길에 계십니다. 저희 병력 대부분도 거기 있습니다."

그 병사는 그렇게 대답하고 잠시 고민하더니 한 가지 제안을 했다.

"저희와 함께 가셔도 좋습니다."

트롤베인은 길을 알지만, 호위 병사 하나를 붙여 간다면 하스와 이야기
하기가 더 쉬워지리라 생각했다. 그래서 고개를 끄덕이고는 부하들에게
자신과 알터랙 병사를 따라오도록 손짓했다.

다시 한 시간이 지나 다음 산길에 다다랐다. 알터랙에서 가장 넓은 길로
짐을 가득 실은 마차 두 대가 벽을 긁는 일 없이 지나갈 정도로 넓었다. 그
렇기에 병사 대부분을 배치해 지키는 것은 일리가 있었다. 만약 오크가 남
쪽이 아니라 북쪽으로 가는 상황이라면야. 트롤베인은 하급 사관 몇 명과
이야기를 나누는 하스를 발견했지만, 같이 온 병사가 그 다부진 체구의 장
군에게 경례할 때까지 기다렸다.

"하스 장군님! 스트롬가드 왕께서 방문하셨습니다!"

하스는 고개를 들고 트롤베인을 보더니 미간을 찌푸렸다. 그러더니 고
참병이 자리를 뜨며 경례하자 그에 답하며 발걸음을 트롤베인 왕 쪽으로

옮겼다.

"고맙다, 하사관."

고개를 숙여 왕에게 인사하는 하스의 목소리는 무거웠다.

"폐하."

트롤베인은 언제나 하스를 맘에 들어 했다. 이 장군은 믿음직한 군인이
자 훌륭한 전략가였고 동시에 괜찮은 동료였다. 하스와 싸우는 일은 늘 피
하고 싶었고 이번에도 그럴 일이 없기를 바랐다.

"장군, 오크가 남쪽 산길로 밀려오고 있소. 우리가 대신 길을 봉쇄했소."

단도직입적인 왕의 말을 듣고 하스가 파랗게 질렸다.

"남쪽 산길 말씀입니까? 확실합니까?"

왕이 고개를 끄덕이자 하스는 손사래를 쳤다.

"당연히 확실하겠죠. 하지만 어떻게 된 일입니까? 저희 폐하께서는 호
드가 남쪽이 아니라 북쪽을 지나간다고 친히 말씀해 주셨습니다. 그래서
저희를 보내 그쪽 대신 이 산길을 지키게 하신 겁니다."

트롤베인은 주위를 둘러봤다. 말소리가 들릴 만한 거리에 알터랙 병사
가 없는 걸 확인하고는 목소리를 낮춰 말했다.

"하스 장군, 장군은 훌륭한 군인이자 좋은 사령관이오. 하지만 거짓말
엔 늘 소질이 없었지. 장군은 놈들이 남쪽으로 간다는 걸 알지 않았소?"

알터랙의 하스 장군이 한숨을 쉬고, 금세 고개를 끄덕이며 그 말을 인정
했다.

"페레놀드 폐하께서 어떻게인지 몰라도 호드와 결탁하셨습니다. 자유
롭게 지나가도록 해주는 대가로 보호를 받기로 했습니다."

트롤베인이 고개를 끄덕였다. 예상대로였다.

"장군도 찬성하시오?"

하스가 뻣뻣하게 굳으며 민감하게 반응했다.

"저희는 절멸할 상황이었습니다! 놈들이 우리 모두를 제압하고 우리 백성을 모조리 도륙했을 겁니다! 그리고 저희에게는 아무런 도움의 손길도 없었습니다!"

장군이 고개를 저었다.

"페레놀드 폐하는 다른 무엇보다도 알터랙을 지킬 수 있는 선택을 하신 겁니다. 비겁하지만 많은 목숨을 살리는 결정이었습니다!"

"로데론에 얼라이언스로 지원한 목숨은 어떻게 하오? 장군이 호드를 그냥 지나가게 한 탓에 모두 죽을 텐데."

하스가 나직하게 묻는 트롤베인을 노려보았다.

"군인 아닙니까! 그 정도 위험은 감수해야지요! 호드는 우리 가족, 아이들까지 죽일 수도 있었습니다. 그건 다른 일입니다!"

트롤베인은 어느 정도 이 노장에 연민을 느껴졌기에 고개를 끄덕였다.

"맞소. 그건 다른 일이오. 그리고 알터랙 백성에 대한 장군의 충의는 높이 살 만하오. 그러나 호드가 로데론을 정복하면 대륙 전체를 마음대로 주무를 거요. 알터랙만 안전하리라는 보장이 어디에 있소?"

하스가 한숨을 쉬며 인정하고는 고개를 저었다.

"모르겠습니다. 놈들의 지도자가 폐하께 약속했다고 합니다만, 그런 놈들을 어디까지 믿을 수 있을지 모르겠습니다. 약속한 바를 지켜야 한다고 말씀드렸지만, 폐하께서는 그 약속을 철회해 버리셨습니다. 저는 폐하께 충성하기로 서약한 명이니 따라야 했습니다. 게다가 폐하의 말 대로 이게 살아남을 유일한 기회일지도 모른다고 생각했습니다."

장군은 눈살을 찌푸렸다.

"그러나 인류의 존망이 한 나라의 존망보다 더 중요하겠지요. 그리고 명예를 잃는다면 모든 걸 잃는 셈이지요."

턱을 치켜든 장군의 얼굴에는 결연한 표정이 어려 있었다.

"이제, 명예를 되찾겠습니다."

그렇게 선포하고는 돌아서며 부하들에게 외쳤다.

"하사관! 병사를 소집하라! 모두 최대한 빠른 속도로 남쪽 산길로 이동한다! 스트롬가드를 도와 길목을 지키고 호드를 몰아낸다!"

"하지만, 장군님…."

장교가 반발하려고 했지만, 하스가 그 말을 묵살하고 더 크게 외쳤다.

"제군들, 당장 움직여라!"

장군이 큰 소리로 고함치자 그 장교는 빠르게 경례하고 서둘러 명령을 이행하러 갔다. 하스가 다시 트롤베인에게 고개를 돌렸다.

"성에 계십니다."

간결한 말이었다. 누구를 말하는지 굳이 설명할 필요는 없었다.

"개인 호위대도 거기 있겠지만, 그래 봐야 스물 남짓입니다. 제가 폐하를 나오게 할 수 있습니다."

트롤베인은 고개를 저었다.

"지금 그 걱정을 할 때가 아니오. 게다가 내가 가면 침략이오. 장군이 가면 반역이고. 페레놀드 문제는 나중에 얼라이언스에서 처리하게 두고 지금은 호드를 막는 데 주력해야 하오."

"감사합니다."

장군은 고개를 끄덕인 다음 몸을 돌려 병사를 소집하는 장교들에게 갔다.

"빌어먹을, 너무 늦었어!"

투랄리온은 고삐를 당기며 아래 계곡을 내려다보았다.

카드가와 다른 기병대원은 투랄리온과 함께 맹렬한 속도로 달렸고 부대는 그 뒤를 따라 계속 행진해 왔다. 하스글렌의 구릉지를 지나 서쪽으로 가서 수도의 북쪽으로 나오면, 뒤쪽의 넓은 평원에서 도시로 접근할 수 있었다. 대관문도 그쪽이니 가장 좋은 방법이라 생각했다. 그러나 이제는 이동 시간을 늘리면서까지 좋은 위치를 잡는 의미가 있는지 확신이 들지 않았다.

투랄리온은 토라스 트롤베인으로부터 추가 병력을 구하는 일도 기대해 보았지만, 스트롬가드는 경로에서 너무 멀리 떨어져 있었다. 우회도 생각해보았지만, 호드가 자신들보다 앞서 산맥을 통과했다는 소식에 박차를 가해 계속 이동했다. 시간 안에 수도에 도달해야만 했다!

그러니 지금 산맥 끝자락에서 로데론의 일부인 계곡과 그 아래 호수를 내려다보니 이미 늦었다는 걸 깨달았다. 호드는 이미 그곳에 자리 잡고 계곡에 넓게 퍼져 가을 나무 주위에 쌓인 더러운 가지처럼 도시를 에워싸고 있었다.

"성벽을 뚫진 못할 거예요. 아직 늦지 않았어요."

옆에 서 있던 알레리아가 지적했다. 엘프는 전사나 순찰자 모두 수월하게 말들과 속도를 맞추었다. 알레리아와 로르테마르 테론 둘은 투랄리온과 함께 어떤 상황인지 보려고 앞으로 나왔다.

투랄리온이 실망한 마음을 뒤로하고 상황을 좀 더 냉정하게 파악하려고 하면서 수긍했다.

"그래요. 맞는 말입니다. 아직 끝난 전투는 아닙니다. 그리고 저희가 도우면 수도는 무너지지 않을 겁니다."

턱을 문지르면서 상황을 좀 더 충분하게 고려해 보고는 차분하게 말을 이었다.

"어쩌면 저희에게 유리할 수도 있겠습니다. 호드는 아직 저희가 온 것을 모르니 중간에 몰아넣을 수 있을 겁니다."

잠시 미간을 찌푸렸다가 다시 말을 이었다.

"그래도 테레나스 폐하께는 알려드려야 합니다. 그래야 협동 공격도 하고 폐하께서 고립되었다는 생각도 하지 않으실 겁니다."

테론은 고개를 끄덕이고는 아래와 저 너머에까지 가득 찬 오크 무리를 바라보며 투랄리온의 의견에 동의했다.

"좋은 생각입니다. 그런데 수도까지는 어떻게 갈 겁니까? 그 누구도 저 오크 전사들 사이를 무사히 지나갈 수 없습니다. 엘프라 하더라도요."

알레리아가 고개를 끄덕이며 수긍했다.

"여기가 숲이라면 해보겠어요. 하지만 여기는 펼쳐진 평원인 데다가 몸을 숨길 곳이 없어요. 도시에 가려는 건 그야말로 자살 행위죠."

투랄리온의 다른 쪽 옆에서 말 위에 앉아 있던 카드가 셋을 보고 빙그레 웃었다.

"저는 갈 수 있습니다."

어안이 벙벙해진 세 명의 표정을 보고는 웃음을 터뜨린 투랄리온은 땅딸막한 체구에 문신을 한, 곁에 있는 바위 위에 앉아있는 이를 힐끗 보며 한마디를 더했다.

"도움을 약간 받는다면요."

"폐하!"

테레나스 왕이 고개를 들자 병사 하나가 소리치며 벽 너머를 가리키고 있었다. 오크가 다시 떼를 지어 공격해 온다고 생각하며 병사가 가리키는 곳을 바라보았다. 그런데 그 방향이 아래가 아니라 위였다. 위를 쳐다본 테레나스는 거무스름한 형체가 곧장 날아드는 것을 보고 깜짝 놀랐다.

"궁수들을 대기 시켜라. 내 명령이 있을 때까지는 발사를 금한다."

왕은 그 형체에서 눈을 떼지 않은 채 외쳤다. 무언가가 이상했다. 아래에서 수천, 수만의 오크가 벽을 두드리고 있었다. 그런데 그 위로 무엇을, 무슨 종류인지는 몰라도, 단독으로 날려 보냈단 말인가? 정찰병인가? 첩자인가? 아니면 또 다른 무엇인가? 궁수들은 자리를 잡은 다음 장궁에 화살을 메우고 시위를 당긴 채로 참을성 있게 대기했다. 그 형체가 점점 커졌다. 그제서야 테레나스는 그것이 그리핀임을 알았다. 그것은 문장에 새겨진 모습보다 훨씬 더 아름답고 사나워 보였다. 지는 햇빛을 받아 깃털이 금빛과 보랏빛 붉은빛으로 반짝였다. 가까이 다가오는 내내 사나운 새처럼 생긴 머리를 이리저리 돌리며 번뜩이는 금빛 눈으로 주위를 살폈다.

그리고 그 등에는 마치 말을 타듯 안장에 올라타고 고삐를 쥔 형체가 있었다.

기수는 체구가 컸지만, 오크 정도로는 안 보였다. 게다가 아래에 있는 초록가죽 전사들과는 완연히 다르게 옷을 갖춰 입고 있었다. 계속 응시하던 테레나스는 보랏빛이 얼핏 스치자 안도의 한숨을 내쉬었다. 그건 갑옷이 아니라 로브였고 그게 의미하는 바는 단 하나였다.

"무기를 내려라! 달라란 마법사다!"

테레나스가 궁수들에게 소리쳤고 그리핀은 장엄한 날개를 퍼덕이며 곧장 하강하더니 궁수들이 방향을 바꿔 아래쪽 오크를 내려다보는 데도 머리 위에서 크게 한 바퀴를 돌아왔다. 분명히 착륙할 곳을 찾는 모양이었다. 마침내 그는 가까운 곳에서 가마솥과 쇠뇌, 봉화를 놓을 수 있도록 커다랗고 평평한 원형 바닥이 마련된 모퉁이 탑을 찾아 거기 안착했다. 테레나스는 그 방향으로 성큼성큼 걸어갔고 모레브가 바로 그 뒤를 따랐다. 왕이 탑에 도착했을 무렵 그리핀도 막 땅을 딛고 날개를 접는 참이었다.

"모는 법을 잊지 않아서 다행입니다."

그리핀을 몰았던 기수가 한 다리를 다른 쪽으로 돌려 빼내면서 안장에서 내려왔다.

"고맙다."

테레나스는 그 기수가 그리핀에게 뭐라고 중얼거리는 소리를 들었다. 그러자 그리핀도 울음소리로 대답했다. 그런 다음 그 마법사가 몸을 돌리니 짧게 깎은 흰 수염이 보였다. 테레나스는 곧바로 누군지 알아보고 덥석 손을 붙잡았다.

"카드가!"

"좋은 소식을 가져왔습니다."

늙어 보이는 젊은 마법사가 싱글싱글 웃으며 대답했다. 피곤해 보이기는 했지만, 그 외에는 괜찮아 보였다.

"투랄리온과 그 부대가 북쪽 계곡 바로 맞은편에 있습니다. 저희가 호드를 뒤에서 치면서 끌어내겠습니다."

카드가가 테레나스에게 알리면서 모레브가 내민 포도주 부대를 기쁘게 받아들고 빠르게 꿀꺽 한 모금 삼켰다.

"잘 됐군! 얼라이언스 병력이 여기 있으면 양면작전을 펼쳐 중간에서 오크를 칠 수 있겠어!"

테레나스가 손뼉을 치며 기뻐했다. 한동안 못 보던 모습이었다. 카드가도 명랑한 말투로 동의했다.

"그게 바로 투랄리온의 계획입니다. 쿠르드란 님이 이 그리핀을 빌려주신 덕분에 폐하께 날아와 협공을 논의할 수 있었습니다. 메디브 님이 그리핀 다루는 법을 알려 주셨는데 잊지 않아서 기쁠 따름입니다."

"가세. 하인들이 그리핀을 돌봐줄 걸세. 물을 가져다주고 뭐든 먹을 것도 찾아보라고 하겠네. 다음에 무엇을 해야 하는지, 이 더러운 오크 놈들이 감히 우리 도시에 무기를 들었던 것을 후회하게끔 하려면 어떻게 해야 하는지 투랄리온 경의 생각을 들려주었으면 하네."

"돌격!"

투랄리온이 망치를 장창처럼 앞에 들고 선두에 서서 물을 건너 둑 쪽에 집결한 오크 부대를 향해 곧장 말을 박차며 달려 나갔다. 그동안 온힘을 다해 사나운 기세로 성벽에 덤벼들었으나 아직 아무런 손상도 주지 못했기에 오크 대다수는 성벽 공략에만 집중하고 있었다. 그러느라 말발굽 소리가 났을 때 고개를 돌린 건 고작 몇 명뿐이었다. 그중 한 놈이 경고하려고 입을 여는 순간 투랄리온의 망치가 턱을 제대로 후려 갈겼고 그 힘을 그대로 받아 목이 꺾여 버렸다. 허물어져 내리는 놈의 몸을 투랄리온의 말이 그대로 뭉개버렸다.

그 뒤로 나머지 기병대가 따라 달렸고, 후미에서 보병이 행군하며 도시 북쪽 평원을 가로 질렀다. 그대로 진격하자 호드는 뒤돌아 얼라이언스군에 맞섰다.

바로 그때 도시의 쇠뇌가 소나기 같이 화살과 돌을 호드에게 퍼붓기 시작했다.

투랄리온은 기병들을 이끌고 호드의 전방 대열로 뛰어들어 헤집고 다니다 다시 돌아 왔다. 그때 도시 수비군이 두 번째로 공격했다.

이제 호드는 어찌할 바를 몰라 서성거리기만 했다. 도시 쪽을 바라보면 뒤에서 얼라이언스 병사들이 공격했다. 얼라이언스군을 바라보면 도시 수비군이 공격해 왔다. 아직 성벽을 뚫지 못했기에 수도 안으로 후퇴할 수도 없었다. 평지와 산을 타고 호수로 가려면 먼저 얼라이언스군을 뚫어야 했다. 어느 쪽을 향하든 오크는 죽을 수밖에 없었다.

하지만 얼라이언스에게는 불행하게도 호드의 머릿수가 차고 넘쳤다. 우람한 오크 전사의 대열이 무기를 들고 앞으로 나서자 투랄리온은 기수를 뒤로 물려야 했다. 엘프 궁수들이 비 오듯 화살을 쏟아 부어 많은 오크가 쓰러졌지만, 즉시 새로운 전사들이 그 빠진 자리를 메웠다. 오크는 육탄공세를 벌이기 시작했고, 얼라이언스군은 후퇴하지 않으면 육중한 오크들 몸에 그대로 깔릴 형편이었다. 투랄리온과 부하들은 점차 밀려나더니 호숫가에 이르렀다. 얼라이언스가 어느 정도 밀려나고 나자 남은 호드 병사의 절반이 다시 수도를 공격하기 시작했다. 호드 병사들은 계속 벽으로 뛰어들었고 곧 성 위에서 던지는 기름이나 바위나 자갈이나 다른 물건들이 동이 나 버렸다.

벽을 타고 기어오르는 침입자에게 쇠뇌를 쏘면 도시가 더 큰 피해를 받을 터였기에 함부로 쏠 수도 없었다. 그래서 오크들은 이제 아무런 위협도 받지 않고 벽을 기어오르며 성문을 두드려댔다. 아직은 문이 버티고 있지만, 계속 심각한 타격을 받는 상황이었다. 그리고 오크 전사들은 계속해서 성루까지 도달해 끝까지 기어오른 다음 기분 나쁘게 웃었다. 대부분은 꼭대기에 다다랐을 때 미처 몸을 완전히 넘기기 전에 가로막히거나, 칼에 찔리거나 두드려 맞았지만, 몇몇은 완전히 성루에 몸을 올린 다음 경비병을 공격하기 시작했다. 그렇게 올라온 놈들은 경비병을 아래쪽 아수라장으로 던졌고 그 때문에 벽의 수비 대열에 공백이 생기기 시작했다. 처음으로 벽을 타고 오르려던 놈들은 모두 죽었지만, 그 뒤로 더 많이 몰려왔고, 이제는 어느 정도 쌓인 시체가 벽을 오르는 오크의 엄폐물이 되는 동시에 경비병을 공격하기 전에 자리를 잡고 무기를 꺼내 들 발판도 되었다.

"이래선 안 되겠어! 이렇게 밀려오는 놈들을 압도하기엔 우리 병력이 모자라! 다른 방도를 취해야겠어!"

얼라이언스군이 다시 말에 올라 오크가 호수를 건널 때 조잡하게 만들었던 다리를 건너는 중에 카드가가 투랄리온에게 외쳤다.

"뭐든 환영이야! 마법을 쓸 수는 없어?"

투랄리온이 달려드는 오크 하나를 망치로 때려눕히면서 대답했다.

"할 수야 있지만 별 도움은 안 될 거야. 한 번에 몇 놈만 죽일 수 있거든. 폭풍우를 불러낼 수 있지만 별 도움도 안 되는데다가 그랬다가는 나중에 써야 할 때 마력이 없어서 못 쓸 거야."

카드가가 아주 가까이 붙은 오크 하나를 검으로 찌르면서 말했다.

"병력을 호수 건너편으로 후퇴시킨 다음 이 다리를 사수하자!"

투랄리온은 고개를 끄덕이면서 다시 망치를 휘두르는 동시에 방패로 오크 하나를 아래쪽 물속으로 떨어뜨리면서 친구에게 말했다.

"그런 다음 놈들이 우리 쪽에 신경을 덜 쓸 때를 기다렸다가 방향을 돌리면 다시 뒤를 공격하자."

카드가도 고개를 끄덕였다. 자신을 방어하느라 말할 여력이 없었다. 새로운 계획은 효과가 있었으면 했다. 그렇지 않다면 호드는 그냥 다리를 불태운 다음 계속 성문을 두드려 부수고 말 터였다. 일단 성문이 뚫리고 놈들이 도시 안으로 들어가면 그다음엔 몰아내기가 쉽지 않을 것이다. 카드가는 스톰윈드에서 오크가 도시를 점령하는 모습을 보았다. 다시는 그런 광경을 보고 싶지 않았다.

"성문이 부서집니다!"

테레나스는 터져나오려는 비명을 삼키며 고개를 저었다. 너무 정신없는 상황인지라 직접 확인할 수는 없었다. 테레나스가 아래 전투를 지켜보던 곳에서 그리 멀지 않은 곳으로 오크 하나가 올라와 날카로운 엄니가 보일 정도로 크게 씩 웃으며 육중한 전투망치를 느린 속도로 휘두르며 다가왔다. 테레나스도 마지못해 떨어져 있던 검을 집어 들었다. 자신이 투사가 아니라는 걸 알기에 고통스러운 순간이었다.

누군가 옆에서 나타났는데 모레브인 것을 알고 마음을 놓았다. 경비대 사령관은 긴 창을 들고 오크를 찔러 뒤로 물러나게 했다.

"폐하, 성문으로 가보셔야 합니다. 이놈은 제가 처리하지요."

침착하게 말하면서 오크를 한 번 더 찔렀다. 오크가 오던 반대편에서 다른 경비병 몇 명이 다가오는 게 보였다. 그중 둘은 마찬가지로 창으로 무장했다.

테레나스는 자신이 이곳에 있을 필요가 없다는 사실을 받아들이고 감사한 마음으로 검을 내려놓고 몸을 돌렸다. 몸을 숙이고 성루 안의 짧은 층계를 내려가 경비대 무기고 근처로 나왔다. 그리고 계속 벽을 따라 좁은 통로를 걸어갔다. 그 끝의 짧은 계단을 올라가자 다시 성루가 나왔다. 중앙 성문 바로 위였다.

성루 가장자리에 닿기도 전에 이가 맞부딪치고 돌들이 달그락거리는 것을 느끼며 벽을 얼마나 강하게 두드리는지 체험했다. 아래를 내려다보니 놈들이 두꺼운 나무줄기로 정문을 마구 두들기고 있었다. 서 있는 위치에서도 놈들이 한 번 타격할 때마다 성문이 흔들리는 게 보였다.

"문을 강화해라. 몇 사람 더 데리고 정문을 보강해라."

테레나스는 가까이 서 있던 부관에게 말했다.

"폐하, 무엇으로 보강하란 말씀입니까?"

"뭐든 잡히는 대로!"

테레나스는 젊은 부관의 물음에 이렇게 대답하고는 성벽 너머를 바라보았다. 셀 수도 없는 오크들이 거기에 집결하여 절망에 빠진 왕이 다스리는 도시를 공격하고 있었다. 그 너머로 다리 위에 금속이 반짝이는 것이 보였다. 투랄리온과 그 병력이 그곳까지 후퇴해 다음 작전을 구상하리라 생각했다. 테레나스는 그저 저들이 좋은 작전을 생각해 내기만을 바랄 뿐이었다.

17장

"우리가 이겼다!"

오크 하나가 소리치자 둠해머가 미소를 보였다. 승리가 눈앞에 다가와 있었다! 도시의 벽은 아무리 많은 병력을 투입해도 견고하게 버티고 서 있지만 계속 두드려대던 성문은 비틀리기 시작했다. 성문이 뚫리면 전사들이 수도로 밀고 들어가 남은 수비군을 박살내고 도시를 약탈하리라. 이 도시와 엘프의 숲을 거점으로 확보한다면, 대륙의 나머지 지역으로 빠르게 퍼져 나가면서 인간을 해안까지 밀어붙이다 마침내 바다에 몰아넣을 수 있을 터였다. 그러면 이 땅은 온전히 호드 차지가 되어 전쟁을 끝내고 새로운 삶을 시작할 수 있었다.

'오우거만 있었다면.'

둠해머는 다시 한 번 이 생각을 하면서 망치에 기대어 서서 한 번 더 나무와 쇠로 튼튼하게 만들어진 성문을 두드리는 부하들을 지켜보았다. 오우거라면 성벽을 오를 수도 있고 어쩌면 몽둥이로 두꺼운 돌에 구멍을 낼 수도 있었으리라. 굴단과 초갈, 그 부족들이 왜 아직 도착하지 않는지 궁금했다. 둠해머가 이끄는 부대가 산을 빨리 넘기는 했지만, 그래도 지금쯤은 여기 도착했어야 했다.

"둠해머 님!"

고개를 들자 전사 하나가 하늘을 가리키고 있었다. 그리핀이 더 오는가 하는 생각에 얼굴이 절로 찌푸려졌다. 그 깃털 달린 탈 것은 동부 내륙지에서 엄청난 위협이 되었고 쿠엘탈라스에서도 마찬가지였다. 여기에서는 아직 몇 마리 보지 않았는데 그중 한 마리가 성으로 날아갔다 돌아온 것을 빼고는 전투에 참여하지 않았다. 하지만 아직은 조심스러웠다. 와일드해머 드워프는 강인하고 억셌다. 탈것은 빨랐으면 폭풍망치는 오크의 전투 망치처럼 무시무시했다. 키가 작아도 가볍게 여길 적이 아니었다. 그런 드워프가 더 나타날 가능성이 있다면 대비를 해야 했다.

그런데 구름을 뒤로하며 검은 형체가 점점 커졌다. 그리핀치고는 너무 길고 구불구불한 모양새였는데 그 그림자가 하늘을 가로지르며 다가오자 전사들 다수가 환호성을 질렀다. 용이었다! 잘된 일이었다! 거대한 짐승이 성문에 불을 뿜고 성벽에서 수비병을 처리할 수 있을 터였다. 성은 이제 오크 차지나 다름없었다!

용이 호수에서 한참 떨어진 곳에 내려앉자마자 등 위의 안장에서 건장한 오크가 뛰어내렸다. 둠해머가 망치를 등에 다시 걸며 성큼성큼 다가갔다.

"둠해머 님은 어디 계십니까? 꼭 만나 뵈어야 합니다!"

기수가 강력하게 요청했다.

"여기 있다. 무슨 일이지?"

둠해머가 대답하며 나서자 전사들이 길을 비켜 주었다.

기수가 고개를 돌리자 둠해머는 이전에 본 적이 있는 전사임을 알아차렸다. 줄루헤드가 아끼던 전사였다. 보고에 따르면 강인한 오크였고, 고분고분하지 않은 용을 타겠다고 처음으로 나서던 자였다. 토르구스, 그래, 그게 이름이었다.

"줄루헤드 님으로부터 전갈을 가져왔습니다."

토르구스의 넓적한 얼굴에는 이상한 표정이 떠올라 있었다. 둠해머는 그 표정에서 분노와 혼란, 그리고 어쩌면 수치심과 두려움까지 보았다.

"말해 봐라."

둠해머가 대답하며 가까이 다가갔다. 용이 꼬리를 치면 닿을 만한 거리였지만, 지금은 얌전히 똬리를 튼 상태였다. 근처에 있던 오크들은 이 몸짓을 이해하고서 둘만 있도록 자리를 비켜주었다.

"굴단 일입니다. 놈이 도망쳤습니다."

토르구스는 건장한 축에 속하는 오크였고 둠해머와 비슷한 키였지만 말을 하면서 눈을 똑바로 보지 못했다.

"뭐라고?"

둠해머는 토르구스의 얼굴에 서렸던 두려움이 이해가 갔다. 그러면서도 분노로 피가 끓어올라 망치를 잡은 손에 얼마나 힘이 들어갔던지 나무로 된 자루에서 끽끽 소리가 날 정도였다.

"언제 그랬지? 어떻게?"

"둠해머 님이 떠난 직후였습니다. 초갈이 함께 갔습니다. 황혼의 망치 부족과 폭풍약탈자 부족을 거느립니다. 배를 타고 다시 대해로 나가 남쪽으로 항해하는 중입니다."

이 말을 하고 난 후에야 겨우 고개를 든 토르구스의 얼굴에서는 이제 두려움보다 분노가 더 크게 나타났다.

"저희 부족원 하나가 그들을 발견하고 아래로 날아가 왜 이상한 데로 가느냐고 물었습니다. 굴단이 사악한 마법을 써서 그 부족원을 죽였습니다. 제 눈으로 똑똑히 봤습니다! 그 뒤를 쫓고 싶었지만, 줄루헤드 님께 알려야 한다고 생각했습니다. 그리고 줄루헤드 님께서는 곧바로 저를 이곳에 보내셨습니다."

둠해머가 고개를 끄덕이며 맞장구를 쳤다.

"잘했다. 굴단이 너희 부족원을 죽였다면 너 또한, 아무런 거리낌 없이 죽였을 것이다. 그랬다면 우린 놈의 배반을 알 방법이 없었을 테고. 빌어먹을 놈! 믿을 수 없는 놈이라는 걸 알았는데! 이제 배까지 훔쳐 가다니!"

둠해머는 입술을 깨물고 이를 갈았다.

"놈을 쫓아 날아가면 됩니다. 줄루헤드 님께서는 다른 용 기수들을 대기시켜 놓겠다고 하셨습니다. 배와 거기 탄 오크를 모조리 불태워버릴 수 있습니다."

토르구스의 제안에 둠해머는 미간을 찌푸리며 대답했다.

"그렇기야 하지. 하지만 그러려면 상당히 가까이 접근해야 한다. 굴단은 강력한 마법을 쓰는 자고 초갈도 마찬가지다."

둠해머는 망치로 땅을 쿵 찍었다.

"그 제단부터 수상했어! 그런데도 놈이 오우거를 변형해 자기 부하로 삼게 내버려 뒀다니!"

어리석었던 자신의 판단을 자책하며 입술을 꽉 깨물었다. 그동안 인간을 대항할 새 전쟁 무기를 얻는다는 생각에 너무나도 들뜬 나머지 굴단은 본인에게 이득이 되는 일만 한다는 자신의 직감을 무시해 버렸다.

토르구스가 명령을 기다리는 중에 다른 오크 하나가 뛰어 들어왔다. 둠해머 휘하의 젊은 검은바위 부족 부관인 탈베크였는데, 꼬리 부근을 바로 지나쳐서 걸음을 멈췄다. 용은 성가신 듯 꼬리를 탁탁 쳐댔다.

"무슨 일이지?"

"문제가 생겼습니다. 산맥이 막혔습니다."

탈베크가 단도직입적으로 소식을 전했다.

"뭐라고? 어떻게 된 건가?"

둠해머가 고개를 돌려 용 너머로 알터랙 산맥을 쳐다보았다. 확실히 남쪽 산길에서 끊임없이 내려오던 오크의 검은 행렬이 멈춰 있었다.

탈베크가 고개를 저으며 대답했다.

"모르겠습니다. 어쨌거나 이제 그 길로는 지나갈 수가 없습니다. 정찰하도록 오던 길로 전사들을 보냈지만, 돌아오지 않았습니다."

표정을 보니 돌아왔어야 하는 때가 한참은 지난 듯했다.

"빌어먹을! 그 인간 놈들이 배반했군! 자기 종족을 팔아먹는 놈을 믿지 말았어야 했는데!"

말은 이렇게 하면서도 그 망토를 입은 남자는 겁을 잔뜩 집어먹어서 배반도 하기 어렵다는 생각이 들었다. 얼라이언스가 우월한 능력을 보여줬거나 호드의 통치보다는 더 가까운 미래에 일어날 만한 일을 들먹이며 위협했거나, 아니면 그놈의 배반을 발견하고 그 산길을 좌지우지할 수 있는 지위에서 끌어내렸거나 했을 터였다. 그래, 이게 가장 그럴듯했다. 그렇게 열정적으로 협상하려 했었는데 이제 와서 발을 뺄 것 같지는 않았다. 그것도 주변에 호드 전사들이 있는 상황에서는 더욱 아니었다. 놈은 붙잡혀서 축출되고 지금은 다른 놈이 산악 지역을 통제하는 게 분명했다.

하지만 그렇다고 상황이 달라지지는 않았다.

"거기 갇힌 오크가 얼마나 되지?"

"확실히 말씀드리기는 어렵습니다만 적어도 부족 절반쯤은 될 겁니다. 더 될 수도 있고요."

탈베크가 어깨를 으쓱하고는 이렇게 말하더니 주위를 힐끗 보았다.

"그래도 여기 전사가 더 많습니다. 굴단과 다른 이들이 도착하면 더 많아질 테지요."

둠해머가 씁쓸하게 웃었다. 마음이 요동치고 있었다.

"다른 이들이라니! 다른 이들은 없다!"

탈베크는 놀란 듯했다. 둠해머는 겨우 입을 뗐다.

"굴단이 우리를 배반했다. 배를 훔쳐 두 부족들을 이끌고 대해로 갔다."

"어째서 그랬을까요? 우리가 이 전쟁에서 지면 다 같이 갈 곳 없는 신세가 될 텐데요. 그놈도 마찬가지고."

탈베크는 진짜로 어리둥절해져서 질문을 던졌다.

둠해머는 고개를 저었다.

"놈은 단 한 번도 이 전쟁을 최우선으로 여긴 적이 없었다."

스톰윈드에서 처음으로 굴단을 마주했을 때를 떠올리며 놈이 했던 말을 더듬으며 차근차근 기억을 떠올려 보았다.

"다른 무언가를 발견한 게지. 강력한 무언가를. 무언가 호드가 보호해주지 않아도 강력한 존재가 될 수 있는 무언가를 말이야."

"이제 어떻게 해야 합니까? 이젠 저 도시를 차지하기엔 병력이 부족할지도 모릅니다."

탈베크가 질문하며 저 너머에 있는 도시를 새삼스레 다시 살펴보았다.

둠해머는 돌아보지 않아도 부관의 말이 옳다는 것을 알았다. 예상보다 도시는 견고했고 수비군은 격렬하게 저항했다. 느닷없이 후방에서 얼라이언스가 공격해 와 상당한 병력을 잃었다. 게다가 이제는 어느 쪽으로든 지원군을 기대할 수 없는 상황이 되었다.

문제는 그것만이 아니었다. 굴단의 배반 자체도 나쁘지만, 다른 오크들을 데려가기까지 했다. 그들은 호드의 목표보다 자신들의 목표를 우선시했고 동족의 어려운 사정보다 자기들의 이기적인 욕망을 앞세웠다. 바로 그게 둠해머가 먼저 블랙핸드를 죽이고 권력을 잡은 다음 부패를 척결하고 동족의 명예를 되살리겠다고 맹세한 이유였다. 이 반역은 절대로 그냥 넘길 수 없었다. 호드가 어떤 대가를 치르든 상관없었다. 둠해머 자신도 마찬가지였다.

"렌드! 메임!"

둠해머가 큰 소리로 부르자 블랙핸드 형제는 그 목소리에서 지체했다간 경을 칠지도 모른다는 낌새를 맡았는지 서둘러 달려왔다. 정찰병들이 트롤의 도움을 받아 완성한 지도를 떠올리며 둘에게 지시를 내렸다.

"검은니 웃음 부족을 데리고 남쪽으로 가라. 호수를 따라오던 방향으로 되돌아가다가 거기에서 언덕마루를 넘어 바다로 가라. 굴단이 도망쳤지만 두 부족만을 데리고 가는데 배를 전부 다 쓰지는 않았을 거다. 남은 배가 아직 거기 있을 거다."

엄니가 보일 정도로 인상을 잔뜩 찌푸리며 말을 이었다.

"배반자들을 추격해서 마지막 한 놈까지 처치하고 시체는 바다에 던져버려라."

"하지만… 이 도시는 어떡합니까! 전쟁은요!"

"우리 종족의 명예가 달린 일이다!"

렌드가 말대답을 하자 둠해머가 고함을 치며 당장 내리치기라도 할 듯이 망치를 들고는 메임 쪽을 보고 낮은 소리로 위협하며 너도 거역할 테면 해 보라는 뜻을 말없이 행동으로 표현했다. 그러고는 블랙핸드 형제를 쏘아보며 말했다.

"놈들을 그냥 둘 수는 없다! 너희 명예를 되찾을 기회라 생각해라."

둠해머는 심호흡을 하며 진정한 다음 말을 이었다.

"나는 우리 부족을 데리고 좀 더 천천히 이동하면서 얼라이언스가 너희 뒤를 쫓지 못하게 막으면서 가는 곳마다 이 땅을 유린할 생각이다. 이 도시로 돌아오는 경로는 모두 계속 그대로 두겠다. 나중에 여기로 돌아와서 원래 계획했던 일을 마무리할 거다."

둘에게 호언장담했지만 둠해머 자신도 그럴 수 있을지 의문이었다. 이번은 도시를 기습 공격할 수 있었지만, 그런 상황은 다시 오지 않을 터였다.

블랙핸드 형제는 고개를 끄덕이긴 하면서도 영 내키지 않는 눈치였다.

"분부대로 하겠습니다."

메임이 동의했고 둘은 몸을 돌려 자기 부하들에게 명령을 전하러 갔다.

둠해머는 가까이에서 대기하던 토르구스를 돌아보고는 지시를 내렸다.

"줄루헤드에게 용을 전부 대해로 보내라고 전해라. 최대한 빠르게 날아가라. 너희 부족원의 죽음을 복수할 기회를 놓치지 마라."

토르구스가 고개를 끄덕이며 앙갚음할 생각에 씩 웃고는 용으로 돌아갔다. 둠해머는 뒤로 물러나 그 거대한 생명체가 어마어마한 날개를 펼치고 다시 날아올 자리를 마련해 주었다. 용과 기수가 날아오르는 모습을 보며 다시 한 번 이를 갈았다. 충격과 분노로 손이 떨렸다. 이제 다 된 일인데! 기껏해야 하루 정도만 더 있으면 도시를 손에 넣을 텐데! 이제 그 기회는 사라졌다. 이번 전쟁에서 이길 확률은 좋게 생각해도 희박했다. 그렇다면 명예를 우선해야 했다. 가까이에서 대기하던 테론 고어핀드에게 벌컥 화를 냈다.

"썩어가는 시체인 네놈은 뭐냐? 한 번 굴단을 섬겼으니 놈이 우리를 배반했어도 따라갈 테냐?"

언데드 전사인 테론이 번뜩이는 눈으로 잠시 둠해머를 바라보더니 이윽고 고개를 젓고는 질문에 대답했다.

"굴단은 우리 민족을 저버렸소. 우리는 그러지 않소. 호드가 전부이며 당신처럼 계속 호드에 충성을 다할 거요. 당신이 이끄는 한은."

둠해머는 무뚝뚝하게 고개를 끄덕였지만, 내심 테론의 반응에 놀랐다.

"그렇다면 도시에서 후퇴하는 호드를 지키러 가라."

고어핀드는 순순히 둠해머의 명령에 따라 다른 죽음의 기사들과 언데드 군마가 있는 곳으로 성큼성큼 걸어갔다. 탈베크도 마찬가지로 자리를 떴다. 잠시, 둠해머 혼자만 남았다.

"굴단!"

둠해머는 망치를 높이 쳐들고는 허공에 대고 휘두르며 소리쳤다.

"반드시 이런 짓을 한 대가를 목숨으로 치르게 해 주겠다! 네놈이 우리 종족을 배반하고 목숨마저 위태롭게 한 죄를 물어 가혹한 고통을 안겨 주겠다!"

하늘은 아무런 대답이 없었지만 둠해머는 이렇게 선포하고 나니 기분이 약간 나아졌다. 망치를 내리고 다시 전장으로 향하면서 억지로 생각을 돌려 어떻게 하면 병사들을 남쪽으로 잘 이끌어 갈지, 어떻게 하면 호드의 나머지 병력을 바다로 보낼지 궁리했다.

굴단은 뱃머리에 기대서 바닷냄새를 들이켰다. 눈을 감고 신비한 감각에 온몸을 맡긴 채 전신을 감싼 마법의 짜릿한 느낌을 좇고 있었다. 그 기운이 거의 즉시, 너무나도 세게 몰아쳐 와서 신선한 피에서 나는 쇠 맛처럼 입안에 감돌았다. 그것은 너무나도 강력한 나머지 살갗이 따끔거리며 머리카락이 빠지직거릴 정도였다.

"멈춰라!"

굴단이 어깨너머로 소리쳤고 뒤에서 노를 젓던 부족원들은 동작을 멈췄다. 배가 즉시 멈추며 물 위에 그대로 미동도 없이 떠 있는 상태가 되었다. 굴단이 미소를 지으며 모두에게 알렸다.

"다 왔다."

"그, 그런데 여기에는 아무것도 없습니다만."

드락툴이라는 폭풍약탈자 부족원 하나가 의견을 말했다. 굴단이 돌아보며 드디어 감았던 눈을 뜨고서 그 젊은 오크 흑마법사를 노려보았다.

"없다고?"

굴단이 씩 웃었다.

"그렇다면 너를 사슬로 묶고 추를 매달아 바다 밑바닥까지 내려보내서 뭐가 있나 살펴보게 해야겠구나. 아니면 그냥 나를 믿고 여기서 잠자코 내가 하는 일을 보겠느냐?"

더듬더듬 사죄하며 뒷걸음질 쳤지만, 굴단은 그런 드락툴이 안중에도 없었다. 대신 시선을 돌려 옆의 배와 그 배의 뱃머리 근처에 서 있는 초갈을 힐끗 보았다. 그러고는 지시를 내렸다.

"다른 자들에게 알려라. 곧바로 시작하겠다. 둠해머가 이미 알아냈는지도 모른다. 목표를 달성하기 전에 놈에게 방해받고 싶지는 않다."

초갈은 고개를 끄덕이고는 고개를 돌려 옆 배에 뭐라고 소리쳤고 같은 방식으로 굴단의 지시 사항이 그 옆의 배로 계속 전달되었다. 밧줄이 던져지더니 곧 오우거 마법사들과 오크 강령술사들이 수영 실력에 따라 밧줄로 몸을 끌어당겨 건너기도 하고, 구명줄로 삼고는 헤엄치기도 하며 굴단의 배로 올라왔다. 굴단은 흑마법사가 모두 갑판 위에 모이자 그 앞에서 설명을 시작했다.

"우리가 찾던 고대 사원이 우리 밑에 있다. 거기까지 헤엄쳐 내려갈 수도 있지만, 얼마나 깊을지를 모르겠다. 게다가 어둡고 추운 곳은 질색이라 그러고 싶지는 않다. 대신 그 땅을 통째로 끌어올려 사원을 우리에게 가져오려 한다."

"그게 가능한 일입니까?"

새로 온 오우거 마법사 하나가 묻자 굴단이 대답했다.

"가능하다. 얼마 전에 우리 고향 땅에 오크들은 다른 땅덩이를 들어 올린 적이 있다. 어둠달 골짜기에서 화산 하나를 일으켰지. 그때 어둠의 의회를 이끌었던 내가 이제 너희들을 이끌어 주겠다."

굴단은 다른 질문이나 반대 의견이 더 나올까 해서 잠시 기다렸다가 아무 말도 없자 기쁜 마음으로 고개를 끄덕였다. 새로운 부하들은 이전 부하보다 힘이 셀 뿐만 아니라 더 순종적이기까지 했다. 그 두 가지는 굴단이 진정으로 맘에 들어 하는 특질이었다.

"언제 시작합니까?"

마침내 초갈이 질문을 던졌다.

"바로 지금이다. 지체할 이유가 있겠느냐?"

굴단은 대답을 하고 돌아서서 배의 난간 쪽으로 걸어갔다. 조수들도 양옆으로 늘어섰다. 그런 다음 눈을 감고 저 아래 잠들어 있다고 여겨지는 힘에 닿으려 애쓰기 시작했다. 쉽게 그 힘을 잡은 굴단은 단단히 그러쥐고는 마력으로 그 기운과 힘의 원천을 자기 쪽으로 끌어당겼다. 동시에 그 힘의 주변에 마법을 시전하여 같이 들어 올렸다. 머리 위 하늘이 어두워졌고 주위 바다가 거세게 소용돌이쳤다.

"잡았다."

굴단이 이를 악물고 조수들에게 말했다.

"내 마법에 집중하면 너희도 느껴질 것이다. 너희의 기운을 내가 구축해 놓은 마력에 쏟아 붓고 같이 들어 올려라. 당장!"

먼저 초갈이 힘을 더하고 그 뒤로 다른 이들이 합세하자 변화가 느껴졌다. 짙은 붉은색이 하늘에 번지더니 머리 위에서 천둥이 치고 거센 빗줄기가 쏟아지며 거친 파도가 배를 흔들었다. 엄청난 무게가 가벼워지면서 끌어올리는 일이 훨씬 수월해졌다. 아직 힘이 들기는 했지만, 극심한 고통이라기보다는 나름대로 견딜만한 수준이었다. 한 번 끌어당길 때마다 마법의 존재가 더 강력해졌고 그걸 붙잡은 굴단의 힘도 더 단단해졌다. 그 주위 땅을 붙든 힘도 마찬가지였다. 모든 자연이 저항했지만, 그들은 끌어올리는 힘을 늦추지 않고 단단히 버텼다.

몇 시간이나 그들은 그대로 서 있었다. 모여 있던 전사들의 눈에는 움직이지 않는 것처럼 보였지만, 사실은 어마어마한 힘에 맞서 사투를 벌이는 중이었다. 모두 떨어지는 빗물과 튀어 오르는 바닷물에 흠뻑 젖어 버렸다. 귀가 먹을 만큼 요란하게 천둥이 쳤다. 눈이 멀 만큼 번쩍이며 번개가 쳤다. 배가 이리저리 요동치는 바람에 전사들은 노를 꽉 움켜쥐고 자리에서 버텼다. 몇몇은 굴단과 다른 흑마법사들을 보며 어떤 지시가 있기를 기다렸지만, 배가 위험할 정도로 휘청일 때조차 아무도 움직이지 않았다.

그러다 선두 배 앞쪽 가까이에서 들썩이던 파도로부터 불과 연기 덩어리가 터져 올랐고 불꽃과 재와 수증기가 공기 중에 가득 찼다. 꺼끌꺼끌하고 뜨거운 공기 사이로 병아리가 부리로 알을 깨고 나오듯 무언가 물 위로 살짝 드러났다. 그것은 바위였는데 전사들이 너무 놀란 나머지 눈도 깜빡이지 못하고 숨도 쉬지 못한 채 지켜보는 가운데 점점 더 커지면서 빠른 속도로 위로 솟아올랐고 바닷물과 용암이 그 아래로 뚝뚝 떨어져 내렸다. 작은 바위가 큰 돌덩이가 되더니 돌덩이는 작은 고원이 되었고, 다시 고원은 널따란 바위 턱이 되었다가 작은 바위투성이 평원이 되었다. 첫 번째 자리에서 얼마 떨어지지 않은 곳에서 다른 형체들도 성난 바다를 뚫고 솟아올라 모습을 드러내었다. 모두 연결되어 있던 그 형체에서 바닷물이 빠져나가자 바다의 손아귀에서 섬 하나가 불꽃과 먼지와 증기를 뿜으며 통째로 나타났다. 두 번째로 그보다는 좀 더 작은 섬이 삐걱거리며 수면 위로 움직였고 세 번째, 네 번째 섬이 그 뒤를 이었다.

마침내 머리 위 하늘의 선홍빛 소용돌이가 사라지고 무겁게 내려앉은 잿빛 하늘로 바뀌었다. 파도도 큰 배의 돛대 높이 정도로 가라앉자 굴단이 눈을 떴다. 살짝 휘청거리다 난간에 몸을 기대는 모습은 굴단이나 흑마법사 몇 명이나 매한가지였다. 하지만 줄줄이 이어진 새 섬이 급작스럽게 상승하며 생긴 열기로 뭉게뭉게 김이 피어나고, 우르릉거리고 삐걱거리며 새롭게 자리를 잡는 광경을 훑어보며 미소 지었다.

"얼마 남지 않았다."

굴단은 땅을 올려다보고 마음으로 느끼면서 자신이 찾던 곳의 위치를 파악하고는 조용히 중얼거렸다.

"조만간 너희들을 뛰어넘어 내가 찾는 사원으로 성큼성큼 들어가 그 안의 엄청난 선물을 이 손안에 넣으리라."

"놈들이 보입니다. 저기 있습니다. 저 섬에서 좀 떨어진 곳입니다!"

전사 하나가 외쳤다.

검은니 웃음 부족의 두 족장 중 하나인 렌드 블랙핸드는 그 오크 전사가 가리킨 곳을 보았다. 오는 내내 바다와 하늘이 미친 듯이 소용돌이치던 곳 근처였다. 마침내 그곳 앞쪽에서 서쪽까지 섬의 곶이 흐릿하게 보였고 그와 나란히 검은 형체들도 있었다.

"좋아."

고개를 끄덕이고는 도끼자루에 손을 얹었다. 그리고 북을 치는 고수에 게 일렀다.

"속도를 높여라. 어딘가 비밀 은신처로 사라져버리기 전에 놈들을 잡아 야 한다."

다른 배에서는 동생 메임이 자기 휘하의 고수에게 얘기하고 있었다. 비 슷한 지시일 게 뻔했다.

"저희한테 마법을 쓰면 어떻게 합니까?"

젊은 전사 하나가 물었다. 다른 몇 명도 같은 게 궁금하다는 듯이 고개를 끄덕였다. 지금 병사들이 얼라이언스의 포로가 되거나 용에게 먹히는 일 보다 더 심각하게 두려워하는 일이 하나 있다면 바로 마법이었다. 그런 걱 정을 한다고 병사들을 나무랄 수도 없었다. 굴단 일당과 싸우는 일은 그다 지 내키지 않았다. 그러나 둠해머가 명령을 내렸고, 블랙핸드라는 이름이 걸린 일이 되었다. 렌드는 제대로 완수해볼 생각이었다. 하다가 죽는 한이 있더라도.

"놈들의 마법은 강력하다. 그리고 굴단은 혼자서도 우리 서넛쯤은 불과 몇 분 안에 처리할 수 있지. 하지만 그 몇 분이 꼭 있어야 해. 그리고 직접 접 촉하거나 가까운 거리, 아니면 제물이 될 대상의 물건이라도 있어야 하지."

렌드가 웃었다.

"대흑마법사에게 물 부대나 철장갑 한 켤레, 숫돌을 빌려줬던 병사 있 나?"

몇몇이 낄낄거렸다. 렌드가 기대한 반응이었다.

"만약 그렇다면 우리가 뭍으로 건너갈 때까지 흑마법사들 근처에는 가 지 말고 놈들이 가까이 오게도 하지 말아라. 그리고 어떤 주문을 외우기 전에 떼로 덤벼라."

렌드는 자기 말뜻을 강조하려고 도끼를 톡톡 두드렸다.

"그런 힘이 있긴 하지만 그래도 놈들 역시 오크다. 그리고 피를 흘리고 죽는 존재지. 고향에서 하던 오우거 사냥이나 별반 다를 바가 없다. 오우거 하나는 오크 한둘보다야 힘이 세겠지만, 놈들의 힘을 빼고 무리 지어 공격하면 반격하지 못하게 할 수 있다."

전사들이 고개를 끄덕였다. 무슨 말인지 이해했기에 이제는 마법을 그냥 다른 무기 정도로 생각하며 더는 두려워하지 않았다.

"거의 다 왔습니다."

그때, 키잡이가 상황을 알려왔고 렌드는 자기 뒤쪽으로 배의 모서리 너머까지 힐끗 쳐다보았다. 이제 섬의 한쪽 면이 드러났기에 여러 배들 크기와 비교해 보니 이 새로운 섬이 상당히 크다는 사실을 알 수 있었다. 여태까지 이 세계에서 보았던 여느 섬보다도 더 컸다. 좁쌀만 하던 배가 완전한 모양이 되면서 거기에서 오크들이 컴컴하고 축축한 땅으로 쏟아져 내리는 광경이 보였다. 렌드는 끓어오르는 분노를 삼키고 명령을 내렸다.

"상륙 준비! 상륙 후에는 흑마법사를 노려라. 그리고 앞을 막는 건 누구든, 뭐든 모조리 죽여버려라."

"누군가가 오는 모양입니다."

초갈이 굴단에게 알렸다. 배는 드디어 해안에 닿았고, 새로운 섬은 아직도 몸서리치며 김을 내뿜고 가끔 불과 용암을 토해냈다.

손짓하는 곳을 따라가 보니 저 멀리에서 섬으로 다가오는 함대가 보였다.

굴단이 있는 섬이었다. 앞장선 배의 움직임을 보고 돛이 아니라 노를 쓰는 배임을 알았다. 그렇다면 답은 하나였다. 오크였다. 호드에 발각된 것이다.

"빌어먹을 놈 같으니."

절로 욕과 한숨이 나왔다.

"무슨 놈의 결정을 그렇게 빨리 내리지? 하루만 더 있었어도 놈들이 오기 전에 여기에서 일을 끝냈을 텐데. 하는 수 없지. 전사들에게 전투를 준비하라고 일러라. 내가 사원에 들어가 무덤을 찾는 동안 네가 놈들을 막아라."

초갈이 머리 두 개로 씩 웃었다.

"여부가 있겠습니까."

이 거대한 덩치의 두 머리 오우거와 그의 부족은 하나같이 광기에 가득 찼으며 세상의 끝을 불러오는 일을 열렬히 믿고 추구했다. 무엇보다 폭력을 쓰고 피를 부르는 방법을 더 선호했다. 황혼의 망치 부족 오크는 모두 같은 믿음이 있었고 궁극적으로 세상의 종말을 앞당길 수 있다면 어느 누구든지, 무엇이든지 기꺼이 싸울 터였다. 대부분 드레노어에서 악마의 피를 마셨고 그 때문에 타고난 피의 욕망이 백 배는 더 강해졌지만 아무런 상관도 없었다.

"아무도 들여보내지 않겠습니다."

초갈이 옆구리에서 길고 날이 굽은 검을 뽑아 들며 자신 있게 말했다.

"좋다."

굴단은 고개를 끄덕이고는 몸을 돌려 조심스레 섬 안쪽으로 발걸음을 옮겼다. 내딛는 걸음마다 김이 피어올랐다. 드락툴과 다른 강령술사와 오우거 마법사들이 재빨리 그 뒤를 따랐다.

"공격!"

렌드가 소리치며 도끼를 단단히 붙잡고 전사들과 함께 앞으로 달려나갔다.

"배신자를 죽여라!"

"배신자에게 죽음을!"

메임이 옆에서 외쳤다.

"싸워라!"

초갈이 우렁차게 포효하며 낫같이 생긴 칼을 들어 올리자 길고 날카로운 칼날이 지는 햇빛을 받아 번뜩였다. 다른 머리도 말을 더했다.

"이 땅에 놈들의 피가 흘러넘치게 해라. 놈들의 죽음으로 종말의 때를 앞당기리라!"

양쪽 병력은 용암이 흐르는 바위투성이 해안에서 우레 같은 기세로 격돌했다. 오크와 오크가 맞붙었다. 무기가 서로 맞부딪쳤다. 도끼와 망치와 검과 창이 오르락내리락하고 휘둘렀다 찔렀다 했다. 엄청난 기세와 격노와 폭력이 난무했다. 사방에서 피가 뿜어져 나오며 텁텁한 공기에 붉은 안개가 서렸고 가까이에서 철썩이던 파도는 검게 물들었다. 아직 고르지도 안정되지도 않은 땅이 점점 피로 번들거렸고, 많은 전사가 미끄러워 균형을 잃고 넘어졌다가 다시 일어나려고 애쓰는 사이 목숨을 잃고 말았다.

전투는 격렬했다. 초갈의 전사들은 무자비하게 싸웠고 자신들의 안위 따위는 생각도 하지 않았다. 그들의 목표는 오직 피해와 고통을 가능한 한 많이 주는 것뿐이었다. 둠해머의 병사들은 복수심과 정의감에 불타 싸웠다. 자신들을 배반하고 그 때문에 이런 전투를 치르게 한 굴단을 응징하고자 싸웠다. 양쪽 다 목표가 분명했기에 어느 쪽도 쉽게 물러서지 않았다.

양측의 차이점 하나는 머릿수였다. 굴단은 자신의 폭풍약탈자 부족과 초갈의 황혼의 망치 부족만 데리고 왔다. 폭풍약탈자는 가장 규모가 작은 부족으로 전부 흑마법사였기에 하나도 빠짐없이 굴단과 함께 갔다. 지금은 황혼의 망치 부족만 남아서 둠해머의 군대를 막았다. 렌드와 메임 블랙핸드가 데려온 병사는 자신들이 다스리는 검은니 웃음 부족으로, 호드에서 가장 규모가 큰 편이었다. 황혼의 망치 부족 전사들도 자신들이 수적으로 열세라는 사실을 알았다. 전투가 길어지면서 양쪽에서 사상자가 많이 나오자 차이가 나타나기 시작했다.

그러나 광적인 오크 전사들은 굴복하지 않고 마지막 하나까지 싸웠다. 그러면서 둠해머의 병력에도 상당한 손실을 안겼다. 초갈은 가장 강인한 검은니 웃음 부족 전사 하나의 오른팔을 자르며 쓰러졌고, 그 전사는 쌍도끼를 초갈의 가슴에 박았다. 다른 검은니 웃음 부족원 하나는 뒤로 휘두르는 전투 도끼에 제대로 맞아 한쪽 눈을 잃었다. 그러나 결국 격렬했던 해안에는 사방에 시체만 어지러이 널린 가운데 블랙핸드 군대만이 남았다.

렌드가 길게 베인 틈에서 아직 피가 흐르는 오크 시체의 가슴에 도끼를 문질러 닦으며 말했다.

"이제 굴단을 쫓는다. 그놈에겐 들을 대답이 많다."

굴단은 고대 사원의 가장 아랫부분에 서 있었다. 수백 년간 이끼, 곰팡이, 산호, 따개비로 덮인 사원의 외벽은 거의 보이지 않았다. 그래도 쿠엘탈라스에서 얼핏 보았던 것과 같이 웅장하고, 그 양식이 일치하는 건축물의 외곽을 알아볼 수 있었다. 엘프가 공들여 만든 곳이었다. 한때는 아름답고 화려하게 꾸며졌으리라는 확신이 들었다. 그러나 지금 벽은 거칠고 울퉁불퉁한 데다 그 자체도 섬세하게 세워진 건축물이라기보다 흙과 해초와 따개비가 저절로 쌓여서 만들어진 고분 같았다. 하지만 모양은 어찌 되었든 아무런 상관이 없었다. 굴단은 눈에 보이지는 않지만, 몸으로 느껴지는 힘의 진동 때문에 흥분했다. 그 힘이 어찌나 강력하게 끌어당기는지 건물의 그 주위 구조가 흔들릴 정도로 강력한 영향력이 눈에 보이는 듯했다.

"들어가자."

굴단이 드락툴과 다른 오크들에게 말했다.

"무조건 들어가야 한다."

사실 사원의 정면 계단 너머까지 데리고 들어가야 하는 문제를 놓고 고심했었다. 그 안에 살게라스의 무덤이 있고 그 안에 보관된 살게라스의 눈을 이용하여 신과 맞먹을 만큼 엄청나게 강력한 힘을 얻을 수 있었다. 과연 혼자서 해낼 수 있을 것인가? 아니면 내키지는 않지만 나머지 어둠의 의회와 힘을 나눌 것인가? 고대 사원 안에 또 다른 무언가가 있을지도 모른다는 생각이 들자 마침내 결정을 내릴 수 있었다. 굴단은 종복들과 조수들을 데리고 사원 안으로 함께 가는 게 좋겠다고 생각했다. 필요하다면 무덤에 다다르기 전에 언제든 전부 죽여 버리면 될 일이었다.

조심스럽게 안으로 들어가며 굴단은 주변을 더 잘 둘러보고자 초록색 빛의 구체를 만들어 내었다. 이곳의 통로와 방도 건물의 외관처럼 변형되어 있었다. 바닥은 모래와 자갈과 해초로 뒤덮였고 벽은 더 많은 물풀과 다양한 크기와 종류의 조개들이 빽빽이 붙어 있었다. 심지어 문의 모양도 바뀌어 모서리는 닳고 모양은 둥글어졌으며 오랜 세월 동안 생물체가 달라붙어 있었던 탓에 기이하게 변형되어 있었다.

"멍청이들아, 서둘러라."

굴단은 조바심을 내며 부족원들을 다그쳤다.

"흩어져서 주 통로를 찾아! 무덤 수호자들이 깨어나기 전에 눈의 방에 도달해야 한다!"

"수호자들이라니요? 수호자 얘기는 없으셨잖습니까!"

흑마법사인 우를룩 클라우드킬러가 머뭇머뭇 말했다.

"이 쓸개 빠진 겁쟁이들 같으니!"

굴단이 격분하여 움츠린 우를룩의 얼굴을 갈겼다.

"움직이라고 했지!"

이 이상한 장소와 안에 끔찍한 것이 있을지 모른다는 생각에 느꼈던 공포가 굴단의 격한 분노를 보고 일시적으로 억눌렀다. 그 덕분에 움직일 엄두가 난 흑마법사들은 이리저리 건물을 수색했다. 마침내 일행은 커다란 중앙 회랑을 발견하고 그 길을 따라 나아갔다.

더 깊숙이 들어갈수록 침식의 흔적이 덜했다. 이제 굴단의 눈에는 기둥의 정교한 조각과 벽을 따라 세심하게 새겨진 문양과 더불어 바닥과 천장을 아름답게 수놓은 모자이크가 보였다. 물론 그림은 전부 바닷물 때문에 망가진 지 오래였지만, 남은 장식만으로도 이 건물이 얼마나 아름다웠는지 알고도 남았다. 아무리 관심이 없는 방문객이라도 감명을 받을 만큼 진정으로 공을 많이 들이고 화려하게 장식했던 사원이었다.

그러나 굴단은 어느 하나에도 눈길을 주지 않았다. 한 가지, 오직 가장 밑바닥의 지하 묘지에서 굴단을 기다리는 마법 단 하나에만 흥미가 있을 뿐이었다. 드디어 묘지 문에 도달한 굴단은 잠시 멈추고 그 순간을 음미했다.

"자, 살게라스여. 이제 남은 힘은 무엇이든 내가 차지하겠다. 그리고 이 더러운 세상도 굴복시키고 말겠다!"

굴단은 벌써 강한 기운을 느낄 수 있었다. 그의 오감은 춤을 추고 마음은 기대감으로 전율했다. 초록색 빛의 구체는 처음에 만들어 냈을 때 손바닥만 했지만, 이제는 머리통 두 배만큼 커졌다. 넘실거리는 불빛은 너무 밝아 직접 쳐다보지 못할 정도였고 그 열기는 너무 뜨거워서 움직이는 대로 벽을 녹여버리겠기에 방 중앙에 띄워 두어야 했다. 힘의 원천에 가까워지기만 했는데도 이 정도라니! 실제로 그 힘을 완전히 흡수하고 나면 과연 어떤 일까지 해낼 수 있을까?

이런 생각을 하면서 굴단은 다른 이들에게 물러나라고 손짓했고, 모두 순순히 방의 반대편 벽까지 갔다. 그런 다음 손을 내밀어 거대한 검은색 강철 묘지 문에 달린 묵직한 돌 손잡이를 그러쥐었다. 사원 전체에서 이만 큼 아무런 장식이 없는 곳은 몇 안 되었다. 횅할 정도로 간결하기에 오히려 석상이나 조각에 없는 위엄이 느껴졌다. 분명히 그런 치장이 어울리지 않을 만큼 아주 중요한 곳이라는 뜻이었다. 이곳에 간직된 것이 무엇인지 확인하고 싶은 마음이 굴뚝같은 굴단은 온 힘을 다해 손잡이를 아래로 당 겼다. 몇 세기나 사용하지 않아서 뻑뻑했지만, 온몸에 마법이 통하면서 찌 르르한 느낌이 들었다. 그 자체로는 해롭지도 않을뿐더러 진짜 마법이라 기보다는 다른 마법의 발동 장치 같았다. 그리고 그 뒤로 훨씬 더 거대하 고 강력한 마법이 연결되었다는 게 느껴졌다. 하지만 첫 마법이 온몸을 훑 고 지나갔는데도 연결된 마법이 발동하지 않았다. 살게라스가 확인해 준 대로였다. 에이그윈은 이 지하 묘지에 인간, 엘프, 드워프, 심지어 노움까 지, 이른바 모든 종족이 들어오지 못하게 봉인해 두었다. 그러나 굴단은 오크였고 에이그윈은 드레노어의 존재조차 몰랐다. 그 봉인 마법에 오크 는 포함되지 않았기에 굴단은 아무런 문제없이 손잡이를 마저 밀 수 있었 다. 커다랗게 삐걱거리는 소리가 났고 다시 힘껏 잡아당기자 문이 활짝 열 렸다.

출입구 너머에는 굴단의 빛으로도 뚫리지 않는 어둠이 놓여 있었다. 그 어둠은 너무도 차가워서 순식간에 손이 곱아 버리고 입김은 얼어붙었다. 천천히 그 어둠이 적당한 형체로 합쳐지며 형태를 이루었다. 휙휙 움직였 다가 스멀거리다가 뒤틀기도 하는 형체에는 다른 곳보다 더 어둡게 빛나는 '눈'이 달려 있었다. 그 눈의 어둠이 너무나도 깊어, 바라보기만 해도 고통스러울 정도였다. 그때 거무스름한 형체들이 미소를 지으며 지하 묘지 문으로 가더니 영겁의 감옥에서 빠져나왔다. 그리고 그 자리에 굳어버린 굴단과 흑마법사들에게 다가왔다.

악마였다. 하지만 이전에 봤던 악마와는 달랐다. 굴단은 예전에도 끔찍한 생물체들을 많이 접해봤다고 생각했지만, 이 존재에 비하면 전부 다 그냥 아무런 해도 없고 쉽게 제거할 수 있는 허깨비에 지나지 않았다.

'안 돼! 이럴 리가 없어! 살게라스가 약속한 게 있는데!'

입 밖으로 말이 나오지 않아 마음속으로 비명을 질렀다. 마법을 불러오려고도 하고 손을 들어 보려고도 하고, 도망치려고도 해보고 무엇이든 해보려고 했다. 그러나 눈앞에서 그 존재들을 보고 있는 것만으로 육체와 영혼이 마비되어 버렸다. 스스로 마법에 통달했다고 생각했지만, 그저 가만히 지켜보며 떠는 것 외에 아무것도 할 수 없었다. 그것들이 스멀스멀 기어와 어슴푸레한 발톱을 뻗어 얼굴을 어루만졌다.

발톱이 처음 닿는 순간에 마비가 풀리며 굴단은 자신도 모르게 도망치고 있었다. 이 악몽 같은 곳에서 벗어나려고 서두른 나머지 계속 넘어졌다. 드락툴과 나머지 흑마법사들은 바로 뒤에 서 있었는데 이제는 어디서도 보이지 않았다. 이미 도망친 모양이었다. 지하 묘지에서 나는 비명이 위로 울려 퍼지는 동안 굴단 역시 복도와 복도를 계속 달려갔다. 발톱이 닿은 자리가 화끈거려 손으로 만져 보니 깊게 베인 상처가 느껴졌다.

"살게라스, 이 빌어먹을 놈 같으니!"

휘청거리며 기둥을 지나 방과 벽감을 지나 달리면서 저주를 퍼부었다.

"이런 식으로 무너지지는 않겠다! 나는 굴단이다! 난 어둠의 화신이다! 이렇게… 끝날 수는 없다."

그러고는 잠시 멈춰 서서 숨을 고르며 뒤쪽에 무슨 소리가 나는지 귀를 기울였다. 아무것도 들리지 않았다. 비명소리도 들리지 않았다.

'제기랄. 나약한 겁쟁이들 같으니.'

아래까지 자신을 따라왔던 폭풍약탈자 부족원들을 떠올려 보았다.

"이미 다 죽어버렸겠지!"

뺨이 욱신거렸다. 한 손으로 상처에서 흐르는 피를 막았다. 어지러워지며 팔다리에서 힘이 빠졌다. 자신을 엄하게 다그쳐 보았다.

"그래도 계속 가야 한다. 내 힘만으로 충분히…"

무언가 소리가 들려 자세히 들어보려 혼잣말을 멈췄다. 무슨 소리지? 희미하게 되풀이되는 소리에 온몸이 스멀거렸다. 잔인하면서도 무언가 재미있어 하는 소리라니?

"그 웃음은… 살게라스 네놈인가? 날 놀리려 하는가? 내가 그 불타는 눈을 손에 넣은 다음에도 그렇게 웃을 수 있는지 보자, 악마야!"

모퉁이를 돌자 널찍한 방이 나왔고 벽에는 놀랍게도 아무것도 없었다. 형언할 수 없는 무언가에 이끌려, 굴단은 가장 가까이에 있는 벽으로 다가가 자신의 피로 지하 묘지와 그 수호자들에 대해 적기 시작했다. 몇 번이나 휘청거렸고 무거워진 팔이 아래로 처졌다.

"수호자들에게… 습격을 받았다."

힘겹게 글을 이어갔다.

"나는… 죽어가고 있다."

굴단도 그것이 사실임을 알았다. 그리고 죽음이 찾아오기 전에 이야기를 다 적으려고 애를 썼다. 하지만 아까 지하 묘지에서 들었던 소리가 뒤쪽에서 들려왔다. 똑같이 무미건조하고 무언가에 굶주린 듯 박박 긁어대는 소리였다. 놈들이 쫓아오고 있었다.

"부하들이 나를 버리고 가지만 않았어도…"

이제는 눈을 뜨고 있기조차 힘들었다. 목이 막혀 말도 나오지 않았다. 그러나 부하들의 잘못이 아니었다. 자기 잘못이었다. 지금껏 내내 자신이 주도권을 쥐고 있다고 생각했지만, 사실은 그저 얼간이었고 졸개였고 노예에 지나지 않았다. 굴단의 존재 자체가 사기이자 하찮은 웃음거리일 뿐이었다. 그리고 그마저도 곧 끝이 날 터였다.

'어리석었다.'

속으로 생각하며 쓰기를 그만두고 다시 몸을 돌려 달아났다. 물론 이미 늦었다는 것을 알고 있었다.

그때 발톱이 날아와 깊숙이 박혔다. 굴단은 자기에게 비명을 지를 힘이 남아있었음을 알게 되었다.

렌드가 손을 뻗어 메임이 더 가지 못하게 막으며 조심스럽게 말했다.

"안 돼."

죽은 전사의 허리띠로 대충 감아놓은 상처에서 피가 계속 배어 나왔다.

"굴단을 쫓아가야 해."

메임이 우겼지만 상처 때문에 휘청거렸고 다리와 어깨에 대충 감은 붕대에서는 벌써 피가 배어 나오고 있었다.

"안 그래도 돼. 저…, 저것들이 대신 처리했으니까."

건물에서 기묘한 것이 나타났다. 팔다리와 관절이 기괴하게 붙었으며 이빨이 아주 많이 달린 괴물이었다. 같은 것들이 더 나오더니 잔뜩 굶주린 짐승들이 신선한 먹잇감에 덤벼들 듯 바로 오크들을 공격해 찢어발겼다. 오크 몇 명은 그 끔찍한 생물체를 보고 공포로 얼어붙었지만, 다른 이들은 반격하여 결국 마지막 한 놈까지 모두 처치했다. 하지만 짐승들이 잔뜩 상처를 입고 날뛰며 물어뜯기를 멈출 때까지 결국 오크 열 두엇이 희생되었다.

그 생물체들은 저 건물 안에서 나왔다. 비록 전사일 뿐이지만, 렌드는 아주 약하게 마법을 느낄 수 있었다. 그리고 눈앞의 이상하고 오래 된 구조물 안에서 마법이 느껴졌다. 강력하고 아주 어마어마했으며 상상할 수 없을 정도로 사악했다. 게다가 살아 있는 존재 모두를 향해 지독한 증오심을 가득 품고 있었다. 저 괴물들은 그 힘의 흔적에 지나지 않는다 할 정도로 아주 일부에 불과했다.

그때 무언가 때문에 모두 중심을 잃고 넘어졌다. 건물의 입구에서 귀가 먹먹해질 정도로 큰 소리가 나더니 그 한참 아래 어딘가에서 웃음 같이 낮게 우르릉거리는 소리가 들렸다. 안쪽에서 역하고 더러운 바람과 함께 무언가가 솟구쳐 올랐다. 렌드의 등골이 서늘해졌다. 아무것도 보지 못했지만 악 그 자체가 이상한 장소로부터 밖으로 터져 나온 다음 따스한 햇볕 아래 흩어지는 것을 느꼈다. 그러나 울림은 계속되었고, 이제 대지가 흔들리고 있었다. 발밑 바위가 쪼개지기 시작했다. 섬 전체가 부서지고 있었다.

"이제 굴단은 아무 위협도 되지 않아."

렌드가 다시 일어나며 말했다. 왜인지 모르지만 자기 말이 사실임을 알았다. 여기에서 굴단이 찾으려 했던 것이 뭔지는 모르지만, 결국 죽음만을 얻었을 뿐이었다. 렌드는 굴단이 서서히 고통스럽게 죽어갔기만을 빌었다. 이것 또한 그랬으리라는 확신이 들었다.

"이제 어쩌지?"

사원을 뒤로하고 돌아서면서 메임이 물었다.

"둠해머한테 돌아가야지. 아직 전쟁이 안 끝났으니까. 이제 겨우 우리 힘을 빼돌리던 배반자에 대한 걱정을 덜었을 뿐이야. 이 일만큼은 별소리 안 하겠지."

두 형제는 함께 배를 대 놓은 해안으로 돌아갔다.

18장

"준비됐나?"

"됐습니다."

댈린 프라우드무어는 우현 난간 너머를 보던 시선을 거두지 않은 채로 고개를 끄덕였다.

"좋다. 신호를 울려 각자 전투 위치로 가게 해라. 놈들이 사정거리 안에 들어오는 대로 공격한다."

"알겠습니다."

갑판수가 경례하고 조타륜 근처로 가 커다란 놋쇠 종을 빠르게 두 번 쳤다. 곧바로 기함에 있던 선원들이 서둘러 맡은 임무를 처리하느라 뛰어다니는 발소리, 밧줄을 타고 미끄러지는 소리, 연이어 아래로 내려가는 소리가 들렸다. 얼굴에 미소가 떠올랐다. 수병들은 프라우드무어가 질서와 정확성을 중시하는 사람이라는 사실을 인지하고 있었다. 한 명 한 명 모두 직접 선발했는데, 이렇게 우수한 수병들만으로 항해한 적은 한 번도 없었다. 실제로 이 얘기를 입 밖에 낼 리는 전혀 없겠지만, 모두 아는 사실이었다.

다시 배 너머 바다를 주목하면서 파도와 하늘을 살폈다. 다시 놋쇠 망원경으로 이전에 본 검은색의 작은 형체들을 찾아보았다. 저쪽이었다. 지금은 눈에 띄게 커져서 아까처럼 그저 삐죽삐죽한 형태로 보이지 않고 또렷하게 구분되는 개체가 늘었다. 망대 위 망루에서는 훨씬 더 잘 보일뿐더러 10분만 더 지나면 그 형체가 틀림없는 배의 모양으로 바뀌리라 확신했다.

그것도 오크 배로.

정확히 말하자면 호드 함대로 바뀔 터였다.

프라우드무어는 단단한 나무 난간을 주먹으로 내리쳤다. 마음속이 불안하다는 유일한 증거였다. 드디어! 전쟁이 시작된 이후로 이 같은 기회가 오기만을 꿈꿔왔다. 투랄리온 경으로부터 호드가 남녘해안으로 향한다는 전갈을 받았을 때 거의 펄쩍 뛸 뻔했다. 그러다 망꾼들이 대해에서 오크 배를 확인해 주었을 때는 흥분을 가라앉히기가 어려웠다.

망꾼들은 오크들이 두 함대로 나뉘어 있다는 보고도 했다. 1함대가 한꺼번에 출항했고 2함대가 서둘러 그 뒤를 따라나섰다고 했다. 너무 서두르는 탓에 조직적으로 움직이지 못하는 건지 아니면 2함대가 1함대를 뒤쫓는 것인지 확실하지 않았다. 오크 사이에서 반역자라도 있는 것일까? 알 수도 없었지만 알 바도 아니었다. 놈들이 어디를 가든 무엇을 하든 상관없었다. 프라우드무어에게는 돌아온 오크 배가 다시 한 번 대해를 건너 로데론으로 돌아가고 있다는 사실만 중요했다.

그래서 자신의 손안으로 들어왔다는 점이 중요했다.

이제는 망원경이 없어도 오크의 배가 보였다. 돛이 없는데도 빠른 속도로 항해했다. 프라우드무어는 몇 척을 자세히 관찰하고는 배 한 척에 몇 줄씩 달린 노와 아주 건장한 오크들이 그 노를 일제히 저을 때 얼마나 속도가 빠를지 생각해보고는 경탄을 금치 못했다. 물론, 속도는 빠르지만 기동성은 떨어졌다. 프라우드무어의 배들은 말 그대로 오크 선박들 주위를 빙글빙글 돌면서 항해할 수 있었다. 그러나 굳이 그런 실력을 과시할 생각은 없었다. 해상 전투는 생사를 걸고 진지하게 임해야 하기에 프라우드무어는 최대한 빠르고 효과적으로 오크 함대를 침몰시킬 생각이었다.

이제, 사랑하는 쿨 티라스 바로 북동쪽에 있는 섬 뒤에서 놈들을 기다리고 있었다. 전 함대가 프라우드무어 뒤에서 모든 함포를 장전하여 발사 준비를 마친 상태로 오크가 노를 저어 곧장 그 경로로 들어오기를 기다렸다.

그리고 놈들이 경로에 나타났다.

"발사!"

열 번째 배가 지나갈 때 프라우드무어가 외쳤다. 오크가 두 섬 사이에 몰래 숨어 기다리는 프라우드무어 함대 쪽을 보았다 하더라도 돛도 접고 등불도 가린 상태였으니 알아차릴 방도가 없었다. 첫 번째 집중 포격으로 목표가 된 배는 완전히 허를 찔려 배 한가운데가 거의 다 부서지면서 두 동강이 나 곧장 가라앉아 버렸다.

"돛을 올려라. 전속력으로 전진하라!"

다음 명령이 떨어지고 난 뒤 배는 돛을 올려 바람을 받고는 물살을 가르며 빠르게 앞으로 나아갔다. 포병들은 이미 대포를 재장전하고 있고, 다른 수병들은 석궁과 작은 화약통을 준비하고 대기할 터였다.

"다음으로 오는 배를 겨냥해라."

프라우드무어의 지시에 수병들은 고개를 끄덕였다. 다음 오크 배에 화약통을 던지고 나서 석궁 화살에 기름 먹인 천을 감고 불을 붙인 다음 발사했다. 화약통 하나가 폭발하며 갑판으로 불길이 번졌다. 그리고 통이 하나 더 폭발하며 배 전체에서 불길이 활활 치솟았다. 판자에 타르를 칠해 놓았기에 삽시간에 숯덩이가 되었다. 그러고 나서 프라우드무어의 배가 오크 선박 대열을 지나쳤다가 되돌아오며 반대편에서부터 공격해 왔다.

모두 프라우드무어가 기대했던 대로 잘 진행되었다. 오크는 뱃사람이 아니기에 항해나 해상 전투는 거의 알지 못했다. 모두 육탄전에 능한 전사였기에 만약 어느 배에든 접근하여 오른다면 상당히 위험한 상황이 펼쳐질 수 있었지만, 프라우드무어는 선장들에게 항상 적이 배에 오를 만한 거리 이상으로 떨어져 있으라고 지시해 두었다. 휘하의 배 몇 척이 프라우드무어의 뒤를 따라 오크 함대 사이를 뚫고 이동한 다음 반대편에서 위협하는 한편, 2함대는 섬 옆에 남아 그대로 공격했다. 3함대는 앞쪽으로 빠르게 항해한 다음 방해를 틀어 이미 전투를 벗어난 오크 배의 이동 경로를 막았고 4함대는 남쪽으로 항해해 퇴로를 차단했다. 곧 오크 배들은 완전히 포위되어 사방에서 공격을 받는 형편이 되었다. 오크는 이미 배 세 척을 잃은 반면, 프라우드무어 함대에서는 단 한 명의 사상자도 나지 않았다. 프라우드무어 얼굴에 보기 드문 미소가 얼굴에 떠올랐다. 곧 예전처럼 오크 없는 청정 해역이 되리라.

바로 그때 망꾼이 아래쪽을 향해 외쳤다.

"제독님! 무언가 이쪽으로 오고 있습니다. 그것도 하늘에서 날아옵니다!"

프라우드무어가 고개를 들고 수병을 보니 하얗게 질려 부들부들 떨면서 북쪽을 응시하고 있었다. 망원경을 그쪽으로 향하니 무엇 때문에 그러는지 곧바로 알 수 있었다. 검은색의 작은 점들이 구름을 뚫고 그들에게 날아오고 있었다. 확실하게 알아보기에는 거리가 너무 멀었지만, 수가 예닐곱 정도이고 빠르게 접근하고 있다는 것은 파악할 수 있었다. 호드에게 하늘을 나는 게 뭐가 있는지 몰라도, 프라우드무어는 이 전투가 끝나려면 아직 멀었다는 사실을 직감했다.

데렉 프라우드무어는 키잡이 옆에 서 있다가 고개를 들었다.

"저게 뭐지?"

망꾼은 질문을 받았지만, 대답하지 못하고 망대로 몸을 피한 채 심하게 몸을 떨었다. 무슨 발작이라도 일으켰나 싶어 걱정된 나머지 데렉은 가장 가까이 있던 삭구를 부여잡고 몸을 빙 돌려 위로 올라가 중앙 돛대로 갔다. 거기에서 중앙 삭구줄을 붙잡고 그걸 타고 주 돛대까지 올라 망대로 걸어갔다.

"제라드? 괜찮아?"

그러고는 웅크린 망꾼을 살펴보며 물었다.

눈에 눈물이 가득 고인 제라드가 고개를 들고 저은 다음 몸을 더욱 단단히 말았다.

"무슨 일이야?"

데렉은 한쪽으로 올라 망대 안으로 완전히 들어가 그 옆에 쪼그리고 앉았다. 제라드와는 몇 년씩 알고 지내며 전적으로 신뢰하는 사이였다. 하지만 올라와서 보니 제라드는 아픈 게 아니었다. 두려움에 떨면서 입도 뻥긋하지 못할 정도로 잔뜩 겁에 질려 있었다. 용감한 수병이자 전투를 여럿 치른 고참병이 그렇게나 겁에 질린 이유가 뭘지 생각해보니 데렉의 등골이 오싹해졌다.

"뭔가 보았어?"

데렉이 조심스럽게 묻자 제라드가 고개를 끄덕였다. 그게 뭔지 몰라도 기억에서 지우려는 듯 두 눈을 꼭 감은 채였다.

"어디에서?"

잠시 데렉은 고개를 젓더니 마침내 떨리는 손으로 북쪽을 가리켰다.

"좀 쉬어."

데렉이 부드럽게 말하고는 일어나 친구이자 동료가 그렇게나 겁에 질린 이유가 무엇인지 보려고 고개를 돌렸다. 그러고는 눈앞에 펼쳐진 광경에 그대로 주저앉을 뻔했다.

그곳에 구름을 뚫고 내리 덮치는 것은 용이었다. 비늘이 아침 햇빛을 받아 피처럼 붉게 번쩍였다. 그 뒤로 두 번째, 세 번째 용이 날아오고 그 뒤로 예닐곱 마리가 더 날아오더니 나중에는 저어도 열두어 마리 정도 되는 거대 생물체가 함께 날아다니며 가죽 날개를 세게 퍼덕여 높이 날았다가 목표물에 가까이 접근했다.

그 목표는 함대였다.

데렉은 선두 용의 커다란 금색 눈에 어린 고통과 고뇌나 그 등에 올라탄 초록색 피부의 형체는 알아차리지 못했다. 속으로 저 생물체들이 이 전투에 어떤 영향력을 미칠지 계산하느라 정신이 없었다. 용 한 마리가 구축함을 제외한 그 어느 배보다도 더 컸고 훨씬 더 빠르고 더 민첩했으며 날기까지 했다. 거대한 발톱으로 쉽게 선체를 찢거나 돛대를 잔가지처럼 꺾어버릴 수도 있었다. 나머지 함대에 알려야 했다. 아버지에게 알려야 했다!

데렉은 몸을 돌려 망대에 기대고는 아래에 있는 키잡이에게 소리쳤다. 그러나 몸을 돌릴 때 움직임이 발각되고 말았다. 이제 선두 용이 가까이 와 있었다. 거리가 가까워지니 그 등에 탄 오크가 씩 웃는 모습이 보였다. 용이 입을 크게 벌렸다. 길고 뱀 같은 혀와 함께 그 주위로 사람 키만큼 커다랗고 날카로운 삼각형 이빨이 보였다. 그 후에 용의 목구멍 깊숙이에서 무언가 반짝였다. 그 반짝임이 빠르게 밀려오며 점점 커지더니 갑자기 주변의 모든 것들이 폭발했다. 비명을 지를 시간조차 없이 불길에 휩싸여 버렸다. 시체는 떨어지면서 바스러져 재가 되었다.

급강하 한 번으로 용들은 3함대의 배 여섯 척을 모두 파괴했다. 배에 탔던 전원이 목숨을 잃었다. 그리고 용 기수는 다시 용을 돌려 1함대와 그에 속한 배를 향해 날아갔다. 그 배들은 오크가 자유를 얻는 데 방해가 되는 것이었다.

"망할 놈들! 전부 망할 놈들이야!"

프라우드무어 제독이 난간을 얼마나 세게 쥐었는지 손가락이 부러지거나 나무가 크게 파일 지경이었다. 3함대의 구축함이 파도 아래로 가라앉으며 바다 위에 재만 남는 모습을 끝까지 지켜보았다. 데렉이든 다른 선원들이 살아 있을 가능성은 없었다.

하지만 슬퍼하는 건 나중으로 미뤄야 했다. 그때까지 살아 있을지는 모르겠지만. 첫째 아들에 대한 온갖 생각이 떠올랐으나 모두 제쳐두고 전략적 영향을 파악하는 데 집중했다. 이제 다시 북쪽이 열려 있었다. 용이 아군 함대를 거듭 공격하여 길을 터주는 동안 오크 배는 그저 노를 저어 가기만 하면 됐다. 그리고 나면 다시 한 번 언덕마루나 남녘해안에 닿아 나머지 호드 병력에 다시 합류할 수 있을 터였다. 그건 자신의 실패를 의미했다.

용납할 수 없는 일이었다.

"배를 돌려라!"

프라우드무어의 명령에 깜짝 놀란 키잡이가 움찔했다.

"함대 절반은 북쪽으로 빠르게 이동하여 다시 놈들의 이동 경로를 막는다! 나머지는 현재 위치를 사수하고 계속 공격하라!"

키잡이는 고개를 끄덕이고는 이미 커다란 조타륜 위에 손을 얹고 배를 돌리기 시작하면서도 조심스레 입을 뗐다.

"그런데 용은 어떻게 합니까?"

대답이 곧바로 이어졌다.

"용도 다른 적과 똑같다. 적 함선에 하듯 겨냥해서 공격하면 된다."

병사들은 고개를 끄덕이고 명령을 수행하러 달려 나갔다. 돛을 접고 방향을 틀어 바람을 받았다. 함포를 재장전하고 위쪽으로 방향을 돌린 다음 돌덩어리와 이런저런 물건을 받쳐 포구를 들어 올렸다. 석궁을 재장전하고 화약통을 준비했다. 첫 번째 용이 그들에게 날아들자 프라우드무어가 검을 뽑아 들고 높이 치켜든 다음 빠르게 아래쪽으로 그었다.

"공격!"

용감한 시도였으나 결과는 비참했다. 용은 포격을 모두 피했고 대포알은 모두 바다에 떨어졌다. 화약통은 날개로 쳐내고 불붙인 석궁 화살은 그냥 무시하고 맞아도 아무런 해도 주지 못하고 비늘만 탁 하고 때리는 수준이었다. 그래도 매섭게 공격한 덕분에 용이 뒤로 물러나면서 프라우드무어는 다른 방책을 생각할 시간을 벌 수 있었다.

고맙게도 그런 생각을 할 필요가 없어졌다.

밧줄과 사슬을 써서 묶어 보거나 최소한 용의 발을 걸어 보기라도 하면 어떨지 고심하는 와중에 새로운 형체 예닐곱 개가 구름 속에서 나타났다. 크기는 인간의 두 배 정도로 용보다는 확실히 작았고 기다란 날개에는 깃털이 달렸으며 긴 꼬리에도 털이 무성하고 위풍당당한 부리가 달려 있었다. 그리고 한 마리 한 마리마다 등에 땅딸막한 남자처럼 보이는 누군가가 이상한 깃털 갑옷을 입고 문신을 잔뜩 새긴 몸에 거대한 망치를 휘두르고 있었다.

"와일드해머, 공격!"

쿠르드란 와일드해머는 안장 위에 올라서서 폭풍망치를 휘둘러 가장 가까이에 있던 용 기수의 가슴을 정통으로 맞혔다. 놀란 오크는 미처 대응할 새도 없이 안장에서 떨어졌다. 생기가 사라진 손에서 무기와 고삐가 스르르 빠져나가고 몸뚱이는 바다 밑으로 사라져 버렸다. 그 오크가 탔던 용이 놀라고 분노하여 포효하자 서서히 사라져가던 천둥소리 사이로 똑똑히 들렸다. 그러나 그 소리는 곧 고통스러운 비명으로 바뀌었다. 스카이리의 날카로운 발톱이 용의 옆구리를 깊게 파고들어 교묘하게 비늘을 뚫으며 살을 가르자 검은 피가 쏟아졌다. 옆에 있던 이오마르의 그리핀이 부리와 발톱으로 용의 왼쪽 날개에서 큼지막한 살점을 떼어 내자 용의 몸이 급격하게 기울어졌다. 그때 파란드가 반대쪽에서 망치를 던졌고 그대로 용의 머리를 강타하자 굉장한 소리가 울려 퍼졌다. 눈이 풀리면서 용은 그대로 바다에 떨어졌고 굉장한 물보라가 일었다. 그리고 다시 물 위로 올라오지 않았다.

"도와주러 왔소!"

쿠르드란이 가장 큰 배 위를 날며 아래쪽 함교에서 호리호리한 체구에 나이가 들어 보이는 남자에게 소리쳤다. 그 남자는 고개를 끄덕이고는 손에 쥔 검을 들어 인사했다.

"우리가 이 짐승들을 처리하지. 당신들은 배를 맡으시오."

확실하게 말해두는 쿠르드란에게 프라우드무어 제독은 다시 고개를 끄덕이며 딱딱하게나마 무슨 말인지 알겠다는 듯이 씩 웃었다.

"아, 그야 물론 배야 우리가 확실히 처리하겠소."

쿠르드란에게 이렇게 답하고는 몸을 돌려 키잡이에게 명령을 내렸다.

"계속 전진한다. 계획대로 놈들을 차단하고 포위망을 좁힌다. 오크 배는 단 한 척이라도 그냥 두지 않겠다!"

와일드해머 부족이 맹렬한 기세로 용들을 공격한 결과 몇 마리는 죽고 나머지는 뒤로 물러났다. 프라우드무어는 남은 배로 포위망을 좁히며 대포와 화약통과 불화살을 적절히 사용하며 사방에서 오크 함대를 격침했다. 함선 한 척을 잃기도 했다. 오크 함선과 너무 가까이 붙는 바람에 가라앉던 배에서 오크들이 얼라이언스 배로 몰려와 선원 대부분을 도륙하는 일이 벌어졌던 것이다. 그 후에 죽어가던 선장이 화약통을 저장고로 던져 자기 손으로 직접 배에 구멍을 내 침몰시켰다. 그리고 3함대와 흩어져 있던 몇 척을 용에게 잃었다. 그러나 오크 함대의 피해는 훨씬 막심했다. 몇 안 되는 배만 겨우 빠져나갔고 나머지는 분노한 프라우드무어에게 모조리 격침되었다. 오크는 몇 명이 헤엄치거나 아니면 부서진 돛대나 널빤지를 붙들고 살아남긴 했어도 나머지는 전부 물에 빠져 죽거나 불에 타 죽거나 화살을 맞고 죽었다. 시체가 파도를 타고 넘실거렸다.

　마지막 오크 함대가 시야에서 사라지자 남은 용 기수들은 여기에서 더는 보호할 것이 없다고 판단했다. 용을 돌려 동쪽 카즈 모단을 향해 도망치자 와일드해머 드워프들은 엄청난 함성을 내지르며 그 뒤를 쫓았다. 프라우드무어는 남은 함대를 확인해 보았다. 지쳤어도 승리의 기쁨이 있었다. 물론 엄청난 대가를 치르긴 했지만.

　"제독님!"

　수병 하나가 소리치며 난간에 몸을 기대고 물속의 무언가를 가리키고 있었다.

　"뭐냐?"

　프라우드무어가 옆으로 다가서며 쏘아붙이듯 물었다. 하지만 수병이 본 것을 확인하자 짜증이 희망으로 바뀌었다. 누군가 물속에서 허우적거리며 떨어져 나온 널빤지를 붙들고 있었다.

　인간이었다.

　"밧줄을 던져줘라!"

　프라우드무어의 명령에 수병들이 서둘러 따랐다.

"다른 생존자가 있는지 바다를 살펴봐라!"

3함대의 병사가 어떻게 배가 침몰한 곳에서 이렇게 멀리 떨어진 곳까지 올 수 있었는지는 확실치 않았지만, 어쨌든 해낸 사람이 있으니 더 있을 수도 있는 노릇이었다.

데렉도 그럴 수 있다는, 실낱같은 희망을 버릴 수 없었다.

그러나 그 희망은 그 남자가 배 위에 오르자 분노로 바뀌었다. 물에 빠져 죽다 살아난 남자의 흠뻑 젖은 옷은 쿨티라스의 초록색 튜닉이 아니라 알터랙의 의복이었다. 그리고 페레놀드의 병사 하나가 어떻게 여기 대해에서 오크 함선과 함께 있을 이유는 단 한 가지뿐이었다.

"무슨 일로 오크 배에 있었나?"

프라우드무어는 따져 물으며 남자의 가슴께에 무릎을 꿇었다. 이미 기력을 소진하며 숨이 가빠진 남자는 헐떡이며 하얗게 질렸다.

"대답해라!"

"페레놀드 경께서… 보내셨습니다."

남자는 불쑥 입을 열었다.

"저희는 오크를… 배 있는 곳까지 호위했습니다. 경께서는 저희에게… 필요한… 지원은… 아끼지 말라고… 하셨습니다."

"이 배반자!"

프라우드무어가 단검을 뽑아 남자의 목을 긋기라도 할 듯이 가져다 대었다.

"호드와 공모하다니! 물고기처럼 네 배를 갈라서 내장을 바다에 던져 버리겠다!"

손에 살짝 힘을 주자 예리한 칼끝에 살갗을 가르면서 남자의 목에 가늘게 붉은 줄이 생겨났다. 하지만 프라우드무어는 물러나 다시 일어서며 단

검을 다시 집어넣고는 진지한 말투로 말했다.

"그런 죽음도 네놈에겐 과분하지. 네놈을 살려두고 페레놀드가 배반한 증거로 삼아야겠다."

그러고는 근처에 있는 수병에게 퉁명스럽게 명령을 내렸다.

"놈을 묶어 구금실에 넣어라. 그리고 생존자가 더 있는지 수색해라. 증거를 더 확보할수록 페레놀드를 더 빨리 교수대로 보낼 수 있을 테니."

"알겠습니다!"

병사들은 경례하고 맡은 임무를 하러 달려갔다. 한 시간쯤 후에 바다 수색을 완전히 끝마쳤다. 세 명을 더 발견했는데 모두 첫 번째 알터랙 병사가 했던 말이 맞다고 확인해 주었다. 물에 빠져 있는 오크는 수도 없이 많았지만, 모두 빠져 죽게 그대로 두었다.

"남녘해안으로 간다."

마지막 알터랙 배반자를 태운 뒤 프라우드무어가 키잡이에게 명령했다.

"얼라이언스군과 합류하여 우리의 승리와 알터랙의 배반을 보고해야겠다. 우리 공격을 피해 달아난 오크 배가 있는지 계속 살펴봐라."

그러고는 몸을 돌려 선실로 갔다. 마침내 마음 놓고 실컷 오열할 수 있었다. 프라우드무어는 이내 의자에 앉아 편지를 쓰기 시작했다. 맏아들의 운명을 아내에게 알리기 위해.

19장

"안 오는군."

상관의 갑작스러운 선언에 깜짝 놀란 탈베크가 몸을 돌리고 물었다.

"무슨 말씀이십니까?"

둠해머가 얼굴을 찡그렸다.

"나머지 호드 병력 말이다. 오질 않다니."

"대해까지 그 먼 길을 보내셨잖습니까. 돌아오려면 며칠 걸릴 겁니다."

탈베크가 주변을 둘러보고는 윗사람의 심기를 거스르지 않으려 주의하면서 조심스레 말했다.

"멍청하기는, 용이 있잖나!"

둠해머가 주먹으로 뺨을 후려갈기자 탈베크가 휘청거리며 뒤로 밀려났다.

"왔어도 벌써 며칠 전에 와서 부대의 진척 상황을 보고해야 했다! 무슨일이 일어난 게 분명해! 함대는 사라졌고 우리 병력 대부분도 함께 사라졌단 말이다!"

탈베크가 시무룩하게 한 손으로 **뺨**을 문지르며 고개를 끄덕이고는 아무 말도 하지 않았다. 그럴 필요도 없었다. 부관이 무슨 생각을 하는지는 **뻔**했다. 애당초 다른 부족들을 보내 굴단을 쫓게 하지 않았다면 지금 이런 문제는 없었으리라는 생각이었다.

둠해머가 이를 부드득 갈았다. 왜 동족 중에서 그런 결정을 내렸는지 이해하는 자가 하나도 없을까? 수도에서 후퇴를 명한 이후로 지난 며칠간 다른 오크들은 하나같이 그런 눈으로 둠해머를 보았다. 관문에는 이미 작은 금이 가기 시작했고, 공성구로 두드릴 때마다 점점 휘어져 갔다. 오래 전에 기름이 바닥난 수비군은 대신 끓인 물을 부었다. 얼라이언스군은 호수 건너편으로 물러나 다리 부근에서 묶인 상태였다. 승리가 눈앞이다! 하루, 최대 이틀만 더 있으면 성문은 부서졌으리라. 그런데 그때 둠해머가 병력을 파견하는 바람에 힘이 빠진 오크는 여기서 공성을 지속하기가 어려워졌다.

얼라이언스는 그런 갑작스러운 상황의 반전을 놓치지 않았다. 인간들은 블랙핸드가 자기 부족을 이끌고 떠난 직후 다리를 건너 몇 안 되는 오크 수비병을 뚫고 전장까지 밀고 들어왔다. 오크는 이제 한쪽에는 기병과 보병, 다른 한쪽에는 견고하게 버티는 경비대를 둔 상태로 사이에 갇힌 신세가 되었다. 그리고 지원군은 그 어디에도 보이지 않았다. 탈베크 말대로 나머지 호드군이 돌아오려면 며칠, 어쩌면 몇 주까지도 걸릴 수도 있었다. 그것도 굴단과 그 휘하의 흑마법사들과 오우거와 배반에 도움이 되도록 만들어 낸 존재를 무찔렀을 때의 얘기였다. 어떤 인간들이 산길을 다시 탈환하고 둠해머에게 오는 길을 막아버렸는지는 몰라도 산속이나 산 너머에서 발이 묶인 전사들은 지금쯤 그들의 손에 죽었으리라고 생각해야 했다. 도시 앞에 남은 오크들이 공격에 동원할 수 있는 병력 전부였다.

그래서 후퇴를 명령했다. 후퇴하는 길에서 다른 부족들과 만나지 않을까 기대했지만, 용조차 올 때가 한참 지나 있었다. 분명히 무언가가 잘못되었다. 전부 굴단 탓이었다. 비록 흑마법사들이 호드 전사들을 직접 죽이진 않았더라도 굴단의 배반 때문에 둠해머가 병력을 나눠서 생긴 일이었다.

그렇게 해야 했었다. 일전에 조상님들의 혼령께 오크를 그대로 살게 하지 않겠다고 맹세했었다. 둠해머는 언제 어디서나 모든 방법을 동원해 타락과 싸우고, 피의 욕망과 싸우고, 야만성과 싸울 생각이었다. 전쟁에서 이기고 지는 건 중요하지 않았다. 자기가 죽고 사는 것도 중요하지 않았다. 명예가 없이는 그냥 짐승일 따름이었다. 그보다 더 나은 존재가 될 능력이 있고 고귀한 역사가 있는데 피와 싸움과 증오를 위해 그걸 던져 버렸으니 짐승보다도 못한 존재였다. 만약 굴단의 죄를 묻지 않고 도망치게 두었다면 그런 이기적인 행동을 허용하다 못해 조장하기까지 하는 죄를 짓는 셈이었고, 앞으로 종족 전체가 퇴보하는 데 부분적으로 기여하는 셈이었다.

적어도 이게 최선이라고 판단했다. 자신의 명예를 지키고 자신을 통해 호드의 명예를 지켰다. 인간에게 패하더라도 울부짖지도 훌쩍이지도 않고 당당하게 무기를 들고 두 발로 서서 패하리라.

게다가, 전쟁은 아직 끝나지 않았다. 둠해머는 병력을 남서쪽 대신 남동쪽으로 이끌고 있었다. 거기 로데론과 아제로스 사이에 카즈 모단이 있었다. 그곳은 드워프의 본거지였고 호드는 그곳을 뚫고 여기까지 진격했었다. 드워프는 강인한 상대였지만, 그들의 산악 요새들은 굳건하게 버틴 아이언포지를 제외하고는 모두 호드의 힘 앞에 굴복했다. 둠해머는 피눈물 부족과 그 출신인 킬로그 데드아이를 그곳에 남겨두고 배를 만드는 데 활용했던 채광 작업을 감독하게 했다. 그곳까지 부하들을 이끌고 가서 킬로

그와 힘을 합하면 다시 상당한 병력이 될 테니 추격해 오는 얼라이언스 군을 공격해 차례차례 처리할 수 있었다. 전투는 더 어려워지고 정복하는 데도 훨씬 더 오랜 시간이 걸리겠지만, 그래도 이 대륙을 지배하고 앞으로 살아갈 곳을 마련하는 데는 아무런 문제가 없으리라.

심각한 문제가 또 생기지 않는다면.

"인간이 나타났습니다! 동쪽입니다!"

오크 정찰병이 간신히 말하고는 탈진한 탓에 그대로 무릎을 꿇었다.

"동쪽이라고? 확실한가?"

둠해머가 뚫어지게 쳐다보며 물었다. 인간들은 내내 자신들을 추격해 왔고 로데론은 여기서 북서쪽에 있는데 어떻게 동쪽에서 나타난단 말이지?

그때 기억이 났다. 동부 내륙지였다! 둠해머는 그곳에 병력 일부를 떼어 놓았었다. 부족 하나를 남겨 인간들을 교란하게 하는 동안 나머지는 쿠엘탈라스로 행진했었다. 그 속임수가 통한 덕분에 인간은 그쪽 숲에서 오크를 몰아내고자 병력 절반을 남겼다. 그 인간 전사들이 수도로 이동하지 않았다가 지금 동쪽에서 오크를 향해 오고 있었다. 그러니까 까딱하다간 양쪽 얼라이언스군 사이에 끼어 승리는 고사하고 도망칠 마지막 기회조차 잡지 못할 상황이었다.

"얼마나 되나?"

물 부대에서 물을 벌컥벌컥 들이켜는 정찰병에게 다그치듯 물었다. 정찰병은 미간을 찌푸리고 한참 생각하더니 대답했다.

"수백은 됩니다. 더 많을 수도 있고요. 그리고 일부는 중무장했습니다."

둠해머는 얼굴을 찡그리고 돌아서면서 치밀어 오르는 화를 해소하려 망치를 마구 휘둘러댔다. 망할 인간 놈들! 그 정도 규모의 얼라이언스 전사라면 자기 병력을 초토화할 수 있었다. 특히 뒤에서 기병으로 빠르게 치고 온다면 손쓸 재간이 없었다. 카즈 모단까지는 아직 며칠은 더 가야 했다. 게다가 용기수나 다른 동지들은 흔적조차 보이지 않았다.

선택할 여지가 없었다. 둠해머는 고개를 들다 탈베크와 시선이 마주쳤다.

"행군 속도를 높여라. 전속력으로 달려라. 휴식은 없다. 최대한 빠르게 카즈 모단까지 가야 한다."

탈베크는 고개를 끄덕이고 서둘러 나가 다른 오크에게 명령을 하달했고 둠해머는 그 모습을 지켜보면서 분개하며 으르렁거리는 소리를 냈다. 도망은 패배나 다름없었기에 생각해보는 것조차 싫었다. 그러나 지금 야외 전투를 치를 수는 없었다. 먼저 피눈물 부족과 만나야 했다. 그러고 나면 방향을 돌려 대등한 조건에서 다시 일어난 얼라이언스 군과 맞설 수 있으리라.

"저깁니다!"

탈베크가 가리키자 둠해머가 고개를 끄덕였다. 절벽 꼭대기에 쪼그리고 앉은 오크 정찰병은 이미 눈으로 확인했다.

"어서 오십시오, 둠해머 님!"

둠해머 부대가 다가가자 정찰병이 몸을 일으키고는 도끼를 들어 올리며 인사했다.

"카즈 모단에 돌아오신 둠해머 님을 피눈물 부족의 이름으로 환영합니다!"

"고맙다."

둠해머가 큰 소리로 대답하며 정찰병이 이 정도 먼 거리에서도 쉽게 자신을 알아볼 수 있도록 검은 돌망치를 높이 들어 올렸다.

"킬로그와 나머지 인원은 어디에 있나?"

"저희는 산맥 안쪽 골짜기에 제대로 된 야영지를 세웠습니다."

정찰병은 이렇게 대답하고는 좀 더 이야기하기 편하게 아래쪽 절벽 턱으로 뛰어내렸다.

"제가 가서 둠해머 님이 오셨다고 알리겠습니다."

그러면서 힐끗 쳐다보는 모습을 보니 둠해머 뒤에 따라온 병사 규모를 파악하는 게 분명했다.

"다른 호드는 어디에 있습니까?"

"죽었다. 대부분은."

둠해머가 무뚝뚝하게 대답했다. 놀란 정찰병의 눈이 휘둥그레지는 것을 보고 엄니를 드러내며 인상을 썼다.

"그리고 우리 뒤에서 얼라이언스군이 빠르게 추격해 오고 있다. 킬로그더러 전사들에게 전투 준비를 시키라고 일러라."

정찰병은 다른 질문을 하려다가 알아서 그만두었다. 대신 다시 한 번 경례하고는 쏜살같이 절벽을 타고 다시 올라가 언덕 너머로 달려갔다. 둠해머는 고개를 끄덕였다. 적어도 다시 얼라이언스를 상대할 때 옆에 피눈물 부족 전사는 확보한 셈이었다. 킬로그는 영리한 노장이었다. 나이가 많았지만, 아직도 힘이 있었다. 그 부족은 맹렬하고 호전적이었다. 검은바위 부족과 피눈물 부족이 협력한다면 얼라이언스를 상대하고도 남을 터였다.

"놈들과 싸울 수는 없소. 전력으로는 안 되오."

늙은 족장인 킬로그가 고개를 저었다. 침울한 표정이었지만 단호한 결의가 서려 있었다.

"아니, 뭐라고? 어째서 안 된다는 거요?"

둠해머가 따지듯 물었다.

"드워프 때문이오."

킬로그는 딱 잘라 대답했다.

"드워프?"

처음에는 킬로그가 그리핀 기수 얘기를 한다고 생각했지만, 맹금의 봉우리는 여기에서 멀리 떨어진 곳이니만큼 여기 산악지대에 사는 드워프를 말하는 게 분명했다.

"하지만 우리가 놈들의 병력을 대파하고 성채에서 쫓아냈잖소."

"다는 아니었지, 하나가 남았소."

킬로그는 고개를 들고 성한 눈과 시력을 잃고 흉터만 남은 눈 둘 다로 둠해머를 응시하면서 말을 더했다.

"아이언포지를 함락하지 못했소. 시도할 때마다 좋은 전사들을 여럿 잃었지."

"그러면 거긴 그냥 두시오. 지금 당장 필요하지도 않소. 인간이 지협을 건너 해협 이쪽 편에 모이기 전에 공격해야 하오. 일단 인간 군대를 물리치고 나면 아이언포지를 습격해 성문을 열게 하고 우리 전사들을 주둔시켜 놓을 수 있소. 그런 다음 다시 북쪽으로 진격해 거기에서 이 정복을 마무리하면 되오."

하지만 킬로그는 고개만 저을 뿐이었다.

"드워프는 아주 거친 족속인지라 후방에 둔 채로 움직일 수 없소. 지난 몇 달간 놈들과 여러 번 싸워본 내가 장담하겠소. 그냥 갔다가는 놈들은 성채에서 뛰쳐나와 성난 말벌처럼 우리를 덮칠 거요. 놈들의 요새 하나를 함락할 때마다 살아남아 도망친 놈들을 아이언포지에서 모두 받아들였소. 땅속으로 얼마나 깊은 곳까지 바닥을 팠는지는 겨우 짐작만 할 뿐이지만, 드워프 국가 하나가 전부 그 안에 들어가 숨을 죽인 채 복수할 기회를 노리고 있소. 만약 그곳을 감시하지 않거나 가만히 놔둔다면 상대해야 할 군대가 하나가 아닌 둘이 될 것이오."

둠해머는 서성거리며 방금 들은 이야기를 곰곰이 생각해 보았다. 킬로그의 판단을 존중하기는 하지만, 그렇다면 여기에서 얼라이언스에 맞서 승리를 거둘만한 병력을 충분히 확보할 수 없다는 얘기였다. 그렇다면 계속 이동해야 했다.

"여기에 남아 있으시오."

마침내 둠해머가 입을 열었다.

"드워프를 잡아두고 인간을 괴롭히는 데 필요한 병력을 그대로 유지하시오. 나는 나머지를 이끌고 검은바위 첨탑으로 가겠소. 튼튼한 곳이니 그 안에서 버틸 수 있을 거요."

둠해머는 나이 든 족장의 얼굴을 힐끗 보았다.

"형편이 되면 나중에 전사들을 이끌고 와 주시오. 어쩌면 뒤에서 인간을 공격할 수 있을 거요. 어쩌면 바다에서든 어둠의 문에서든 우리 동족이 더 나타날지도 모르오."

자세를 곧게 펴며 말을 이었다.

"하지만 검은바위 첨탑이 우리의 최후 거점이오. 거기에서 인간을 물리칠 수 없다면 그 어느 곳이나 마찬가지일 거요. 그러면 이 전쟁에서 지는 것이고."

킬로그가 고개를 끄덕였다. 잠시 호드의 대족장을 쳐다보던 킬로그가 입을 열자 이 반백의 족장에게서 한 번도 들어본 적 없는 목소리가 부드럽게 흘러나왔다.

"올바른 선택이었소. 나 역시 굴단의 배반이 얼마나 심각한 결과를 가져 왔는지 안다오. 놈의 배반으로 어둠의 문이 열리기 이전, 그저 광기와 굶 주림과 절망감으로 거의 미쳐가던 그 시절로 돌아갈 뻔했소. 무슨 일이 일 어나든 간에, 그대는 우리 종족에게 명예를 되찾아 준 거요."

둠해머도 고개를 끄덕여 답했다. 언제나 두렵고 꺼리던 애꾸 족장에게 갑자기 존경심은 물론 애정까지 생겨났다. 늘 킬로그를 잔인하고 난폭한 전사, 명예보다는 영광을 먼저 생각하는 자라고 생각했었다. 어쩌면 그 많 은 세월 동안 내내 잘못 생각했는지도 모른다.

"고맙소."

둠해머가 마침내 입을 열었다. 더 할 말이 없었기에 몸을 돌려 자신의 부 족에게로 걸어 나왔다. 몇 가지 명령을 내려야 했고 또 다른 행진을 시작 해야 했다. 어쩌면 마지막 행군이 될지도 몰랐다.

20장

"투랄리온!"

투랄리온은 그 목소리에 자기 귀를 의심하며 고개를 들었다. 하지만 진짜로 큰 체구의 남자가 완전 무장을 한 채 말을 타고 다가오고 있었다. 황금색 스톰윈드 사자 문장이 우그러진 방패 위에서 반짝였고 거대한 검의 손잡이가 어깨 위로 불쑥 나와 있었다.

"로서 경이십니까?"

모닥불 옆에 앉아 있던 투랄리온은 깜짝 놀라 벌떡 일어나서는 스톰윈드의 기사단장이자 얼라이언스 사령관이 말고삐를 당겨 세우는 모습을 지켜보았다. 그러고는 말에서 내리더니 투랄리온의 등을 탁 쳤다.

"오랜만이다!"

로서의 목소리에서는 진심 어린 애정이 묻어 나왔다.

"네가 여기 있을 거라고 하더구나!"

"누가요?"

투랄리온이 주위를 둘러보았다. 갑작스러운 상관의 등장에 아직도 어리둥절한 상태였다.

"엘프들이."

로서는 대답하며 투구를 벗고 벗겨진 정수리를 손으로 쓸었다. 피곤한 기색이 있었지만 즐거워 보였다.

"북쪽으로 향할 때 알레리아와 테론을 포함하여 다른 이들과 마주쳤다. 수도에서 일어났던 일과 네가 나머지 부대를 이끌고 호드 패잔군을 쫓아 이쪽으로 갔다는 얘기를 들었지."

그러고는 투랄리온의 양 어깨를 잡고 칭찬해 주었다.

"참 잘해 주었다!"

"혼자 한 일이 아닙니다. 그리고 사실, 어떻게 됐는지는 전부 다 파악하지 못했습니다."

투랄리온은 자신이 영웅으로 여기는 사람의 칭찬을 받고 기뻤지만, 이성적으로 현재 상황을 털어놓았다. 둘은 다시 자리를 잡고 앉았다. 로서는 카드가가 내민 음식과 포도주 부대를 고맙게 받아들였고 투랄리온은 그간의 일을 설명했다. 호드 병력 대부분이 수도에서 방향을 틀어 빠르게 남쪽으로 진격했을 때는 투랄리온도 여느 병사들 못지않게 깜짝 놀랐었다. 그때 프라우드무어로부터 해상 전투와 그 결과에 관한 보고서가 날아들었다고 했다.

"남은 호드군은 저희에게 맞설 만한 힘이 없었습니다. 특히나 테레나스 폐하께서 놈들이 성벽에 가까이 올 때마다 매번 맹렬히 공격하셨으니까요. 그리고 놈들의 우두머리도 그런 사실을 알았을 겁니다. 그렇게 후퇴한 걸 보면요. 그 이후로 저희는 계속 놈들을 추격하는 중입니다."

"그 우두머리는 바다로 보냈던 오크들을 기다렸겠지. 돌아오지 않으니까 문제가 생긴 걸 파악했을 테고."

로서가 치즈를 한입 베어 물고 덧붙이더니 빙그레 웃었다.

"게다가 뒤에서 산맥이 가로막혔으니 도망갈 수도 없고, 지원군을 기대할 수도 없었겠지."

투랄리온이 고개를 끄덕였다.

"그러면 페레놀드 얘기는 들으셨습니까?"

"들었지."

로서의 얼굴이 굳어졌다.

"인간이 인간을 배신하다니 나로서는 이해할 수가 없어. 하지만 트롤베인 덕분에 이제 알터랙은 걱정하지 않아도 돼."

"동부 내륙지는요?"

"오크 없는 청정지역이지. 전부 찾아내는 데 한참 걸리긴 했다. 몇 놈은 땅굴을 깊이 파고 들어갔는데 심지어 땅 밑에 집까지 꾸려 놓았더군. 그러면 우리가 쫓을 때 감쪽같이 사라질 수가 있으니까. 하지만 결국엔 전부 찾아냈다. 물론 혹시나 해서 와일드해머 드워프들이 계속 순찰 중이다."

"그리고 엘프들도 나머지를 처리하러 쿠엘탈라스로 돌아가는군요. 오크는 숲을 떠난 듯하지만 트롤들이 나무 사이에 숨어 있을지도 모르니까요."

투랄리온은 알레리아와 엘프들이 트롤을 대할 태도를 떠올려 보았다.

"제가 숲트롤이라면 끔찍할 겁니다. 순찰자들과 마주쳤다간 어떻게 될지 모르니."

주위를 둘러보고는 다른 이들 소식도 물었다.

"우서나 다른 성기사들은 어디에 있습니까?"

로서가 남은 포도주를 다 마시고 부대를 옆으로 던지며 대답했다.

"내가 로데론으로 보냈다. 그곳이 다시 안전해졌는지 확인한 다음에 우리를 따라올 거다."

그러고는 슬쩍 미소를 지으며 농담을 던졌다.

"싸울 상대를 좀 남겨놔야지, 안 그랬다간 우서가 화를 낼 거야."

투랄리온은 그 열광적인 동료 성기사가 전쟁의 마무리에 참여하지 못했다는 걸 알고 어떤 반응을 보일지 상상하며 고개를 끄덕였다. 여전히 오크의 수는 많았지만, 전세는 이미 기울어 가는 분위기였다. 투랄리온은 수도에서 모두 끝장낼 줄 알았지만, 호드 대부분이 떠났기에 모든 상황이 달라졌다. 그리고 호드는 조금씩 수가 줄면서 그 어느 때보다도 필사적으로 저항했다.

"어쩌면 놈들이 여기 카즈 모단에 숨을지도 모르겠어."

카드가의 말에 투랄리온이 고개를 저었다. 로서 경이 같은 생각인 걸 보고 뿌듯한 마음이 들었다.

"그랬다가는 드워프가 골칫거리가 될 거다. 아이언포지는 아직 정복되지 않았으니 드워프는 반격으로 오크에게서 자기네들의 산을 완전히 되찾을 기회를 놓치지 않으려고 꿈틀거릴 테니까."

"우리가 되찾아 주었으면 합니다."

투랄리온의 말에 로서와 카드가가 둘 다 고개를 돌리고 귀를 쫑긋 세웠다.

"오크가 아이언포지로 가지 않는다면 그리핀 기수로 계속 놈들의 이동 경로를 파악하면서 저희가 그쪽으로 우회하면 됩니다. 저희가 드워프를 구해내면 그들이 산맥을 지킬 테니 오크가 이쪽 길로 돌아올 기회가 영영 없어지겠지요. 산 어딘가에 숨어 있을 오크도 끝까지 추적할 테고요."

로서가 고개를 끄덕이고는 미소를 지으며 말했다.

"좋은 계획이야. 부대에 알려라. 아침에 행군을 시작하겠다. 난 좀 자야겠다. 말을 오래 탄 데다, 몸도 예전 같지 않으니."

그러고는 천천히 일어나며 기지개를 켰다. 그 스스로 약간 못마땅한 듯한 말투였다. 그러나 돌아서서 가기 전에 투랄리온을 진지한 눈빛으로 힐 끗 보았다.

"내가 없을 때 마음을 잘 추스르고 병사들을 잘 이끌어 주었다. 잘할 줄 알았지."

로서가 잠시 머뭇거렸다. 그 얼굴에 슬픔과 인정하는 표정이 뒤섞였다.

"레인 왕. 너를 보면 레인 왕이 생각난다. 네겐 그 친구와 똑같은 용기가 있구나."

투랄리온은 아무 말도 나오지 않아 그저 바라보기만 했다.

로서가 자리를 떠나자 카드가가 투랄리온의 옆으로 다가갔다.

"드디어 인정받은 모양인데."

놀리는 말투이긴 했지만 카드가도 투랄리온이 로서의 칭찬을 얼마나 소중히 여기는지, 그리고 실망을 안겨드릴지 몰라 얼마나 노심초사하는지 모르지 않았다.

"그만해."

투랄리온은 카드가를 툭 치며 무심하게 말했다. 하지만 침낭을 펼 때나 그 안에 들어갈 때나 눈을 감고 내일 떠날 행군을 대비해 잠을 청할 때나 내내 입가에서 미소가 가시지 않았다.

"공격!"

로서가 소리쳤다. 뽑아 든 대검에서 황금빛 룬문자가 햇빛을 받아 반짝였고 병사들은 눈 덮인 산봉우리를 향해 넓고 굽이진 길을 따라 돌격했다. 산꼭대기 근처의 커다란 벽은 바위를 평평하게 깎고 광내어 만든 곳으로 높다랗게 돌을 뚫어 만든 창문도 달려 있었다. 얇은 계단을 몇 개 올라가면 나오는 그 벽에는 족히 15m는 될 정도로 엄청나게 큰 문 두 쪽이 있었고 그 표면에는 강인한 드워프 전사의 모습이 새겨져 있었다. 문 위쪽으로는 까마득하게 높이 웅장한 아치가 세워져 있었으며 거기에 큼지막한 모루가 새겨져 있었다. 이토록 경외심을 불러일으키는 장관이 아이언포지의 정문 광경이었다.

당연하게도 육중한 문은 굳게 닫혀 있었고 다른 입구나 들어갈 만한 틈은 보이지 않았다. 오크들이 포기하지 않고 문과 그 주위 돌을 두들겨댔어도 고대부터 이어져 온 드워프의 굳건한 방어를 무너뜨리려는 노력은 늘 수포로 돌아갔다.

로서와 병사들은 그 오크들을 노리고 산을 올랐고 길 꼭대기에 다다르자 널찍하고도 하얗게 눈이 쌓인 바위 턱이 나타났다. 거대한 문을 정면으로 바라보는 곳이었다. 오크들이 놀라 뒤를 돌아보았다. 놈들은 문을 두드려대느라 정신이 없는 데다 그 소리에 꼭대기에서 매섭게 몰아치는 바람 소리가 겹쳐 얼라이언스가 다가오는 소리를 듣지 못했다. 이제 허둥지둥 무기를 집어 들고 이 새로운 적을 상대하려 했지만, 첫 번째 대열은 공격자들이 오는 쪽으로 미처 몸을 돌리기도 전에 전부 도륙되었다.

"그대로 밀어붙여라!"

이렇게 외치며 로서는 검으로 오크 하나의 팔을 쳐내고 다른 오크의 몸통을 반으로 갈랐다.

"놈들을 바위 쪽으로 밀어붙여라!"

부하들은 그 말에 따라 방패를 들고 척척 나아가며 검과 창으로 대열을 깨뜨리려는 오크를 모조리 베고 찌르며 압박했다. 오크가 그렇게 뚫으려 하던 그 문 앞에까지 적들을 밀어붙였다.

로서가 기대했던 대로 드워프들은 만반의 준비가 되어 있었다. 거대한 검은색 문이 희미한 바람 소리와 함께 열리더니, 곧바로 건장한 체구에 두꺼운 사슬 갑옷으로 무장한 투사들이 망치와 도끼와 권총을 거머쥐고 쏟아져 나왔다. 드워프가 뒤에서 덮쳐왔고 그들과 인간 사이에 낀 오크들은 순식간에 쓰러지고 말았다.

"고맙네."

드워프 하나가 로서만을 콕 찍어 인사했다.

"나는 마그니 왕의 동생인 무라딘 브론즈비어드라네. 아이언포지가 신세를 졌군."

그는 청동수염이라는 뜻의 가문 이름에 걸맞게 같은 색깔의 수염을 무성하게 기르고 있었다. 그의 손에는 전투를 치른 흔적이 역력한 도끼가 들려 있었다.

"얼라이언스 사령관인 안두인 로서입니다."

로서는 자기소개를 하며 악수를 청했다. 예상대로 무라딘의 손아귀 힘은 대단했다.

"도와드릴 수 있어서 다행입니다. 우리 땅에서 호드와 그 세력을 없애는 게 목표입니다."

"아무렴, 지당한 말씀."

무라딘이 고개를 끄덕이며 맞장구를 치고는 무언가 생각난 듯 이마를 찌푸렸다.

"얼라이언스라고 했나? 혹시 몇 달 전에 로데론에서 서한을 보낸 게 자네들이었나?"

"그렇습니다."

로서는 테레나스 왕이 쿠엘탈라스와 마찬가지로 여기에도 전령을 보냈음을 알아차렸다. 로데론의 왕은 분명히 동맹의 가능성이 있다면 전부 연락을 취한 모양이었다.

"뜻을 같이했기에 모두 힘을 합쳤습니다."

"이제 어디로 향할 생각인가요?"

다른 드워프가 앞으로 나와 대화에 끼어들며 물었다. 무라딘보다 주름만 좀 없을 뿐 이목구비와 수염이 닮아 있었다. 무라딘이 나서서 소개해 주었다.

"내 동생 브란일세."

"저희는 남은 호드를 쫓아가는 중입니다. 이미 땅과 바다에서 많은 수를 저희 손으로 처리했습니다. 이제 남은 무리를 완전히 박멸하고 이 전쟁을 끝낼 생각입니다."

두 형제는 서로 마주 보고 고개를 끄덕였다.

"우리도 함께 가겠네. 물론 우리 중 많은 수는 남아 이 산 저 산을 누비며 조상들이 물려주신 요새들을 되찾고, 카즈 모단에 오크를 한 놈도 남지 못하게 하겠지만."

무라딘이 호탕하게 웃었다.

"하지만 이 오크들 때문에 다시는 골치 아픈 일이 생기지 않도록 동료들과 함께 얼라이언스에 합류하지."

"도움을 주신다니 감사할 따름입니다."

솔직한 대답이었다. 이전에 스톰윈드에서 한 두어 번 드워프와 만난 적이 있었는데 볼 때마다 그 강인함과 인내력에 깊은 인상을 받았다. 이 브론즈비어드 가의 드워프들이 사촌인 와일드해머 만큼 전투 실력이 좋다면 얼라이언스에 합류하겠다는 파견 부대는 더할 나위 없이 값진 자원이 될 터였다.

"좋아. 심부름꾼을 보내 형님에게 소식을 알리고 보급 물자를 가지고 와 달라고 하겠네."

무라딘이 어깨에 도끼를 둘러메고는 주위를 둘러봤다.

"호드가 어느 쪽으로 갔나?"

로서가 힐끗 쳐다보니 카드가가 웃고 있었다. 그래서 어깨를 으쓱하고는 미소를 지으며 남쪽을 가리켰다.

"놈들이 검은바위 첨탑으로 가고 있소."

쿠르드란이 그리핀에서 작은 모닥불 주위에 둥글게 둘러앉은 로서와 부관들 가까이 뛰어내리면서 말했다. 다른 와일드해머 부족원들과 함께 정찰하다 이제 보고하러 막 돌아온 참이었다.

"검은바위 첨탑이라고? 확실한가?"

무라딘이 물었다. 투랄리온은 와일드해머와 브론즈비어드가 그리 좋은 사이가 아니라는 점을 눈치 챘다. 아니, 좋은 사이가 아니라는 건 좀 지나친 표현이었다. 두 부족은 티격태격하는 형제처럼 서로 좋아하면서도 말싸움이나 시비를 걸지 못해 안달이었다.

"당연히 확실하지!"

쿠르드란이 벌컥 소리 질렀다. 스카이리가 옆에서 조심하라는 듯이 까악거렸다.

"스카이리야, 내가 놈들을 따라가서 봤지. 그렇지?"

갑자기 얼굴에 응큼한 표정이 떠올랐다.

"아니면 직접 가서 보시든가?"

무라딘과 그 옆에 있던 브란은 하얗게 질려 뒤로 한걸음 물러났고 쿠르드란은 그걸 보며 사악하게 낄낄거렸다. 브론즈비어드는 하늘이 끔찍했고 와일드해머는 땅 밑이 지옥이었다.

"검은바위 첨탑이라. 산꼭대기에 있는 요새 아닙니까?"

로서가 생각에 잠기며 말하자 다른 이들이 고개를 끄덕였다.

"최고의 입지군요. 어느 방향으로 보아 유리한 위치에 산으로 둘러싸여 방어하기도 쉬울뿐더러 드나드는 길을 제어하기도 편할 겁니다. 놈들의 지도자가 누구인지 몰라도 상당한 수완가로군요. 쉽지 않겠습니다."

로서가 만만치 않다는 듯이 고개를 저었다.

"맞아, 게다가 저주도 걸려 있지."

이 말에 모두의 시선이 무라딘에게 향했다. 투랄리온이 보니 브란과 쿠르드란도 역시 고개를 끄덕이고 있었다. 무라딘이 이야기를 계속했다.

"음, 그러니까 우리 사촌 검은무쇠 부족이…"

잠시 말을 멈추고 그 이름만으로도 재수 없다는 듯 침을 뱉고 다시 말을 이었다.

"…지은 요새지만, 지금은 거기에 훨씬 사악한 것들이 살고 있네. 땅속에."

무라딘과 다른 드워프들이 진저리를 쳤다.

"거기 무슨 다른 존재가 있는지는 몰라도, 오크를 건드리지는 않은 모양이군요. 놈들이 첨탑으로 후퇴할 텐데 방어를 뚫는 일이 문제겠습니다."

"그래도 뚫을 수 있습니다. 우리는 병력과 놈들을 쓰러뜨릴 실력이 있습니다.

이렇게 말하는 투랄리온 자신도 놀랐다. 로서가 미소를 지어 보였다.

"그래, 할 수 있지. 쉽지 않겠지만, 보통 가치 있는 일은 다 그렇지."

무언가 더 말을 하려고 하는데 판금 갑옷이 삐걱거리는 소리가 났다. 모를 수 없는 소리였다. 고개를 돌려 보니 남자 하나가 성큼성큼 다가오고 있었다. 갑옷은 우그러졌지만, 여전히 반짝거렸고 흉갑에는 투랄리온과 같은 은빛 성기사단의 상징이 있었다. 그 남자가 가까이 다가오자 모닥불

불빛이 불길처럼 붉은 머리카락과 수염이 그대로 드러났다.

"우서!"

로서가 일어나 손을 내밀자 그 새로 온 성기사가 그의 손을 꽉 잡고 악수를 했다.

"사령관님."

우서가 대답했다.

"최대한 빨리 온 겁니다."

"로데론은 정리가 되었나요?"

카드가가 옆에 있는 바위에 걸터앉는 우서에게 물었다. 피곤해 보였다.

"그렇습니다. 동료들과 함께 확실하게 정리했습니다. 로데론 땅에 남은 오크는 없습니다. 산악 지역도 깨끗합니다."

대답하는 우서의 맑고 침착한 회청색 눈에서 자부심이 반짝였다. 투랄리온은 마음이 묘하게 아팠다. 다른 기사단원들과 함께 움직여야 했는데 혼자만 떨어진 것 같았다. 그러나 파올 대주교가 직접 다른 임무를 맡겼으니 우서나 다른 성기사들과 마찬가지로 투랄리온 역시 자기의 소임을 다한 셈이었다.

"훌륭하다."

로서는 미소를 지어 보였다.

"게다가 시간을 딱 맞춰서 왔다. 우리는 방금 오크의 최종 집결 위치를 알아냈다. 거기까지 가는 데 걸리는 시간은?"

옆에 있던 드워프 형제를 쳐다보았다. 둘은 이 지역을 훤히 알 테니 거리와 관련된 얘기는 가장 확실하게 대답해 줄 터였다.

"닷새 정도예요."

잠시 고민하던 브란이 대답했다.

"가는 길에 놈들이 별 방해만 안 한다면요."

브란은 형을 힐끗 보고 고개를 끄덕였다.

"그리고 검은바위 첨탑으로 간다면 우리도 함께 가겠네. 그걸 자네들에게만 상대하라고 할 순 없으니까."

"매복은 보이지 않았어."

쿠르드란은 그 말이 자기의 정찰 능력을 모욕한다는 기분이 들어 눈살을 찌푸리며 말했다.

"호드 전체가 그대로 한 덩어리처럼 첨탑으로 이동하고 있소."

그러고는 다음 질문을 알아채기라도 한 듯 로서를 힐끗 보았다.

"그렇소. 와일드해머도 같이 가겠소. 모두 합치면 놈들보다는 수가 많소. 큰 차이는 안 나지만."

"큰 차이는 필요 없습니다. 정정당당하게 싸우기만 하면 됩니다."

결연한 표정이 얼굴에 나타났다.

"그렇다면, 닷새로군요."

로서가 모두를 보며 말했다.

"닷새 후에 이 전쟁을 끝냅시다."

투랄리온에게는 그 말이 최후 결론처럼, 최후의 심판처럼 들렸다. 그저 자기들이 그 심판의 대상이 아니기만을 빌었다.

21장

"인간들이 나타났습니다!"

상념에 잠겨 있다가 고개를 든 둠해머는 탈베크의 목소리에서 묻어나는 공포심에 짜증이 났다. 사나웠던 부족장이 언제부터 저렇게 물러터진 존재가 되었을까?

"놈들이 나타난 건 나도 안다."

못마땅한 소리로 답하며 일어나 그 뒤쪽을 힐끗 보았다. 다들 산꼭대기에서부터 거칠게 깎여 내려 요새 바로 앞에서 튀어나온 바위 턱 위에 서 있었다. 둠해머는 여기에서 까마득히 아래쪽 바위투성이 평원에 남은 호드 군사가 여기저기 퍼져 있는 모습을 볼 수 있었다. 마지막으로 이 위치에 섰을 때는 전사들이 아래 평원을 까맣게 뒤덮어 바위의 흔적조차 찾을 수 없을 정도였다. 지금은 초록색과 갈색 벌판에 커다란 검은 바위가 드문드문 있었다. 둠해머는 조금씩 거리를 두고 따로 모여 앉은 가문을 하나하나 알아볼 수 있었다. 호드가 언제 이 정도로 줄어들었을까? 그동안 어디로 이끌어 왔던 것일까? 왜 듀로탄의 말을 더 빨리 새겨듣지 않았던가? 왜 옛 친구의 말에 주의를 기울이지 않았던가? 경고했던 말이 전부 사실로 드러나고 있는데!

"어떻게 하면 되겠습니까? 저들을 물리칠 만한 병력이 이제 없습니다."

탈베크가 뒤를 따라오며 다그치듯 물었다.

둠해머가 아주 매섭게 노려보자 탈베크는 주춤주춤 물러났다. 예전보다 숫자가 준 건 사실이었다. 호드 병력은 이제 세상을 뒤덮어버릴 만큼 많지는 않았다. 그래도 여전히 오크였다. 조상들이 호드를 이끄신다!

"어떻게 하면 되겠냐니?"

둠해머가 등에서 망치를 풀어내며 부관에게 물었다.

"당연히 싸워야지!"

벌벌 떠는 탈베크를 그대로 두고서 둠해머는 바위 턱 끝으로 걸어갔다.

"오크는 들으라!"

망치를 높이 쳐들고 우렁차게 외쳤다. 몇몇은 고개를 돌려 올려다보았지만, 그렇지 않은 자들도 있었다. 그걸 보니 화가 치밀었다. 둠해머는 망치로 절벽 면을 아주 세게 내리쳤다. 대지에 금이 가는 소리가 울려 퍼지자 호드의 관심이 곧바로 한곳에 모였다.

"내 말 들으라! 그동안 우리가 전투의 패배와 계획의 차질로 고초를 겪었고 병력도 상당히 줄어들었다는 사실을 안다! 굴단이 배반한 까닭에 엄청난 대가를 치렀다는 것도 안다! 그래도 우리는 여전히 오크다! 여전히 호드다! 우리의 발걸음으로 이 세상을 뒤흔들리라!"

아래에 있는 전사들이 환호성을 지르기는 했지만 지치고 맥빠진 소리였다.

"인간들이 이곳까지 우릴 쫓아왔다."

한 마디 한 마디가 절실했다.

"놈들은 우리가 패했다고 생각한다! 우리가 이곳에 온 이유가 주인에게서 도망치는 개처럼 자신들의 강력한 힘을 피해 도망치느라 그랬다고 생각한다! 하지만 틀린 생각이다!"

다시 망치를 들었다.

"이곳에 온 이유는 여기가 우리의 근거지이고, 우리에게 유리한 곳이기 때문이다. 이곳에 온 이유는 여기에서부터 다시 한 번 밀고 나가 이 땅을 우리 발걸음으로 뒤덮을 수 있어서다. 이곳에 온 이유는 그래야 다시 한 번 놈들을 우리 이름에 벌벌 떨게 할 수 있어서다!"

이번에는 박수 소리가 좀 더 커졌고 둠해머는 그 소리를 끊지 않고 그대로 음미했다. 전사들이 하나둘 일어서면서 무기를 높이 흔들어댔다. 다시 열의가 되살아나는 게 보였다. 역시 호드는 강했다.

"놈들이 우리를 우연히 발견해 줄 때를 기다릴 수는 없다. 여기에 퍼져 앉아서 놈들이 이 전투를 좌지우지하게 할 수는 없다. 그럴 수는 없다. 우리는 오크다! 우리는 호드다! 우리가 놈들에게 싸움을 안겨 여기까지 쫓아온 일을 후회하게 해 주자! 놈들을 완전히 뭉개 버린 다음 그 시체를 밟고 다시 진군하여 놈들의 땅을 차지하자!"

둠해머는 양손으로 망치를 잡고 머리 위로 치켜든 다음 빙빙 휘둘렀다. 이제 엄청나게 커진 함성에 사방의 바위는 물론이고 둠해머가 딛고 선 바위까지 흔들렸다. 얼굴에 주름이 질 정도로 크게 기뻐했다. 이제 오크다웠다! 울고 짜며 쓰러지진 않으리라! 쓰러질 때 쓰러지더라도 싸우다 손에 피를 묻힌 채로 쓰러질 것이다.

"우리 부족 전사들을 준비시켜라."

어안이 벙벙해진 탈베크에게 말했다.

"나는 정예 수호병과 함께 앞장서서 돌격하겠다. 나머지 호드가 그 뒤를 따를 것이다."

몸을 돌리면서 둠해머는 덩치가 큰 전사들이 어둠 속에서 기다리며 서 있는 모습을 포착했다. 하나씩 눈을 마주치자 자세를 바로 하며 묵례를 했고 둠해머도 답례로 고개를 끄덕였다. 이들은 둠해머의 정예 수호병이었고 모두 오우거였다.

둠해머는 오크답게 오우거를 증오하라는 가르침을 받으며 자라왔지만, 이들은 달랐다. 다른 오우거보다 더 똑똑했지만, 전사였다. 흑마법사가 아니었다. 그와 마찬가지로 중요한 점은 이들이 둠해머에게 충직하며 그 것도 둠해머 단 하나에게만 충성한다는 사실이었다. 둠해머는 이들이 자신의 힘과 용기를 존경한다는 걸 알았다. 둠해머 자체를 같은 오우거로 여기며 둠해머의 명령에만 따르기로 맹세했다. 차츰차츰 둠해머는 이들의 힘을 인정하고 그들의 도움에 의지했다. 필요하다면 그들이 자신을 위해 죽을 수도 있다는 것을 알았다. 그리고 놀랍게도 자신도 이들을 위해 목숨을 내어놓으리라는 것을 깨달았다.

그리고 호드의 승리를 장담할 수 없는 지금, 이 정예 수호병들은 모두 목숨을 걸 터였다.

적어도 어둠의 문은 안전했다. 렌드와 메임 블랙핸드 형제는 굴단과의 싸움이나 얼라이언스 함대의 공격에도 부족원들과 함께 살아남았다. 그들이 보낸 정찰병은 여기 카즈 모단까지 찾아왔고, 둠해머는 그들에게 어둠의 문에서 나머지 부족원들과 합류하라는 명령을 내렸다. 여전히 그 형제를 불신하기는 했지만, 적어도 호드에 충성한다는 사실이 입증되기도 했을뿐더러 드레노어로 돌아갈 때 튼튼한 전사가 필요하기도 했다.

둠해머는 오우거 정예병들에게 다시 고개를 끄덕였다. 그러고는 바위 턱에서 아래의 평원을 향해 앞장서서 내려갔다. 전투가 기다리고 있었다.

얼라이언스는 미처 오크의 선공에 대비하지 않고 있었다. 둠해머가 기대했던 그대로 얼라이언스는 길어질 전투를 대비해 진을 치고 있었다. 아마도 호드가 검은바위 산을 믿고 수비에 집중하리라 여겼을 것이다. 그랬으니 둠해머가 돌격해오자 소스라치게 놀랄 수밖에 없었다.

"오크입니다!"

병사 하나가 로서와 부관들이 선 곳으로 뛰어 들어오며 소리쳤다.

"우리 진지에 놈들이 가득합니다!"

"뭐라고?"

로서가 말을 박차 전속력으로 얼라이언스 부대 대다수를 배치해 두었던 검은 골짜기를 가로질렀다. 투랄리온과 다른 이들도 뒤에서 바짝 따라오고 있었다.

아니나 다를까 로서가 최전방에 다다랐을 때 들려온 소리는 전투를 치르는 게 분명했다. 곧 눈으로 확인했다. 오크였는데, 한 번도 본 적 없는 오크였다. 이들은 거대한 생물체로 두꺼운 발과 튼튼한 다리가 있었으며 머리카락을 새의 볏이나 말의 갈기처럼 삐죽삐죽하게 세워 놓았다. 오크들은 갑옷도 없이 샅바와 어깨 보호대와 털가죽 장화만 걸치고 미친 듯이 무기를 휙휙 휘두르며 손이 닿는 대로 난도질하며 찔러댔다. 놈들의 초록색 피부에는 문신이 가득했고 여기저기 귀며 코며 이마며 입술이며 심지어 젖꼭지를 뚫어 금속이나 뼈처럼 보이는 작은 조각을 매달았다. 놈들은 사납게 날뛰었고 사람들은 게거품을 물고 덤비는 놈들의 공격에 쓰러지고 있었다.

"우서!"

로서가 큰 소리로 부르자 우서가 앞으로 성큼성큼 걸어왔다. 로서는 검을 아래로 향하게 하면서 오크들을 가리켰다. 다른 말이 필요 없었다. 우서는 고개를 끄덕이고 다른 은빛 성기사 단원들에게 자신을 따라오라고 손짓하면서 투구를 눌러쓰고 전투망치를 들었다.

"성스러운 빛의 이름으로!"

우서가 외치자 몸과 무기 주위에서 빛이 났다.

"저런 놈들은 살려두지 않겠다!"

그러고는 싸움 한복판으로 뛰어들며 망치로 가장 가까이에 있던 오크의 머리통을 내려쳐 해골을 박살 내 버렸다.

이곳의 하늘은 언제나 구름과 그을음이 가득 차 짙은 어둠을 드리우고 모든 것에 피처럼 붉은빛을 비추었다. 하지만 지금은 아니었다. 구름이 갈라지고 순전한 태양 빛줄기가 아래로 내려오더니 모여 있는 호드를 헤치고 나가는 우서를 감쌌다. 그는 순수한 빛의 화신이 되었다. 경이롭고도 무시무시했다. 망치를 한 번 휘두를 때마다 오크 전사들이 이쪽저쪽으로 쓰러졌다.

다른 성기사들이 합세하자 빛이 그들에게까지 퍼졌다. 은빛 성기사단은 전쟁이 시작된 이래로 몇 달 동안 수를 늘려 와 이제는 투랄리온을 빼고도 우서의 휘하에 열둘이 있었다. 그 열두 명이 그들의 믿음으로 반짝이는 망치와 도끼와 검을 들고 전투 한복판으로 뛰어들자 나머지 오크 병사들이 뒤로 물러나며 길을 터주었다.

오크들은 고개를 들어 새로운 적을 마주 보았다. 그리고 치열한 전투가 이어졌다. 야만과 광신이 맞붙고, 반짝이는 사슬갑옷이 문신과 매달린 장신구와 맞붙었다. 오크는 강하고 거친 데다 고통을 느끼지 못할 정도로 광적이었다. 그러나 성기사는 정의로운 분노와 믿음의 힘과 거룩한 오라로 완전히 무장한 상태였다. 그 오라 때문에 공격할 때 오크는 둘 이상 고개를 돌려야 했다. 이런 이점을 이용하여 성기사들은 난폭한 오크들을 포위하고 하나씩 하나씩 처치하면서 마지막 한 놈까지 쓰러뜨렸다.

"잘했다."

로서가 이 말을 하는 와중에 다른 보초가 달려왔다.

'이번엔 뭐지? 또 공격인가?'

잔뜩 지친 상태로 무엇일지 생각했다. 병사가 숨을 헐떡이며 생각을 읽고 따라 하는 듯한 말을 했다.

"또 공격입니다! 이번엔 서쪽입니다!"

"망할 놈들."

이렇게 중얼거리고는 다시 말을 박차 새로운 위치로 달려갔다. 놈들은 영리했다. 그 점은 인정해야 했다. 로서가 공격을 예상하지 못했기에 부하들은 대비를 하지 못했다. 대부분 긴장을 풀고 공성이 장기간 느리게 진행되리라 생각했다. 로서는 만일을 대비해 경계를 늦추지 말라고 명령했지만, 갑옷을 벗어 던지기까지 한 이들도 있었다. 이제 안일했던 대가를 치르는 중이었다. 그리고 만약 오크가 기습으로 전선 몇 곳을 약하게 한다면 포위를 뚫고 돌파해 다른 산악 지역으로 도망칠 수도 있었다. 그러면 놈들을 추적하여 모두 찾아내는 데 몇 달, 어쩌면 몇 년이 걸릴지도 몰랐다. 그리고 그랬다가는 호드에게 재정비해서 다시 공격할 시간을 주는 셈이었다.

그런 일이 일어나게 할 수는 없었다.

새로운 전투에 뛰어든 로서는 미처 옆으로 피하지 못한 오크 하나를 밟아 뭉개고는 말을 빙글 돌리면서 고삐를 잡아당겨 세운 다음 전황을 살펴보았다.

마지막으로 치렀던 전투보다 훨씬 더 규모가 컸다. 60명은 족히 넘는 숫자였다. 게다가 가운데에 오우거 여섯이 있어서 훨씬 더 위압적이었다. 오우거는 난폭하면서도 방금 싸웠던 놈들처럼 아무런 생각이 없지는 않았다. 그리고 약간 전략 감각도 있어 보였다. 다른 오우거들보다 더 거대한 오우거로 보이는 자가 특히 더 그랬다. 길게 땋고 장식을 단 머리카락을 흩날리며 엄청나게 큰 검은색 망치를 이쪽저쪽 휘두를 때마다 얼라이언스 병사들이 나가떨어졌다. 그 거대한 놈의 걸음걸이에도 무언가가 있었다. 빠르지만 조심스러웠고, 엄청나게 큰 검은색 판금 갑옷을 입었는데도 그 몸짓에 기품이 있어서 로서는 충격을 받았다. 왜인지 이놈이 우두머리라는 생각이 들었다. 말을 달려 싸움이 일어나는 곳으로 달려가자 그 어마어마한 오우거가 고개를 들고 로서의 눈을 똑바로 바라봤다. 흔히 보이던, 붉게 번쩍이는 눈이 아니었다. 그 두 눈은 회색인 데다 지성이 가득했다. 그리고 로서를 알아보기라도 한 듯, 살짝 휘둥그레졌다.

저기 있다! 둠해머는 근처에서 건장한 체구에 말 위에 올라앉은 인간을 살펴보며 웃었다. 방패와 어마어마하게 큰 검을 들고 대양과 같은 푸른 눈에 총기가 어린 저 인간이었다. 저자가 놈들의 지도자였다. 바로 둠해머가 계속 찾던 자였다. 이 인간을 처치하면 얼라이언스군의 사기는 곧바로 꺾여 가루처럼 부서지리라.

"비켜라!"

둠해머가 포효하며 달려가는 동안 있는 인간 하나를 박살 내고 자기 부하 하나도 옆으로 차 버렸다. 그 인간 역시 전장으로 돌격하여 둠해머가 자행하는 대학살에는 눈길도 주지 않고 검으로 둠해머를 겨누었다. 이 인간 지도자는 둠해머에게 시선을 고정하고 있었다.

주위에서 격렬하게 전투가 벌어졌지만, 둠해머는 자신의 상대에게서 눈을 떼지 않았다. 앞으로 걸어 나가며 오크가 맞든 인간이 맞든 상관하지 않고 망치로 휘둘러 밀집한 몸뚱이들 사이로 길을 내며 헤치고 나아갔다. 지금 중요한 건 저 인간에게 다가가는 일뿐이었다. 로서도 조금 더 조심스럽다는 차이만 있을 뿐 마찬가지였다. 그저 인간을 직접 공격하지는 않고서 자기 말과 휘두르는 검을 알아서 피하기를 바랐다. 마침내 두 전사 사이에 아무것도 없이 코앞에서 둠해머가 그 인간과 얼굴을 대면하는 상황이 되었다.

말에 오른 인간이 더 유리했다. 둠해머는 문제를 단박에 해결했다. 망치가 호를 그리더니 거대한 머릿돌이 전력으로 말의 머리를 강타했다. 말은 그대로 무너져 내렸고 쪼개진 해골에서 피를 뿜으며 다리를 버둥거렸다. 인간은 쓰러지지 않았다. 대신 말이 쓰러질 때 발을 차서 등자를 빼내고 한쪽으로 풀쩍 뛰어내린 다음, 시체를 뛰어넘어 둠해머를 직통으로 마주했다. 두 지도자가 무기를 들고 한마디 말도 없이 자신의 목표를 위해 격돌했다. 다른 전투들은 없는 것이나 마찬가지인 상태가 되었다. 둘의 목표는 단 하나, 상대방의 죽음이었다.

엄청난 전투였다. 로서는 대부분의 오크 전사들만큼 크고 강한 인간이었다. 그래도 둠해머가 더 크고 강력하며 더 젊었다. 로서에게 부족한 것은 젊음과 속도였지만 그 차이를 실력과 노련함으로 메꾸었다.

둘 다 무거운 판금 갑옷을 입었다. 우그러진 스톰윈드의 빛나는 갑옷과 호드의 검은 판금이었다. 그리고 양쪽 다 체구가 작은 전사라면 휘두르지조차 못할 무기를 지녔다. 반짝이는 룬 문자가 새겨진 스톰윈드의 검과 둠해머 혈통에 내려오는 검은 망치였다. 그리고 둘 다 어떤 대가를 치르더라도 이기겠다는 의지가 확고했다.

먼저 로서가 공격했다. 검이 옆에서부터 날아들었다. 로서는 번개같이 방향을 틀어 둠해머의 빈틈을 공격했다. 결국, 대족장의 두꺼운 갑옷에 깊은 홈을 냈다. 둠해머는 노련하며 빠르게 망치를 아래로 찍으면서 반격했지만, 로서가 한 발짝 물러나면서 피했다. 그러나 둠해머가 재빨리 망치를 거꾸로 쥐고 위로 올려치자 로서는 턱 아래를 비스듬히 맞고 뒤쪽으로 휘청거렸다. 이어서 빠르게 망치가 날아들었지만 제때 검을 올려 그 육중한 무기의 자루 부분을 막아냈다. 잠시 두 전사는 그대로 힘겨루기를 했다. 둠해머는 망치를 아래로 내리려 하고 로서는 그걸 쳐내려 했다. 떨리긴 했지만 두 무기 다 미동도 하지 않았다.

로서가 검을 비틀어 망치를 멀리 쳐냈다. 둠해머가 거대한 망치를 다시 앞쪽으로 휘두르는 틈을 타 로서가 한 발짝 다가서며 검날의 넓적한 부분으로 얼굴을 쳤고, 대족장은 그대로 잠깐 멍해졌다. 정신을 가다듬은 둠해머는 빈손으로 강하게 목을 후려쳤고, 그 충격으로 로서가 휘청거리는 사이 무기와 평정심을 되찾았다.

투랄리온은 오크를 상대로 나름의 전투를 치르고 있었는데, 적 하나를 망치로 강하게 한 번 후려쳐 쓰러뜨리고 나니 그 쓰러진 몸뚱이 너머로 로서와 거대한 오크가 맞붙은 광경이 보였다.

"안 돼!"

이렇게 외치는 투랄리온의 눈에 지도자이자 영웅이 검은색 갑옷을 입은 무시무시한 오크와 마주 보는 모습이 보였다. 투랄리온은 마음을 추스렸고, 필사적으로 망치를 휘둘러 오크를 쓰러뜨리며 두 지휘관이 있는 곳을 향해 나아갔다.

둘 다 망치와 검을 휘두르며 다시 거리를 좁혔다. 둠해머의 타격이 사자 머리 방패에 온전히 내리꽂히자 그 충격에 방패가 찌그러지면서 로서도 거의 주저앉을 뻔했지만, 검으로 둠해머의 가슴을 세게 찔렀고 그 때문에 두꺼운 흉갑이 크게 움푹 패었다. 둠해머는 고통과 실망으로 입술을 깨물고 으르릉거리면서 뒤로 물러나 망가진 흉갑을 벗어 던졌고, 로서도 다시 일어나 쓸모없어진 방패를 옆으로 집어 던졌다. 둘 다 다시 포효하며 앞으로 돌격했다.

이번엔 갑옷이 없어 몸이 가벼워진 둠해머가 더 빨랐지만, 로서는 양손으로 검을 부여잡고 상대방의 방어를 춤추듯 넘나들었다. 둘 다 강한 타격을 받았다. 둠해머는 배에 가로로 길게 흉측한 상처가 생겼고 로서는 오른쪽 옆구리를 심하게 맞았다. 둘 다 살짝 비틀거리며 세 번째로 거리를 벌렸다. 주위에서 다른 오크와 인간들이 각자 혈투를 벌이는 동안 강력한 두 지도자는 상대방의 방어에서 약점을 찾으며 서로 덤벼들기를 반복했다. 그들은 결투 내내 매번 강력한 공격을 주고받았다.

다시 둘의 거리가 가까워졌다. 둠해머가 묵직한 주먹으로 로서의 가슴을 내질렀다. 그 충격으로 흉갑이 찌그러지고 몸이 흔들렸다. 충격을 받은 로서가 완전히 정신을 차리기 전에 둠해머는 뒤로 물러났다가 양손으로 거대한 망치를 잡고 온 힘을 실어 내리쳤다. 로서는 검을 들어 그 매서운 공격을 막았는데, 망치를 휘두른 힘을 검이 고스란히 받고는 산산조각이 나 버렸다.

전설의 검이 조각조각 나 바닥에 떨어진 것을 본 투랄리온의 입에서 탄식이 터져 나왔다. 그리고 둠해머의 망치가 번쩍하더니 거침없이 아래로 떨어지며 로서의 투구 정수리를 찍었다. 끔찍하게 무언가 으스러지는 소리가 났다. 아제로스의 사자는 반사적으로 부서진 검을 내려 그으며 휘청거리다 삐죽삐죽하게 반 토막이 난 검으로 둠해머의 가슴을 베고는 그대로 무너져 내렸다. 양측에서 싸움을 멈추고 땅에 널브러진 얼라이언스 사령관의 몸에서 생명이 빠져나가며 움찔거리는 광경을 지켜보는 동안 완벽한 적막이 흘렀다. 으스러진 머리 아래에서 빠르게 퍼져가는 피 웅덩이 말고는 그 어떤 것도 미동조차 하지 않았다.

둠해머는 한 손으로 가슴에 난 상처를 누르며 떨리는 발걸음을 옮겼다. 손가락 사이로 피가 배어 나왔지만, 똑바로 선 채로 힘들게 망치를 머리 위로 들어 올렸다.

"내가 이겼다!"

이리저리 휘청거리며 피를 뱉어냈다. 둠해머가 이윽고 승리로 의기양양해진 잔뜩 쉰 목소리로 선포했다.

"이제 우리의 적은 모두 죽음을 맞이하리라. 너희 세계가 우리 차지가 될 때까지!"

22장

"안 돼!"

외마디 비명이 터져 나왔다. 투랄리온은 군중을 헤치고 달려나가 시체 옆에 무릎을 꿇었다. 영웅이자 스승이며 사령관인 분이었다. 그리고 나서 자기 위에 우뚝 서 있는 오크에게로 시선을 옮겼다. 무언가 머릿속에서 아귀가 맞아떨어졌다.

몇 달 동안 투랄리온은 자신의 믿음과 관련하여 단 한 가지 질문에 매달려 씨름했었다. 오크 호드처럼 끔찍하고 잔인하며 순수한 악 그 자체인 존재가 이 세상에 돌아다니는데, 성스러운 빛은 어떻게 모든 생명체와 모든 영혼을 하나로 합한단 말인가? 두 가지 생각이 조화되지 않는 이상 투랄리온은 자기 자신이나 교단의 가르침을 확신할 수 없었다. 우서나 다른 성기사들이 열정 어린 마음으로 축복을 내리고 밝게 빛나는 모습을 보면서 자기 능력은 상대도 되지 않는다는 생각에 그저 부러워만 했다.

하지만 이 오크, 둠해머가 방금 한 말이 의식적인 사고 아래 어딘가에 있었기에 그 흔적을 따라가 보려고 애썼다. 호드 대족장은 '너희 세계가 우리 차지가 될 때까지.'라고 하며 흡족해 했다. '너희 세계'라고 했지 '우리 세계'나 '이 세계'라고 하지 않았다.

그게 해답이었다.

투랄리온은 당연히 어둠의 문을 기억하고 있었다. 처음 만났을 때 카드가가 오크의 위험을 설명하며 얘기해 주었고 그 이후로도 몇 번 언급했었다. 하지만 무슨 이유에선지 그 문의 진실은 제대로 이해하지 못했었다. 지금까지는.

오크는 이 세계의 존재가 아니었다.

그들은 이 행성에서 이질적인 존재였다. 다른 어딘가에서 왔으며 그보다 훨씬 더 멀리 떨어진 곳에서 온 악마의 힘을 받았다.

성스러운 빛은 이 세계의 모든 생명을, 모두를 하나로 합했다. 하지만 오크는 이곳에 속한 존재가 아니므로 그 대상이 아니었다.

그렇다면 투랄리온의 임무는 분명했다. 성스러운 빛을 받들어 그 타오르는 영광으로 이 세상을 구석구석 살펴 빛의 영광을 받지 않은 존재에게서 오는 모든 위협을 없애고 그 안에서 순수함을 지켜나가는 것이었다.

오크는 이곳에 속하지 않았다. 그렇다면 놈들을 처치해도 벌을 받는 게 아니었다.

"빛의 이름으로, 너희가 이곳에 있는 시간은 끝났다!"

투랄리온이 일어서면서 외쳤다. 몸 주위에서 뿜어져 나오는 빛이 어찌나 밝은지 오크나 인간이나 매한가지로 눈을 가리고 고개를 돌렸다.

"너희는 이 세계의 존재가 아니다. 성스러운 빛의 존재가 아니다. 너희는 이곳에 속하지 않는다! 사라져라!"

호드 대족장이 얼굴을 찡그리고 손으로 눈을 가리고는 한 발 물러났다. 투랄리온은 그 순간을 놓치지 않고 로서의 몸 옆에 다시 쭈그리고 앉았다.

"친구여, 빛과 함께 가시길."

이렇게 속삭이며 쓰러진 기사단장의 으스러진 이마에 집게손가락을 가져다 대었다. 눈물이 뚝뚝 떨어져 죽은 전사의 피에 섞여 들어갔다.

"성스러운 존재들과 함께하실 겁니다. 빛께서 그 자비로운 품으로 그대를 맞이하실 겁니다."

시체 주위로 오라가 생기며 순수한 백색으로 빛났다. 투랄리온은 죽은 사령관의 얼굴이 약간 편안해지면서 점점 평온해지고 심지어 살짝 안심하기까지 하는 것 같다고 생각했다.

일어나는 투랄리온의 손에는 부서진 대검이 들려 있었다. 눈을 가린 둠해머를 보며 선포했다.

"그리고 너, 사악한 생명체여. 네놈이 이 세계와 이 세계의 생명들에게 저지른 죄의 대가를 치르게 해 주리라."

둠해머는 그 목소리에서 어떤 위협을 알아차린 게 분명했다. 양손으로 망치를 잡더니 위로 들어 올려 날아든다고 감지한 공격을 막았다. 그러나 투랄리온이 두 손으로 부서진 검의 자루를 잡고 눈부신 섬광 속에서 검을 아래로 긋자 부서진 검이 거대한 전투망치의 검은색 머릿돌 부근을 강타했고 그 충격이 묵직한 나무 손잡이를 타고 내려와 흔들리면서 주인의 손을 떨쳐냈다. 망치는 아무런 피해도 주지 않고 옆으로 떨어졌다. 무슨 일이 벌어졌는지를 깨닫고 나니 둠해머의 눈이 휘둥그레졌다. 그러고 나서 눈을 감고 가볍게 고개를 끄덕이며 검이 날아들기를 기다렸다.

그러나 투랄리온은 마지막 순간에 검을 돌려 칼날이 아닌 칼몸으로 둠해머를 쳤다. 그 충격으로 둠해머는 무릎이 풀썩 꺾이며 로서 옆에 쓰러졌다. 하지만 숨이 끊어지지는 않았기에 등이 위아래로 오르내렸다.

"네놈은 저지른 죄에 따라 재판을 받을 것이다."

의식이 없는 둠해머에게 말을 하는 투랄리온의 주위로 빛이 감싸듯 퍼졌다.

"사슬에 묶여 수도에 설 것이다."

이제는 빛이 아주 환한 날보다 더 밝아졌다. 모든 오크가 고개를 돌리고 눈이 멀 듯한 빛으로부터 몸을 웅크렸다.

"얼라이언스의 지도자들이 네 운명을 결정할 것이다. 그리고 그때 너는 완전한 패배를 인정해야 하리라."

그런 다음 몸을 돌려 다른 오크 전사들을 올려다보았다. 그들은 자기네 지도자의 승리가 확실했는데 갑자기 뜻밖의 패배로 바뀌는 상황을 지켜보며 그 자리에 얼어붙은 채로 서 있었다.

"하지만 네놈들 운은 그리 좋지 않다."

투랄리온이 읊조리며 오크 전사들을 향해 부서진 검을 겨누었다. 빛이 검과 손과 머리와 눈에서 뿜어져 나왔다. 주변의 검은 바위가 투랄리온의 몸에서 쏟아져 나온 빛으로 하얗게 변했다.

"네놈들은 여기서 나머지 동족들과 함께 죽여주마. 그리고 이 세계에서 영원히 네놈들의 더러움을 씻어 내리라!"

그 말과 함께 투랄리온은 앞으로 뛰어나왔다. 태양처럼 밝은 검을 휘두르고 있었다. 미처 반응하기도 전에 첫 번째 오크의 목을 갈랐고 쓰러지면서 상처에서 피를 쏟는 놈을 지나 반쯤 눈이 먼 호드 전사들을 향해 돌격했다.

그 행동으로 마비가 풀리면서 오크나 인간들이나 다시 몸을 움직일 수 있었다. 우서와 다른 은빛 성기사단 성기사들은 로서와 둠해머가 싸우는 동안 군중 속에 합류했다가 지금은 투랄리온을 따라 몸 주위에서 오라를 발하며 모인 호드 한가운데로 뛰어들었다. 나머지 얼라이언스 병사들도 뒤를 따랐다.

싸움은 놀랄 정도로 빠르게 끝났다. 많은 오크가 둠해머의 패배를 목격했고 지도자가 쓰러지는 것을 보고는 극심한 공황에 빠졌다. 많은 수가 도망쳤다. 어떤 오크들은 무기를 버리고 항복했다. 전에 선언한 말과는 달리, 힘없는 포로들을 죽일 마음이 없는 투랄리온은 이전에 어떤 짓을 저질렀든 간에 모두 감옥에 가둘 생각이었다. 물론 버티고 서서 싸운 자들도 많았지만, 체계가 무너지고 멍해진 오크는 결의를 다진 얼라이언스 병사의 상대가 되지 않았다.

"한 400명 남짓 되는 무리가 붉은마루 산맥을 지나 남쪽으로 도망치고 있어."

한 시간쯤이 지나 전투가 끝나고 계곡이 다시 고요해졌을 때 카드가가 알려 왔다. 인간들이 부스럭대는 소리, 부상병들의 신음, 포로들의 소리만 간간이 들릴 뿐이었다.

"좋아."

투랄리온이 대답하며 망토를 길게 찢어 장식끈처럼 허리에 감았다. 그런 다음 로서의 부서진 대검을 끼워서 허리춤에 찼다.

"병사들을 정렬시킨 다음 쫓아가자. 하지만 너무 빨리는 말고. 부대장들한테 알려줘. 놈들을 잡을 필요는 없다고."

"안 잡는다고?"

투랄리온이 친구를 돌아봤다. 마법사로서는 유능하지만 전술은 영 아닌 모양이라고 한 번 더 깨달았다.

"오크 세계로 통하는 이 어둠의 문이 어딨지?"

카드가가 어깨를 으쓱했다.

"정확히는 몰라. 늪지대 어디쯤이야."

"지금 호드가 명백하게 패배했잖아. 그럼 몇 안 되는 생존자들은 어디로 갈까?"

늙어 보이는 마법사가 씩 웃었다.

"집으로 돌아가겠지."

"맞았어."

투랄리온이 자세를 고쳐 잡았다.

"그러니까 우리는 놈들 뒤를 따라 문까지 간 다음 그 문을 영원히 파괴하는 거야."

카드가가 고개를 끄덕이고는 부대장들을 찾으러 다가오는 우서를 보고 걸음을 멈추었다.

"여기엔 이제 우리에게 투항한 오크뿐이라네."

우서가 설명하자 카드가가 고개를 끄덕였다.

"잘하셨습니다. 몇 명이 도망치긴 했지만 쫓아가서 처치하거나 붙잡을 수 있을 겁니다."

우서가 카드가의 얼굴을 살펴보더니 조용히 말했다.

"네가 지휘를 맡았나 보군."

"네, 맞습니다."

투랄리온이 곰곰이 생각해 보았다. 지금까지는 정말로 생각해본 적도 없었다. 동부 내륙지에 있을 때의 경험으로 어느새 부대에 명령을 내리는 일에 익숙해져 있었다. 이제야 어깨를 으쓱했다.

"원하신다면 그리핀 기수를 로데론으로 보내 테레나스 폐하와 다른 군주들께 지휘권을 누가 맡아야 하는지 여쭤 보겠습니다."

"그러지 않아도 돼."

카드가가 뒤로 물러나 투랄리온 옆에 서며 말했다.

"네가 로서 님의 부관이었고 부사령관이었잖아. 병력을 둘로 나누었을 때 네가 반을 책임졌었어. 이제 로서 경이 안 계신 지금, 오로지 네가 지휘할 수 있는 사람이야."

카드가는 반박할 테면 해보라는 뜻이 분명히 담긴 눈빛으로 우서 경을 돌아보았다.

하지만 놀랍게도 우서 경은 고개를 끄덕이며 동의했다.

"맞는 말이다. 네가 우리 사령관이다. 그리고 우리는 로서 경을 따랐듯 네 지휘를 따르마."

그런 다음 가까이 다가와서 다정하게 투랄리온의 어깨 위에 한 손을 얹었다.

"그리고 형제여, 마침내 네 믿음이 발현한 것을 보니 기뻤다."

그 칭찬에는 진심이 담겨 있었다. 투랄리온은 선배 성기사의 인정을 받아서 기쁜 나머지 미소를 지었다.

"감사합니다. 빛의 수호자 우서 경."

투랄리온이 답례 인사를 하자 나이 든 성기사는 새로운 칭호에 눈이 휘둥그레졌다.

"오늘 저희에게 성스러운 빛의 가호를 전해 주셨으니 이제부터 경을 그렇게 칭하겠습니다."

우서가 머리를 숙였다. 기쁜 모양이었다. 그런 다음 다른 말 없이 은빛 성기사단의 다른 기사들이 있는 곳으로 돌아갔다. 행군 명령을 전달하는 게 분명했다.

"지휘권을 잡겠다고 우기실 줄 알았는데."

카드가가 조용하게 말하자 투랄리온은 우서를 계속 지켜보며 대답했다.

"그런 건 원하지 않으셔. 물론 이끌고 싶어 하시지만, 모범을 보이는 방식만을 원하셔. 교단은 다 같은 성기사이기 때문에 마음 편히 이끄시는 것

뿐이지."

"넌 어때? 우리 모두를 이끄는 게 편해?"

카드가가 단도직입적으로 묻자 투랄리온이 잠시 생각해 보더니 어깨를 으쓱했다.

"내가 뭘 잘해서 얻어냈다고는 생각하지는 않지만, 로서 경께서 날 믿어 주셨다는 건 알지. 그리고 나도 그분의 판단을 믿어."

투랄리온이 고개를 끄덕이고는 카드가와 눈을 맞췄다.

"이제 그 오크들이나 쫓아가자."

카드가가 슬픔의 늪이라고 일러준 곳에 도착하기까지 일주일이 걸렸다. 좀 더 빨리 이동할 수도 있었지만 투랄리온은 부하들이 오크를 추월하지 않도록 신경 썼다. 먼저 그 문의 위치를 알아내야 했다. 공격은 그다음이었다.

로서의 죽음은 모두에게 충격이었지만, 그 사건은 아군이 더욱 열정적으로 움직이게 만들었다. 지쳐 있던 병사들은 정신을 가다듬고 열심히 노력하며 결의를 다졌다. 한 명 한 명 사령관의 죽음을 애도하며 복수를 다짐했다. 그리고 모두 투랄리온을 후계자로 받아들였다. 특히 쿠엘탈라스에서 그 휘하에 있던 병사들은 그 결정을 더 반겼다.

습지대를 말없이 걸어가는 일은 힘들고도 불쾌한 경험이었지만, 사소한 일로 투덜거리는 일 외에는 아무도 불평하지 않았다. 정찰병들이 계속 오크를 놓치지 않고 추적하며 보고를 했기에 얼라이언스 부대는 놓칠 걱정 없이 천천히 이동할 수 있었다. 호드 잔류 병사들은 전반적으로 어지럽게 섞여 모든 오크가 같은 방향으로 가면서도 함께 행군하지 않고 큰 무리 중에서 몇 명씩 뭉쳐 그저 각자 편한 대로 달리거나 걸었다. 투랄리온은 계속 그렇게 가주기만을 바랄 뿐이었다. 호드 지도자인 둠해머는 부대와 부관 하나만을 남겨 문을 지키게 했으리라고 짐작했다. 그자가 능력이 있는 지휘관이라면 지금 거느린 병사와 패잔병을 합쳐 새로운 전투 부대로 재편성할 수 있을 터였다. 투랄리온은 부관들에게 병사들이 경계 상태를 계속 유지하게 하고, 부관들 역시 해이해지지 말라고 경고했다. 쉬운 싸움이라고 얕잡아 보았다가는 전멸할 수도 있었다.

늪지대에서 한 주를 더 보내고 난 뒤에야 비로소 검은늪이라는 지역에 다다랐다. 그 지역에서는 카드가조차도 놀라움을 금치 못했다.

"이럴 수가 있나."

카드가가 웅크리고 땅을 살펴보며 말했다.

"여긴 전부 습지여야 하는데! 우리가 그간 지나온 길처럼 말이야."

발 앞의 단단한 붉은색 돌을 두드려 보더니 이맛살을 찌푸렸다.

"이건 정말 말도 안 돼."

"화성암인 것 같은데요."

곁에 서 있던 브란 브론즈비어드의 말이었다. 드워프들은 남은 길도 함께 하겠다고 주장했고 투랄리온은 그들의 전투 실력과 동행해준다는 마음씨를 모두 반겼다. 투랄리온은 두 형제가 마음에 들었다. 그들은 허세를 부리며 분위기를 띄울 줄 알았으며 명예로운 싸움, 질 좋은 맥주, 아름다운 여성을 똑같이 반기는 사나이들이었다. 브란은 둘 중에서 좀 더 학구적이었기에 다른 이들이 평범한 이야기를 나눌 때 카드가와 난해한 글에 관한 이야기를 나눴던 적이 여러 번 있었다. 그리고 아이언포지 출신 드워프들은 모두 암석과 보석의 전문가였기에 브란이 알아보지 못하는 암석이 발밑에 있다는 사실은 그야말로 찜찜한 일이었다.

"내가 아는 불 중에 돌을 이렇게 만들수 있는 건 없지요."

브란이 뭉툭한 손톱으로 암석을 긁어보며 말했다.

"그리고 넓은 지역을 이렇게 만들다니."

그들 앞에서 시야가 닿는 곳까지 전부 붉은 돌이 있었다.

"이런 건 처음 보는데."

"안타깝게도 전 본 적이 있습니다."

카드가가 다시 일어서며 말했다.

"하지만 이 세계에서는 아닙니다."

더는 설명하지 않았지만, 표정을 보아하니 얘기해달라고 재촉해서는 안 될 것 같았다.

그럼에도 무라딘이 물어보려 하자, 그의 동생이 말렸다.

"당신 이름이 드워프 말로 무슨 뜻인지 아나요?"

브란이 카드가에게 물었다.

"'신뢰'라는 뜻이지요."

마법사가 고개를 끄덕였다.

"우리는 당신을 믿어요. 그러니 얘기할 마음이 생기면 얘기해 줘요."

"음, 확실히 오크와 관계가 있어 보입니다. 늪지대로 계속 가는 것보다야 돌을 밟고 가는 게 추격하기 훨씬 수월할 테니 풍경이 좀 바뀌었어도 나쁘기만 한 것은 아니네요."

투랄리온이 말했다.

다른 이들이 고개를 끄덕이는 와중에 카드가는 여전히 심각해 보였다. 일행은 다시 말을 타고 나아갔다.

며칠 밤이 지나고 모닥불을 보던 카드가가 고개를 들어 갑자기 이야기를 시작했다.

"문제가 생겼습니다."

다른 이들이 모두 카드가의 이야기를 들으려고 고개를 돌렸다.

"다른 마법사들과 상의하고서 대지가 변한 이유를 알아냈습니다. 어둠의 문 때문입니다. 그 문이 우리 세계에 영향을 주고 있습니다. 문 주위 땅부터 곧바로 영향을 받기 시작했습니다. 그리고 점점 퍼지는 듯합니다."

"어째서 문이 그런 변화를 일으키는 건가?"

우서가 물었다. 은빛 성기사단을 이끄는 우서는 지금까지 마법에 부정적이었다. 악마와 관련이 있을지도 모른다는 생각이 있어 마법사들을 아주 편하게 여긴 적이 없었지만, 전쟁을 치르면서 그 생각이 바뀌었다. 적어도 카드가는 다르다. 그를 인정하고, 심지어 존중까지 하는 단계에 이르렀다.

카드가는 고개를 저으며 대답했다.

"확인을 해봐야겠지만, 어둠의 문이 이쪽 세계와 오크의 고향인 드레노어를 연결하고 다리 역할 이상을 하고 있다는 생각이 듭니다. 왜인지 모르지만 두 세계를 혼합하고 있습니다. 적어도 입구 부분은요."

"오크 세계는 붉은 돌로 이루어졌나요?"

브란의 물음에 카드가가 답했다.

"전부 다는 아닙니다. 한참 전에 드레노어에 대한 환상을 본 적이 있습니다. 암울한 곳이었습니다. 땅은 여기와 비슷했지만 남은 생명이 거의 없었습니다. 마치 자연을 그대로 벗겨낸 것 같았습니다. 그들의 마법 때문이 아닌가 생각합니다. 마법이 땅 자체를 오염시킨 거지요. 그 오염이 어둠의 문을 통과해 퍼진 데다 여기에서 오크들이 마법을 쓸 때마다 더 악화됐나봅니다."

"그렇다면 더더욱 없애야겠네. 빠를수록 좋겠는데."

투랄리온의 말에 카드가가 고개를 끄덕였다.

"맞아. 빠를수록 좋아."

사흘이 더 지난 후 정찰병이 돌아와 오크들이 이동을 멈추었다고 알려
왔다.

"바로 앞에 있는 큰 골짜기에 모두 모였습니다. 그리고 중앙에 무슨 관
문 같은 게 있습니다."

카드가가 투랄리온, 우서 경, 브론즈비어드 형제와 눈빛을 교환했다. 그
게 어둠의 문이 틀림없었다.

"병사들에게 알리십시오. 곧바로 공격합니다."

투랄리온이 로서의 부서진 검을 한 손에 뽑아 들고 다른 손에 쥔 망치를
바라보며 차분하게 말했다.

카드가는 새삼 지난 몇 달간 친구에게 일어난 변화가 놀라웠다. 투랄리
온은 근엄해지고 당당해졌으며 자신감이 넘쳤다. 미숙한 젊은이에서 노
련한 전사이자 경험 많은 지휘관이 되었다. 로서가 죽은 뒤로 투랄리온에
게서는 어떤 기운이 풍겨 나왔다. 침착하고 지혜로우며 심지어 위엄까지
있었다. 우서와 다른 성기사에게도 비슷한 분위기가 있긴 했지만, 그들은
현실을 초월한 것처럼 세상과 동떨어진 느낌이 있었다. 반면 투랄리온은
좀 더 자기 주변의 세상과 어우러지는 듯했다. 현실적인 지휘관의 모습이
였다. 카드가가 이해하지 못하는 것은 그에게 주어진 마법 같은 능력이었
는데, 존경할 수 밖에 없었다. 여러 면에서 원소와 다른 힘을 다스리려는
카드가의 마법과는 정반대였다. 투랄리온은 아무것도 다스리거나 통제하
지 않았다. 그는 그저 그와 같은 힘에 자기 자신을 열어, 그 힘을 이용할 수
있는 능력을 얻을 뿐이었다. 그래서 어느 위대한 마법사보다도 더 정교하
게 능력을 사용했다.

준비를 마친 연합군이 은밀하게 전진했다. 단단한 붉은색 돌 위에서는 더 조용히 움직이도록 말을 이끌었다. 약간 솟아올랐던 땅이 아래로 뚝 꺼지면서 깊은 분지가 되어있었다. 너머의 절벽은 높이 우뚝 솟아 있었다. 골짜기 가운데에는 정찰병이 말한 대로 거대한 관문이 세워져 있었다. 어떤 벽이나 구조물 없이 단독으로 서 있었다. 그 거대한 실체가 전부 눈에 들어오자 카드가는 놀란 숨을 들이켰다. 어둠의 문이었다. 다른 것일 리가 없었다. 어떤 성체보다도 더 장대했으며, 초록빛이 도는 회색 돌로 만들어졌다. 양쪽 면에 눈에 거슬리는 소용돌이 문양이 새겨져 있으며 각 면은 노려보는 해골과 그 주변이 한 면의 바탕이 되며 사악하게 굴곡진 미늘과 함께 테두리에 붙어 있었다. 중앙 가로대 아래는 조잡한 장식으로 테두리를 둘렀지만, 위쪽은 아무런 표식도 없이 그저 밋밋했다. 널따란 계단 네 개가 바로 문으로 이어지는데 문 자체에는 강한 기운이 느껴지는 마력이 초록색과 검은색으로 빛나고 있었다. 카드가가 느끼기에 그건, 기묘하게 아주 먼 거리감을 뿜어내는 혼돈의 소용돌이였다. 그 차원문을 통해서 아제로스의 기운이 모두 빨려 들어가고 있음을 느꼈다.

오크들이 문 앞에서 서성이는 모습을 보아하니 무얼 해야 하는지 모르는 듯했다. 추적할 때보다 인원이 늘어나 있었다. 확실히 투랄리온의 계산이 맞았다. 둠해머는 여기에 부하들을 남겨서 문을 지키게 했던 것이다. 카드가는 절벽 위에 다른 마법사들과 함께 남아 전투를 지켜보기로 했다. 신속하며 결단력 있는 움직임이었다. 로서와 투랄리온이 강력한 통합군으로 바꿔 놓은 덕에 지금 얼라이언스 군은 공동의 적을 상대로 한 몸이라도 된 듯이 싸웠다. 검과 도끼를 쓰는 병사들이 창병을 방어했고 궁수들이 전체를 내려다보며 필요한 곳에 지원 사격을 했다. 오크는 너무 무질서했기에 협력할 엄두도 못 내고 무리마다 독자적으로 버티면서 싸웠다. 그렇기에 투랄리온은 부하들을 보내 한 번에 오크 무리를 하나씩 따로 처리하는 방식으로 수월하게 도륙하거나 포로로 잡았다. 이렇게 조직적으로 골짜기를 빠져나가면서 오크를 계속 처리해 나갔고 결국엔 죽어서 땅에 쓰러진 오크와 사슬에 묶어 놓은 수나 비슷해졌다. 많은 적이 죽음을 맞이하거나 포로가 되지 않으려고 어둠의 문으로 도망갔다. 기진맥진한 소규모 무리 하나만 남아 다른 이들이 도망갈 시간을 벌어 주며 버티고 있었다.

마침내 투랄리온이 어둠의 문의 가장 아래 계단에 당도했다. 다부진 체격에 근육이 우람한 오크 둘이 가장 위 계단에 서 있었다. 둘 다 거대하고 삐죽빼죽한 도끼를 하나씩 들고 있었다. 장신구와 뼛조각을 머리카락, 코, 귀, 이마, 갑옷 전체에 매달아 놓았고 짧고 검은 쐐기를 한 덩어리로 뭉쳐 머리 위에 세워놓은 듯한 머리 모양은 그 자체가 무기 같았다.

오크 하나의 왼쪽 어깨와 다리에는 피에 젖은 붕대가 감겨 있었다. 최근 자신들의 지도자가 패했는데도 그다지 신경 쓰지 않는지 둘 다 오만하고 승리를 확신하는 태도였다.

"너희는 지금 검은니 웃음 부족의 렌드와 메임 블랙핸드를 마주하고 있다."

한 명이 이렇게 외치며 투랄리온을 향해 계단을 내려왔다.

"우리 아버지 블랙핸드께서 호드를 이끄셨으나 그 건방진 듐해머가 부당하게 아버지를 죽였다. 이제 그놈이 없으니 우리가 호드를 재건하여 이전보다 더 번성하게 할 것이다. 그리고 네놈들의 존재를 소멸시켜 주겠다!"

"그렇게는 안 될 거다."

투랄리온의 대답이 골짜기에 울려 퍼졌다. 문의 휘몰아치는 기운을 뒤로하고 선 투랄리온의 작은 육체가 눈부시게 희고 준엄해 보였다.

"너희 지도자는 잡혔다. 너희 군대는 궤멸됐다. 너희 부족은 뿔뿔이 흩어졌지. 너희 호드에 남은 건 여기 이 골짜기에 모인 게 전부다. 그리고 그마저도 우리가 포위했다."

투랄리온은 망치와 검을 들어 올렸다.

"자신 있다면 덤벼 봐라. 아니면 그대로 돌아 너희 세계로 도망치고는 다시는 돌아오지 마라."

그 도발이 효과가 있었는지, 두 형제는 계단을 뛰어 내려와 맹렬하게 전투의 함성을 지르며 투랄리온에게 덤벼들었다. 하지만 젊은 성기사이자 최근에 사령관이 된 투랄리온은 꿈쩍도 하지 않았다. 빠른 발걸음으로 뒤로 물러난 다음 망치와 검을 함께 들고 아래로 강하게 내려쳐서 두 오크가 든 도끼를 땅에 떨어뜨렸다. 투랄리온이 다시 가까이 다가가 무기 둘을 뒤로 올려쳐 두 오크의 턱밑을 강타했다. 하나는 휘청거리며 왼쪽으로 한 걸음 물러나 멍해 있었고, 다른 하나는 턱 아래에 깊은 상처에서 피를 쏟으며 비틀거렸다. 카드가가 보니 두 오크는 분을 참지 못해 으르렁거리며 다시 후려갈기려 들었지만, 이번엔 공격이 더 어설프면서도 무모했다. 투랄리온은 앞으로 휙 달려 나가는 식의 단순한 움직임으로 둘의 공격을 가뿐히 피했다. 재빨리 둘을 지나치면서 명치를 한 대씩 때리자 둘은 고통으로 몸을 웅크렸고 다시 투랄리온이 뒤에서 걷어차 경사로에서 딱딱한 돌바닥으로 굴러 떨어지게 했다. 두 형제의 바로 뒤에 선 투랄리온이 공기를 가르며 돌진했다.

하지만 불행히도, 형제만 있는 게 아니었다.

"부족원들, 이쪽이다!"

형제 하나가 고함을 쳤다.

"인간을 죽여라!"

검은바위 오크 두 명이 더 싸움에 뛰어들었고, 그 틈에 블랙핸드 형제들이 뒤로 물러날 여유가 생겼다. 형제들이 다가오는 인간들을 향해 주먹을 휘두르는 데 카드가 보기에 다른 생각이 있는듯 했다. 둘은 틀림없이 자신들에게 어떤 기회가 있을지 다시 생각해 본 모양이었다. 그때 차원문으로 다가오는 얼라이언스 포위망에 틈이 생겼고 두 형제는 그 기회를 타 곧장 달아났다. 몇 안 되는 동료들도 그 뒤를 따랐다. 그러나 투랄리온은 놈들을 뒤쫓을 만한 형편이 아니었다. 아직 많은 수의 오크가 남아 계속 싸우고 있었다. 몇몇은 침을 뱉으며 도망간 블랙핸드 형제를 욕했다. 그리고 블랙핸드를 도우러 왔던 두 오크가 아직 투랄리온을 위협하는 상황이었다.

"히야압!"

오크 하나가 위협하는 소리를 내며 도끼를 휘둘렀다. 투랄리온은 망치로 공격을 막고 묵직한 오크 무기를 옆으로 쳐서 떨어뜨린 다음 부서진 검을 휘둘렀다. 검이 갑옷과 살을 뚫고 허리까지 깊이 박혀 들어갔다. 피범벅이 되어 미끌미끌해진 검을 두 손으로 꽉 잡은 오크는 그대로 굳어 버렸다. 눈에서는 이미 생기가 사라지고 없었다.

"죽어라!"

다른 오크가 악을 쓰며 덤벼들었다. 하지만 투랄리온은 이미 첫 번째 오크에게서 검을 빼낸 뒤 두 번째 오크에게 휘둘러 그 삐죽삐죽 깨진 끝으로 목을 그어 버렸다. 이어서 돌격하는 다른 오크를 망치로 가격했다. 묵직한 망치가 오크의 머리에 제대로 꽂혔다. 그 충격이 어마어마했는지 오크 전사는 부서진 관자놀이에서 피를 뿜으며 그대로 허물어져서는 다시는 움직이지 않았다.

투랄리온은 잠시 시체 둘을 내려보다가 블랙핸드 형제가 사라진 골짜기 반대편을 응시했다. 친구인 카드가가 필요했다.

"지금이야!"

로서의 검으로 어둠의 문을 가리키며 말했다.

"부숴 버려!"

"물러서!"

카드가도 소리쳐 대답했다.

"어떻게 될지는 나도 몰라!"

카드가는 친구가 고개를 끄덕이며 빠른 걸음으로 거대한 석조물에서 떨어지는 모습을 겨우 확인했다. 카드가와 마법사들은 이미 목표에 정신을 집중하고 있었다.

차원문의 힘이 느껴졌다. 이 세계와 드레노어 사이의 연결도 느껴졌다. 그리고 두 세계 사이를 오가도록 만들어진 균열도 느껴졌다. 그 균열이 자칫하면 카드가와 마법사들의 마법을 흡수해버릴지도 모른다고 생각했다. 어둠의 문이 뿜어내는 마력에 대항하기 어려웠다. 설령 모두의 힘을 합친다 해도 안 될 터였다. 하지만, 어둠의 문 그 자체는 달랐다. 그것이 얼마나 강력한 힘을 가졌는지 몰라도 결국 돌일 뿐이다. 그리고 돌은 부서질 수 있었다.

정신을 집중하며, 카드가는 힘을 불러와 자신을 마력으로 가득 채웠다. 이 땅에는 마력이 거의 남지 않았지만, 어둠의 문자체에는 충분한 힘이 담겨 있었다. 지금 그 마력의 원천을 지키는 것은 아무도 없으니 마법사들은 그 힘을 끌어다 원하는 대로 쓸 수 있었다. 카드가와 다른 마법사들이 지금 그것을 이용하는 중이었다. 차원문에 비축된 마력을 완전히 뽑아내 모든 기운을 카드가에게 돌렸다. 머리카락이 쭈뼛 서며 마력이 얼굴과 손가락 사이에서 느껴졌다. 카드가 주위에서 바람이 휘몰아쳤다. 강력한 기운이 그의 온몸을 타고 흐르며 카드가의 눈에서 번개 같은 광채를 뿜어냈다.

카드가는 마력이 충분하기만을 바랐다.

어둠의 문을 마주한 카드가는 눈을 감고 손바닥을 위로한 채 팔을 활짝 폈다. 방금 흡수한 마력을 마지막 한 가닥까지 전부 끌어 모아 신비한 구의 형태로 압축했다. 그 구체는 눈앞에서 공중에 뜬 채로 환한 빛을 발했다. 카드가는 그 구체를 느꼈다. 그것이 어떻게 고동치는지, 그 힘이 얼마나 느슨하게 묶여 있는지가 느껴졌다. 완벽했다. 카드가는 자신의 그 모든 의식이 어둠의 문과 거기 있는 기운을 향하게 하고 정확히 일직선이 되도록 맞추어 섰다.

그리고 눈을 떴다.

카드가가 두 손을 맞부딪쳤다. 그의 두 손바닥을 따라서 마력의 구체가 앞으로 튀어나오더니 납작해지고 길쭉해지며 단순한 구체에서 길고 가느다란 창 모양으로 바뀌었다.

그 창이 문 중앙에 정통으로 꽂혔다. 안에 담겼던 기운이 쏟아져 나와 어둠의 문 전체로 퍼지며 양옆과 상단의 돌판 위를 가로질렀다. 꿍음과 함께 문이 폭발했다. 그 폭발의 여파로 얼라이언스 병사 대부분과 남은 오크 다수가 넘어졌고 카드가도 서 있던 곳에서 비틀거렸다. 문의 육중한 기둥이 산산이 부서졌다. 가까이에 있던 얼라이언스 병사들에게는 다행스럽게도, 폭발로 인한 큰 돌 조각 대부분이 문 안으로 빨려 들어갔다.

문은 사라졌다. 이리저리 휘돌던 색채들은 사라지고 텅 빈 공간만 남았다. 카드가는 무엇인지 몰라도 이 세계와 드레노어를 연결했던 것이 끊어지자 죽어가던 세계의 힘이 없어지고, 자연이 스스로 회복할 기운을 되찾았다고 느꼈다. 세계가 다시 숨 쉬고 있었다.

아래를 힐끗 내려다보니 투랄리온이 일어나려 하고 있었다. 성기사 친구는 바위 먼지와 자갈 부스러기로 뒤덮여 있었지만 그것 말고는 다친 데가 없어 보였다. 투랄리온은 온 몸에서 먼지를 털어내면서 카드가를 향해 씩 웃었다.

"놈들이 저걸 다시 쓰겠다고 하지는 못하겠지."

그 말에 둘 다 웃음을 터뜨렸다. 안도감에서 기분이 들뜬 탓이기도 했다.

전쟁은 끝났다. 얼라이언스가 이겼다. 그들의 세상은 이제 안전했다.

종결

"굉장한 기념비가 되겠어."

카드가와 함께 말을 타고 절벽 근처에 서서 로서가 마지막 전투를 치렀던 평원을 바라보던 투랄리온이 한마디를 던졌다. 음산하고 거칠며 냉혹한 풍경이었다. 사방이 시커먼 돌과 딱딱하게 굳은 용암으로 덮였고 새로 흘러내린 용암만이 어둠 사이로 붉은빛을 발하고 있었다. 공기는 재와 그을음으로 텁텁하기 그지없었다. 하늘은 이렇게 흐린 채로 영영 개지 않을 것만 같았다. 어렴풋이 보이는 산은 지금 상황을 못마땅해하는 수호자들 같았다. 그 정반대 쪽 끝에 검은바위 첨탑이 솟아 있었다.

"그렇겠지. 로서 경의 희생은 전쟁의 다른 흔적이 다 사라진 다음에도 용기의 상징으로 언제까지나 빛날 거야."

고개를 끄덕이면서도 투랄리온의 시선은 검은바위 첨탑 앞에 세워진 조각상에서 떠날 줄을 몰랐다. 스톰윈드의 기사단장, 얼라이언스의 사령관인 섭정 안두인 로서가 검을 치켜들고 하늘과도 기꺼이 전투를 치르겠다는 자세로 위쪽을 올려다보고 있었다. 완전히 무장했지만 투구는 쓰지 않아서 강인해 보이는 이목구비가 그대로 드러나 골짜기 너머를 향했다. 그 시선은 단호하면서도 따스했다.

"어쨌든 끝이 났네."

카드가의 말은 사실이었다. 몇 달 전에 어둠의 문에서 치렀던 전투가 마지막이었다. 살아남은 오크는 항복하여 포로가 되었다. 이들을 어떻게 해야 할지 아무도 확실한 방법을 제시하지 않아서 지금은 로서 경의 기념 석상에 쓰일 자재를 나르는 데 투입되었다. 투랄리온은 참으로 역설적인 운명이라 생각했다. 이 일이 끝나면 오크들은 아마 다른 어딘가로 보내져 더 힘든 노역을 할 터였다. 그냥 죽여 버리지도 않겠지만, 호드를 재건하겠다는 꿈을 다시 꿀지 모르니 그냥 풀어줄 수도 없는 노릇이었다. 블랙핸드 형제를 비롯해 달아난 자도 있긴 했지만, 심각한 위협이 되기에는 오랜 시간이 걸릴 것이다.

지금 투랄리온이 걱정할 문제는 아니었다. 때가 왔을 때, 테레나스와 다른 왕들이 결정할 일이었다. 로데론이 정화되고 나서 테레나스 왕은 알터랙으로 군사를 보내 계엄령을 선포하고 반역자 페레놀드를 퇴위시켜 감옥에 가두었다. 알터랙의 운명은 여전히 불투명하지만, 얼라이언스는 계속 이어지리라. 그리고 남은 군주들은 투랄리온에게 사령관직을 계속 맡아 달라고 했다. 투랄리온은 로서 경도 자신이 그 역할을 계속 이어가기를 원했으리라는 생각이 들어 그 요청을 수락했다. 친구이자 스승이었던 그분의 유일한 바람은 이 땅과 그 백성을 보호하는 것이었다. 투랄리온도 똑같이 그러겠다고 맹세했다.

"또 심각한 생각하지?"

카드가가 팔을 쿡 찌르며 말했다.

"앞으로 어떻게 될지 생각한 거야."

"앞일이야 아무도 모르지. 아직 호드나 놈들 세계가 끝난 건 아니니까."

카드가의 얼굴에 묘한 표정이 스쳤다.

"네 생각이 틀렸으면 좋겠다. 네 생각대로 놈들이 끝나지 않았다면 우린 여기에서 기다렸다가 돌아오는 놈들을 맞이하겠지. 그리고 이번처럼 다시 돌려보내고. 이 세계는 우리 것이야. 그리고 성스러운 빛의 이름으로 안전하게 지킬 거야. 앞으로도 영원히."

그 말에 카드가가 웃음을 터뜨리고는 친구를 놀렸다.

"참 멋진 말이야. 착하기도 하시지. 때가 되면 사람들이 그 말을 네 석상에 새겨줄지도 모르겠는걸."

"석상?"

이번엔 투랄리온이 웃음을 터뜨렸다.

"사람들이 기릴만한 큰 일을 우리가 할 수 있을까?"

감사의 말

언제나처럼, 흐름을 일으켜준 크리스와 마르코에게 큰 감사의 마음을 전합니다. 또한 예리한 시각과 따스한 조언을 아끼지 않은 에블린에게 고마움을 표하고자 합니다.

무엇보다 월드 오브 워크래프트 팬 여러분께도 진심으로 감사드립니다. 여러분이 없었더라면, 로서와 오그림, 그리고 아제로스와 드레노어의 이야기를 꺼내지 못했을 겁니다.